本书为国家社科基金项目成果

叙事的嬗变与转型

——二十一世纪前十年长篇小说研究

周景雷 著

中国社会科学出版社

图书在版编目(CIP)数据

叙事的嬗变与转型：二十一世纪前十年长篇小说研究/周景雷著.—北京：中国社会科学出版社，2015.12
ISBN 978-7-5161-7162-2

Ⅰ.①叙… Ⅱ.①周… Ⅲ.①长篇小说—小说研究—中国—当代 Ⅳ.①I207.425

中国版本图书馆 CIP 数据核字（2015）第 283406 号

出 版 人	赵剑英
选题策划	刘 艳
责任编辑	刘 艳
责任校对	陈 晨
责任印制	戴 宽

出　　版	中国社会科学出版社
社　　址	北京鼓楼西大街甲 158 号
邮　　编	100720
网　　址	http://www.csspw.cn
发 行 部	010-84083685
门 市 部	010-84029450
经　　销	新华书店及其他书店
印　　刷	北京明恒达印务有限公司
装　　订	廊坊市广阳区广增装订厂
版　　次	2015 年 12 月第 1 版
印　　次	2015 年 12 月第 1 次印刷
开　　本	710×1000　1/16
印　　张	18
插　　页	2
字　　数	328 千字
定　　价	68.00 元

凡购买中国社会科学出版社图书，如有质量问题请与本社营销中心联系调换
电话：010-84083683
版权所有　侵权必究

目　　录

绪论　21世纪前十年长篇小说"量"点掠影 / 1

上编　观念的流转

第一章　叙述的限制与文化内质 / 13
 第一节　叙述的转型与日常的叙事 / 13
  一　从时间政治看文学转型 / 14
  二　从小说创作看文学转型 / 17
 第二节　长篇的难度与精神的力度 / 22
  一　文学的文化假晶现象 / 23
  二　对原质文化的还原 / 25

第二章　历史的立体建构与多维空间 / 29
 第一节　多元复合的历史趋向 / 29
  一　历史叙事向多元复合发展 / 30
  二　历史的大小写 / 32
  三　历史的主客观 / 34
  四　由同质性转向个体性 / 37
 第二节　历史主体的突围实践 / 38
  一　小人物对历史的承担 / 40
  二　历史道德的超越 / 44
  三　每个人对历史都负有责任 / 46

第三章　代际差异背景下的叙事景观 / 48
第一节　代际、境遇与叙事想象 / 48
　　一　不同记忆的审美差异 / 49
　　二　这代人用时间来表现真实 / 50
　　三　这代人也喜欢宏大叙事 / 57
　　四　那代人更愿意描写日常生活 / 60
第二节　认知差异与应对姿态 / 64
　　一　关注人民、关注生命 / 64
　　二　有度量地自我承担 / 69
第三节　异质的审美传达 / 73
　　一　饱满厚重的叙事风格 / 73
　　二　轻盈灵动的艺术追求 / 78

第四章　英雄主义的重新召唤 / 83
第一节　思想、传奇及其品质 / 83
　　一　英雄主义的两种路径 / 83
　　二　有一种不变的品质 / 91
第二节　启蒙与世俗的合作共进 / 95
　　一　启蒙的英雄主义 / 95
　　二　在世俗中发现英雄 / 98

第五章　新伤痕主义的成长方式 / 103
第一节　伤痕的表象与隐秘的情结 / 103
　　一　虚化的叙述背景 / 104
　　二　用偷窥和告密介入历史 / 107
第二节　成长的伤痛与质疑中的承担 / 110
　　一　既要承担也要质疑 / 110
　　二　疼痛中的亲情关怀 / 114

下编　空间的再生

第六章　乡土世界的深度裂变 / 121
第一节　第三种空间里的新困境 / 121

目录

　　　一　把遭际放进新的空间 / 122
　　　二　新空间里的紧张关系 / 123
　　第二节　在批判中向传统和正义回归 / 129
　　　一　乡土叙事的两种走向 / 129
　　　二　史诗与正义的回归 / 130

第七章　工业生活的深度植入与难度 / 138
　　第一节　题材的终结与生活的难度 / 138
　　　一　从题材到生活 / 139
　　　二　关键要有工业精神 / 141
　　第二节　类型化写作与实践性反思 / 143
　　　一　工业生活写作的三个类型 / 144
　　　二　文学性与社会性都要考虑 / 149

第八章　民族身份的超越与文化救赎 / 155
　　第一节　文化寻思与主体性超越 / 155
　　　一　要关注现代化这件事 / 156
　　　二　大跨度地书写民族史 / 157
　　　三　超越族群主体性 / 159
　　　四　穿过文化的幕帷 / 163
　　第二节　现代性的质疑与救赎 / 167
　　　一　它们破坏了精神生活 / 167
　　　二　一种"复魅"的努力 / 171

第九章　军垦生活与文化维度 / 174
　　第一节　典型文本与性别观照 / 174
　　　一　他们的写作很独特 / 175
　　　二　性别的境遇与力量 / 183
　　第二节　审美体验与文化特质 / 187
　　　一　富有诗意的边疆书写 / 187
　　　二　凝练和创设一种特殊文化 / 191

第十章 辛亥叙事的传承与新变 / 197
第一节 叙事缘起及其历史轨迹 / 197
　　一　辛亥叙事简史 / 197
　　二　另外一种路径 / 203
第二节 叙事转向与观念重构 / 206
　　一　传奇特质的新变 / 207
　　二　苦难的两个层面 / 209
　　三　非虚构的品质及表现 / 211
　　四　从家族文化到民族精神 / 215
　　五　最重要的是思想价值 / 217

附录　对谈与访谈

附录一　乡土中国的再度书写
　　　　——新世纪文学反思录 / 223
附录二　写作就是对现实的回应 / 233
附录三　从生存的大地到信仰的天空 / 251
附录四　文学要给人以力量 / 265

参考文献 / 278

绪论　21世纪前十年长篇小说"量"点掠影

21世纪①前十年长篇小说的高度发达已经有目共睹，在不同目的驱动下的长篇小说创作已形成风潮，任何一个研究者都很难对之作出整体性的准确评价。按照白烨先生的"传统纯文学""大众文学"和"新媒体文学"三分天下的说法，我们限定在对传统型长篇小说的创作考察上，并选取了数量、质量、体量和容量等观测点作具体探讨。

数量是我们对新世纪十年长篇小说进行整体研究时首先遇到的问题。从气势上讲，十年来，庞大的长篇小说数量已经使读者和研究者感到"呼吸困难"，但也使读者和研究者产生了更深沉、更美好的期望。我们知道，在一个文化多元和众声喧哗的时代，仅凭几部有影响的作品是很难对这个时代的文学做出整体性的判断的。虽然到现在为止，还没有一个权威机构发布21世纪十年来中国产出的长篇小说的数量，但通过零散的媒体报道，我们可以做出大致的推测。据2003年3月21日的《今晚报》转载《中华读书报》的消息：从2000年开始，全国各地出版长篇小说700—800部，到了2002年直逼1000部。而从新中国成立以后的近20年中，长篇小说创作的总量也不过170多部。2006年，《中国图书商报》的一则消息说，进入新世纪以来，长篇小说数量激增成为中国文学发展中一个令人瞩目的现象。白烨在接受记者采访时，用了大量数据说明长篇小说在数量上的"惊人"发展：在整个20世纪80年代，每年20—30部，到90年代初达到100部，90年代中期达到700部，90年代后期达到1000部，现在每年的数量大致稳定在1000—1100部之间。②《人民日报》2010

---

① 本书以下简称为"新世纪"。
② 白烨：《年度文情报告显示长篇小说危机》，《中国图书商报》2006年8月8日。

> 叙事的嬗变与转型

年4月发布了关于中国文学发展现状的报告,报告中说:"2009年,长篇小说依然是最为引人注目的文学门类。据国家新闻出版总署统计,2009年长篇小说实体书出版达3000余部,相比2008年出现成倍增长。而网络文学长篇小说的数量更为庞大。长篇小说的成就是一个时代艺术成就的重要标志。"[1] 在各种关于新世纪长篇小说出版数量的判定中,可以明显感觉到,这种数量的激增在2005年以后更加明显,有的研究者感慨道:"在2008年,虽然中国以至于整个世界都发生了那么多令人震惊的事端,但这些却并没有能够影响阻止中国的作家们从事于长篇小说创作的热情,在所谓长、中、短篇小说的各种体式中,处于中心地位的依然是长篇小说。"[2]

进入新世纪以来,对长篇小说进行年度盘点似乎已经形成了传统,但几乎没有人能够在数量上给出一个准确的统计。不是说数量的研究对长篇小说的研究意义不大,而是说,如果加上网络长篇,这个数字几乎是无法统计的。由于无法进行这种统计,那么势必就会对年度盘点的准确性产生影响。对于这一现象,笔者曾在一篇文章中调侃道:"不知从何时起,批评家们给文坛做年度总结似乎已成风气,而且其势日炽。从前些年的几个人在做,到现在的十几个、几十个人在做。这已经成了很多文学类期刊、报纸的开年大戏。他们大都分体裁总结一年的收获,比如2008年短篇小说扫描、2008年长篇小说盘点、2008年散文收获等,大都谈名家、谈名作。这本无可厚非,但问题是这种具有明确工作总结意识的扫描、盘点、收获却是人言言殊,差别甚大。比如这里有两篇总结2008年短篇小说的文章,里面都列举了一大堆作品,细细读来,发现两者都提到的竟只有两三篇。再顺着这样的线索找来其他的什么中篇小说、长篇小说、散文、诗歌等总结文章一读,竟也都各说各话。于是我就疑惑了,实在是不知道如何通过阅读这些文章来判断中国的年度文坛了。"[3] 但笼而统之,数量的绝对增加,证明了长篇小说在新世纪的异常繁荣。对于繁荣的原因,有人看到了文学自身的规律,有人看到了市场的推动,也有人看到了网络的发达等。其实这些都是外在的原因,如果没有文学在这个时代自身的解放,

---

[1] 《2009年中国文学发展状况:长篇小说实体书3000部》,《人民日报》2010年4月22日。
[2] 王春林:《2008年的长篇小说创作略论》,《文艺争鸣》2009年第2期。
[3] 周景雷:《令人摇头的文坛"年度总结"》,《文学自由谈》2009年第3期。

如果没有文学观念的转变和文学边界的无限扩大以及它与现代化的日常生活的紧密关系,所有外部因素的作用终究是会受到制约的。

在一定层面上来说,这十年确实产生了一些反响较好的作品。那些早在20世纪就已名声大振的作家仍然在长篇小说领域支撑着局面,比如贾平凹、莫言、张炜、王安忆、铁凝、阎连科、李洱、格非、苏童、余华、毕飞宇、范小青、阿来等,这些作家的作品,甫一问世,便能吸引批评家的眼球。但在整个十年的创作队伍中,这些人毕竟是少数,也许这些人能够代表一个时代的较高成就,但代表不了一个时代的普遍成果和长篇小说的整体风貌。批评界的一个怪现象就是喜欢以偏概全,很多研究文章和年度总结对长篇小说的总体评价不是小心翼翼,而是模棱两可,并在此之下开始了歌功颂德。事实上,数量的增加并不意味着这十年长篇小说的质量就有相应的提升;相反,由于优秀作品不多,相对于庞大的出版数量而言,在质量上似乎出现了某种颇有意味的"倒退",这一点不能不引起我们的警觉。即使那些被歌功颂德的作品,在整个十年的历时阶段中,有多少能够占据稳固的经典地位,既能经得起读者的检验,又能经得起历史的淘洗?比如,从1999年至2008年,共评出两届茅盾文学奖,九部长篇获奖。这其中除了两三部可圈可点之外,大多数将会零落风尘。而这些相对于这些年近万部长篇来说,肯定是"质"高一筹。假如以此来计算长篇小说的优秀率,如果能够计算优秀率的话,其结果将会十分尴尬。为此,学者肖鹰曾建议"茅奖"评选暂停十年。他认为,最近十年中国文学"无论是叙事、题材,还是格调,都在走下坡路,严肃文学极度萎缩"[①]。虽然笔者个人不完全赞成这种极端说法,但他确实道出了中国长篇小说最近十年的某些基本事实。当然,即使整体质量不高,也不能将个别上乘之作一票否决。

在笔者看来,简单地说,最近十年长篇小说的缺失主要表现在三个方面:一是缺乏文学性,艺术品相破损严重,这包括语言表达、讲故事方式,甚至审美取向,有很多作品走向了粗鄙,很多关于民间、都市以及底层的理论、概念和材料被写作者滥用;二是文学功能相对单一或者发生转

---

① 2009年12月16日至2010年6月12日,《辽宁日报》历时半年,成功推出了"重估当代文学价值"大型讨论,国内外60余位文学批评家和作家参与了此次活动。其中,肖鹰和陈晓明分别代表了"垃圾说"和"高度说"两种倾向。参见丁宗皓主编《重估中国当代文学价值》,春风文艺出版社2010年版。

移,整体格调不高,思想力不足,作品张力整体较小,缺乏阐释和向经典过渡的可能;三是为追求数量和速度,很多作家不断进行自我复制或者相互复制,模式化、雷同化倾向严重,甚至出现了流水线、创作工厂等现象。

与数量剧增相伴随的是最近十年长篇小说体量的扩大。体量之说,其实就是小说的文字长度,这本不是个问题。现代文学诞生以来,当小说成为文学的正宗或主体后,在任何一个历史时期,都有大跨度、大体量的作品问世。比如茅盾的《蚀》三部曲、巴金的"激流三部曲"以及李劼人的长河小说等。多卷本的长篇小说在当代文学史上也并不少见,比如:欧阳山的《一代风流》三部曲,起笔于1957年,收笔于1985年;梁斌的《红旗谱》三卷本,起笔于1953年,完成于1983年;类似的还有姚雪垠的《李自成》、浩然的多卷本的《艳阳天》和《金光大道》等,这些作品的创作时间跨度较大,有的长达30年才完成,而且在一个作品贫乏、思想苍白的时代都产生过较大影响。20世纪80年代以来,这种写作路向也长盛不衰,充分反映了中国作家内心深处一刻也不曾改变的史诗情结。但是这种历史是如何被把握的,反映了一种怎样的作者个人的或者国家的历史观都是值得深刻反思和检讨的。

新世纪长篇小说体量的扩大首先表现在字数上,动辄几十万字的长篇小说随处可见。比如迟子建的《伪满洲国》、张翎的《金山》、格非的《人面桃花》、阎连科的《风雅颂》等。莫言用43天的时间创作出了40多万字的《生死疲劳》,每天以1万字的速度前行,引来了很多惊异和对速度与质量之间关系的质疑。贾平凹的《秦腔》长达110万字,作品中,细密的日常生活编织了一张密不透风的网,凝滞了琐碎、嘈杂和"泼烦"的日子,以致一些专业读者读之都感觉喘不过气来。在笔者个人的阅读中,20万字左右的长篇亦属短篇了。

多卷本或三部曲式的创作也是最近十年长篇小说领域的一大收获,而且大都产生了广泛的影响,有的甚至成为优秀之作。张洁的《无字》是三卷本长篇,小说以女作家吴为的人生经历为线索,讲述了一家三代女人的爱情与婚姻,表现了在一个动荡不安、跌宕起伏、政治与生活相互交织的大时代女性的生存状态和精神苦难,这是继20世纪80年代末以来女性苦难书写又一高峰,该作品获得第六届茅盾文学奖。刘醒龙的《圣天门口》初版共分上、中、下三卷,110多万字。小说以一个名叫"天门口"

的小镇为中心,通过雪、杭两个家族在长达数十年的革命历史进程中的政治与情感纠葛,展现了国家与个人、思想与主义、斗争与改良等主题在大时代背景下的纠缠与演变。整部小说阔达开朗、意味深长,因此有人评论说:"在某种意义上,我们完全可以说刘醒龙的《圣天门口》是一部涵纳融汇了'革命历史小说'与'新历史小说'的艺术优势,然而同时却又突出地体现着刘醒龙巨大创造性的历史小说的集大成之作。"① 这部作品虽然与茅盾文学奖无缘,但却获得了首届当代文学学院奖。阿来六卷本的《空山》是其继《尘埃落定》之后的力作。小说以"机村的传说"为副题,用《随风飘散》《天火》《达瑟与达戈》《荒芜》《轻雷》五卷,从不同的侧面呈现了机村人在不同历史时期的生存面貌和精神状态,用第六卷《空山》作总结,表达了一种对空洞的没有精神内涵的现代性世界的失望。类似的多卷本或者三部曲的作品还有赵本夫的"地母三部曲"(《天地月亮地》《黑蚂蚁蓝眼睛》《无土时代》,这是一部跨世纪的写作,前后历经23年)、范稳的"藏地三部曲"(《水乳大地》《悲悯大地》《大地雅歌》,为完成此作,范稳先后在藏区游历了十多万公里,学会了用"藏族人的眼光"看雪山、森林、草原、湖泊和天空中的神灵)、杨志军的《藏獒》、麦家的《风语》、肖仁福的《仕途》、宗璞的"三记"(《南渡记》《东藏记》《西征记》)、余华的《兄弟》、格非的《人面桃花》(《人面桃花》《山河入梦》《春尽江南》),而多卷本的网络文学《明朝那些事儿》《藏地密码》更是创造了体量、出版和阅读的神话。在这十年当中,最有影响的大体量创作要数获得第八届茅盾文学奖的十卷本450万字的《你在高原》。作者张炜在此部著作中浸入了自己对世界的全部思考,被誉为"大地之书"、"行走之书"和"心灵之书"。该著作能够获奖,笔者认为,除了其作为一个精神标高之外,其苦劳与勤劳也是评委们用心考虑的因素。

但是,一个不容忽略的问题是,正如我们在讨论数量和质量之间的关系那样,大体量的创作和质量未必就成正比。即便上面所列举的这些作品获得了市场的份额,获得了批评家的青睐,但未必就能经得起历史的检验和时间的剥蚀。很多作家在出版这些作品时,经常被誉为"十年磨一剑",或者二十年、三十年的酝酿,但即使酝酿终生,也未必就能使最终

---

① 王春林:《对20世纪中国历史的消解与重构》,《小说评论》2005年第6期。

> 叙事的嬗变与转型

呈现的文本与所酝酿的过程成正比。如果作家只是经过长时间的酝酿就能写出好作品，恐怕每一个人都能写出鸿篇巨制。因为每一个人，不管是否立志要成为作家，对于他的个人经历和对社会的思考而言，终生都是在内心当中进行着潜文本写作的。一部长篇小说能够成为经典之作，不独依靠作品的字数，不独依靠写作的时长，也不独依靠如何酝酿，关键还在于写作者的表现能力、思想能力和艺术能力。是什么支撑了大体量的写作？这是我们必须要深刻思考的问题。

关于容量问题应该是最近十年长篇小说创作中最引人注目的。容量包含了生活的广泛性和生活的延展性。文学上的"生活"其实就是我们过去一直习惯的"题材"。笔者曾主张用"生活"来代替"题材"，因为作为具有特定意义的"题材"观念正在终结，而生活则是"一个巨大的空间，是众多领域和生存属性的综合。它不仅淡化了原有题材观念中政治意识形态的主导地位，而且还弥合题材和题材之间的裂痕和虚空，这使作家能够从生存整体性原则出发来构思自己的创作，进而表现生活的本质。同时，它又使文学充满活力，因为只有人才能构成生活的主体，于是人也就成了文学的主体。它的意义还在于，当我们把题材转化为生活的时候，还会发现，和题材的命名比较起来，生活才是圆阔的、流动的、生生不息的。它不是题材式的线条，而是生存性的空间，其本身是具有审美意义的"[①]。基于这样的认识，当我们以此来审视新世纪前十年长篇小说创作的时候，便会发现文学与生活之间的关系从来没有这样密切，同时文学所承担的生活的任务也从来没有这样轻松。

就生活的广泛性而言，乡村生活仍然是这个时代的主流，可以说几乎占据了当下长篇创作的半壁江山，这既是传统的进一步流转，也是现实让作家承担了所应该承担的责任。新世纪前十年中国社会的最大变化就是城市化进程对乡村秩序、伦理以及想象的改变。于是在这一生活领域出现了坚守与离弃的双重变奏。《秦腔》《天高地厚》《刺猬歌》《受活》《湖光山色》《村子》《农民帝国》《末代紧皮手》等就是这方面的代表。"底层写作"的充分实践和理论跟进在一定程度上为这个双重变奏注入了更多的悲壮色彩，尤其是曹征路的《问苍茫》的加入，使"新左翼文学"显示出强大的发展势头。工业生活的长篇小说在经历了十余年的寂寞之后，

---

① 周景雷：《题材的终结与生活的难度》，《当代作家评论》2010年第6期。

再度在这个十年潜出水面,《机器》《钢铁是这样炼成的》《苦楝树》《月亮上的篝火》《长门芳草》《遍地黄金》《飞狐》《湿润的上海》等,虽然这些长篇的艺术成就有待商榷,但它们至少呈现了"泛工业化"时代中国工业发展的现实。《亮剑》《历史的天空》《暗算》等军事或者类军事生活的长篇小说集传奇与神秘于一体,从世俗的正义原则出发,并借助影视的力量,几乎成为这个十年最吸引眼球的创作。在这类作品中,《我是我的神》凭借着其自身所独有的思想内涵而独树一帜。知识分子的形象在这十年当中仍然是十分尴尬的,从《沧浪之水》到《风雅颂》,再到各类"大学门""教授门",知识分子在长篇小说中的地位每况愈下,集体成为新世纪的"庄之蝶"。在这十年中,都市生活与官场生活紧紧缠绕在一起,都市的五光十色与官场的尔虞我诈和贪污腐败最大限度地铺展了现代化生活中权力与欲望对人的侵蚀。对历史的回望以及对历史中间物的生存审视仍然是中国作家最原始的和最深刻的写作冲动。新世纪的历史写作更多地集中在对20世纪革命史的反思和重构,比如《人面桃花》《花腔》《坚硬如水》《圣天门口》《生死疲劳》《蛙》《英格力士》《兄弟》《河岸》《后悔录》《第九个寡妇》《衣钵》《一九四八》《赤脚医生万泉和》《笨花》《启蒙时代》等,就其数量和质量而言,可与乡村生活的写作相媲美。这些作品或写土改,或写"大跃进",或写"文化大革命",或写1949年以前的革命,都表现出了一种与此前的革命历史主义和新历史主义截然不同的写作姿态和精神品格。对少数民族文化与生活的书写进一步丰富了这个十年长篇小说的容量,比如《空山》《格萨尔王》《蒙古往事》《石羊里的西夏》《长调》《康巴方式》《紫青稞》等。尤其值得指出的是,汉族作家也为少数民族文学创作付出了艰辛的努力,如迟子建的《额尔古纳河右岸》、范稳的"藏地三部曲"、傅查新昌的《秦尼巴克》等作品,不仅对现代化进行了某种反思,而且还能超越族群(汉族)主体意识,从而获得具有普遍特征的个人主体性;特别是,尽管饱受争议,杨志军(《藏獒》)和姜戎(《狼图腾》)不仅以汉族作家的身份进入少数民族文化书写当中,而且还因为他们的作品对动物的独特书写成为新世纪生态小说的代表性作品。

上述举隅仅仅是按照传统逻辑所进行的某种提炼,这些生活领域在新世纪长篇小说写作中到底占有多大的份额是很难遽下决断的。生活正在化身为细密的尘沙,随风潜入所有的文学创作当中。

>> 叙事的嬗变与转型

　　新世纪前十年长篇小说的容量还表现在对时间的大跨度把握上。任何一种生活都是由空间和时间组成的，生活的流动会不断地构筑新的空间与时间之间的比例关系，因此合理地使用和调整这种关系，能显示出作家对深度和广度的不同注意力。比如贾平凹的《秦腔》，由于他十分在意用琐碎的日常生活来反映当下中国乡村在城市化过程中的变化，因此他的注意力就在于他对日常生活原生态式的深度描摹上。110万字的日常生活描写呈现了一个乡村秩序和结构"渐变"的过程，但一年的时间跨度却又明显提示我们这个"渐变"同时也是"剧变"。同样是表达这一主题的蒋子龙的《农民帝国》则表现了二十余年的跨度，冯积岐的《村子》的时间跨度甚至更长。与《秦腔》相比，这两部作品更看重的是中国乡村变化的广度。再如，王安忆的《启蒙时代》，讲述了一代年轻人如何在一种理想主义和政治激情激发下的"茁壮成长"。在一个特殊的年代，父子关系、兄弟关系、同学关系、朋友关系都在一种政治关系的引导下受到考验。小说的时间跨度为三年，这对于一个人的成长过程来说其实是不长的。不过，唯其短暂，才显示出特殊年代的少年快速成长的尖锐性；同样是表现成长的疼痛和蜕变，苏童的《河岸》的时间跨度是十几年，东西的《后悔录》的时间跨度是几十年，而艾伟的《风和日丽》甚至更长，这种大跨度的描写也许就会起到用时间的延伸来抹平"剧变"的疼痛的作用。

　　从创作实践上看，整体来说，新世纪传统型长篇小说的作者们似乎更愿意用大跨度的时间来表现更为广阔的生活。在上文所列的长篇小说中，除了《秦腔》《启蒙时代》《山河入梦》《紫青稞》《一九四八》等少数作品外，大都把时间做了尽可能的延伸。少则十年八年，多则二三十年，有的达到了五十年、七十年、九十年，而像范稳的《水乳大地》则描绘了一个世纪的风云变幻。关于此点，不再一一列举。

　　以时间长短来考量或者扩大作品的容量，已经成为中国新世纪长篇小说创作中的一种常态，这不仅源于中国作家始终不能放弃的"史诗性"[①]的写作冲动，也更源于百余年来中国历史发展的客观事实。这个事实就是

[①] 关于"史诗性"问题，吴义勤认为中国作家的"史诗性"追求是与黑格尔所总结的"史诗"背道而驰的，他认为："我们一直推崇史诗，甚至把史诗神化成了判定长篇小说艺术成就的唯一标准，但是我们并不理解'史诗'的真正内涵。"参见吴义勤《难度 长度 速度 限度》，《当代作家评论》2002年第4期。

中国的百年史是丰富、复杂、曲折、多变和富有张力与弹性的，既有神秘宿命色彩，也有历史正义与自身规律。这为作家想象力的延展提供了空间，并为对某一历史时段的一再书写提供可能。由于观念的变化和在不同历史时期人们价值取向的差异，加之现时文化和价值的多元，作家们能够有效地对历史进行新的检讨和反思，并将之视为自己应尽的责任，恪尽知识分子的职守。所以，莫言通过《生死疲劳》对土改运动的反思、通过《蛙》对计划生育政策的反思，范小青通过《赤脚医生万泉和》对赤脚医生制度的反思，李洱通过《花腔》对知识分子与革命的关系的反思等等，不仅在一个相当长的历史时段中才能充分实现，而且也只有在价值多元和开放的时代才能实现。可以说，在新世纪前十年长篇小说创作中，时间容量的扩大在一定意义上也反映着历史观的"扩大"。

其实，对新世纪前十年长篇小说的总体把握可以选择数个观测点，"量"点仅是其中之一。本书的主要内容是在一个较为宏观的角度观察新世纪前十年当代长篇小说在创作上的变化，这种变化既包括审美标准、叙事方式的变化，更包括创作主题和创作领域的变化。全书共分两编十章，每编各五章。在上编中主要探讨了新世纪十年来长篇小说创作领域中观念的传承与变化，主要包括日常生活转向问题、英雄主义问题、作家的代际问题、历史观念问题等。要说明的是，关于代际问题，本书只选取了20世纪50年代出生的作家和60年代出生的作家进行了比较，而最近十年在文坛上更加具有轰动影响的80后作家代际问题并没有提及，主要原因在于，在笔者看来，虽然这一代作家在整体的文学诉求上有相当多的共性，但其创作本身，特别是长篇小说的创作成就还不是很高，故没有纳入进来。网络文学也是基于这样的原因没有被考虑。在本编中，笔者还提出了一个"新伤痕主义"问题，并以此来概括60后作家的创作新变。本书的下编主要是从题材或者生活的角度来探讨长篇小说的世纪新变。这些领域既有对一直在长篇小说领域占有主流地位的乡土题材、工业题材的探讨，但其实笔者更注重的还是少数民族题材、军垦题材和辛亥叙事的内容。做这样一个选择主要是基于两个认识：一个是变化明显的；另一个是新出现的。中国最近十余年的社会转型和变化非常明显和深刻地体现在乡村社会、工业社会和都市生活中，这不仅为文学创作带来了更多的想象，同时还为文学的边界、文学内涵以及文学的表现方式等方面带来了挑战，这一时期的乡土题材、工业生活类的长篇小说正是对这些变化和挑战的回应；

同时，我们还能检视到其他题材领域的回应。至于少数民族题材、军垦题材和辛亥革命题材，虽然在当代文学甚至现代文学一直以来有着较好的叙事传统，但在笔者看来，从来没有像最近十多年来这样得到重视，有时甚至令人感觉是突然之间的爆发。这不仅反映了当下长篇小说创作在文化选择上的多元性，其实也更多地反映了文学创作生态的变化。当然，一些有着突出的创作表现的题材也没有被考虑，比如学院知识分子题材就是这样。在最近十年中，有关叙写学院知识分子的长篇小说也曾繁荣，代表性作品有《所谓教授》《大学纪事》《大学轶事》《学腐》《教授》《桃李》《沙床》等，这些作品虽然在很深刻的层面上反映了中国高等教育和学院知识分子的生存现状，但在笔者个人看来其价值还有待商榷。另有一些没有关注到的，期望在以后的研究中能够予以弥补。本书在附录部分列了四篇文章，也是本课题研究过程中的成果。其中一篇是与学者的对谈，其余三篇是对作家的访谈。

需要说明的是，在本书的相关内容中，经常使用"叙事"或"长篇叙事"这一术语。这是在文学分类意义上的使用，比如叙事文学、抒情文学等，在本书中特指小说这一文体形式，而非指叙事学中的"叙事"。

本书各章是各自独立的，但研究立场和方法却是一致的。现在把这些成果呈现在大家面前，敬请批评指正。

上 编

观念的流转

第一章 叙述的限制与文化内质

第一节 叙述的转型与日常的叙事

新世纪长篇小说在时间政治学的注视之下，从创作的角度而言，确实发生了一些重大变化，这些变化不仅表现在长篇小说的数量激增，其呈现方式和形态多种多样，纸媒与网络竞相开放，而且表现在与影视联手共创辉煌，在对象的摄取、主题渲染、审美趣味等诸多方面都表现出了与此前任何一个时期都不相同的新时代的面孔。社会科学院文学研究所的白烨分析道："进入2010年，文学走进新世纪已整整十个年头。十年在历史的长河中，只是短短的一瞬间，但在新中国成立后的六十年文学中，它占据了六分之一；在新时期以来的三十年文学中，它更占据了三分之一。问题还不仅仅在于时间的跨度，还在于因为这十年社会生活的急剧变革与现代科技的高速发展，文学本身像登上了一辆高速行进的列车，在多个方面都取得了超乎想象的拓展与进取，在主要的形态与基本的格局上，发生了前所未有的巨大变化。可以说，十年的新世纪文学，不仅在这个时间段使自己成长得有模有样，而且极大地改变了当代文学的基本风貌与发展走向。""新世纪文学显然在不断地延展与陡然的放大之中，已非单一、单纯的文学领域里的自给自足的现象。它必然又自然地连缀着社会风云、经济风潮与文化时尚，正成长或变异为一种混合形态的新型文学。"[①] 白烨在文章中是将长篇小说作为基本材料来使用的，他认为长篇小说是新世纪文学的标志性体式。新世纪以来，在每一个年度的结束和另一个年度的开始时，总是有很多研究者试图对刚刚结束的这个年度的长篇小说创作进行总结。

---

① 白烨：《新世纪文学的新风貌与新走向》，《文艺争鸣》2010年第6期。

比如雷达、孟繁华、王春林等不仅有年度长篇小说阅读报告，而且还有对新世纪长篇小说的主题分析。有些出版社还出版了文学年鉴，如杨义主编的《中国文学年鉴》等，春风文艺出版社出版的《21世纪中国文学大系》按照年度编选，显示出了超越赵家璧的《中国新文学大系》的姿态。新世纪的文学创作和研究获得如此的重视，应该说除了本时期文学创作的繁荣之外，更主要的是创作者和研究者都明白了或者懂得了，在一个喧嚣的、沸腾的时代，我们对文学应该投入怎样一个注意力，这里面所包含的时间政治学的力量是显而易见的。

一 从时间政治看文学转型

从时间政治学的立场来看待新世纪文学，其创作的"新风貌与新走向"背后不仅勾连着社会的风云际会，而且还不可能更改地、顽强地呈现着文学自身演变的基本规律：社会的转型影响甚至支配了文学的转型。

中国社会转型的后果主要体现为人和社会关系的深刻变革。这种变革首先不是来自观念而是来自有形的物质条件。比如，梁启超的《新中国未来记》，如果没有他对西方社会的物质体认，那个万国博览会便不会产生。因此，尽管文学能够最先预知或者感受到社会的变化，但是没有一个物质性的刺激，所有的文学创作都会成为一个幻想的存在。一个基本的判断是，新世纪以来，人和社会关系的深刻变革体现在一个双向逆流的轨道当中。从社会层面而言，伴随着工业社会的现代化的充分实现，乡村城镇化、城镇城市化、城市都市化、都市超级化逐步完成，并最终走向马尔库塞所称的"单向度的社会"；从人的层面而言，农民失去土地，工人失去工厂，他们都涌入城市、涌入都市，不仅丧失固有的财产、岗位和家乡，更主要的是丧失了自我，他们并没有随着城市的文明程度的提高而获得更多的尊严。他们使都市拥有了靓丽、华贵与雍容，但他们却不能享有这些。曹征路的《那儿》《霓虹》《问苍茫》等正是对这一现状的深刻反映。与此同时，随着大学毕业生的失业和所谓的专家学者被资本包养，精英意识也丧失殆尽。与传统社会相比，人们不能各安其位，自然就是惶惑与争斗不断。也就是说，单向度的物质的提升并没有使人的精神和内心的纯净、安宁和诗意一同提高。因此，有可能人在这种社会当中与单向度的社会一同发展，但却是一种错位的逆向发展。我们以新世纪的乡村书写为例，那些表现新世纪以来乡村深刻变化的长篇小说几乎无一例外地呈现了

第一章 叙述的限制与文化内质

乡村的一种坏面貌、坏风气、坏秩序、坏道德,也就是说,新世纪的乡村是一种坏乡村。这种局面和模式的出现,固然一方面和社会的变迁有关,但更主要的还是与我们人的生存环境、生活感觉有关。这与20世纪90年代以前的乡村是不同的,更与鲁迅、沈从文笔下的乡村不同。城市的发展也同样遵循了这样一种逻辑,也同样展示出了一个坏城市:官场是阴险腐败的,商场是尔虞我诈的,知识分子是庸俗堕落的。而只有那些穿越和玄幻之类的创作才能抛开这一切。在这种情况之下,也许只有娱乐当下、讥讽现实或者重归历史才是一个较好的选择。所以新世纪的长篇小说便在这纷乱杂绕的状态之中呈现出无主题的有主题变奏。比如蒋子龙的《农民帝国》、贾平凹的《秦腔》、阎连科的《受活》、莫言的《生死疲劳》、李洱的《花腔》、肖克凡的《机器》、李铁的《长门芳草》、阎真的《沧浪之水》等。这些都是传统型的长篇小说,至于那些娱乐大众、在网络上随性而为的长篇小说更是数不胜数。

在一个变换了的时代,作家们更愿意通过自己的创作来表现时代的变化,而研究者则通过作家们的创作看到这个转型。应该说,整个文学史的发展都是由转型来为其提供动力的。只不过在每一个时代,转型的区间、时代的条件以及与之相适应的"风气"[①] 不同而已。近百年来,中国社会的急速发展和变化极大地缩短了文学转型的周期,因此这就会使每一次转型常常处于完成与未完成之间,而当代文学更是如此。

对新世纪文学转型的分析,张光芒的判断是较有代表性的。他认为,中国当代文学已经经历过两次转型,分别是20世纪70年代末80年代初、80年代末90年代初,世纪之交是第三次。第三次转型有三个大背景:其一,大众传媒与文化工业迅猛发展,其霸权地位由初步确立到稳固,尤其是网络技术在世纪之交的普及流行更为此期文化转型增添了动力。其二,作为现代化最显著的表征,城市化有了长足发展。其三,在城市化高速发展的同时,兴起于1994年前后的消费主义思潮至世纪之交已蔚为壮观,整个社会正在进入一个新的历史时期,即耐用品生产和消费时期。在这样一个背景下,整个社会的转型表现为以下四个方面:一是文化从多元向断

[①] 梁启超说:"风气者,一时的信仰也,人人鲜敢婴之,亦不乐婴之,其性质几比宗教矣。一思潮播为风气,则其成熟之时也。"这是梁启超在讨论清代学术转型时说过的几句话。参见梁启超《清代学术概论》,上海古籍出版社1998年版,第3页。

裂转变；二是价值从需求转向欲望；三是话语从语言时代转向后语言时代；四是审美精神从审丑转向泛审美。① 应该说张光芒的分析是高屋建瓴的，文化、价值、话语及审美等都是很好的观察新世纪文学转型的角度。虽然张光芒的《论中国当代文学的"第三次转型"》一文写于 2004 年，但张光芒是站在世纪之交的时间维度来做判断和分析的，这是一个时代的终结和另一个时代的开始，是新世纪文学的发生，而不是新世纪文学的发展。尽管到今天为止，新世纪文学的发生、发展不过十多年，但就文学本身的变化来说，仍然是曲折动荡和纷繁复杂的。现代文学就是在这样一个以十年为基本长度单位得到确认并进入文学史的。只不过该文对社会转型期的诸方面把握过于宏大，虽然列举众多长篇小说作为证据，但仍然让人感觉这与文学之间的关系还显得十分生硬。朱德发于 2007 年发表的《辩证地认识中国文学的现代转型》一文，虽然讨论的是中国文学的古代与现代之间的转型问题，但对我们看待新世纪的文学转型仍然是大有裨益的。他认为，对中国文学的现代转型，仅仅停留在体式、结构、与域外有机对接以及小说升为文学正宗、白话文取代文言等方面是远远不够的，至少还要从三个维度进行探究，"一是文学样式向现代转型固然重要，但文学内容的转型更重要。文学样式总是与其内涵黏合为一体，既然形成审美文本那就不可能再有纯粹的样式，也不可能再有纯粹的内涵，样式与内涵已成了难以分割的结合体。二是中国文学向现代转型是一个过程。说'五四'文学革命完成了中国文学的现代转型，并不意味着这个过程已经终结，更不意味着各种样式的文学形态臻至完善或成熟，只是说中国文学各种样态到了'五四'时期在总体结构上发生了新变，变成了有别于传统文学的现代样态。三是'五四'时期的中国文学向现代转型并不是所有的传统文学样式都发生了转型。就主导文学样态来说，它已发生了结构性的转型，形成了现代型的文学样式，但是仍有一些传统文学形态只是在局部发生了变异或者仍保持原样态"②。应该说，这一观点是对张光芒观点的一个很有力的补充。讨论新世纪文学的转型，仅仅着眼于形式上的东西，容易染上新世纪的病症，那就是浮泛和肤浅，缺乏思想力。

---

① 张光芒：《论中国当代文学的"第三次转型"》，《当代作家评论》2004 年第 5 期。
② 朱德发：《辩证地认识中国文学的现代转型》，《河北学刊》2005 年第 5 期。

二　从小说创作看文学转型

转型的问题，我们可以进行具体而微的讨论。笔者曾经在一篇文章中表述过这样的想法，即新世纪以来的中国文学是一种"转型叙事"[1]，比如传统乡土文学向现代乡土的转型、工业叙事的转型、城市叙事的转型，而随着这些转型也产生出一些问题：今天传统的乡土叙事是否可能？所谓的工业题材创作在今天还能否为继？随着大都市的建立和普遍的商业化背景的出现，当代都市人的生活和情感以及寓居在城市中的精神指向都发生了哪些深刻的变化？

其实以上这些转型早在20世纪90年代就开始发生了，但显现出事件性的意义并在文学创作中得到普遍响应则是最近十年左右。这种转型的发生并不是作家们集体携手干预了某件事情，而是社会环境的变化和发展使得作家们必须面对这样的事实。比如，随着现代化进程的加快和城市的无限扩张以及农村人口的大量外流，很多农村迅速萎缩或者凋敝。这种形式上的、空间上的变化不仅改变了农民的心理状态，而且随着农民工涌入城市，也使所谓的城里人的心态发生了改变。如果说不久以前他们之间还是相对隔绝，那么现在则是直接比照了。这种改变和对比激活了乡下人和城里人丰富的内心世界，同时也激活了作家们的想象力并调动了他们处理复杂现实的积极性。因此，我们有理由要求作家们在这样一个变化的时代、转型的时代能够提供更多的更深刻的文学形象和有深度的精神追问。实际上，有深度的精神追问本来也就应该成为一位严肃的作家的写作宗旨。不仅处在我们这样的时代，任何一个激烈变化的时代都会为作家们提供新的生活和范本，也都会对作家提出如此有难度的要求。

我们不妨先从一部外国作品入手。黑塞的代表作《荒原狼》表现的就是知识分子在一个激烈变化的时代身上所出现的精神危机。主人公哈勒尔自称荒原狼，他富有人道主义精神，有爱国情怀，愤世嫉俗，看不惯世事，最后沦为杀人犯。他对自己所处的时代有清醒的认识，他说："我们今天的生活方式，中世纪的人会非常厌恶，会感到比残酷、可怕、野蛮还更难忍受！每个时代，每种文化，每个习俗，每项传统都有自己的风格，

---

[1]　周景雷：《〈非常城市〉：在转型中重振工业精神》，《文艺报》2009年7月7日。

>> 叙事的嬗变与转型

都各有温柔与严峻、甜美与残暴两个方面,各自都认为某些苦难是理所当然的事,各自都容忍某些恶习。只有在两个时代交替,两种文化、两种宗教交错的时期,生活才真正成了苦难,成了地狱。如果一个古希腊罗马人不得不在中世纪生活,那他就会痛苦地憋死;同样,一个野蛮人生活在文明时代,也肯定会窒息而死。历史上有这样的时期,整整一代人陷入截然不同的两个时代、两种生活方式之中,对他们来说,任何天然之理,任何道德,任何安全清白感都丧失殆尽。"[1] 这段话说的既不是单纯的哲理,也不是宗教,更不是泛泛地对一种社会现象的评论,而是来源于某种历史经验和个人命运的慨叹。一个会思考的人,不管他拥有一种什么样的身份——知识分子、农民或者一位王者——或者受过什么样的教育,总会在时代更替之际,将自己的命运和历史经验相结合,并对自身的现状作出判断。这一判断的过程是充满矛盾和挣扎的,并常常闪现出伟大的思想火花,即使用最平实的或者最大众化的语言也能把此时的心境和思考表现出来。就像《生死疲劳》中蓝脸那句经典名言:"天下乌鸦都是黑的,为什么不能有只白的,我就是一只白乌鸦!"[2](遗憾的是,这种思想并没有在这部作品中延续下来。)这种情况我们常常称之为精神追问,它考验作家能否从一个日常的表象中获得一种精神上的穿越。那么,这种精神上的穿越到底是什么?这似乎并不像数学公式那样清晰明了,也并不是什么哲学教义或者真理,也不在于文字的繁富和华丽(本来一切都直截了当,本来是很简单的感觉,而再从那里返回来时已没有了一滴活人的鲜血,而成了代数般的苍白幽灵——赫尔岑语)。虽然它所呈现的未必是最有说服力的,但却是最能震撼人心的,最能全面地反映和洞见人与社会的全部复杂性。

回到具体的文本,不妨以一两部小说为证。《尘埃落定》所表现的就是近代以来藏汉两种文明融合、冲突最激烈的时期,作者描述了在近三四十年的历史进程中,土司制度的消亡和以此为中心的相关的生活观念和生活理想的变化,以傻子少爷为视角见证了一种政治制度和它所代表的历史的"尘埃落定"。就像小说中描写的那样:"炮弹落下来,官寨在爆炸声

---

[1] [德]赫尔曼·黑塞:《荒原狼》,赵登荣、倪诚恩译,上海译文出版社2008年版,第17页。

[2] 莫言:《生死疲劳》,作家出版社2006年版,第213页。

里摇晃。爆炸声响成一片，火光、烟雾、尘埃升起来，遮去了眼前的一切。我没有想到，人在死之前会看不到这个世界。但我们确确实实在死之前就看不到这个世界了。在炮弹猛烈的爆炸声里，麦其土司官寨这座巨大的石头建筑终于倒塌了，我们跟着整个官寨落了下去。下降的过程非常美妙，给人的感觉倒好像飞起来了。"① 象征着土司制度的官寨的倒塌和没有经过多少文明教育的傻子少爷的"飞起来"的感觉是明显不对称的。傻子二少爷的成长经历实在让我们看不出他和整个土司制度之间的真实关系。他没有犹疑，只是顺从，并相信土司制度就要完结。或许早先他明白自己是一个傻子而不关心这个家族和这种制度的建设，认为那是与自己无关的。等到后来他想做土司的时候，他也并不真的明白自己到底应该与土司制度如何相处。只是在最后，他让自己家族的仇人杀掉了自己，也许正是这样一种努力，才完成了自己当土司的夙愿。在此，作者让他借助了外在的力量——家族的仇恨，才使我们在他身上多少看出一点家族血液在他身上的流淌（比如作品中二少爷临死时说："上天啊，如果灵魂真有轮回，叫我下一生再回到这个地方，我爱这个美丽的地方"）。当然了，就文本而言，现实力量更为强大的麦其土司和大少爷旦真贡布也没有更出色的表现，他们甚至比二少爷更为平庸，他们根本就感觉不到新旧交替的时代所给他们带来的苦难和焦灼，他们对自己的人生没有思考，耽溺于所有能够得到的物质享受之中。从一定意义上来说，是作者让他们浪费了这样一种在剧烈的时代变化中所可能得到或者出现的深刻的历史性思考和挣扎。

　　再如，《秦腔》是当下转型叙事的代表作。但它不像《尘埃落定》那样写了几十年的历史变迁，而仅仅是写了在转型时期一个村子不到一年的日常生活。这些日常生活包括日常劳作、交往、生活场景以及与此相关的各种各样的农村里的人际关系，比如父子关系、夫妻关系、兄弟关系、妯娌关系以及邻里关系等。这种凝滞的日常生活似乎已经延续了很多年，每一个日子都是这样被他们打发掉的，但转型就是那样悄无声息地到来和悄无声息地改变了一切。乡村的变化不像土司的官寨在爆炸声里轰然倒塌那样有一个剧烈的过程，却像水上的冰山慢慢消融。也许正是因为这种散漫的、"泼烦"的过程，麻痹了人们的思想，于是当他们还没有来得及深入

---

① 阿来：《尘埃落定》，人民文学出版社1998年版，第374页。

思考的时候,"七里沟"的滑坡就掩埋了这一切。但是这种具有隐喻意义的结尾却不能不让我们追问:从乡村走出来的都市青年知识分子夏风、秦腔传人白雪,甚至清风街里的"毛泽东"夏天义他们到底有怎样的心里苦难呢?这种苦难又是如何让他们思考生活本身呢?夏天义挣扎于土地之上,夏天智挣扎于秦腔之中,夏风挣扎于城乡之间,从表面上看,他们有自己的内心痛苦,有自己对生活的定义,有自己对时代变化的对抗和顺从,但他们的交叉甚少,激烈的碰撞甚少。没有这种激烈的交叉、碰撞便不能产生超越了有形的生活形态的思想,那么这样就会使作品流于一般的诸如当下大为盛行的所谓的底层写作了。阅读这样的作品,让人感到的是痛楚而不是疼痛。笔者曾经以为这种痛楚的漫漶也许比疼痛更为持久和具有渗透力[①],但是时代的剧烈变迁本身就是一个疼痛的过程,如果不能够把这种疼痛写出来,就是没有更为本质地表现出时代的变迁。当然,从一个基本要求出发,一个作家能够真实地描摹出这样一个变化了的时代的基本状态似乎就可以了,但是一个不能反映出变化了的时代中的思想厚度的作品,即使铺排得再华丽、情节再复杂,也终究成就不了伟大的作品。

当然,问题还在于,之所以对这两部作品提出这样的要求,是因为它们都不约而同地选择了一种"秉异"的叙述视角。这种视角很容易让人们提出更高的要求。在《尘埃落定》中,叙述人二少爷自称是一个傻子;在《秦腔》中,叙述人是一个疯子(张引生)。也许在日常生活中,这样的角色无论其如何假装正经都不会让人们对其进行任何的思想性判断,但我们要把他移植到文学作品中并将其树立为叙述者的地位,那么他就不仅非常容易掩盖诸如时间的错乱、线索的丢失和情节的过分延宕等技术层面的问题,而且还往往掩盖了由于创作者的思想乏力而导致的失重和畸形,甚至是浅薄无聊。非正常人的叙事视角在小说中有着特殊的意义,之所以作者选择这种视角是寄予了作者想要表达正常人所无法表达的内容,应该说选择这样的叙事视角绝不仅仅是考虑了叙事学和文体本身。比如鲁迅的《狂人日记》中的"狂人"就是一个思想者,他之所以发狂,源于在那样一个令人窒息的时代和环境中,他既想承担了其所由来的历史重担成为"吃人者"中的一员,又想反戈一击、揭露真相、掀翻这吃人的宴席。他

---

① 参见周景雷《苦难、荒诞与我们的度量》,《当代作家评论》2006年第1期。

第一章 叙述的限制与文化内质

的发狂,不是因为他一往无前地革命,而是在于革命过程中所遭遇的痛苦、焦虑和迫害。但也正是在这样的情境之中才能激发人的思想的力量,就像赫尔岑在评价妻子娜·亚·扎哈利娜成长过程时所说的那样:"这种自我封闭不仅需要有随意沉浮的很深的心灵深度,而且需要拥有一种极大的独立自主、岿然不动的力量。要在一种对自己不怀好意的、卑鄙庸俗的、沉闷窒息的和没有出路的环境里我行我素、独立不羁,只有不多几个人能够做到。有时候精神受不了,有时候肉体会垮掉。"[①] 傻子二少爷和张引生并没有生活在一个孤寂的封闭的环境中,他们所具有的心理属性为他们的思想和行为赢得了一个广泛的自由的空间,也就是他们由此获得了一个"神性"的属性。指出这一点相当重要,这为他们表达深刻的思想,进行符合身份的精神追问打下了基础。傻子和疯子对未来都有某种预感,都能随意地超越现实的沉重。虽然作品中描述了他们的"沉重的肉身"这样的物质属性,但他们能够"飞扬",能够洞察世事。尤其是张引生,他不是一般的疯子,他因贪恋肉身而"自宫",于是获得了超越性别的"俯视姿态"。在这样一种状态下,他们应该有理由、有能力对现实、对社会以及对人生进行更为深刻的体验、评判和反省,更应该有能力以一种居高临下的心理优势对新旧交替和急剧变更的时代做出一个"末日的审判"。一个优秀的作家,不仅要有贴附大地面向生活的献身精神(这一点似乎我们的优秀作家都能够做到),还要有超越于此的"神性"观照。但这种观照不是简单地浏览、顺从和记录,更不是一种小幽默、小滑稽[②],而是从某种正义原则出发的自省、批判和指引,是"宙斯的变脸"[③],只有这样才能使作品获得力量。遗憾的是,由于傻子二少爷和张引生的轻盈的生活,都没能走上这条"痛苦"沉思之路。

[①] [俄] 赫尔岑:《往事与随想》(上册),巴金、臧仲伦译,译林出版社2009年版,第316页。

[②] 《尘埃落定》,尤其是《秦腔》中有很多有意无意的幽默、滑稽场面,它们调节和缓和了叙事的节奏,但有时看来似是可有可无的。

[③] 西方神话中,宙斯是一个充满理性的主宰者。他因形象令人恐惧,且总是携雷电而行,故在巡行人间时容易伤及无辜。但宙斯又是一个有大爱的神,他不愿意自己的理性身躯给人们的美好想象造成损害,于是他常常将自己变成充满感性的英俊少年,并总能获得少女的青睐。宙斯的变脸饱含着诗意,他把理性和感性冲突悄然转换成少男少女间的美好情致。在此处喻指文学性和思想性的关系。

第二节 长篇的难度与精神的力度

我们知道，新世纪以来，长篇小说的高度发达为其自我创新提供了广阔的空间，但是对写作技术的热衷又往往使这一空间变得轻佻、浮躁，像一个飘浮在文坛上空的大气球，既缺乏广阔久远的背景，又没有深刻沉着的升华。因此在笔者看来，长篇小说的难度不在于它的文学性的不足[①]，而倒是在于其文化与思想表现力的缺乏。萨义德说："文学理论在很大程度上都把文本性从背景、事件和实体意义中分离出来，而这些又是从文本性作为人类活动的结果而成其为可能并使之清晰起来的。"[②] 这可以看成是萨义德在某种程度上对文学理论的拒绝，当然这种理论主要是指那种满足于文本自我封闭体系的理论，也可以看成是对过分强调"文学性"的批评。在萨义德看来，"文本是现世性的，从某种程度上来说是事件，而且即便在文本似乎否认这一点时，仍然是它们在其中被发现并得到释疑的社会形态、人类生活和历史各阶段的一部分"。所以在《世界 文本 批评家》这部著作中，"每一篇文章都肯定了文本与人类生活、政治、社会和事件存在真实之间的关联。这些权利和权威的现实——以及男人、女人和社会运动对于体制、权威和正统所进行的抵抗——就是使文本成其为可能，并把它们交付给读者，引起批评家注意的那些现实"，"这些现实正是批评和批判意识应该重视的东西"[③]。萨义德把这种批评称为世俗批评，以此反对那种局限在文本之内演绎理论的宗教批评。奥尔巴赫的《摹仿论》之所以能够存在，也正是由于缺少了一个具有丰富的专门藏书的图书馆，如果"当初有可能熟悉在如此众多学科中所做过的一切研究，恐怕就永远不会达到著书立说的地步了"，他的这句话可视为对文学理论的彻底摆脱。正因为如此，萨义德称这本著作为："迄今为止最令人惊叹、

[①] 参见吴义勤《"文学性"的遗忘与当代文学评价问题》，《文艺报》2009年8月27日。
[②] [美]萨义德：《世界·文本·批评家》，李自修译，生活·读书·新知三联书店2009年版，第6页。
[③] 同上。

第一章 叙述的限制与文化内质

最富有影响的文学批评著述之一。"① 受此启发，本节将抛开理论，继续以《尘埃落定》和《秦腔》为例来谈长篇小说创作中的文化原质和精神力量问题。

一 文学的文化假晶现象

所有的文学作品都在一定程度上表达着某种文化观念，或者将某种文化观念作为写作的载体，长篇小说尤其如此。一部作品有很多的出发点，而且读者也会从这些出发点来观察和研究一部作品，比如时间的、事件的、人物的等，但一般来说，具有统摄作用的出发点却是文化。只有将故事置于此中，时间、事件、人物才有了活跃的、深度阐释的意义和独特的风格意义。比如：王安忆笔下的老上海是殖民文化；阎连科笔下的耙耧山脉是中原文化；莫言笔下的山东高密是东北乡文化；贾平凹笔下的是秦地文化；阿来笔下的是藏北高原文化；等等。对于这样一种文化的习得和释放，有的是作家有意为之，有的是从作家的经验中无意识地呈现。正如赫尔岑所说："诗人和艺术家在自己真正作品中始终是民族的。不管他做过什么，也不管他在自己的创作中抱有怎样的目的和想法，他在有意无意之间所表达的，肯定是民族性格中某些自然本能，甚至比这个民族的历史本身表达得还更深、更清楚。"② 这一点在当下普遍存在的对意识形态的有意遮蔽中表现得更为直白。文化甚至成了长篇小说突破瓶颈、获得创新的一种工具了。

从文化角度研究和评价一部作品，我们当然是期望从中获得一种纯粹民族文化的体认，这种体认应该是带有强烈的人类学色彩和地方性色彩的，比如韩少功的《爸爸爸》等一类的创作就是致力于纯粹民族文化挖掘的代表。遗憾的是，在寻根文学大潮中，鲜见鸿篇巨制。突出一种民族性，并在这种民族性当中表现人的生存状态和人的生存样式，首要的意义还不在于我们由此获得如何的审美享受、接受什么样的艺术习惯，而是在于通过尽可能多的文化载体来判别人类对文化的依赖和文化对人的约束，进而才有可能使我们通过文学的样式对文化本身做出判别。这些都是通过

---

① 转引自［美］萨义德《世界·文本·批评家》，李自修译，生活·读书·新知三联书店 2009 年版，第 7 页。
② ［俄］赫尔岑：《往事与随想》（上册），巴金、臧仲伦译，译林出版社 2009 年版，第 417 页。

>> **叙事的嬗变与转型**

人类的生存状态和生存样式表现出来的,这样才符合文学艺术的丰富性、复杂性。但今天的创作,尤其是新世纪以来的创作现实已经很难完成这个任务,这既有题材的原因,也有作家所面对的生活的原因。在很久以来逐渐模糊的文化版图中,一般认为,那些描写少数民族生活的长篇小说应该是最具有民族文化色彩、最靠近纯粹民族文化的写作,比如《狼图腾》《水乳大地》《悲悯大地》《额尔古纳河右岸》等,再比如《风雅颂》这种从纯粹的传统文化出发的写作、《檀香刑》这种从地域文化出发的写作等,很多加之于它们的评价首先就是文化性的肯定或者是文化的胜利,然后才是历史的冲突与惯性以及于此当中人的挣扎。比如,对于莫言而言,我们今天对他的一个界定就是民间性,对于阿来的定性就是民族性。但是笔者要问的是,今天作家在面对这样一个世界的时候,还能完成一种纯粹的原生态的文化写作吗?答案显然是否定的。阅读经验证明,那些即使以文化表现为特色的长篇写作常常缺乏还原文化的能力和经验,文本中作为载体的文化观念和属性总是被嫁接、改造,发生流转,甚至丧失了确定的文化背景。但它有欺骗性,常常误导读者对文化归属产生错误的认知,"直把他乡做故乡"。

这一状况可以称为文学上的"假晶现象"。在《西方的没落》一书中有这样一段话:"一种矿石的结晶埋藏在岩层中。罅隙发生了裂缝,水分子渗进去了,结晶慢慢地被冲刷下来了,因而它们顺次只剩下些空洞。随之是震撼山岳的火山爆发;熔化了的物质依次倾泻、凝聚、结晶。但它们不是随意按照自己的特殊形式去进行这一切的。它们必须填满可填的空隙。这样就出现了歪曲的形状,出现了内部结构和外部形状矛盾的结晶,出现了一种石头呈现另一种石头形状的情况。矿物学家把这种现象叫做假晶现象。"[1] 刘再复先生受此启发,将文化分为原形文化与伪形文化。他说:"原形文化是指一个民族的原质原汁文化,即其民族的本真文化;伪形文化则是指丧失本真的已经变形、变性、变质的文化。每种民族文化在长期的历史风浪颠簸中都可能发生蜕变,考察文化时自然应当正视这一现象。"[2] 刘先生据此指出,用原形文化、伪形文化区分的视角观察中国文

---

[1] 参见[德]斯宾格勒《西方的没落》,齐世荣、田农译,商务印书馆2001年版,第330页。此处为转引。

[2] 刘再复:《原形文化与伪形文化》,《读书》2009年第12期。

化就会发现，不仅是外来文化的冲击会产生变动力，而且民族内部的沧桑苦难，尤其是战争的苦难和政治变动，也会使文化发生伪形。此话不谬，但在这里需要补充的是，一个作家如果不能正确地把握其所面对的文化对象，而是对其进行了有意无意的改变或扭曲，同样也会使文化发生伪形，有时甚至是立竿见影的。在媒体发达、传播迅速的时代更是如此。笔者认为，可以将这两个概念应用于对长篇小说的文化解读：以此评价和判断长篇小说中所反映出来的原始的原质的文化属性；以此梳理和发现文化的变形和变异以及它们的发生过程；在上述两点基础上来判断和分析作家的写作能力和写作合理性。

二 对原质文化的还原

首先看《尘埃落定》。《尘埃落定》是阿来迄今为止最好的小说，虽然他在此之后相继创作了《空山》和《格萨尔王》等长篇，但在原创性、抒情性和历史性等方面，后者都没能超过《尘埃落定》。阿来用抒情的、优美的语言把历史上的土司制度以及它的运行和人的生存状态都做了深入的描述和刻画。比如民居、日常生活、土司之间的交往等，特别是行刑制度，在一定意义上来说，成了莫言《檀香刑》写作的先声。这些都在一定的层面上传达出了诸多藏民族固有文化的信息，"肯定了文本与人类生活、政治、社会和事件存在真实之间的关联"。但实事求是地说，读者都为阿来的抒情语言假象所迷惑。富有弹性和节奏感的汉语在展现藏民族文化传统上的确让阿来运用得炉火纯青，"写得很华丽"①，它深深地吸引了读者。但也正如肖鹰所指出的那样，阿来"没有写出真正的藏族文化"。虽然笔者不知道肖鹰具体要表达的内涵到底是什么，但从小说创作角度而言，笔者认为只有写出了那种"英雄崇拜"的精神和彪悍、苍凛的人格

---

① 肖鹰语，参见《辽宁日报》2009年12月23日《文化观察》栏目。2009年末，在如何评价当前文学价值的问题上学术界发生了激烈的论争，其中以陈晓明为代表的学者认为"中国文学达到了前所未有的高度"，以肖鹰为代表的学者对此进行了否定性的评价。肖鹰在涉及阿来作品时说："我看过他的《尘埃落定》，写得很华丽，不过，我想说，真正的文学不能以华丽为标准。阿来并没有写出真正的藏族文化，而仅仅是把藏族文化以奇观异景的方式呈现出来了而已，以玩赏的形式呈现给读者。他写出来的与其说是文学，倒不如说是旅游招贴，因为当中没有更深层次的挖掘，这样的文本是电视式的，是电视文学。真正的文学应该要面对媒体文化的挑战，作家写出来的应该是只有文学才可以表述的东西。目前，有很多作家都在效仿阿来，用做古董的方式贩卖文化。"

品质以及神秘玄奥的日常生活才能更接近那种原质的藏族文化。很显然，《尘埃落定》不是这个样子的。当阿来把土司太太的身份设定为汉族时，这种"伪形文化"的命运便被注定了。从土司太太作为麦其土司的依附而介入藏民族的生活时，阳刚的品质和神秘的日常生活就开始消失。麦其土司的虚伪、狡诈，大少爷旦真贡布的冷酷、无能，傻子二少爷的慵懒、无为，他们不论是精神信仰还是个人品质都不像是在藏民族文化中浸染过，都不曾为人带来感动、激情，没有高原品格。麦其土司家的仇人——两个杀手更是犹疑、胆怯，没有建树，他们只能在傻子二少爷的帮助下，完成了某种绵软的复仇。他们的日常生活是极其透明的、驯顺的，像一个没有信仰的民族，宗教失去了力量。在某种意义上说，土司太太带来的是病态的文化，这不仅包括她病态的身体，也包括她扭曲的心灵。后来鸦片和枪炮的输入更是这一病态的延续，因此也就彻底离藏族的"原形文化"越来越远。也就是说，我们很难从麦其土司等人身上还原其文化属性。当然，阿来在这部小说中所要着力表现的不是藏民族的文化属性，而是要通过一个傻子的视角来观察和描摹土司制度的消失，这是他的写作目的。但这样一种写作目的又怎能离开对其文化属性的判断呢？没有藏民族文化作为载体，土司制度很显然就不会存在，它的民族属性就表现不出来。这里提出的一个问题是，一个作家，尤其是在面向民族文化进行写作的时候，如何处理"原形文化"和"伪形文化"，以及读者在阅读过程中如何把握和体认其所认定的文化。不首先确定这一点，就不能正确分析作品中生活场景、仪式以及人物性格的文化品性，就不能在文化的意义上为其定位和归类，因此也就势必造成文学上的"假晶现象"。

再看《秦腔》。把一种地方戏曲直接命名为小说的名字，这本身就使读者对《秦腔》拥有了相当高的关于原质文化的阅读期待。作为一种文化，秦腔是秦人精神状态的反映，是他们的日常生活，既有悲欢离合又有喜怒哀乐，但它又是人本身。据说秦腔在八百里秦川有着神圣不可动摇的基础。凡是到那里的村庄去，到那里的人家去做客，最高规格接待便是请人去看一场秦腔。实在不逢年过节他们便会合家唱一回，客人只能点头称好，不能耻笑，甚至不能有一点不入神的感觉。贾平凹在很多年前就说："农民是世界上最劳苦的人，尤其是在这块平原上，生时落草在黄土炕上，死了被埋在黄土堆下；秦腔是他们大苦中的大乐，当老牛木牵疙瘩绳，在田野已经累得筋疲力尽，立在犁沟里大喊大叫来一段秦腔，那心胸肺腑，关关节节的困乏便一尽涤荡净了。"① 基于这样的认识，在小说《秦腔》中，贾平凹试图把秦腔作为情节推演的一条线索，试图将秦腔与人物的情感波动和生存认知融为一体，试图把秦腔作为秦人生活和自我调适的另外一种内驱力，因此他总是在某些关节处用秦腔来起承转合，以此凸显秦腔与生活的关系。比如：夏风、白雪结婚时请秦腔剧团演出；生孩子的时候播放秦腔音乐；夏天智死时用秦腔送行；等等。② 但这里面始终有一种僵硬感、镶嵌感。为了表现这一部小说的文化属性，作者在很多地方不仅详细地写出了唱词、曲目，而且还写出了很多曲调，甚至有的唱词还非常符合当时的情境。但细心体会，似乎秦腔并没有如我们所习惯确认的那样，与"清风街"的生活融为一体，并没有起到"涤荡"生活劳累的作用，或者说在这里秦腔并没有构成它们的生活或者生存本身。这种情况的出现固然有时代变化的冲击和"外来文化（流行歌曲）影响"，但更主要的还在于，小说里的秦腔与真正的劳动者是游离的、不合拍的。小说中真正喜欢并了解秦腔的是夏天智、白雪，他们都是所谓的乡村知识分子或者艺术家，他们基本上脱离劳动、脱离土地。张引生偶尔也引吭高歌，但那是在他疯了的时候。而真正坚守乡村家园并为了土地而献身的夏天义对秦腔是漠视的，至少是不喜爱的。那么没有农民、没有劳作、没有土地的秦腔还是原来那种涤荡肺腑的秦腔吗？这种秦腔与土地之间的游离，一方面，与作家所呈现出的写作合理性有关，与把握对象的能力有关，于是这里的秦腔变成了"伪形文化"；另一方面，秦腔在历史的风浪中、在现实生活的磨砺中也许真的已经游离在生活之外，变成了装饰品，甚至变成了把玩的物件。我们甚或无法恢复到秦腔的原质状态当中，期盼从这部小说中获得对秦腔的原质认知已经不可能了。

前面我们从原质文化、精神力量等方面分析了当下长篇小说创作的难度，其实这也仅仅是全部难度中之一二。称其为"难度"是因为不断有人指出这一点，而且很多作家都在努力开掘，但鲜有令我们惊喜的改进。纵观近十年的长篇小说领域，尽管题材多样、内容丰富、表达充分，但大都思想简单，类型固定，或者自我复制，或者相互重复。很多看似令人惊异的作品，有形式没内容，有沉重没有深度，有疼痛没有思想。近来在重

---

① 贾平凹：《秦腔》，《人民文学》1984 年第 5 期。
② 参见周景雷《面对乡村精神的丧失》，《当代文坛》2005 年第 5 期。

> 叙事的嬗变与转型

估中国当代文学60年的论争中，这样的问题不断被提及并成为核心。以《尘埃落定》和《秦腔》为个案，不仅是因为它们都获得了茅盾文学奖，代表了某一层面的最高成就，而且笔者也真的认为它们确实是近十几年来最好的作品之一。当然，仅仅两部作品不足以为全部，在此挂一漏万，后文将继续从宏观到微观、从整体到具体讨论这样的话题。

第二章　历史的立体建构与多维空间

第一节　多元复合的历史趋向

在新历史主义小说解构热潮渐趋平静之后，新世纪以降，历史再次成为不同代际作家共同关注和书写的焦点。像20世纪50年代出生的作家刘醒龙的《圣天门口》、铁凝的《笨花》、阎连科的《受活》和《坚硬如水》、莫言的《生死疲劳》和《蛙》、严歌苓的《第九个寡妇》、尤凤伟的《衣钵》和《一九四八》、王安忆的《启蒙时代》、贾平凹的《古炉》、范小青的《赤脚医生万泉和》；60年代出生的作家格非的《人面桃花》和《山河入梦》、李洱的《花腔》、迟子建的《伪满洲国》、艾伟的《风和日丽》等，甚至70年代出生的作家也涉足历史题材，如魏微的《流年》等。新世纪历史叙事不仅数量颇丰，而且多以鸿篇巨制的形式展现在读者面前。凭借其不可小觑的创作实绩，长篇历史小说遂成为新世纪文坛上难以回避的一隅。因不同于十七年时期的经典历史叙事和新历史主义小说对历史单向度、一元化的呈现，近十年历史叙事表现出一种努力再现和表现多元的、立体的历史景观的企图和愿望，显示出了独特的历史意蕴和美学追求。

整体观之，近十年的历史题材小说不约而同地选择了以共和国的"史前史"，即蔡翔所谓的"革命中国"——在中国共产党人的领导之下，所展开的整个20世纪的共产主义的理论思考、社会革命和文化实践[①]，以及共和国的历史，即1949年新中国建立之后至"文化大革命"结束近30年的历史等为表现对象，对中国半个多世纪的历史进程和社会沿革进

[①] 蔡翔：《事关未来的正义：革命中国及其相关的文学表述》，《上海文化》2010年第1期。

行了再现和反思。因此，文本所关涉的历史内容与十七年时期的经典历史叙事和20世纪90年代的新历史主义小说对历史时期的选择和书写出现了交叉和重叠的现象。如梁斌的《红旗谱》、刘震云的《故乡天下黄花》、刘醒龙的《圣天门口》都讲述了中国现代革命的起源和发展的过程；而李英儒的《野火春风斗古城》、莫言的《红高粱》、铁凝的《笨花》讲述的都是抗日的故事；柳青的《创业史》、余华的《活着》、阎连科的《受活》从不同的立场出发记叙了"土地改革""合作化"这段历史。虽然小说展现的历史时期颇为接近与相似，但十七年时期的红色经典出于政治的考虑和需要把历史叙事划分到革命与反革命、正义与邪恶、进步与落后等泾渭分明、壁垒森严的二元对立的斗争哲学之下，而新历史主义小说则由于反叛和颠覆"主流历史"的要求，在对历史真实性的探究中，陷入历史的瓦砾和碎片之中无法自拔。也就是说，两者都不同程度地把历史单一化、简单化和一元化了。正是在这种历时性的考察和对比中，我们发现新世纪历史叙事凸显出一种还原历史多元性、复杂性的意向和建构一种极具立体感的历史的冲动。米兰·昆德拉认为，小说的价值就是"小说通过自己内在的专有逻辑"，"开发它所有的可能性、认识和形式"①，参加到"小说历史中的发现的继续"②。新世纪历史小说正是在不断的革新和探索中扩展了文学史的审美向度，彰显了自身存在的价值。本章意欲立足于十七年时期的红色经典历史叙事和20世纪90年代的新历史主义小说两个维度，从整体上考察新世纪十年历史叙事的美学特征和审美内蕴，发现其表达历史的文学观念的异质性，勾勒其展现历史主体能动性的精神图谱。

一　历史叙事向多元复合发展

从广义上讲，历史是指对过去发生事情的话语阐释，历史存在于叙事中，而叙事就是所谓的话语权力的运作，谁掌握了话语权力，谁叙述的历史就具有真实性。由于叙述者的历史视野的不同，对于历史的叙事"不可能做出描述全部事实的断言，即描述在时间的整个过程中，一切与此事有关的人的全部活动、思想、感情"③。于是在人的不断阐释之下，历史

---

① [法]米兰·昆德拉：《小说的艺术》，孟湄译，生活·读书·新知三联书店1995年版，第14页。

② 同上书，第13页。

③ [英]汤因比：《历史的话语》，张文杰译，广西师范大学出版社2002年版，第293页。

第二章　历史的立体建构与多维空间

出现了分裂和差异，大历史与小历史、线性历史和循环历史、民间历史和主流历史、同质性的历史和异质性的历史等不一而足。

面对如此名目繁多、错综复杂的分类，不同时期的历史叙事者站在了不同的观测点，表现出了不同的文学史观和历史视野。在十七年时期，以现代中国革命历史为绝对表达主题的红色经典叙事，因强调一切共识性历史事件在艺术思维中的导引价值而具有极强的历史勘正性和社会政治价值。如梁斌的《红旗谱》塑造了一个具有新民主主义革命时代新农民气质的英雄人物朱老忠，作家写他的勇猛刚毅、疾恶如仇，也写他坚忍不拔、敢于同封建势力作斗争的反抗性格。这个人物形象的出现正是在历史对照中，矫正了老套子、老驴头这样旧式农民的劣根性，验证了在中国共产党领导下的农民革命才是历史发展真正动力的政治命题。同样的勘正性和意识形态性还体现在对爱情这一主题的表现中，《青春之歌》的作者杨沫说："我的整个幼年和青年的一段时间，曾经生活在国民党统治下的黑暗社会中，受尽了压榨、迫害和失学的痛苦……是党拯救了我，使我在绝望中看见了光明……是党给了我一个真正的生命，使我有勇气和力量度过了长期的残酷的战争岁月……这感激，这刻骨的感念，就成为这部小说的原始的基础。"[①] 显然，党领导的神圣性、权威性已然成为植入作家脑海的编码芯片，并最终成为引领林道静完成爱情与革命圆满结合的人生设定。

而在20世纪90年代，以寻根文学、先锋小说和新写实文学等汇聚而成的新历史主义小说，则致力于打破意识形态对文学的规约，将文学的历史从"无产阶级革命文学史"中剥离出来。这一时期的作家普遍抱持着与十七年时期的红色经典叙事决裂的文学姿态。莫言曾坦言"我们心目中的历史，我们所了解的历史，或者说历史的民间状态是与'红色经典'中所描写的历史差别非常大的。我们不是站在红色经典的基础上粉饰历史，而是力图恢复历史的真实"[②]。这种还原真实历史的红色冲动，在西方后现代新历史主义思潮那里找到了依据和靠山：历史的真实性并不存在，人们找不到真正的历史，因为历史业已逝去；人们只能找到如怀特所

[①] 李新宇、罗振亚：《现代中国文学作品选评（1918—2003）》，南开大学出版社2009年版，第29页。

[②] 莫言、王尧：《从〈红高粱〉到〈檀香刑〉》，《当代作家评论》2002年第1期。

说的关于历史的叙述，或仅仅找到被编织和阐释过的历史。在新历史主义小说作家这里，历史的真实属性不再是意识形态对僵死的史料进行选择、阐释、重塑的历史，而是根植民间、地处边缘、隐匿于历史缝隙中、充满个人体验和幻想的历史。然而，文学史观的反叛与颠覆带来的文学革命的快感很快消失了，对主流历史的解构，对偶然性、非理性因素的大量植入，对历史氛围和历史感受的执着偏爱使"后期新历史主义小说离历史客体愈来愈远，文化意蕴设置愈加稀薄，娱乐与游戏倾向越来越重，超验虚构意味愈来愈浓。在解构的快感中，其重新阐释历史的目的也逐渐沦为一种技术层面的操作过程……新历史主义小说家注定无法继续坚持他们对历史的文化意义的开掘，纯个人的精神探索最终沦落为叙述的游戏"[①]。上述两种对于历史的艺术理解和试炼，在笔者看来，一个是以历史的本质规律决定小说的叙述，一个是以叙述方法决定了历史的意义，二者的文学史理解仿佛是不可调和的、互相对立的两处阵地，这在某种程度上必然弱化了文学表达历史与现实的复杂性、可能性，成为历史叙事的审美硬伤。新世纪以来，写作环境相对稳定，20世纪八九十年代那种走马观花、瞬息万变的文学革命状况不复存在，无论是50年代出生的作家还是60年代出生的作家，甚或其他代际作家在文学界的地位都较为稳固，作家创作心态也趋于平和，无须再为"话语权力"的争夺而剑拔弩张、标新立异。因此，新世纪十年历史小说的叙事少了许多锋芒和偏见，多了份平和与理性，呈现出一种调和历史分裂，从一维走向多元复合的历史趋势。

二　历史的大小写

在新世纪历史叙事中，我们首先感受到大历史与小历史的交融和汇聚。"'大历史'，就是那些'全局性'的历史，比如改朝换代的历史，治乱兴衰的历史，重大事件、重要人物、典章制度的历史"，而"'小历史'，就是那些'局部的'历史，比如个人性的、地方性的历史，也是那些'常态的'历史，日常的、生活经历的历史，喜怒哀乐的历史，社会惯制的历史"。[②] 虽然，当文学以小说的形式表现历史时，并不能如此泾

---

① 李天福：《论新历史主义小说的文化思想走向》，《求索》2008年第8期。
② 赵世瑜：《大历史与小历史：区域社会史的方法、理念和实践》，生活·读书·新知三联书店2006年版，第10页。

第二章　历史的立体建构与多维空间

渭分明地区分历史的"大小之辨",然而,由于特定文学环境的制约和作家对历史认识的偏颇,文本仍有固守一端的倾向。十七年时期的经典之作,无疑把目光聚焦在了大写的历史上,这大写的历史主要是指中国革命的历史,如新民主主义革命、抗日战争、国共内战、解放战争、抗美援朝等;也指中国当代社会经济发展的历史,如农村土地改革、大炼钢铁运动等;还指具有史实价值的社会事件,如"文化大革命"、三年自然灾害等。《红日》《红岩》《红旗谱》《创业史》《林海雪原》《李自成》《保卫延安》《六十年的变迁》等长篇小说就是在上述大历史的叙述中表达了历史既是人类的外部生活情境,也是人类最内在的现实,更是艺术灵感萌生的源泉这一文学观念,正如柳青所说:"我写这本书就是写这个制度(指农村合作化道路)的新生活,《创业史》就是写这个制度的诞生的。"[①]

新历史主义小说则恰恰相反,它逃避了大历史的神话,义无反顾地投向了小历史的怀抱。新历史主义小说不再关涉那些对于革命具有决定性意义的重大胜利,而是转向鲜为人知的、局部的、民间的历史碎片,希冀在家族史、民间秘史、乡村野史的隐秘缝隙中窥探到历史的真相,在对民族集体承载的历史关照中廓清个人历史记忆的领地,如以坚定的民间立场阐释历史的多向度存在:莫言的《红高粱》把目光投向了充满野性召唤的高密东北乡,以土匪余占鳌率领乡民自觉反抗日本侵略者的边缘历史修补及填充了整个抗日历史的宏大叙事;以虚拟的历史来升华根植现实的历史幻想:苏童的"枫杨树村"系列(《罂粟之家》《1934年的逃亡》《妻妾成群》)和叶兆言的《枣树的故事》《追月楼》《状元镜》《半边营》等小说,将历史还原为一个可以放纵想象、安置生命形态的所在;以家族历史或个人的历史足音取代民族寓言的铿锵步履:陈忠实的《白鹿原》,余华的《活着》《一九八六》《往事与刑罚》,格非的《青黄》《风琴》《迷舟》,王安忆的《纪实与虚构》《长恨歌》等小说,对历史进行了人性意义上的写实性重构,将历史转化为一卷卷充满生命质感的生活书册。

相较于十七年时期革命历史小说和新历史主义小说,新世纪以来的历史题材小说兼具单数的具有共名特质的大写的历史和复数的具有个体化肌理的小写的历史,既拥有一种波澜壮阔、深邃宏大、史诗性的品格,又凸

[①] 李新宇、罗振亚:《现代中国文学作品选评(1918—2003)》,南开大学出版社 2009 年版,第 26 页。

>> 叙事的嬗变与转型

显村落史、家族史、个人历史的细腻、生动和丰润，涌动着在民族文化的追忆与钩沉中重铸中国历史的情感和愿景。如刘醒龙的《圣天门口》这部长达110万字被赞誉为"重构了中国20世纪历史"的长篇巨著，讲述了大别山区一个名叫天门口的小镇杭、雪两大家族从对立到共处的经过，作者又以说书的鼓词将中华民族从开天辟地以来的历史穿插在整部小说之中，深刻地展示了20世纪初到60年代末中国崛起的坎坷与曲折。而贾平凹的《古炉》更像是一场大革命与一个小村庄的相遇，最高指示、大字报、思想批判与肉体折磨这些文化革命历史的符号夹杂着古炉村的田野草木、鸡飞狗跳、邻里寒暄、杀猪宰羊的生活之气。在对历史事件的重返旅途中，作家注入了一个村庄生活细节的涓涓细流，使读者可以在高亢的政治喧嚣底下隐约地听到乡土文化的轻声细语。古炉村，在小说中是叙事的特定空间，也代表了以瓷器闻名于世的中国，作家富有深意的命名表达了对中国历史复杂、恒定的内核的追求。此外，迟子建的《伪满洲国》以编年史的方式讲述了东三省在伪满洲国的统治下近14年的屈辱历史，小说笔端始终围绕东北老百姓的生老病死、爱恨情仇、悲欢离合，抗日战争只有对政治人物才具有特殊意义，芸芸众生只能在战争中默默承受与忍耐，也正是这被抛掷在大历史的人生状态在作家充满温度的描写中让读者体会到了历史的悲凉与沧桑。

三　历史的主客观

历史是指已经发生、真实存在过的事件、思想、活动，同时也指我们自己对它们的认识与理解。正如怀特认为的，历史包括多层含义："过去的现实，即历史学家研究的客体；历史编纂，即历史学家关于这个客体的书面话语；历史哲学，即对这个客体与这个话语之间可能有的关系进行的研究。"[①] 因此，历史不仅是客观发生的，由于历史话语通过"话语转义""情节编排""论证阐释""意识形态含义"等策略在因果的链条中进行的意义解释，同时还具有主观性和体验性。在不同的历史时期，客观历史与主观历史在小说这一文学容器中的比例往往不是均匀的，如十七年时期小说的历史取向偏重于呈现历史的客观性，倾向于建构一种政治属性鲜明

[①] [美]海登·怀特：《后现代历史叙事学》，陈永国等译，中国社会科学出版社2003年版，第295页。

第二章　历史的立体建构与多维空间

的客观历史。虽然小说是虚构的艺术，在叙事中作者的个人体验和艺术上的处理会透露出对历史解读的主观性，但由于作者本人对历史的"亲历性"或写作时所依据的历史事实，以及在文学艺术服从于政治正确的艺术准则的自觉选择，突出历史的客观性仍然是十七年历史小说的显著特色，其中对历史真实性的拥趸最具代表性。如《红岩》是根据作者罗广斌本人渣滓洞的被捕经历多次润色而成，《铁道游击队》是刘知侠听完铁道游击队员的现场报告后收集大量资料创作而成，《保卫延安》《红日》《林海雪原》等都是真实发生过的革命事实，小说中设置的人物几乎都是有现实人物的原型，抑或是亲历者的口述，小说要表达的历史是"信而有征"的事实，历史叙述具有"不虚美、不隐恶"据事直书的传统风格。十七年时期的历史小说，大多注重史实性质，艺术想象力常常因为历史材料的束缚与拘囿失去喷薄爆发的原动力，历史主体往往低伏在历史的现实中，失去了与历史对话的可能性。

　　进入20世纪，历史的客观性遭受到了前所未有的挑战。历史的整体性、统一性、一致性被打碎，逻各斯中心主义的链条被切断，历史的主观性被提到前所未有的高度。曾经让人坚信不疑并奉若神明的"事实存在"，在历史主体性的强大围攻下失去了话语权，正如卡尔所说"相信历史的硬核客观地、独立地存在于历史学家的解释之外，这是一种可笑的谬论"[①]。新历史主义小说的创作者接受了西方新历史主义的观点，他们从自身对历史的理解和体验来审视和判断过去的一切，根据自己的意图，随意地操控着一切历史资源，对历史进行虚构化、戏拟化，表现出鲜明的主观色彩。在格非的《迷舟》《敌人》等小说中，历史的偶然性以及生命的神秘主义成为历史的坚固内核。在叶弥的《现在》《本质》等小说中，作家已经彻底放弃对历史真实性的追索，主人公全金、老林宣告了历史意志的破产和一元化历史权力话语的退场：无人再去求证历史，即使身份的历史得到证明，也无人关注、相信这一历史的确凿证词。与客观性历史决裂的姿态为新历史主义小说创作提供了另一路径、另一试验的场域，然而主观性的过度释放最终使得小说的叙事走向了狭小的巷口，小说成为作家表达自我经验、肆意切割历史、沉溺历史幻想的私人小屋，就如伊格尔顿说的"极端的历史主义作品禁锢在作品的历史语境里，新历史主义把作品

[①] [英] E. H. 卡尔：《历史是什么?》，陈恒译，商务印书馆2007年版，第93页。

叙事的嬗变与转型

禁锢在我们自己的语境里,从某种意义上说,这两家永远只会提一些伪问题"①。

新世纪以来的历史叙事并不排斥历史实证主义的客观性,也不回避本体性历史,能够在把握历史客观存在的艺术构思前提下融入创作主体的理性思考,小说文本不再追求碎片化的拼凑与粘贴,也不热衷于叙事的炫技与标新立异,在向客观历史纵深处挺进时,表现为一种叙事风格的沉稳、厚重,一种历史写作的公正和使命感。在土改题材的小说《衣钵》中,尤凤伟坦诚地表达了寻求和还原历史真相的写作初衷,这首先来源于他对以《暴风骤雨》《太阳照在桑干河上》为代表的土改历史叙事的质疑和不信任:"我们已有的'有板有眼的史'常常是无板无眼的,离真实史况相距遥远,有权立史的人确实将史当成一个'随人打扮的小姑娘',这一点恐怕是不需加以论证的。在这种情况下,作家小说中的史就不单单是对现有的史的补充的问题,而是匡正,还其原有的模样。"② 建立在这种为历史负责、为历史存真的文学史观的小说创作必然要求作者在客观历史的重温与触摸中找到艺术的崭新切口:小说的创作"必须真实地再现当时的实际情况,不可偏离史实,更不可胡编乱造"③。在以土改历史为叙事主题的同时,作家讲述了历史的亲历者姜先生50年前逃离大陆、50年后回国创业的故事,既将历史照进了现实,也在现实中显现出历史的魅影,在这个角度上理解,"衣钵"这个命名其内在的象征意义就在于对"现实是历史的延续"的执着坚守,正如张光芒所言:"《衣钵》通过独特的叙述重构了历史与现实的辩证法,即它是把历史作为现实来写,把现实当成历史来写,把真相当成影像来写,把影像当成真相来写,在多重视野的聚焦下实现对本质真实与真理性的勘探。"④ 对于客观历史的主观性锻造还体现在对阶级、革命、人与土地关系等历史命题的再度审视上,如艾伟的《风和日丽》通过私生女杨小翼的视角审视了革命者"将军"对爱情、亲人、家庭、事业的态度,剖析了那个时代的共产党人对小资产阶级鄙夷不

---

① [英]伊格尔顿:《历史中的政治、哲学、爱欲》,马海良译,中国社会科学出版社1999年版,第111页。
② 尤凤伟、何向阳:《文学与人的境遇》,《当代作家评论》1999年第2期。
③ 尤凤伟:《一九四八·后记》,《西部华语文学》2008年第8期。
④ 张光芒、尤凤伟:《比写作立场更重要的是发现真实的能力——评尤凤伟长篇小说〈衣钵〉》,当代中国文学网,http://www.douban.com/group/topic/3831348/。

屑又欲罢不能的复杂心理和社会动因。莫言的《生死疲劳》以中国半个世纪的土地运动及改革为主题，通过地主西门闹的六道轮回来叙述农民与土地的关系，与生存、与生命的关系。作家将地主与农民的阶级身份设置为超越常识性的逆向对立，身为地主的西门闹在小说中喊冤叫屈，需要转世为动物为农民蓝解放一家当牛做马，其中国古典章回体的运用及关于生命的六道轮回的想象为中国当代的历史叙事提供了一种独特的视角、一种崭新的可能。正如米兰·昆德拉所言："小说不研究现实，而是研究存在，存在并不是已经发生的，存在是人的可能的场所，是一切人可以成为的，一切人可能够的。小说家们发现人们这种或那种可能，画出'存在的图'。"① 新世纪的历史小说正是通过客观历史与主观历史的渗透、杂糅，通过强大的艺术想象力和理性的自制力来刻画出历史存在的无限可能。

四　由同质性转向个体性

所谓"同质性"的历史，指的是历史的一致性：一是作家对历史的主观认识和情感态度以及选取表现历史的角度时的高度一致性；二是文学文本中的历史与讲坛历史、论坛历史的一致性。在十七年历史叙事中，历史的同质性主要表现在作家对中国革命历史、社会主义建设发展方向的认同，杨沫之所以在《青春之歌》中增加了林道静在农村的七章和在北大学生运动的三章，就是要确保与党的社会主义建设总路线保持一致。在新历史主义叙事中，历史的同质性则表现在对"正史"的普遍质疑，如乔良的《灵旗》讲述了红军在第五次反"围剿"失利时夺路而逃，在惨烈的湘江之役中再次失败藏匿于乡间的故事。小说刻意回避了对战争主题的正面强攻，以青果老人和二拐子的回忆与讲述再现了一次大溃败的战役，并以多重叙事视角、意识流的笔法拆卸了主流革命历史的架构，塑造了历史的另一种面孔：骁勇善战的红军战士成为猥琐无力的游兵散将，平民百姓成为残杀、追捕红军的复仇群体。再如刘震云的《故乡一九四二》，将小说叙事时间锁定在1942年这一抗日战争的相持阶段，河南发生大饥荒，三千万人挣扎在死亡线上，当时政府却层层隐瞒、漠然视之，甚至变本加

---

① ［法］米兰·昆德拉：《小说的艺术》，孟湄译，生活·读书·新知三联书店1995年版，第42页。

厉地掠夺灾民，出乎意料的是，最后竟然是在中国犯下滔天大罪的日军向灾民提供救济粮食，挽救了他们的生命。由此可见，新历史主义小说家不约而同地选择"主流"之外的"边缘"作为评述历史的对象和标准，小说中的历史虽然溢出了讲坛历史和论坛历史的框架，相对于经典历史小说而言具备异质性，但是，伴随着新历史主义小说向"边缘"历史的集体狂奔，操刀奋进，在20世纪90年代终以强大的攻势占领了历史阐释的话语高地，成为新的历史话语"主流"，作品仍然表现出同质性的特征。

新世纪以来，作家有意识地逃离单一的、雷同的历史叙述，即使是在同一历史时期、对同一历史事件的价值确认与艺术表述，也倾向于追求更具个体性的认识，也就是凸显出小说中历史表达的差异性，如《第九个寡妇》与《衣钵》都对土改历史的合法性质疑，但表现的角度却大相径庭：前者的主人公王葡萄是一个恪守朴素乡村法则的乡村女性，她把被错划为恶霸地主而判死刑的公爹匿于红薯窖几十年，体现了民间历史的厚重与宏阔；后者的主人公姜先生则被复活了政治身份，不再以普通乡民的身份体验土改运动，作为国民党的他亲历了团结、镇压、追杀最后走上了逃亡的道路，体现了作家对历史解读的独特个性。《生死疲劳》与《受活》同样质疑了"合作化"这段历史，蓝脸与茅枝婆选择的路径也是各不相同。《启蒙时代》《古炉》与《坚硬如水》同样都是对"文化大革命"历史的反思，一个在"老三届"一代的心灵成长中走向对市民文化的认同，一个在狂欢、动荡的时空中传递出中国传统文化的强大，一个在一对沉溺于情欲的男女身上验证"权力与性"与革命的同构性本质。在《人面桃花》中，甚至在源头上提出了阶级的压迫、剥削并不是革命者走向革命道路的原因，中国古已有之的对桃花源的向往和追求才是中国革命者们的前进动力。

第二节　历史主体的突围实践

在文学发展的长河中，对人的关注一直是一个有增长力的核心问题。新世纪以来，随着时间的流逝，商品经济带给文学界的惶恐渐渐消退，作家们在冷静之余重拾人道主义的理念，开始了对人的再度关注。早在1912年，《新史学》的奠基人鲁滨孙就已郑重提出："就广义说起来，所

第二章 历史的立体建构与多维空间

有人类自出世以来所想的，或所做的成绩同痕迹，都包括在历史里面。大则可以追述古代民族的兴亡，小则可以描写个人的性情与动作。"[1] 新世纪十年的历史叙事努力在具有突出意义的历史事件中以写实的笔调对普通历史主体的生活进行还原，凸显一个个真实的生命实体在历史浪涛中的浮沉。

如在土地改革题材的写作中，有《生死疲劳》的蓝脸，这个当时全国唯一的单干户，以一种顽固的坚守映射出农村变革的荒诞；有《受活》的茅枝婆，其生命的运行轨迹与加入互助组、初级社，退出人民公社的农村历史发展是同步的。再如在知识分子群体的写作中，有《花腔》的葛任，小说通过三个叙事者的话语狂欢在破解葛任之死的历史谜题中讲述了一个人"非死不可"的历史命运；也有《人面桃花》的陆秀米，作家绕开了外部革命的政治性，从个体心灵的历史介入了中国革命的历史，讨论了革命的发生动因、革命者的命运遭际、以江湖匪盗为载体的民间意识形态与革命的关系。在另外一些具有生活气息的历史小说中，日常生活团花繁复：地域风景、世情世故、乡村秩序、民间伦理、传统习俗都成为作家表现历史主体的有效器具，这有效地规避了革命历史的坚硬与空洞，调和了新历史主义小说的迷茫与绝望，当作家向大写的家国民族历史发出邀约之时，即明确了历史的画卷是由一个个独立的人的历史连缀而成的，这历史的节奏与韵律不再是枪炮发出的声响，而是平常日子里每个人都会倾听到的生活之声。这样的作品在女性作家那里有着极其优异的表现：《笨花》截取了从清末民初到20世纪40年代中期近50年的历史断面，叙述了冀中平原一个村庄在乱世风雨中对民族底色的忠诚和坚守。小说刻意回避了对激烈的战争场面和共产党人战斗画面的书写，侧重对乡村风俗日常生活的铺叙，如对乡村黄昏的描写，对棉花地里"钻窝棚""喝号"等风俗的描摹，在日常生活和历史细节的巧妙装置中，既可以领略历史的原始风景，也可以清晰看到那段岁月的真实表情。

由此可见，新世纪十年的历史叙事突出了人的主体性地位，在历史与人的同构关联中抵达对历史本质的揭示，"历史可以娱乐我们的幻想，满足我们急切的或随便的好奇心……但是历史还有一件应做而未切实去做的

---

[1] [美]鲁滨孙：《新史学》，何炳松译，广西师范大学出版社2005年版，第1页。

>> 叙事的嬗变与转型

事，就是帮助我们明白我们自己和同胞以及人类的问题和希望"①，正是在这个向度上，新世纪十年的历史叙事已完全不同于传统意义上的历史小说，人的生命满溢着各种历史文化的因子，人成为再现、反思历史的出发点和归宿，历史成为真正的人的历史，其超越历史的审美意蕴和新型品格主要表现在以下几个方面。

一 小人物对历史的承担

在历史小说的传统里，帝王将相、才子佳人、英雄传奇等一直以来都占据着中心的位置。罗贯中的《三国演义》，三国鼎立、英雄辈出，褚人获的《隋唐演义》讲述了隋末至安史之乱的历史沿革，有帝王将相的宫廷故事，有才子佳人的儿女情长，也有英雄壮士的豪气冲天。还有一些话本文学，如《薛仁贵征辽事略》《宣和遗事》等，也没有逸出这个传统。进入"五四"时期，这一叙事传统遭到质疑和批判，周作人称其"妨碍人性的生长，破坏人类的和平"，将此归为非人的文学，"……（五）奴隶书类（甲种主题是皇帝状元宰相，乙种主题是神圣的父与夫）；（六）强盗书类（《水浒》《七侠五义》《施公案》等）；（七）才子佳人书类（《三笑姻缘》等）……"②。到十七年时期，毛泽东曾多次批评文化艺术界"被死人统治着"，封建的、帝王将相的、才子佳人的文学作品很多。与之相对应的是，提倡把工人、农民、士兵这三个人物群体作为艺术作品表达的对象，虽然这些人物具有平民的属性，是群众的一分子，但无一不是在革命战火中锻造和历练的英雄典范，是一个被推置到顶峰的大写的人，像朱老忠（梁斌《红旗谱》）、沈振新（吴强《红日》）、周大勇（杜鹏程《保卫延安》）、杨子荣与少剑波（曲波《林海雪原》）、周炳（欧阳山《三家巷》）、江姐（罗广斌、杨益言《红岩》）、刘洪与王强（刘知侠《铁道游击队》）、欧阳海（金敬迈《欧阳海之歌》）等小说人物，表达着顽强的革命意志力、崇高的革命信仰与精神。对英雄人物的塑造在"文化大革命"时走向极端，"三突出"的创作原则更加苛刻地规约着人物的艺术面孔，像李玉和与李铁梅（《红灯记》）、阿庆嫂（《沙家浜》）、江水英（《龙江颂》）等几乎都是没有亲人、没有家庭的单向度的人。这些从普通

---

① [美]鲁滨孙：《新史学》，何炳松译，广西师范大学出版社2005年版，第9页。
② 周作人：《周作人散文全集·第二卷》，广西师范大学出版社2009年版，第89页。

民众中脱颖而出的政治英雄,已然拒绝了亲情、爱情、友谊及家庭生活,作品中即使有这样内容的描写也完全是革命者履行政治使命的需求,心理学家马斯洛提出的人的五类需要层次在这里都折叠成一元的政治诉求。由此,在庞大的意识形态骨骼中,小说人物是没有血肉和温度的,是没有灵魂的傀儡。

  在新世纪历史小说的艺术试炼中,我们首先感受到了人的精神的复活。他们不是超验的幻想世界的物质堆砌,他们是实实在在的个体,是生活在烟雾缭绕的山村、城镇的小人物,有着芸芸众生的生老病死、喜怒哀乐。小说诉说每个小人物的情感迷茫与困惑,也表达每个小人物在民族危难之时的大义担当。迟子建的《伪满洲国》就是一部小人物的大历史,是大历史,小故事;大写意,小情调。全书没有一个中心人物,每一章讲述一个小人物的生活情状。这些小人物有着鲜明的民族、国别、地域、职业身份,有汉族人、满族人、朝鲜族人、鄂温克族人,有中国人、日本人、俄罗斯人,有教徒、游击战士、土匪、伙计、丫鬟、当铺老板。有命运坎坷却从不悲观的罗锅子王金堂;有野性十足但最终回归家庭的胡二;有从死神手中逃离、委曲苟活的孤儿杨浩;有看透生命、珍惜人生、善良平和的屠夫;有满怀希望来中国垦荒但失望而归的日本民众;等等。迟子建像一位辛勤的寻宝者,在这些小人物的身上挖掘人性的光辉,寻觅着小人物带给我们的感动和温暖。作家在传递小人物的力量时,也写到了大人物——满洲国名义上的最高统治者溥仪,但是,作者切近这个人物的视角也是小的:"我写他(溥仪),用的也是写小人物的笔法,写他的细枝末节,从而看出他心灵深处的那种压抑和孤独感。"[1] 可见,小人物与大人物在动乱年代的心灵是契合的,他们一同再现了历史、印证了历史。"小人物才是历史真正的亲历者和书写者。人世间的风霜雨雪都被普通百姓承受了,平顶山大屠杀不会有大人物,被抓到虎头要塞做劳工的不会有大人物,因吃白米而被定罪的人中也不会有大人物。"[2] 感受着小人物的苦,怀着对底层人民的爱,迟子建奉献给读者一部"小人物的史书"。在另外一些作品中,作家刻意将大人物的处理视角定位于人性、人情的向度上,如《笨花》中的向喜,他曾参加北伐战争,亲历了军阀混战,是一个具

---

[1] 迟子建:《小人物大历史》,《长篇小说选刊》2005年第1期。
[2] 同上。

> 叙事的嬗变与转型

有"大写的人"属性的人物。然而,作者却回避了他叱咤风云、驰骋疆场的英雄经历,把历史勘探的目光落在了他对故乡的思念和对亲人的不舍之情上,戎马倥偬的峥嵘岁月最后被闲适的乡野生活取代,体现了一个小人物生活选择的回归。在战乱年代,面对日军的强大,向喜通过自戕的决绝又传递出小人物的韧性,正是这些千千万万的小人物承担了历史、书写了历史,并建筑了伟大的民族精魂。

十七年时期的红色经典,塑造了一系列典型的英雄形象,他们都先天地或在不断的成长中自觉地具备了坚定的革命信念,富有党性,面对考验很少有内心的矛盾和挣扎,是典型的卡里斯玛式的人物。"'卡里斯玛',这个字眼在此用来表示某种人格特质;某些人因为具有这个特质而被认为是超凡的,禀赋着超自然以及超人的,或至少是特殊的力量或品质。这是普通人所不能具有的。"① 红色经典中的人物形象正是这种极具神性的典范,文本也因此越发表现出纯粹的、昂扬的美学特征。当然,单一性格的英雄人物的塑造并不一定妨碍写出伟大的作品,但是却很难让后来的读者领略到历史的复杂性和多义性。新历史主义小说悬置了英雄人物的神性,把目光对准了生存在历史边缘的小人物,注重人物的民间性与传奇性,人由传统历史小说中的道德主体转变成欲望的主体,生物性、"力比多"的人之本能成为驱使小说人物行动的最大动力。由此,在《米》中,我们看到了一个将暴力、性、食集于一身的主人公五龙;在《妻妾成群》中,我们看到了颂莲、毓云、卓云、梅珊为生存而争,为欲望而偷情苟合;在《施洗的河》中,我们看到了信奉金钱和暴力的刘浪,"金条和枪"泯灭了他做人的尊严,最终也抽空了他一切的欲望和幻想;在《一九三四年的逃亡》中,我们看到了亲仇、纵欲、乱伦等的人性之恶;在《古典爱情》中,我们看到了世事无常的荒诞以及被这击碎的爱情想象;在《故乡相处流传》中,曹操与袁绍的征战源于对沈姓寡妇的争夺;在《罂粟之家》中,陈茂参加革命是出于对地主刘老侠的姨太太翠花花的性的渴望……无论是十七年时期倾心打造的"超我"英雄还是新历史主义小说笔下对"本我"的解禁和释放,都只单纯刻画出了人性的一极,塑造的

---

① [德]马克斯·韦伯:《韦伯作品集Ⅲ:支配社会学》,康乐、简惠美译,广西师范大学出版社2004年版,第263页。

仍然是一种"扁平人物"——"按照一个简单的意念或特性而被创造出来"① 的人物形象。

"人是有限的，有死的存在，然而，人又有渴望无限和永恒的一面；人有足够下贱和丑陋的一面，然而，人又有向往高尚和美的一面。"② 新世纪历史小说在一定程度上修正了以往对人的表现的片面性，小说人物的政治神性光环渐次虚化，人性之恶的裸露得到了某种克制，人性的尊严、价值、信念、理想得到矫正，塑造出了一系列个性化、多面性的"圆形人物"形象。如在《圣天门口》中，作家选择了神性视野与人性视野相叠合的创作视角，塑造了一个具有自我救赎和救赎他人境界的梅外婆形象。梅外婆年轻时在德国受到西方基督教的影响，但她并不是一个真正的基督教徒，她相信每个人心中都有一个神，梅外婆的一生都在尝试用这心中的神性（理想中的人性）去感召、引领和修正人的兽性（现实中的人性），在某种程度上梅氏家族反对暴力的梅外公、外孙女婿柳子墨、外孙女雪柠都是充满博爱的人道主义信仰者。与之相对的，是以杭九枫、傅朗西、常守义、阿彩为代表的世俗群体，作家在这两大家族的历史叙事中既哀悼了理想人性的陨落，又拷问了现实人性的堕落，使小说传递出一种超越革命历史、家族历史叙事的崇高美学风格。此外，新世纪十年历史小说在中国革命者这一历史主体的精神地图绘制中也有所开拓。《圣天门口》中的傅朗西，在反思中否定了以前所认同的"暴力革命"，认为自己是错误地运用着理想、错误地编织着梦想，其实，革命可以做文章，可以雅致，可以温、良、恭、俭、让，可以不用采取一个阶级推翻另一个阶级的暴力行动。而董重里，作为一个谙熟历史奥秘的说书人，是一个承载反思历史的革命者，他从说唱《黑暗传》发动群众参与革命到最后演变成一个非暴力革命者，是一个没有背叛革命，但却脱离革命阵营的人；《花腔》中的三个叙事者：白圣韬、赵耀庆、范继槐，以亲历者的身份叙述了葛任的死亡之谜，揭示了历史背后的政治文化霸权的力量；《一九四八》中的民兵胡顺本，在与地主阶级的斗争运动中发现了人性深处的善意、仁爱，他对地主的遭遇产生了深深的同情，私自放了地主逃命。《青木川》中的魏富堂，虽然是青木川威震一方的扯旗司令，但他在那时凭

---

① [英]爱·摩·福斯特：《小说面面观》，苏炳文译，花城出版社1984年版，第58页。
② 何怀宏：《道德、上帝与人》，北京大学出版社2010年版，第183页。

借种大烟获得的财富为青木川引进了现代文明，造福一方。小说写出了他的匪性，写出了他性格中的残忍、狡黠、权变的因素，但是作者更注重开掘人物深层的善，写出了他保境安民、推行善政的内心依据。这个处在历史流转中的小说人物是多义而复杂的，因而也充满了立体感。在上述人物的描摹状绘中，我们可以清晰地感受到人物思考的逻辑线条以及自我证明的精神轨迹，也正因为此，新世纪十年的历史小说才会具有一种凝聚起"漂移、弥散着的主体"（洪治纲语）的雄浑力量，这不仅扩充了当代历史叙事的审美容量，也为历史小说的人物群像谱系增添了重要的一笔。

二　历史道德的超越

在新世纪十年的历史叙事中，我们常常可以发现一组对立的道德取向，即以历史发展规律为标签的历史道德和以人的存在为主线的生存道德。"历史道德代表了所谓的公众利益或历史利益，它在凸显了历史的合法性的同时，却对历史中的个人造成了严重的遮蔽，忽视了在历史进程中个人的生存道德。"[①] 对于书写历史道德的十七年历史小说而言，道德的审判是一个不可回避的写作支点，历史的道德实质就是历史的道德审判，主要表现在具有阶级属性的道德审判中，如马小辫（《艳阳天》）、韩老六（《暴风骤雨》）、冯兰池（《红旗谱》）等这类人物的出现，不仅体现出阶级阵营的对立，更代表了特殊历史时期对人的生存、人的基本需求的道德性忽视。小说中个人的需求完全被革命需求覆盖，任何逸出革命道德的行为都被打上不道德标签，列数为"反革命"的罪恶表现。对于新历史主义小说而言，生存道德又出现泛化的特征，并被置换为权力的争夺、金钱的攫取和性欲的无限满足，在架空了道德审判的思维模式制导下，人的生存道德成为欲望解禁后的原动力，人只是作为"消解"历史的工具而存在，真正的人的权利也是被遮蔽的，因而难以承载人文关怀的厚重。

新世纪十年的历史小说则努力在波澜壮阔的历史风云中打量人的生存问题，展现历史主体的生存能力与政治意识的对抗：《花腔》讲述的是为了维护共产党的正义之名只能选择死亡的历史荒诞，小说的魅力不仅存在于三种富有时代特征方言的话语狂欢、仿真的叙述方式中，更为重要的是小说以一种"个人之死"的寓言揭示了革命历史中的价值悖反。从表层

[①] 周景雷：《文学与温暖的对话》，春风文艺出版社2010年版，第68页。

上看，作家是在解惑葛任之死的谜团，实质上，悲剧人物的命运遭际已经映射出人对于生存的道德愿景。《中国一九五七》中的周文祥，是一个在"反右"运动中罹难22年，却不愿妥协苟活的人物。作家对小说人物的道德评判存在于为获得生命的尊严和价值的灵魂深处的斗争中。此外，《第九个寡妇》中的王葡萄，以一种执拗的乡村女性的生存本能掩护了被错划为恶霸地主的公爹，也深刻地表达了存于民间的强劲的生存道德。新世纪十年历史小说对于历史道德的超越还体现在对地主阶级这一历史主体的观照上。新中国成立之后，地主因其剥削的本质被定性为革命的首要对象，作为一个阻碍历史发展潮流的阶级，它的消亡具有历史必然性。但从生存道德的层面上出发，新世纪历史小说的作家们往往坦诚地宣告地主阶级作为人应当在生理需要、安全需要、寻找归属与爱等方面得到满足，这一道德准则的出现颠覆了对这一群体的传统评价，表明了作家对被遮蔽的生存道德的认同和高扬。在《生死疲劳》中，地主西门闹勤俭持家，宽厚本分，严于律己，依靠自己勤劳的双手发家致富，与普通劳动者无异；他乐善好施、修桥补路、救济穷人，收养了冻得奄奄一息的蓝脸。《第九个寡妇》中，地主孙怀清为保护史屯人的利益一直周旋在国民党、共产党、土匪之间，即使对买来的童养媳王葡萄亦是关爱有加、视如己出。在革命浪潮奔涌而来之时，这些丰润的、真实的、具有人道主义精神的人都成为打击、镇压的对象，革命以合法的名义剥夺了他们的生存平等权、生命权、自由权、幸福权以及财产所有权。鲁迅曾言"革命并非教人死而是教人活的"[①]，但在小说中我们清楚地看到了历史革命深处这种活命的选择性。另一些小说，则又深刻展现了为获得生存权利、实现政治理想，暴露出的人性之阴险与狡诈，像《圣天门口》的革命家傅朗西，为了打开天门镇的革命局面，虽明知雪家人没有罪，仍然接受了常守义的建议：要打土豪就得先打雪家，因为凭借雪家的地位，哪怕只动雪老爹的一个指头，就能获得人心。像《受活》中残疾人组成的"绝术团"，用巡回演出赚得的钱建起了一座"列宁纪念堂"，人的尊严在政治的激情暴力下丧失殆尽。作家王安忆说："他们（人）有权利在不经受考验的前提下过道德

---

① 鲁迅：《上海文艺之一瞥》，《鲁迅全集》第4卷，人民文学出版社1981年版，第297页。

的生活，他们有权利不损人地过一种利己的生活，这就是人道。"① 新世纪历史叙事中，人成为历史的中心，人的生存需求是评判道德属性的标准。从这个角度出发，作家怀着一颗悲悯之心，控诉着历史对人性的扼杀和摧残，使小说奏响了一曲曲充满温情的人道主义悲歌。

三 每个人对历史都负有责任

十七年时期历史小说在实现共产主义的超级幻想中表现出一种狂欢的激情乐观主义。"随着'文革'结束后，市场经济的兴起，人们普遍地对虚伪的理想主义感到厌倦，同时也滋长了放弃人类向上追求，放逐理想和信仰的庸俗唯物主义。"② 在这种文化氛围之下，历史主义者在打碎了"进化论""英雄观"的预言后，成为无所依傍、没有未来的历史虚无主义者，《故乡天下黄花》中上演着历史的游戏，《敌人》中彰显着宿命的神秘，小说中那种引人向上、解困救危的文学救赎信念荡然无存。面对充满吊诡和无理性的历史，新世纪十年的历史小说尝试在穿越历史迷雾的同时张扬文学救赎心灵的旗帜，守护文学疗救人性的火种。如同福克纳在诺贝尔文学奖颁奖典礼上所说的："我相信人类不但不会苟且地生存下去，他们还能蓬勃发展。人是不朽的，并非在生活中唯独他留有绵延不绝的声音，而是人有灵魂，有能够怜悯、牺牲和耐劳的精神。诗人和作家的职责就在于写出这些东西。他的特殊的光荣就是振奋人心，提醒人们记住勇气、荣誉、希望、自豪、同情怜悯之心和牺牲精神，这些是人类昔日的荣耀，为此，人类将永垂不朽，诗人的声音不必仅仅是人的记录，它可以是一根支柱，一根栋梁，使人永垂不朽，流芳于世。"③《圣天门口》中，梅外婆和雪柠等雪家女性，时刻以博爱、宽容、饶恕的精神对待接触的每一个人，尽管明知凭借自身的力量难以改变人与人之间相互残杀的现状，但仍然坚持"以人的眼光看人"，把爱的种子播撒到力所能及的地方。《古炉》中的善人就是人间"善"的道德化身，他谙熟人性的善与恶，待人和善、宽厚、真诚，通过"说病"为人排忧解难。在弱小的民众那里，他是救世的稻草，是慰藉心灵的一剂良方。小说的另一人物狗尿苔，因只

---

① 王安忆：《启蒙时代》，人民文学出版社 2007 年版，第 282 页。
② 陈思和：《当代文学史教程》，复旦大学出版社 1999 年版，第 364 页。
③ 转引自李云雷《底层文学与"道德"问题》，《文艺报》2008 年 3 月 25 日。

能与动物、植物交流而具有了某种超越现实与历史的自然灵性，在他身上呈现的受压抑、受冷落、受歧视的境况都在与自然世界的万物对话相处中荡涤殆尽，从某种意义上来说，这是作家对当下文学行使救赎权利的崭新开掘。《赤脚医生万泉和》中的万泉和身上洋溢着朴素、仁义、忠厚的民间美德，对自己情感生活的矛盾和纠结能够宽容以待。《笨花》中，勤劳的西贝牛，充满智慧的向文成，为了姐姐不顾性命的残疾孩子西贝二片，都表现出一种积极向上的精神力量。这种精神力量是经过知识分子精神剔除了糟粕过滤后的民间精神，以人性的善良、仁爱为底色，尊重生命、尊重他人，相信正义和真理，对他者和异己具有极大包容性。具有这种精神指向的主人公都表现出坚定的主体性品格，他们是对抗历史冰冷法则的中坚力量，是修缮受伤心灵的补药，也是展现文学救赎伟力的最好证明。

正是由于这种积极健康的精神力量的存在，新世纪历史小说"表现出了前所未有的度量和对历史的承担"[①]。无论是《生死疲劳》《第九个寡妇》还是《古炉》，在面对历史的劫难时，都没有歇斯底里地控诉，其情感姿态更加超越、冷静。像蓝脸这个单干户为了坚持单干，遭受到了非人的对待，仍表示"我不反对毛主席，不反对共产党"，他让儿子走集体化道路，而自己依然无怨无悔地坚守着对土地的理想。孙怀清这个被历史宣判死刑的人，侥幸保得性命后，却没有一句抱怨和控诉，他以超然的心态继续着暗无天日的逃躲，洞察着世间发生的一切，表现得平和坦然。而王葡萄这个逃离了革命者身份的寡妇，无论遭遇多大的困难，都没有怨天尤人，她坚定地追求幸福、快乐，坚守自己的良知。《穿旗袍的姨妈》中的"我"对自己在"文化大革命"时，对姨妈的疏远态度始终无法释怀而陷入良心的自责。就连《衣钵》中的姜先生这个历史的受害者，在耄耋之年也开始了自我拷问。

每个人对历史的形成都负有不可推卸的责任，与其面对历史呼天抢地、悲愤欲绝，不如冷静下来，反思自己的行为，挑起历史的重担，新世纪历史文本对历史的态度，也表现出作家本人面对历史的成熟和自信。

[①] 周景雷：《文学与温暖的对话》，春风文艺出版社2010年版，第69页。

第三章 代际差异背景下的叙事景观

第一节 代际、境遇与叙事想象

新世纪以来，不同年代出生的作家把目光聚焦在"文化大革命"这一历史事件上，从不同的体验和感受出发，来想象和表现这段历史。在叙述角度、表现手法和写作模式上，较之此前的"文化大革命"叙事都有所突破和创新，极大地开拓了"文化大革命"叙事的审美视野，丰富了人们对历史的认知。然而，从整体上来看，20世纪五六十年代出生的作家表现和反思"文化大革命"所取得的创作成绩，较之其他年代出生的作家而言更为显著。与三四十年代出生的作家或七八十年代出生的作家相比，这两个年代的作家发表的"文化大革命"叙事作品数量最多，最为集中，堪作"文化大革命"叙事的"中坚力量"。他们的作品普遍引起了广泛的关注，像《生死疲劳》《古炉》《坚硬如水》《兄弟》《河岸》《后悔录》等。另外，从发展趋势来看，无论从年龄阅历还是文学素养上说，这两代作家对于"文化大革命"主题的写作也是最有潜力的。三四十年代出生的作家因为年龄的关系，会逐渐淡出长篇小说的视界，而70年代出生的作家和80年代出生的作家，因为没有历史的现场感，对"文化大革命"题材更是鲜有涉及，即便偶有关涉也似乎已游离于历史之外，像魏微的《一个人的微湖闸》，历史已经简化成一个可有可无的背景。只有50年代出生的作家与60年代出生的作家，年龄处于40至60岁之间，在经历过生活的磨炼与艺术的沉淀之后，迎来了创作的黄金时代。况且他们参与或经历过"文化大革命"，对于历史有着切身的体验，因此这两代作家书写"文化大革命"历史有着得天独厚的优势。由此来看，如何评价和认识这两代作家的"文化大革命"叙事，不仅对于认识当下"文化大革命"叙事的现状具有重要意义,甚至对于把握这一题材未来的发展走势也具有不可忽视的导向作用。此外,不像40年代出生的作家因为具有坚定的政治立场,70年代出生的作家因为对历史的漠视而与历史轻易地和解,五六十年代出生的作家始终与历史保持着一种紧张的关系,所以他们的"文化大革命"叙事也更具备比较研究的价值。

一 不同记忆的审美差异

"它(记忆)给了我们一种与过去的可靠的联系,这就像感觉给我们一种与外部现实的可靠联系一样。感觉需要在知觉判断中详加描述,纯粹记忆在记忆判断中也是如此。"[①] 记忆女神是历史之母,20世纪五六十年代出生的作家对历史难以释怀,无疑因为他们都有着对历史的记忆,但是记忆却不尽相同。50年代出生的作家在"文化大革命"发生期间已步入青少年或成人的行列,他们普遍地或直接或间接地参与到当时的社会运动当中,甚至"文化大革命"十年彻底地改写了他们的人生命运,因此他们对自己的行为和当时的整个社会现状留下刻骨铭心的记忆。所以,50年代出生的作家普遍有一种"文化大革命"情结,总是试图回忆它、走进它、再现它。而60年代出生的作家则不同,"文化大革命"期间他们或者是懵懂无知的幼儿,或者是伴随着"文化大革命"成长的儿童,因此他们至多只能算是"文化大革命"的边缘人,对于历史的记忆破碎而模糊,就像学者许晖所说"我们诞生在60年代,当世界正处于激变的时刻我们还不懂事,等我们长大了,听说着、回味着那个大时代种种激动人心的事迹和风景,我们的遗憾是那么大。我们轻易地被60年代甩了出来,成了它最无足轻重的尾声和一根羽毛"[②]。所以,他们书写"文化大革命",与其说是缘于对历史的兴趣,毋宁说是对自己童年的一种凭吊或弥补遗憾的一次心灵漫游。这种关于历史的不同记忆,也为他们对历史的不同想象埋下了伏笔。此外,两代作家成长的时代背景不同,所接受的教育资源也不同,这也进一步加深了两代作家价值观和美学观的差异。50年代出生的作家接受的是系统的马克思主义思想和现实主义的艺术准则。虽

[①] [英]沃尔什:《历史哲学导论》,何兆武、张文杰译,社会科学文献出版社1991年版,第114页。

[②] 许晖:《"60年代"气质》,中央编译出版社2001年版,第248页。

然,"文化大革命"之后,50年代出生的作家意识到自身在思想上和艺术观念上的局限,不断地调整自己与时俱进,从而舍弃了那个年代极端的价值追求和美学观念,同时也对主流政治观念采取了审视和疏离的姿态。然而,马克思主义的价值理念和美学追求,像使命感、责任意识、宏大叙事、现实主义品质等,仍是其写作的精神动力和目标追求。而60年代出生的作家虽然在儿童时期也接受了这种一元的政治、文化观念,然而还未等这种观念形成人生信仰,80年代多元的、个性化的、具有解构性质的思想观念就接踵而来。因而60年代出生的作家在价值观念上偏离了集体主义而趋向个体主义,在历史观念上也对历史的整体性产生了怀疑,所以他们很少关注民族、国家、历史等相关的宏大主题,而是执着于人性的挣扎和个体命运的演绎。不同的人生历程,使两代作家的"文化大革命"叙事呈现出各自特有的美学特征。

二 这代人用时间来表现真实

20世纪50年代出生的这一代作家普遍有一种记录历史的渴望,就像贾平凹在与李星的对话中说的"我觉得我一定要写出来('文革'),似乎有一种使命感,即便写出来不出版,也要写出来"[①]。王安忆在创作《启蒙时代》时,也曾明确地表示"一直想写一个大东西"。因而50年代出生的作家没有把历史神秘化和破碎化,而是把历史看作一个整体的、连续的、因果相随的发生过程,面对历史,他们依然保持认知的自信。所以他们的"文化大革命"叙事,往往有着宏伟的时空维度,完整的历史故事,极具"文化大革命"色彩的历史场景,呈现出一种强大的历史情境。作者对历史进行正面回应,探究历史存在的规律和本质,赋予文本浓厚的历史氛围和深厚的历史意蕴。与50年代出生的作家通过浓墨重彩地绘制波澜壮阔的历史画卷来凸显历史不同,60年代出生的作家不再注重对历史的整体展现和历史氛围的营造,就像苏童所说的:"什么是过去和历史?它对于我是一堆纸质的碎片,因此碎了,我可以按我的方式拾起它,缝补叠合,重建我的世界。"[②] 因此,他们的"文化大革命"叙事相对宏大叙事而言无疑是一种"小叙事":历史作为背景而存在,已经被简约化和淡

[①] 贾平凹、李星:《关于一个村子的故事和人物》,《陕西日报》2010年12月20日。
[②] 孔范今、施战军:《苏童研究资料》,山东文艺出版社2006年版,第22页。

化，日常生活成为叙事的前景，个体命运成为叙事的焦点和中心。

20世纪50年代出生的作家善于用传统叙事手法，塑造浓厚的历史氛围。中国传统的历史小说在行文中，常采用连贯的线性叙事，赋予文本绵长的历史线索，而且往往明确地标出故事发生的时间，创造出一个让人感到真实可信的艺术世界，给人以强烈的现场感、真实感和历史感。像为人所津津乐道的《三国演义》，开篇就写道："话说天下大势，分久必合，合久必分。周末七国分争，并入于秦。及秦灭之后，楚、汉分争，又并入于汉。汉朝自高祖斩白蛇起义，一统天下。后来光武中兴，传至献帝，遂分为三国。"寥寥数语便将故事引入一个浩瀚的历史脉络之中。而故事的内容更是锁定在时间的脉络中，在时间的先后顺序中一个接一个地展开，从而将周末七国至秦汉三国700年左右的历史按时间顺序宏观叙来，形成了一种纵深的历史感。

他们的叙事方式沿袭了传统历史小说的形式，文本往往有着非常广阔的历史时间线索，"文化大革命"被纳入更长的历史链条中，作为历史的一部分呈现出来，显示出作家宏大的历史观和把握历史的信心。《受活》讲述了新中国成立以后到20世纪90年代，受活庄在近半个世纪的历史进程中遭遇的磨难和坎坷，其间通过对受活庄由来的讲述，将时间拉回到几百年前的明朝，打通了古今的连接。《第九个寡妇》也涉及了新中国成立之前到20世纪80年代的历史，孙怀清在抗日战争时期老婆被鬼子炸死，大儿子因得罪了八路遭报复被击毙。新中国成立后他本人被划为恶主老财被判枪毙，侥幸逃得一命后便从此藏在地窖中不见天日。而主人公王葡萄，战争年代失去了丈夫，新中国成立后又因成分问题家破人亡，从此以后开始了藏匿公公的坎坷岁月。无论王葡萄还是孙怀清的苦难，都不是从"文化大革命"开始的，"文化大革命"只不过是苦难的延续。作者通过这样的描写，打通了中国的现代历史，把"文化大革命"作为当代历史中"左"倾错误的延续，那么"文化大革命"中发生的种种荒诞不经和有违人伦的行为，便不再觉得突兀，只不过是整个革命进程中所存在的极左思潮的延续和集中爆发。这种线性思考赋予文本强烈的历史氛围，也引发读者以更宽广的历史视角来审视"文化大革命"历史。

20世纪50年代出生的作家的"文化大革命"叙事，大多具有明确的历史时间线索。像《古炉》以冬部、春部、夏部、秋部、冬部五个部分引

>> 叙事的嬗变与转型

领全文,而后一个冬部又写到次年春天的来临,便告诉读者这是发生在一年零两季的故事。而且作品开始便点明故事发生的时间:"人都说1965年是阴历蛇年",这一句便明确告知读者这是发生在1965年的冬天和1966年初春的故事。《生死疲劳》这种故事情节极端变形、荒诞、怪异的具有超现实主义特色的作品,历史时间却更为明确:像"我的故事要从1951年1月1日讲起","1954年10月1日,既是国庆日,又是高密东北乡第一家农业合作社成立的日子","我要讲述1958年了","1966年春耕时节是我们的幸福岁月","就在我那些母猪即将生产前不久,也就是1976年8月20日前后,在诸多的不寻常现象发生后,一场来势凶猛的传染病袭击了猪场",等等。通过相关的提示语,读者能够清楚地知道文本的时间脉络。历史是不可重复的,所以历史时间依据空间而存在,而历史时间也因此具有了特定的意识形态属性和文化内容。正如怀特认为的:"各种历史(和历史哲学一样)都融合了一定数量的'资料','解释'这些资料的理论概念,以及一种叙事结构。因为作为一种事件集合的象征,这些资料预先被假定出现于过去的时间中。"[①]像1965年、1966年或是1976年这样的时间点,已经超越了时间本身的含义,而包含了巨大的历史信息量,作者在文中如此清晰地标明时间,无形中就扩展了文本的空间维度。而且这些时间点的存在会轻而易举地引起读者的阅读欲望和阅读期待,因为读者会敏感地意识到,"文化大革命"马上就要来临了,或者是"文化大革命"就要结束了,新的生活就要开始了。

"时间固然是连接事实的线索,而将事实的叙述合情合理地附着在这条线索之上,从而展示出一种事态发展的内在原因,这已经是一种现代意义上的历史重构。"[②]20世纪50年代出生的作家的"文化大革命"叙事恰恰就依据历史的进程来结构故事的起承转合,并在故事的进展中完成对历史的想象。像《小姨多鹤》,抗日战争时期,张俭的哥哥因为抗日而被日本人杀害,张俭的老婆朱小环因受日本鬼子的惊吓导致流产,丧失生育能力。日本战败时,大批当年被移民来中国东北企图对中国实施长期殖民

[①] [美]海登·怀特:《元史学——19世纪欧洲的历史想象》,陈新译,译林出版社2004年版,第79页。

[②] 陈新:《西方历史叙述学》,社会科学文献出版社2005年版,第11页。

统治的普通日本国民被抛弃，16岁的少女多鹤被装进麻袋论斤卖给了东北某小火车站站长的二儿子张俭作为传宗接代的工具。新中国成立后，社会的政治氛围使多鹤的存在成为一个困扰张俭一家的巨大的政治问题，而历次政治运动也成了张俭一家一次次搬家甚至远走他乡的原因。然而，"文化大革命"中多鹤的秘密终于暴露，张俭一家陷入了前所未有的困顿之中。"文化大革命"结束后，随着政治环境的改变，多鹤尴尬的处境也随之改变。

而且，可以举一个例子，让我们清晰地看到"文化大革命"中人物的命运因为时间曲折周转。莫言在《生死疲劳》里面描写了一个单干户蓝脸，令人侧目。这在莫言哥哥管谟贤的叙述中，我们也可找到生活中的真实人物。管谟贤说，莫言在长篇小说《生死疲劳》中写了一个至死都不肯加入农业社的单干户蓝脸。在现实生活中，我们的家乡河崖公社，确有两户不肯加入公社的单干户。一户在陈家屋子村，一户在窝铺村。这两家的成分并不高，不是贫农就是下中农。他们不但坚决不肯加入初级社和高级社，直到人民公社了，他们还在单干，其倔强的劲头实在罕见。其中陈家屋子那一户，在动员加入初级社时，因不堪村干部的催逼，竟铤而走险地不断上访，他吃准了一条：中央的政策是——"入社自愿，退社自由"。据说官司打到省里，省里给了他一个书面答复，认定他不入社不犯法。他把省里的答复镶在镜框里，挂在墙上。从此有了尚方宝剑，放心大胆地单干起来。单干，对他们来说可能粮食打得多一些，1960年可能少挨一点饿。但承受的压力，尤其是政治压力是很大的。记得每当看到窝铺的那个单干户赶着牲口，扛着农具，从胶河河堤上向我们村子东面走去干活时，连我们小孩子都像看出土文物一样看他们。事实上，整个社会都把他们打入了另册，把他们当成了另类。这当中，最倒霉的莫过于他们的子女，不但入党、入团、当兵没有他们的份儿，而且走到哪儿都受歧视。记得窝铺村那家的孩子在高密二中念书，校长就曾经在大会上讲话，要他回家动员父母入社。公社化后，我们的户口一律转回农村，有一段时间，每个学生的口粮都由所在公社往学校里统一调拨，这个学生当然无从调拨，只好自己每周两次回家背干粮，在这种情况下，这个学生不久就退学了。① 莫言与王尧在《莫言王尧对话录》里面谈道：

---

① 管谟贤：《莫言小说中的人和事》，《莫言研究》2006年第1期。

>> **叙事的嬗变与转型**

  邻村有一个姓孟的单干户，死不入社，一直到"文化大革命"还不入社，头上还留着小辫子，像清朝遗老遗少。国家政策规定自愿入社，我不愿意入你不能强迫我入。老孟的两个孩子也不上学，后来小儿子上学，在学校里备受歧视，找对象都找不到的，谁愿意嫁给单干户？不识时务，天生一种顽固不化的形象。他们推着木轮车去推粪，生产队是马车，胶皮轱辘小车，他还用木轮车。我们上课就听到遥远的声音，这个单干户就是我太太那个村的，木轮车一走就吱吱地响，听到这声音，就知道单干户来送肥了。前边小毛驴拉着，儿子后来也帮他干了。他的老婆给赶着毛驴，他老婆是小脚，后边一个男的留着干豆角一样的小辫子，推着一辆破破烂烂的落后了几十年的木轮车，车上装着两篓子粪，往地里走，所有的人都看着，他目不斜视，老婆在前面也目不斜视，赶着小毛驴，沿着河堤往前走。

  ……20世纪80年代以后，我到县里去，当时贫下中农协会那个主席，后来是宣传部长，我就提起了我们邻村这个单干户，多不多。他说，整个高密县就你们老家旁边那个陈家屋子村有这么个单干户，全县的典型，好像县里为这个还做过研究，说这是个耻辱，在这种情况下还有个单干户，要不要采取什么强制措施。县里边开常委会也没有决定，人家也没犯什么法啊，你看那人民公社条例规定了"入社自愿，退社自由"的。为此还专门请示了省委农村工作部，省委批复说就让他单干好了，人家确实没有违反国家任何法律规定，是合法的，是国家公民。

莫言还提到，"我爷爷对我父亲说，你们入吧，我不入，坚决不入。……后来还得说服他，不可能让他一个人在外面单干。我爷爷就和我父亲讲价，我入可以，但家长不是我了，我辞去家长职务了，从今之后我什么都不管了，我也不会在人民公社里干一天活，我不干"。王尧感慨地说，"在我们以前的当代史里面，往往忽略不计这些人和事。……你爷爷当时对形势和社会发展的判断，你前面也谈到了。他没有什么理论，也没有我们通常所说的立场和方法，但能够说出比知识分子高明和有远见的话。当然可以说世事练达就是学问。这值得我们思考。毛主席曾说'卑

· 54 ·

贱者最聪明，高贵者最愚蠢'，两分法，现在的历史叙述常常疏忽'卑贱者'的想法"①。莫言在接受《时代周报》访谈时说，"《生死疲劳》主要人物就是我的邻居，我们邻村的一个人，从小见过无数次面。他是一个单干户，我们上小学的时候就经常看到他，'文革'中他上吊自杀后，我们都跑去看他的尸体"②，所以，《生死疲劳》中的单干户肯定是实有其人，当然描写的整个人生脉络可能要添枝加叶。

而后来，历史证明人物的个性形成对历史的嘲讽。在文本中，历史的进程不仅是故事的线索，更成为故事发展的内在原因。因此，文本中的时间是一种极具集体共性的历史时间，含带的是人们关于历史的"集体记忆"，不仅能使故事更具真实感，而且赋予文本更强烈的历史感。

20世纪50年代出生的作家秉承传统的写实精神，讲述了一个个完整的历史故事，为读者架构起一个完整的历史世界。经过叙事革命的洗礼，50年代出生的作家有意识地突破传统的现实主义写作手法，在叙事上进行某些创新和革命。像阎连科便因为小说语言和艺术格调的独特性，被评论界认为是一位超现实主义的作家。他的《坚硬如水》展现了他的风格：井喷似的"文化大革命"语言，恶魔性和变态心理交织的人物，夸张的情节想象，为读者编织了一个充满戏谑、讽刺的狂欢世界。然而，尽管如此，拨开超现实主义的外壳，读者触摸到的依然是现实主义的内核，作者在看似不拘一格的语言放纵中，为读者讲述了一个传统的"文化大革命"故事：军人高爱军因为性的需要得不到满足，主动复员回家；又因为权力的需求无法实现，便借助"文化大革命"的大潮实现自己的野心。高爱军如何跟夏红梅一拍即合，怎样一步步将"革命"引向高潮，而他们又是缘何走向毁灭，故事有开头，有结尾，其中的任何一个环节都交代得清清楚楚。《受活》虽然打乱了故事的进行顺序，以倒叙、插叙和"絮言"的方式来叙述故事，但是剥离掉这些花哨的技巧，文本也讲述了一个完满的"文化大革命"故事。《生死疲劳》《古炉》同样将故事的枝枝叶叶介绍得详细明了。整体来看，不论怎样变换写作手法，一旦拨开这些花哨的外壳，故事的完整性仍然没有改变。在一个个完整的故事讲述中，读者更容易清晰地触摸到那个时代。

---

① 莫言、王尧：《莫言王尧对话录》，苏州大学出版社2003年版，第10—13页。
② 莫言：《秘密的生命力量来自乡村》，《时代周报》2009年12月1日。

>> 叙事的嬗变与转型

　　20世纪50年代出生的作家的文本继承了这种传统，同样也继承了这种连续的、整体的历史观。与之相比，60年代出生的作家，则更多地接受了一种破碎的、非连续性的现代历史观。比如，在其"文化大革命"小说中不再注重故事的完整性，而是在文中设置"空缺"，对于故事中的人物、背景、情节等进行淡化或省略。像《河岸》中父亲的倒台到底是因为什么，与"赵春堂"到底有没有关系，父亲到底是谁，从哪里来，邓少香又是谁，是为什么走上革命道路的，谁才是邓少香真正的后人等问题，作者并未给出答案，只能靠读者去猜想了。《枪毙》中的历史事件也同样留下"空白"：究竟是谁写了反标，反标的内容是什么，叔叔为什么挨批斗，卫川临死前喊出了什么样的反动口号等等，我们都无从得知。作者在打破故事完整性的同时，也打破了历史的完整性，历史成为一个神秘的存在，某些真相永不可知。

　　20世纪50年代出生的作家的"文化大革命"叙事，对于极具"文化大革命"色彩的历史场景，如破四旧、批斗、武斗等给予了详细的正面描写，使读者能更直观地认识那段历史，进一步增强了文本的历史感。像《小姨多鹤》中，严歌苓通过对钢铁工厂两派为争夺领导权展开的武斗的描写，真实而形象地再现了城市武斗的场面。对立派动员了一大批农民，他们拿着农具从四面八方包围钢厂，向钢厂发起总攻，企图从现任革委会再次夺权。而以小彭为首的掌权派誓死进行抵抗，他们关闭工厂所有的大门，用吊车把一袋袋维修厂房的水泥吊到楼顶，修筑工事，工人们则站在围墙内，拿着各种自制长矛、大刀，准备砍杀翻墙过来的对立派。两派在对立期间不断地喊话试图瓦解对方的士气，而"领袖"们则积极制定和布置守与攻的战略。孰料对立派用一辆火车，沿着铁道长驱直入，瞬间攻破了小彭他们的防线，双方为了争夺"阵地"拼命地向对方砍杀和射击。《古炉》也对破四旧、批斗有着正面的描写，而其中最精彩的要数武斗了：夜霸槽带领榔头队砸窑，激怒了红大刀队，天布带人包围了窑场，而两队人马因为对对方的忌惮都没有立刻进行短兵相接，而是对峙不下，并且在对峙时相互打砸对方的财物。就在被困山上的榔头队忍受饥饿的折磨时，红大刀队却在村里大肆搜查榔头队的人。就在红大刀队占了上风的时候，水皮从下河湾搬来了救兵，暂时的对峙状态迅速被打破，一场你死我活的混战开始了。那些平时和气善良的村民成了勇敢的战士，不顾一切地冲向对方，置对方于死地。每个人都像疯了一样，不是红大刀的一伙人围着金箍棒的几个人打，就是红大刀的人又被榔头队的人撵着跑，大刀、锄头、榔头、石头、瓦片、耕牛都成为了行凶的武器。混战的结果是榔头队重新占领了古炉村，于是大规模的混战也就变成了对红大刀队逃亡队员的有目标的搜捕。而像《坚硬如水》中，这样的历史场景非常多，如高爱军多次发动群众砸毁"两程故里"的场景。再如《生死疲劳》中，陈县长游街示众和西门金龙斗争蓝脸的场面等。

三 这代人也喜欢宏大叙事

20世纪50年代出生的作家的"文化大革命"叙事往往有着宏大的历史主题。像《生死疲劳》则探讨了主流政治对民间社会的侵蚀，以及产生的灾难性后果；《坚硬如水》则企图验证力比多在"文化大革命"发生过程中起到的诱发和推动作用；《启蒙时代》则探究了红卫兵精神的生成与蜕变；《古炉》中，作者通过审视一个村庄的"文化大革命"发生史，探究"文化大革命"历史在中国乡村发生发展的深层次原因，并再现"文化大革命"历史在整个中国乡村发生、发展到消亡的整个过程……50年代出生的作家通过这些主题切入"文化大革命"，试图超越国家化和政治化历史叙述，复归与找寻历史的本来面貌，探寻历史存在的本质和普遍规律。而他们也从不避讳这种宏大历史叙事的企图，就像贾平凹在解释作品为何取名《古炉》时说的："这是中国的意思。'文化大革命'的历史，也是一个人、一个村庄、一个国家、一个民族的历史，里面有内涵的东西，不是写贫困山区的，是中国的东西，为什么叫《古炉》呢？有一种瓷器的意思，中国人把那种象征东西无时不在地进行渗透，所以在设计时加入了这个元素。"[①]

前因与后果。对于"文化大革命"历史形成的原因，从"文化大革命"结束之日起，作家们就一直以小说的形式进行探讨。"文化大革命"结束初期，作家们把反思的矛头指向"四人帮"和党执政史上的极左思想，认为"四人帮"为了篡夺国家权力，阴谋挑起了"文化大革命"的发生，或者是极左思潮的蔓延最终导致了"文化大革命"的发生。随着时间的推进，更多地从人性、文化等根源探讨"文化大革命"历史的小说出现在人们面前。总之，"文化大革命"是在一条因果的链条中形成

---

① 欧阳国：《古炉照亮民族的记忆》，《人民公安》2011年第4期。

的，20世纪50年代出生的作家继承着这种传统，依然执着地探究历史的发生、发展的内在原因。

贾平凹在《古炉》中，通过审视古炉村"文化大革命"的发生和消亡，形象地再现了乡土中国中的传统文化对历史的迎合和推进。朱姓是古炉村中的大姓，无论是村长还是支书都是朱姓人，夜姓还有其他一些杂姓则处于弱势地位。而一个不甘平庸的夜姓青年夜霸槽便借着"文化大革命"的浪潮试图改变这种现状，他在红卫兵黄生生的帮助下成立了以夜姓为主的"古炉村红色榔头战斗队"。这个以夜姓为首的"革命"组织，在破四旧等活动中，朱姓人家首当其冲，引起村中朱姓人的不满和愤怒。两个姓氏的差别和矛盾逐渐显露出来。后来，天布等人成立了以朱姓为主的"红大刀革命造反队"与之针锋相对，古炉村的"革命"氛围也逐渐浓厚。两队先是进行争夺人员的拉锯战，这个战争以姓氏为主，因为榔头队以夜姓为主，所以先前迫于无奈参加榔头队的朱姓人便在心理上偏向了红大刀队，并陆续退出榔头队参加红大刀队，这场人员争夺战，也就成了村民以姓氏为标准的站队，因为村中朱姓是大姓，夜霸槽便处于下风。之后红大刀队在气势上逐渐盖过榔头队，两个组织开始了进一步的较量。榔头队占领了窑神庙作为聚集的场地，红大刀队便占领老公房；红大刀队请来戏班唱戏，榔头队找来洛镇毛泽东思想文艺宣传队在古炉村演出；榔头队批斗支书朱大贵，红大刀队斗争水皮，榔头队再拿灶火出气⋯⋯最后，因为红大刀队重视村里的农业生产而声势日益壮大。为了防止红大刀队涣散夜姓的和杂姓的人心，榔头队便决定上山砸窑，两队长期的摩擦终于演变成大打出手，古炉村的"文化大革命"也进入高潮。但是，那些挑起"革命"和参与"革命"的人却始终也未明白什么是"文化大革命"。两派的较量成为两个姓氏的较量，榔头队占了上风，夜姓人便趾高气扬，红大刀队取得主动，"姓朱的人家当然扬眉吐气，姓夜的家里人霜打了一般⋯⋯姓夜的人遇到姓朱的人，姓朱的怎么唾，指桑骂槐，也默不作声"。而背叛了自己姓氏的人则受到同姓人的唾弃，像水皮，自己姓朱却加入了榔头队，于是被朱姓人迅速孤立。贾平凹通过透视这场革命的发展，让读者看到了乡村的人情伦理是怎样催生了革命的兴起。正如评论家刘星所说的"乡土中国农村从本质上说，从来不是政治的，而是邻里人情、血缘家族与生存利益的纠缠。即使如'文革'那样大规模的群众性政治运动，'政治'也是被悬置或被利用的"①。

而《坚硬如水》则侧重于从性与权力的角度窥探历史发生的奥秘。高爱军因为性的需要得不到满足，便毅然决然地退伍回到了耙耧山脉间的程岗镇。面对保守传统的妻子，高爱军依旧饱受性的苦恼，而一潭死水般的家乡也无法实现自己的抱负，他只能寄希望于"革命"。就在高爱军苦闷时遇到了夏红梅，于是革命对于高爱军来说便等同于身体和权力的双重满足。而高爱军和夏红梅这对疯狂的男女，最终掀起了程岗镇的血雨腥风。可笑的是，他们的革命却因为一张小小的照片失败，而这张写着"亲爱的夫人"的照片，也无非是"性与权力"的表征。他们在身体和权力的驱使下，踏上革命的征程，最后也因此走上了不归路。革命与反革命、真理与谬论、真善美与假恶丑的对立，在此没有成立，冠冕堂皇的政治只不过是借口，一切都是欲望的驱使。而《古炉》中的夜霸槽发动"文化大革命"也是欲望的驱使，只不过权力的欲望占据了上风。

弗洛伊德认为人有"生本能"和"死本能"，在这种本能的激发下，人会产生趋利避害和攻击性行为，而当历史暴露出其残酷性时却依旧有人推波助澜，无疑也是复杂的人性在起作用。《第九个寡妇》中的孙少勇，他的学识和经历，使他清楚地意识到，父亲的身份对他的潜在威胁，于是为了自保，他不惜对自己的父亲反戈一击，甚至父亲被处死，他也无动于衷。《生死疲劳》中的西门金龙因为地主后代的身份，在革命的年代处境非常尴尬，为了改变自己的处境，他毅然决然地背叛养父，走上革命的道路，成为非正常年代的一名施暴者。在《启蒙时代》中，一群学生的"革命"行为，或许还夹杂着发泄青春迷茫、排遣无聊的心绪的原因。总之，历史在人性、文化的合力之下形成了。

循环证明历史的荒诞的存在。20世纪50年代出生的作家不再相信历史的进化论的预言，在他们眼中，历史更像是一种循环的存在。孙怀清被历史以合法的名义夺去了生命，王葡萄则以"非法"的方式保护孙怀清的生命，最后，孙怀清的存在是否合法已经暧昧不清。西门闹是一位不失为好人的地主，然而历史却以合法的名义剥夺了他的生命和财产，他的妻子白氏成为任人欺凌的地主婆，他的儿女成为地主的狗崽子，人人对他唯

---

① 贾平凹、李星：《关于一个村子的故事和人物》，《陕西日报》2010年12月20日。

恐避之不及。然而，时光荏苒，改革开放之后，西门闹的地主罪名不再成立，却成为了控诉极左政治的历史见证。夜霸槽、高爱军以革命的名义戕害他人性命，而最后自己也成为被革命的对象。历史像四季一样循环往复，只不过因为政治的介入每个时期略有不同，然而最后剩下的依然是亘古绵长的世俗伦理和人性幽暗。就像王葡萄看史囤一样，"十四军来了，驻下了，后来又走了。八路军来了，也走了。土改队住了一年，还是个走"。"谁都待不长"，"末了，剩下的还是这个村，这些人，还做这些事：种地、赶集、逛会"。所以，《古炉》中，深谙历史之道的朱大贵在劫难过后，再次成为村中的掌权者，而夜霸槽留在人间的后代也暗示了历史还将上演。然而，历史玩笑一样地轮回，却碾轧着人的命运，让无数人付出了难以想象的代价。时代和历史以进步和伟大的名义掀起一次又一次政治运动，但是每一次运动最后证明不过是一场闹剧，丝毫不会带来社会的进步，而且相反，每一次运动都会带来新的流血和暴力。

四　那代人更愿意描写日常生活

20世纪60年代出生的作家常常喜欢日常生活的铺叙，对日常生活的细节进行表述。

1942年，毛泽东在《在延安文艺座谈会上的讲话》中强调："我们今天开会，就是要使文艺很好地成为整个革命机器的一个组成部分，作为团结人民、教育人民、打击敌人、消灭敌人的有力的武器，帮助人民同心同德地和敌人作斗争。"[①] 从此，文艺与政治、斗争和革命便同体同构，文学也开始走向一体化的进程。而日常生活因为与宏大叙事的隔膜、与阶级斗争的相悖，也丧失了在文学中的合法地位。这样的文学观念，不仅贯穿于十七年时期文学之中，并在随后的"文化大革命"文学中发展到极端，甚至也影响了新时期的文学面貌。像当时的"伤痕文学""反思文学"，仍以政治为中心，采取阶级对立的思想来结构作品，表达相应的政治观念。20世纪80年代中后期，随着市场经济的发展，社会政治和意识形态的日益淡化，文化创作逐渐摆脱政治和革命的束缚，呈现出多元化发展的趋势。伴随着这种现象的发生，日常生活浮出水面，作为文学创作中一个巨大的审美领域被重新发现，并迅速受到作家的青睐。像90年代的"新

---

① 毛泽东：《在延安文艺座谈会上的讲话》，人民出版社1975年版，第2页。

第三章 代际差异背景下的叙事景观

写实小说"便是这种文学现象的集中体现。那么,所谓的日常生活又是什么呢?衣俊卿指出:"日常生活是以个人的家庭、天然共同体等直接环境为基本寓所,旨在维持个体生存和再生产的日常消费活动、日常交往活动和日常观念活动的总称,它是一个以重复性思维和重复性实践为基本存在方式,凭借传统、习惯、经验以及血缘和天然情感等文化因素而加以维系的自在的类本质对象化领域。"[①] 而更通俗地讲,日常生活,就是衣食住行、婚丧嫁娶,就是普通人自在地、自然地生产、消费、交往、思维等一切活动。马克思认为"人们为了能够'创造历史',必须能够生活。但是为了生活,首先就需要衣、食、住以及其他东西,因此第一历史活动就是生产满足这些需要的资料,即生产物质生活本身"[②]。意识到日常生活对于非日常生活的第一性的地位,60 年代出生的作家在其"文化大革命"叙事中不约而同地选择了对日常生活的描写,借日常生活来再现那个时代人们的真实现状。

毕飞宇在《平原》中,为我们绘制了一幅"王家庄"的日常生活图。生产队集体割麦的紧张和辛苦,休息时农村人无伤大雅的性玩笑;端方与家人微妙紧张的关系,与三丫、吴蔓玲的感情纠葛,与配全等人的力量较量;王存粮作为继父的无奈,沈翠珍作为继母的委屈;大棒子的死,红粉的出嫁,志英的婚事;王连方的作风问题、方成福的懦弱、红旗的无知、乡村人的闲聊和插科打诨;等等,构成了一幅纷乱、琐碎的乡村生活图景,再现了农村日常生活的真实面貌。作者在展示日常生活的细节的同时,将笔触伸到日常生活中个体的内心世界,细致而准确地把握普通人内心的焦虑、无奈、欲望和苦楚:三丫面对婚姻的无奈以及追求爱情的勇敢,端方对吴蔓玲的畏惧和迎合的矛盾心理,兴隆错把药水当作汽水害死三丫后内心的焦虑和愧疚。

日常生活的连续性。然而,20 世纪 50 年代出生的作家也同样认识到日常生活的美学效应,把日常生活纳入"文化大革命"叙事的范畴。贾平凹的《古炉》就是力图把时代风云还原成日常生活,还原成普通农村人过日子的场景,以一种流年似的方式进行写作,写尽了农村人的琐琐碎碎、吃喝拉撒睡、家长里短、人情世态。就像评论家刘星说的,作者

[①] 衣俊卿:《现代化与日常生活批判》,黑龙江教育出版社 1994 年版,第 32 页。
[②] 马克思:《马克思恩格斯全集》(第三卷),人民出版社 1960 年版,第 31 页。

▶▶ 叙事的嬗变与转型

"把'文革'当作农村人的一种过日子式的生活,日子过着过着就乱了,打起来了,你是把这种时代的生活统统都还原了,还原成了一种日常生活,还原成过日子。实际上这也好像是以一种生命的生活的流年式的这样一种方法来进行写作。写的更多的都是一些农村的琐琐碎碎、吃喝拉撒睡、家长里短。这是一种生活还原的写法"[①]。王安忆也是日常生活叙事的支持者,"有人说我的小说回避了许多现实社会中的重大历史事件。我觉得我不是在回避。我个人认为历史的面目不是由若干重大事件构成的,历史是日复一日、点点滴滴的生活的演变,小说这种形式就应该表现日常生活"[②]。所以,她的《启蒙时代》也是通过展现一群上海小儿女的琐屑生活来叙述故事的。

两代作家都是选择通过对动荡年代日常生活的描写,来消解政治的狂热,逃避政治的规约。然而,不同的是,50年代出生的作家的"文化大革命"叙事,希望通过琐碎、平庸的日常生活的描写,触摸到历史的脉搏,并在平淡无奇的叙述中记录下历史的发生和发展,日常生活实则是一种把握历史的手段。因此,50年代出生的作家的"文化大革命"叙事,在日常叙事之中呈现出的仍是一幅较为清晰醒目的历史画卷。60年代出生的作家的"文化大革命"叙事,则意在展现那个时代人们的常态生活,而无意于历史的流转,所以历史则淹没在琐碎纷乱又逼真的生活图景之中,成为一个展现人物生命历程的虚化的舞台,日常生活则是其所把握的对象。因此,可以说60年代出生的作家笔下的日常生活是与个体相关的、连续的日常生活。他们的"文化大革命"叙事,其日常生活是延绵的,它表现恒常不变的、千年一日的生活之流,不会因为政治的变动而变动。为了使主人公的日常生活不至于因为政治事件的突然介入而出现断裂和惊诧,作者有意虚化政治事件和政治运动背景。

为了保证历史的日常性,20世纪60年代出生的作家有时会在文本中建构文化意象。在《英格力士》中,刘爱所追求的英语词典是一个文化和文明的象征,刘爱的最大伤痛就来自于此。刘爱的父亲对俄罗斯建筑风格的偏执、对格拉祖诺夫音乐的喜爱,母亲和校长约会时所穿的高跟鞋以

---

① 贾平凹、韩鲁华:《一种历史生命记忆的日常生活还原叙事》,《西安建筑科技大学学报》(社会科学版)2011年第1期。
② 王安忆:《安忆说》,湖南文艺出版社2003年版,第55页。

第三章 代际差异背景下的叙事景观

及他们能够吟唱英文歌曲《月亮河》等等,这些都暗合了"英格力士"所具有的文化象征意义。作者通过这些文化意象在不同时代的不同命运来呈现社会生活的变迁。在里程的《穿旗袍的姨妈》中,文化符号是"旗袍"和旧时代"家具",不论在什么时代,姨妈都喜欢穿着得体的旗袍,这使姨妈显得利落、干练和富有尊严。同时,不论生活有多么拮据,姨妈也总是收购各种旧家具,表现了她的文化取向的偏执。但也正是这种偏执,让人感受到她的贵族式精神追求,这似乎是对抗扭曲的政治生活最有力的武器。在东西的《后悔录》中,曾广贤的母亲偷偷地为他们兄妹喷洒藏匿多年的香水,苏童的《河岸》中的陆地生活和水上生活的差异以及对邓少香烈士纪念碑的认知等,都能够让我们从文化角度来审视主人公的精神世界,而且还能够使人看到非正常的政治元素是怎样累积、沉淀到文化和生活当中的。

此外,20世纪60年代出生的作家从不将镜头正面对准时代的、历史的、社会的场面,像《扎根》中的老陶一家下放三余后本身就已游离于政治之外,他们关起门来过日子,政治的风云变幻很难再扰乱他们的生活,因此老陶一家关心的重点也便成为了琐屑的日常生活。像爷爷的大便、小陶的工作和未来、邻里关系、家里鸡鸭狗猫的饲养等,这些生活琐事是远离政治风云的。《平原》中的混世魔王和吴蔓玲是王家庄"文化大革命"年代的标志,而他们也没有做出像《今夜有暴风雪》等小说主人公的行为,而是像王家庄的每一个人一样过着寻常的日子,不同的是,他们一个为回城而苦恼,一个为婚姻而焦虑。这样的日常生活是游离于政治之外的。即便作品中出现历史场景的描写像"武斗""批斗"等,作者也是极力淡化,比如《长势喜人》中对似乎牵连很大的知青袭击火车事件的前因后果,作者只用了寥寥几句便介绍完毕:

> 火车在出城五十里的地方遭到了袭击,参与这项破坏活动的是当地不满上山下乡运动的二十多名知青,他们坐在高坡上,向路过的火车投掷石块,结果许多乘客被石头打伤了。这次恶性事件使正在当地考察的一位大人物临时改变了日程安排,专列提前离开,并且中途改变了行车路线。这使在那个县城小站上等待接见的当地官员们大感失望,他们迁怒于那些捣蛋知青,将这次恶作剧定性为反革命事件。这

次事件发生在 1975 年 5 月。①

此外，作者还会以儿童的眼睛作为观察的视角，或侧重于人物的心理描写以避开对历史场景的正面、具体描绘。而在 20 世纪 50 年代出生的作家笔下，时代的、历史的场面多以正面的展示出现在作品中，并给予浓墨重彩的铺叙。

第二节 认知差异与应对姿态

两代作家通过叙述不同的"文化大革命"故事，审视在疯狂无序的年代里历史主体的个体生命的起伏与沧桑变化，深刻地揭示了历史的荒诞和残酷。然而，尽管两代作家采取了一致的"反'文革'"的政治立场，但是面对历史仍然有着不同的理性认知和应对姿态。20 世纪 50 年代出生的作家面对历史的无序和荒唐，仍然表现出对抗的意识和积极救赎历史的热情与努力。而 60 年代出生的作家则悬置了历史救赎的可能，在把质疑的目光转向父辈的同时，勇于自我批判和承担。

一 关注人民、关注生命

20 世纪 50 年代出生的作家立足民生立场，张扬个体选择的成功。50 年代出生的作家始终有一种人民的意识，为民代言，帮助人民脱离苦难也是他们直面历史的重要动力。从一段对话中或许可以看出端倪：

> 李星："文化大革命"是中国当代历史上绵延时间最长、影响最为深远的政治运动。由中国改革开放的总设计师邓小平所开创、领导的改革开放，一心一意搞建设就是从否定"文化大革命"时的路线、观念、政策开始的，你通过对"一个村子""文化大革命"全过程的记忆重现，要告诉今天的读者什么？
>
> 贾平凹：告诉读者我们曾经那样走过，告诉读者人需要富裕、自

---

① 刘庆：《长势喜人》，漓江出版社 2004 年版，第 38 页。

第三章　代际差异背景下的叙事景观

由、文明、尊严地活着。①

历史在人性和文化的合力下形成，反过来却戕害人的肉体和精神，挤压着人的生存空间，制造或加剧了人生存的苦难。"文化大革命"的发生切断了人们平凡而普通的生活，碾碎了维系生活的日常伦理，让善良的人变得凶残，使人的尊严丧失殆尽。如《受活》，受活庄人虽然都是残疾人，然而却凭着善良和勤劳的品行过着和谐而安定的生活，可是入社却改变了一切，无论在"革命"的年代还是改革开放的年代，他们得到的是无穷无尽的灾难："铁灾"（"大跃进"）、"大劫年"（三年自然灾害）、"红罪"与"黑罪"（"文化大革命"）。而在"洋日子"中，他们更是被剥夺殆尽，像羔羊一样任圆全人摆布、宰割。阎连科通过历史意识看到制度对人的规约和戕害，为了让人过上真正悠闲幸福的日子不惜采取了对现代文明拒绝的姿态，退回到"小国寡民"的前文明时代。20 世纪 50 年代出生的作家面对历史的残忍，悬置了历史理性，不约而同地采取了人文主义的立场，肯定了人的合理需求。这种立场通过对有效个体的选择鲜明地表现出来。

《受活》中，茅枝婆对退社矢志不渝，在她的坚持下历尽磨难完成了退社的愿望。虽然，"革命"时代结束了，退社已没有当初的意义，但是这种坚守的意义却无比重大，它让受活庄再次脱离了体制的制约，重新回到"自由、散漫、殷实、无争而悠闲"的岁月。《生死疲劳》中，蓝脸是最具有坚守精神的人物形象之一。在风雨飘摇的时代，出于道义，蓝脸从不对西门闹做道德的、政治的评判，并且为他抚育后代。为了道义也为了爱情，他不顾"革命"代表洪泰岳的反对，执意迎娶迎春为妻。他坚持单干 30 年，虽然在身体和精神上都作出了巨大的牺牲，但是最终取得胜利，成为天空中飞翔的唯一一只白乌鸦。

在《生死疲劳》里，我们看到了新中国成立后唯一的单干户蓝脸，面对着劝他入社的人——

> 爹（蓝脸）说，我不入，我有单干的权利。什么时候毛主席下令不许单干时我就入，毛主席没下令，我就不入。农村工作部长被爹

---

① 贾平凹、李星：《关于一个村子的故事和人物》，《陕西日报》2010 年 12 月 20 日。

> 叙事的嬗变与转型

的执拗打动,在县长那封信上批了几行字:尽管我们希望全体农民都加入人民公社,走集体化道路,但个别农民坚持不入,也属正当权利,基层组织不得用强迫命令,更不能用非法手段逼他入社。这封信简直就是圣旨,被父亲装在玻璃镜框里,悬挂在墙上。①

在那样艰苦的年代,蓝脸的胜利,是不敢想象的:"我想象不出蓝脸在真实的历史境况中存在的可能性,但作为一个文学作品中的人,他填充了我们对历史空白处的想象。因为他的存在,我们才认识到了历史细节的生动性。实际上他已成为道义和温暖的象征,成了自由自在地坚守着的历史。"② 蓝脸的胜利,充分地表达了作者对民间的道义和农民对土地的热爱的肯定。严歌苓的《第九个寡妇》中的王葡萄则是对生命的坚守,同样取得了胜利。她不畏惧政治的恐怖,勇敢地救助自己的公公,并让他在地窖中藏匿二十余年。王葡萄尊重所有的生命,她从不跟着人群去批斗那些"反动分子",而且总是给予他们真诚的关怀,比如老朴落魄时是葡萄的抚慰帮他度过了人生的坎儿,村中那对知青的私生子也是王葡萄收养的。《小姨多鹤》中,多鹤作为一个日本人竟然在革命年代安然度过,并生下三子,无疑也表达了作者对生命、对人情的同情和怜悯。20世纪50年代出生的作家通过塑造这些勇于在历史中做出个人选择和坚守的形象,并使他们取得最后的胜利,表现出作者对人民的关注和对历史的批判。

20世纪70年代末80年代初期的"文化大革命"叙事,以一种线性的发展观来审视历史,一乱必有一治。无论是"四人帮"及其追随者挑起了"文化大革命",还是极左政治的逐步发展引发了"文化大革命",从而带给千千万万人苦难,但是随着"四人帮"的倒台,政治变清明,冤案得平反,善恶皆可报,逝者可安息,生者面对的是充满活力和生机的更美好的生活。正是由于对党的信任和忠贞,政治就成了救赎政治之道,此时的小说普遍洋溢着革命的乐观主义精神。而新历史主义小说则不然,人性的诡诈,历史的循环和无理性,打碎了"前途美好"的预言,宣告了历史将永远沉沦的虚无主义论断。"随着'文革'结束后,市场经济的

---

① 莫言:《生死疲劳》,作家出版社2006年版,第103页。
② 周景雷:《政治伤痕的文化记忆》,《当代作家评论》2007年第5期。

第三章 代际差异背景下的叙事景观

兴起，人们普遍地对虚伪的理想主义感到厌倦，同时也滋长了放弃人类向上追求，放逐理想和信仰的庸俗唯物主义。"① 在《故乡天下黄花》中，历史的列车便驶入循环的轨道，车上的乘客永远无法获得救赎。新世纪以来的历史小说，扬弃"文化大革命"刚结束时的理想主义，但是也没有像新历史小说一样陷入虚无的泥淖。他们仍然积极寻找历史救赎的方法，寻找一种更合理的社会伦理秩序和人存在的方式。

贴近民间一直是20世纪50年代出生的作家重要的写作立场，而他们的"文化大革命"叙事也是如此。那么，发现民间存在的积极的精神因素也就成为50年代出生的作家历史救赎的一个重要渠道。虽然民间文化中偏执保守的一面会成为"文化大革命"发生的催化剂之一，但文化宽容的一面也可能成为历史和人获得救赎的因素之一。《古炉》中善人的许多说法和思想是《周易》《道德经》与"佛经"里的中国古老精神文化的衍生物，善人以乡村知识分子的身份给人"说病"，实则是以传统的优秀文化给他们治心。虽然，很多时候，许多病是无法根治的，如贪婪、自私等，然而他也以自己的力量将善良、宽容、孝道伦常的种子播撒在人们的心田，也不失为维系中国农村社会伦理道德的一股力量。就像作者说的，"就当下来讲，维系农村社会仅靠法制和金钱吗？而且法制还不健全，财富又缺乏，善人的言行就显得不可或缺了"②。而王安忆则在《启蒙时代》中找到了市民文化，认为只有市民文化才能维系普通人的幸福，走向了对市民文化的认同，"对自给自足的市民生活，他们的力量在于，他们体现了生活的最正常状态，最人道状态"③，从而否定了"革命文化"。她认为，革命文化是不人道的，"革命将人群生生划成好和坏，善和恶，敌和友，英雄和狗熊，而绝大多数人是不应该受到这种甄别的考验的。绝大多数人只是，怎么说，一种数米的生涯。他们有权利在不经受考验的前提下过道德的生活，他们有权利不损人地过一种利己的生活，这就是人道"④。

历史是人活动的产物，历史的形成离不开人，人才是救赎历史的终极因素。萨特认为，人在任何时候都有自由选择的权利，"对所谓人的处

---

① 陈思和：《当代文学史教程》，复旦大学出版社1999年版，第364页。
② 贾平凹、李星：《关于一个村子的故事和人物》，《陕西日报》2010年12月20日。
③ 王安忆：《启蒙时代》，人民文学出版社2007年版，第282页。
④ 同上书，第281页。

▶▶ 叙事的嬗变与转型

境，他们的理解是相当清楚，即一切早先就规定了人在宇宙中基本处境的一切限制……这些限制既不是主观的也不是客观的，或者说既有其主观的一面也有其客观的一面。客观是我们到处都碰得见这些限制，而且到处都被人看出来；主观是因为有人在这些限制下生活，而如果没有人在这些限制下生活。也就是说，不联系这些限制而自由的自己和自己的存在，这些限制就是毫不足道的"①。当人无法挣脱历史的限制，人性便会显出卑琐的一面，贪婪与邪恶便会趁机而入，历史便呈现出了疯狂、滞重的一面；反之，人性中善良、独立的一面则会凸显出来，人也就成为对抗历史冰冷法则的终极武器。20世纪50年代出生的作家正是通过"大写的人"来完成历史的最终救赎。《赤脚医生万泉和》中的万泉和，心中从未有过恨与嫉妒，女友刘玉被吴宝横刀夺爱，当吴宝被卫生站辞退时，万泉和真心地担忧他的处境。对待刘玉，他也从没有过记恨，就算后来在刘玉的算计下，为她白白养了几年孩子，万泉和心中的爱也没少一分。虽然，万泉和不懂医术，但他尽心尽力地帮助每一个病人。万泉和尊重身边的每一个人，也善待、宽容身边的每一个人，正因为此，天不怕地不怕的万小山唯一敬重的人就是万泉和。《古炉》中的蚕婆，被认定为"四类分子""阶级敌人"，是村中批判的典型，而且时常遭到村中人的欺侮，但她从未对任何人怀恨在心，仍然在别人需要的时候毫不犹豫地伸出援手：来回犯羊癫疯，开石媳妇难产，开石伤腿，守灯得病，蚕婆总是运用自己的治病经验帮助他们；杏开未婚先孕，孤苦无依，蚕婆不因为农村的风俗鄙视她，而是竭尽所能地给予她物质和精神的帮助；支书被夜霸槽整下台，遭受众人的侮辱，而蚕婆没有因为支书当年把她定为"四类分子"而记恨在心，而是默默地给予支书关怀和鼓励；榔头队和红大刀队互相残杀，蚕婆从不因为姓氏的偏见，而是冒险救治、掩藏两队的人。蚕婆用自己的善良支撑起自己强大的内心，也感化着身边的人。《小姨多鹤》中张俭一家人得以在"文化大革命"年代安然度过，靠的同样也是对生命的尊重，对爱的执着。

无论是民间文化中优秀的成分，还是人性中的善和爱，这些无疑都是一种积极向上的精神力量。这种精神力量就是经过知识分子滤过的"民

---

① [法]萨特：《他人就是地狱——萨特自由选择论集》，周煦良等译，陕西师范大学出版社2003年版，第199页。

间精神"，它以人性的善良、仁爱为底色，尊重生命、尊重他人，相信正义和真理，对他者和异己具有极大包容性，是对抗历史冰冷法则的中坚力量，给备受磨难的心灵带来安抚和慰藉，使未来充满了希望。

二 有度量地自我承担

20 世纪 60 年代出生的作家面对历史的伤害，选择自我承担。60 年代出生的作家在审视"文化大革命"历史对人的强大规约的同时，同样注意到人性对历史的迎合与合谋。首先就是权力。毕飞宇以其犀利的笔触，剖析了权力对人的侵蚀，吴蔓玲在王家庄的留守，端方对吴蔓玲的畏惧无一不是权力在作祟。而《河岸》中的库文轩难以从烈士遗孤的阴影中走出来，归根到底也是因为对权力的崇拜和屈从。60 年代出生的作家不像 50 年代出生的作家那样乐观，认为人性的善和良知可以遏制住人性对权力的趋附。因此，面对历史的残酷和荒诞，60 年代出生的作家表现出一种无奈和冷漠。在他们的"文化大革命"叙事中，个人的伤害没有因为历史的前行而愈合。《后悔录》中曾广贤的父母永远不能回到从前，《河岸》中库东亮仍然被放逐在河上，不能享受自由的快乐，而库文轩也没有因为新时代的到来受到平冤昭雪的待遇。《平原》中，权力的"狂犬病菌"被吴蔓玲遗传给了端方，历史的权力之争仍在继续。历史造成的伤口甚至慢慢演变成一种精神暗伤，影响人的一生。《长势喜人》中的李颂国因为"文化大革命"年代的疯狂，从小便在心中种下自卑、屈辱的种子，这些最终将他的命运引向深渊。《后悔录》中的曾广贤即便面对妓女，自身的性功能也难以恢复。而且，在 60 年代出生的作家的作品中也没有出现反抗历史的角色，有的都是匍匐在历史权威之下的灵魂。《后悔录》中曾广贤的母亲吴生便是一个被革命思想洗脑的人，她认为身体的需要是肮脏的表现，觉得一个高尚的人不应该干这个，所以十年没让曾长风碰自己的身体。就像她对曾长风说的："我用了十年，放了一提篮的漂白粉，才把自己洗得像白球鞋这么干净，要是你对我还有一点点革命友谊，就请你离我远点，不要往白球鞋上泼墨水。"[①] 正是这种洁癖导致了曾长风对自己身体的背叛，也为整个家庭的分崩离析埋下了隐患。而最后，还是这些高尚的理念，收走了吴生的魂魄，促使她舍身饲虎，以示清

[①] 东西：《后悔录》，人民文学出版社 2005 年版，第 8 页。

>> 叙事的嬗变与转型

白。吴生临死前向曾广贤澄清:"广贤,你一定要相信妈。妈宁可死也不会做那种丢脸的事!"《平原》中的吴蔓玲紧跟党中央的号召,严格以政治伦理的标准要求自己,成为知青中的佼佼者,虽然掌握了权势高高在上,但却付出了极其惨重的代价,没有朋友,得不到关爱,甚至牺牲了女人享受情爱的快乐。然而,她毕竟是女人,世俗生活的伦理让她欲罢不能,对爱情的渴望让她焦虑异常,最后终于在革命理想和世俗理想的裹挟下走向毁灭。《河岸》中的库文轩与乔丽敏同样是生活在政治伦理的阴影之下难以自拔。库文轩因为传承的"革命的血统",成为油坊镇呼风唤雨的人物,当他的"烈士后人"身份被剥夺后,他无法面对政治地位的改变,只能把自己放逐在没有尽头的金雀河上,最后难以承受灵魂的孤独,不得不怀抱邓少香的墓碑自沉金雀河。而乔丽敏更是一个把政治生活完全日常化的悲剧人物。当得知丈夫的"生活作风"有问题时,她把工作组的审讯室搬到了卧室,与丈夫离异后,一个人远走他乡,为革命贡献力量。于是,面对难以撼动的历史,60年代出生的作家不再试图进行改变和救治。但是,他们却没有因此消极颓废,而是通过自我承担的方式,勇敢地承担起了历史的错误。

　　面对历史的荒谬和残酷,20世纪60年代出生的作家的"文化大革命"叙事没有怨天尤人,也没有自暴自弃,而是坚忍地面对,正如《河岸》中库东亮所说的"我没有什么可抱怨的"。不抱怨正是这代作家"文化大革命"叙事的底色之一。正是这种面对历史伤害不抱怨的心态,赋予了他们自我批判的勇气。60年代出生的作家通过忏悔、自责的方式勇敢地承担起自己的过失。如曾广贤出于真诚的目的,一次次地告发其父亲的"龌龊"行为,导致其父亲身心受到严重的摧残。当一切都风平浪静的时候,他坐在父亲的病床前,一连串地说出几十个"后悔",这是对一生的忏悔,他愿意承担一切心理上的、精神上的伤害。刘爱曾经"诱导"英语老师王亚军偷看阿吉泰洗澡,结果导致王亚军被抓进监狱。他当时虽然不敢为此有所承担,却忏悔不已:"我望着王亚军,内心无比惭愧,什么叫'我作为一个老师,拉着学生做这种事?'不对,王亚军是被我拉去的,我一次次地朝着澡堂跑,那是我们许多男孩子的恶习,我为了他那本英语词典,我为了讨好他,告诉了他这个秘密,明明是我拉他去的。那是我跟他做的一项交易:我想带他去看阿吉泰,而换取对于那本词典的占有时间。为什么现在责任全在他的身上？"① 并且刘爱在王亚军被捕后和阿吉泰之间有过一次对话，不断强调自己在王亚军老师的问题上是有罪的，这是一个少年儿童的成人般的忏悔。在《穿旗袍的姨妈》中，姨妈多次要求骆驼给自己当儿子，但骆驼因为姨妈的"地主婆"身份而没有答应。当姨妈死后，骆驼也发出了这样的诘问："她这样匆忙地告别人世，似乎就是为了让我——她的外甥日后生活里永远逃脱不了负罪感的追逐。如果说生来有罪的说法还有些让人疑虑重重，那么一个和你曾经很亲近的人在她濒临冥界前，给你留下了不可填补的空隙，使你无法像一个正常人那样面对阳光和鲜花，你就明白了神兴许并不是世人凭空杜撰出来的。二姨妈的死给我留下了一个永远的难题：我还能说自己是清白无罪的吗？"② 60年代出生的作家的"文化大革命"叙事中表现出的自我承担的意识，展现了他们面对历史伤害的度量。

在20世纪60年代出生的作家的"文化大革命"叙事中，父辈大多以一种孱弱、庸常或可悲的形象出现在作品中。而在50年代出生的作家的作品中，父辈却是权力的掌控者，像朱大贵、程天青，或者是历史的审视者，像蓝脸、大头儿子、孙怀清，甚至是南昌的父亲，他们深谙历史的奥秘，不约而同地对"革命"保持一份清醒和冷静，甚至是持反对的态度，成为子一辈如夜霸槽、高爱军之流的对立者。这种不同的人物形象塑造，表现出了两代作家不同的心理情结：60年代出生的作家对于父辈的"文化大革命"书写持一种怀疑态度。在知青作家或"右派作家"的笔下，主人公都是作为历史的受害者而存在，而且在逆境中仍然保持清醒的头脑、坚定的品格、抗争的勇气和知识分子的批判精神。像《班主任》中的张俊石老师、《大墙下的红玉兰》中的原省劳改局的处长葛翎、《蝴蝶》中的张思远等。精神分析学派的创立人荣格认为，"原型"是集体无意识的主要组成部分，而"人格面具""阿妮玛和阿妮姆斯""暗影"则是三种最主要的"原型"，对人的行为起着关键的支配作用。其中"人格面具"强调：人在不同的场合戴着不同的面具，而且无时无刻不在戴着面具，而个体人为了得到社会的承认，会以公众道德为标准，以集体价值为原则为自己的行为进行修饰。父辈们在对自己的"文化大革命"时代

---

① 王刚：《英格力士》，人民文学出版社2004年版，第345页。
② 里程：《穿旗袍的姨妈》，《长篇小说选刊》2007年第2期。

>> 叙事的嬗变与转型

进行回忆时，或许难免在某种程度上进行自我修饰，而 60 年代出生的作家则写出了另一种"真实"，与父前辈作家作品中的父辈形象形成互补，丰富了我们对历史、人性的认知。而 50 年代出生的作家则是从探究历史发生原因的目的出发，把父一辈作为传统文化的表征，与子一辈所持的"革命文化"形成对立或对抗的姿态。

然而，尽管父辈们卑微、孱弱、自私的一面在子一代的质疑中暴露出来，但是在 20 世纪 60 年代出生的作家的"文化大革命"叙事中，子一代却没有背弃他们，而是以宽容的态度对待他们，并最终回归亲情，使作品弥漫着一种亲情关怀的温暖。就像汪政所说："对于 60 年代出生的人来说，他们尚有一点'文革'的梦幻般的片断记忆，在童年的回想中，还有动乱的余悸与忧伤，他们的经济生活还有计划经济的强大惯性。虽然他们的文化立场与知识人格已走向多元与开放，但占主导地位的可能还是充满着温情的、具有强烈的群体意识和人道情怀的东西。"[①] 比如，曾广贤一次次"告密"，言不由衷地背叛自己的内心，给父亲带来那么大的苦痛和伤害，以至于父亲曾长风发誓不再理他，不想再见他。但是，在母亲和父亲分开后，在两者之间，曾广贤还是选择了父亲。他始终坚持着要回到父亲身边，愿意服侍父亲，陪伴父亲并向父亲忏悔。库东亮的父亲因为出身问题和作风问题从权力的顶峰跌入了低谷，成了不得上岸的向阳船队的船民，母亲因此和父亲离婚。尽管库东亮不理解并痛恨父亲，但他依然选择随父亲做船民，最后为了完成父亲的心愿，冒险把刻有烈士英名的石碑偷到船上。刘爱的成长始终伴随着对自己父母的憎恨和批判，但当自己父母处在危险时或者受到他所认为的伤害时，却能挺身而出。比如，有一次，他看到父亲满脸伤痕地从校长办公室走出来，他认为是校长欺侮了父亲，于是他用铁棍打了校长"当头一棒"。最典型地表达父子（父女）之间既冲突又依赖关系的小说应该算是《风和日丽》了。私生女杨小翼费尽心机，终于找到了生身之父，但由于生父位高权重，又有新的家庭，拒绝承认。此时杨小翼寻找父亲的迫切也转变为对父亲的憎恨，但是在之后的专业研究中，杨小翼不断地对个人情感和"革命进化"之间的复杂关系进行深度挖掘和思考，并通过比较父女两代人之间各自的情感道路和模式，从历史的角度出发"释放"了、理解了父亲。在父亲的追悼会后，

---

① 张钧：《小说的立场》，广西师范大学出版社 2002 年版，第 5 页。

杨小翼通过省察自己的内心，发现了父亲的存在对她的巨大的精神支持，最终宽恕并承认了父亲。

第三节 异质的审美传达

历史是无法改变的，无论对其认识得如何清楚都不可能让时光倒流。历史也是无法还原的，无论哪一种叙事都不可能回到历史真实的语义场。那么，既然如此，对于历史的书写价值何在？人们常说，历史包含着一切生活的历程，即一切实现了的可能性。过去的生活赋予当下的生活一种色彩，作为背景，衬托出现实生活的轮廓，将它的理想投影到这块历史的背景上。如果想要了解自己生活的处境，知道应实现哪种可能性，那么历史会为生活提供便利。正因为如此，历史本身没有意义，只有服务于生活，回答了生活提出的问题，它才有意义。因此，书写历史的目的就是与历史对话，就是为了唤醒那些沉默的、将被遗忘的记忆，为当下立一面镜子，前事不忘，后事之师，使历史的悲剧不再重演。所以，无论是哪个时代出生的作家的"文化大革命"叙事，都是面对当下的写作，尽管有些许的不足和不尽如人意，但是勇于触碰这一沉重的话题就不失为一次成功。

一 饱满厚重的叙事风格

20世纪50年代出生的作家的"文化大革命"叙事，较多地继承了传统现实主义的写作风格，故事完整情节饱满，情感丰富态度鲜明，因而作品显示出厚重和饱满的风格。而60年代出生的作家，借鉴了现代主义叙事手法，使作品呈现出一种轻盈、灵动的气质。

20世纪50年代出生的作家的作品具有饱满而厚重的叙事风格。他们的"文化大革命"叙事表现出强烈的主观情绪，处处显露出一个"我"的存在。他们常常让自己的感情意绪不自觉地渗入叙事，明白清晰地表露自己的情感倾向，使作品有明显的倾向性和巨大的情感能量。所以，当我们阅读他们的作品时，经常能被作品中强烈的感情感染，我们可以因作品中人物的悲伤而悲伤，高兴而高兴，愤恨而愤恨。就像阅读《生死疲劳》时，我们为蓝脸的坚忍不屈暗暗叫好，可也会为他的命运多舛心忧如焚，而读到西门闹转世的牛被疯狂残忍的西门金龙鞭打受伤并活活烧死的情节时，也会心痛不已，不忍卒读。

20世纪70年代末80年代初"文化大革命"刚刚结束时，整个社会沉浸在"文化大革命"造成的伤害之中，人们抚摸着还未痊愈的伤口，腹内装满了对"四人帮"与"文化大革命"的怨恨和对自己苦难遭遇的怜悯。满腔的愤恨、委屈和百感交加，作者借助文字宣泄了出来。所以当时的"文化大革命"叙事作品中，常会出现一个感情丰富的叙述者，塑造了一个又一个痛哭流涕、捶胸顿足者的形象。正如曹文轩所说："70年代末80年代初文学作为社会意识的载体，它所承担的任务是宣泄在苦难与灾难中积压起来的悲苦和愤怒。它为我们留下的是一个痛哭流涕、战栗不已的诉苦者的形象。"[①]像卢新华的《伤痕》，主人公王晓华本是一个信奉革命真理的女孩，"文化大革命"中毅然决然地与"叛徒"母亲决裂，"四人帮"被粉碎后，才知道母亲是被冤枉的，于是她满怀内疚之情回家看望母亲，而母亲却在她到达前的几个小时因不堪精神和肉体的迫害含冤而死。理想破灭，亲人不在，面对"四人帮"的罪恶，历史的荒谬，王晓华愤恨不已，痛苦不堪。叙述者的激情也可见一斑。

进入新世纪，"文化大革命"已经结束二十多年了，与历史的距离，消磨掉了作家主观的政治热情，因而20世纪50年代出生的作家面对"文化大革命"更多了份从容和冷静。所以在他们新世纪的"文化大革命"叙事中，已难再看到"伤痕文学""反思文学"中那样激愤不平的控诉者形象，反而多是一些默默承担者的形象。像《古炉》中的蚕婆无辜成为革命的专政对象，但是仍然本本分分地活着，辛辛苦苦地劳作，从未抱怨过命运的不公，即便有，也只是偶尔轻描淡写地唠叨几句那个去了台湾害得她"戴了帽子"的"老头子"。《生死疲劳》中的蓝脸，这个单干户为了坚持单干，在"文化大革命"中遭受到了非人的对待，但仍表示"我不反对毛主席，不反对共产党"，他让儿子走集体化道路，而自己依然无怨无悔地坚守着对土地的理想。《第九个寡妇》中的孙怀清，这个被历史宣判死刑的人，侥幸保得性命后，却没有一句抱怨和控诉，他以超然的心态继续着暗无天日的逃躲，洞察着世间发生的一切，表现得极其平和坦然。而王葡萄这个因革命失去了原本幸福家庭的寡妇，无论遭遇多大的困难，都没有怨天尤人，而是坚守自己

---

① 曹文轩：《20世纪末中国文学现象研究》，北京大学出版社2002年版，第28页。

的良知，勇敢地追求幸福、快乐。然而，尽管50年代出生的作家新世纪的"文化大革命"书写较之"文化大革命"结束初期的作品情感姿态更加超越、冷静，但是因为亲身的经历使得他们对"文化大革命"仍怀有强烈复杂的情感和言说的欲望。比如贾平凹的家庭在"文化大革命"年代遭到毁灭性的冲击，所以他们面对"文化大革命"，仍然难以做到心如止水、冷静客观。而且50年代出生的作家虽然经历过历史的风波和人生的磨砺，但他们对人生是非，对善恶曲直，对历史对错仍然难以释怀，并形成强烈的道德判断，在书写历史时便会不自觉地把这种判断带入作品中，并以叙述者的口吻表达出来，也使文章具有了强烈的冲击力。因此，50年代出生的作家的"文化大革命"叙事中仍然有一个情感饱满、爱憎分明的叙述者。在作品中，读者可以清晰地听到叙述者的声音，明显地感知到叙述人具有非常强烈的价值立场和道德判断。而作者这种鲜明的情感态度集中地通过人物形象的塑造体现出来。

20世纪50年代出生的作家塑造了一系列正反互衬的人物形象。对于正面人物形象，作者极尽褒扬之能事，赋予他们完美的个性：坚定的信念，勤劳善良的品行，抗争命运、对抗异化历史的勇气。如《生死疲劳》中的蓝脸，他勤劳，尽心尽力地侍弄他的土地；他善良，对待地主西门闹的孩子视如己出，就算西门金龙一再地为难他，他始终以父亲的胸怀宽容他；但是他也倔强，出于对土地的热爱，无论面对怎样的困难，他甘心做一只与众不同的白乌鸦，这种执着的倔强让他付出了本不该付出的一切，但也正因为此，他成为对抗混乱、疯狂历史的勇士。《第九个寡妇》中的王葡萄，同样拥有善良、勤劳、勇敢、真诚的品格。身为童养媳，她帮助公婆料理家务，任劳任怨；在人人自危的"文化大革命"年代，她敢爱敢恨，勇敢地追求自己的幸福，关心救助落难之人，像和煦的阳光温暖他们的心怀；面对波谲云诡的历史，她没有盲从也没有惧怕人人敬若神明的革命伦理，而是义无反顾地救助自己的公公并藏匿他十几年。通过侏儒的眼睛，作者表达了对王葡萄的喜爱，"在侏儒们眼里，葡萄高大完美、拖着两条辫子的背影渐渐下坡，走远"[①]。《古炉》里的狗尿苔，他矮小、丑陋，然而却善良、真诚、宽厚。作者在后记中明确表示对他的感情："我喜欢着这个人物，他实在是太丑陋、太精怪、太委屈，他前无来处，后无

---

① 严歌苓：《第九个寡妇》，作家出版社2006年版，第73页。

▶▶ 叙事的嬗变与转型

落脚,如星外之客,当他被抱养在了古炉村,因人境逼仄,所以导致想象无涯,与动物植物交流,构成了童话一般的世界。狗尿苔和他的童话乐园,这正是古炉村山光水色的美丽中的美丽。"① 就连《启蒙时代》中那些被历史大潮裹挟其中的少年,也没有甘心迷失在历史之中,而是积极主动地思考人生、探索真理。这些人物虽然不是力挽狂澜的大人物,只是普普通通的民众,然而他们身上表现出的善良、真诚、勇敢、明辨的品格则是人性最可贵的一面。50年代出生的作家正是依照自己的人生观和价值观塑造了这些人物,并给予他们毫无保留的肯定和赞美。甚至为他们设置浪漫的故事,像王葡萄作为一个寡妇却得到了超于普通女人的爱情和幸福;蓝脸的单干行为也最终被历史肯定。

对于符合自己理想的人物形象,作者充满偏爱,而背弃自己理想的人物,作者则会在文本中毫不掩饰自己的厌恶和鄙夷。《第九个寡妇》中孙怀清的二儿子孙少勇,读过书、有学问,而且是位革命家,然而革命来临之际,为了不受牵连,他不仅与父亲划清界限,带头抄了父亲的家,就连父亲被枪毙也无动于衷。对于他有悖人伦的行径,作者通过给他设置一个家庭破碎、事业受挫,最后幡然悔悟,回归本性的结局,对他进行惩罚。再比如,《古炉》里的黄生生,这个大无畏的红卫兵,不仅有六个指头,相貌也不敢恭维,"眼睛很大,两道眉毛浓黑浓黑而且中间几乎都连接着。如果仅仅从鼻子以上看,绝对是硬邦帅气的,可他的嘴却是吹火状,牙齿排列不齐,一下子使整个人变丑了"②。正像王所长讽刺的:"黄生生长成那个样子真不容易!"而且,这个人被村民们认为无所不知的革命家,不仅狂妄、自大,对革命也毫无理性的认识,只知顺势而为、兴风作浪。当夜霸槽问到毛主席既然可以从刘少奇手中夺回权力来,为什么还要发动"文化大革命"时,黄生生只能有这样的表现:他"愣住了,把头上的帽子摘下来,又戴上,说:党中央的事我说不清楚,他也说不清楚,你也用不着清楚,你记住,毛主席是我们伟大的领袖和统帅,毛主席让我们进行'文化大革命'运动,我们就进行'文化大革命'运动,你不喜欢运动?"③ 就连评论家刘星也说作者对"外来'红卫兵'黄生生却好像

---

① 贾平凹:《长篇小说〈古炉〉后记》,《东吴学术》2011年第3期。
② 参见贾平凹《古炉》,人民文学出版社2011年版,第208页。
③ 同上书,第298页。

毫无同情、理解之心,把他写成魔鬼、恶棍,还让黄生生死得那么惨,从中读者也得到恶人受惩罚的快感"①,而作者也承认"对他确实狠了一些"。还有守灯、水皮等人,作者认为守灯经过历次运动后已经变态,而水皮则随风倒、没骨头,是一些文化知识人的原型,这种认识使作者对他们也没有丝毫的同情。《生死疲劳》中的小常,被作者戏称为"大叫驴",他虽然是高密东北乡"文化大革命"开展的引路人,但也是贪权慕势之辈,最终因为乱搞男女关系下了台。对于这些与作者的理念背道而驰的人物,作者无一不在行文中给予否定和嘲讽。通过这两类人物的塑造,我们不仅看出作者追求真善美的人生理念,而且看出作者对"文化大革命"旗帜鲜明的否定态度。

他们多采用全知全能的叙事视角,对故事进行面面俱到的讲述,不会放过任何一个细枝末节。像《受活》中,对于受活村的由来,作者追溯到远古的历史进行了详细的解释,还有茅枝婆的人生经历,作者运用插叙的手法介绍得明明白白。更重要的是,20世纪50年代出生的作家往往纵横丰富的想象力,或使用喷发似的夸张语言,设置饱满而丰实的故事情节,或采用绵密的语言,进行密集繁复的叙述。像《坚硬如水》,通篇作者似乎都处于癫狂的激情状态,运用戏谑性的政治语言描写了一对男女在程岗镇疯狂的"爱情"和"革命"经历。精确细致的场景描写,极具煽动性的语言,紧张快速的节奏,无论是高爱军和夏红梅交媾的场景,还是"革命"场景,都让人有一种紧张不安的阅读感觉。《生死疲劳》甚至运用了传统的章回体小说形式来叙述故事,丰富的想象、夸张的语言,故事跌宕起伏,高潮不断,像"柔情缱绻成佳偶 智勇双全斗恶狼""雁落人亡牛疯狂 狂言妄语即文章""老许宝贪心丧命 猪十六追月成王"等章节,描写繁复,震撼人心。而像《古炉》和《启蒙时代》,与上述两部作品稍有不同。《古炉》运用散文化的语言,对古炉村的人人事事进行了绵密的书写,节奏一直较为缓慢,然而到了后半部分,尤其是"金箍棒和镇联指"的武斗,节奏逐渐加快,场景描写也极尽细致,不由得感染读者也紧张不安。叙事的繁复,王安忆一贯的风格,《启蒙时代》也不例外。王安忆借用第三人称全知视角,细腻地讲述文中主人公精神的蜕变和身体的成长,而且多运用密集的抽象语言进行直接说理。

---

① 贾平凹、李星:《关于一个村子的故事和人物》,《陕西日报》2010年12月20日。

二 轻盈灵动的艺术追求

20世纪60年代出生的作家具有轻盈而灵动的艺术追求，是冷静的回忆者。他们只在童年时代经历过"文化大革命"，对"文化大革命"时期没有太多具体、清晰的体验，正因为此，他们的"文化大革命"故事大多取材于父辈的故事，因而在感情上会有相对的距离感和疏离感。此外，60年代出生的作家也深受西方叙事学的影响，他们广泛地汲取其中的理论和思想，并在20世纪八九十年代掀起了中国的叙事革命和文学革命。他们一改现实主义的写作手法，进行现代主义的叙事实验，在情感的表达上也摒弃了之前直露而外显的特点，反其道而行之，进行情感的"零度叙事"，"采取的是冷漠的、俯瞰的、超越的所谓'零度情感'和'无我叙事'"[①]。像余华的《现实一种》，其冷漠、残酷可见一斑。然而，先锋文学有着显而易见的借鉴、移植、模仿"西方"的痕迹，在情感的表达上也未免有为了冷酷而冷酷之嫌，显得做作有余而真诚不足。而到了90年代，60年代出生的作家的叙事技巧更加娴熟，更具本土化。虽然，较之先锋时期，作者的"冷漠"态度有所回暖，他们在作品中也会呈现自己的感情，袒露自己的隐秘和心态，但是依然追求一种冷静客观的"无我"的叙述方式。他们时刻保持客观冷静的叙事态度，情感表达十分节制，面对痛苦不会悲痛欲绝，面对喜悦也不会得意忘形，"这种情感的自我节制既让所有喜悦和幸福所带来的喧闹变得沉静，也淡化了世间一切灾祸和意外可能产生的创痛"[②]。同时，也回避了历史的沉重。读者感受到的是其文风的自然平淡、不急不缓、不温不火。如果把50年代出生的作家的情感比喻成江河，汹涌奔放，60年代出生的作家的情感则是潺潺的溪流，不急不缓，徐徐而行。

20世纪60年代出生的作家的"文化大革命"叙事，多是回忆性的叙述。比如，《英格力士》是依据刘爱成年之后的回忆而成，《穿旗袍的姨妈》《河岸》《后悔录》也是如此。叙述人以一种过来人的姿态审视故事现场中的人与事。但是，不像50年代出生的作家笔下的叙述人

---

① 吴义勤：《论新生代长篇小说的叙事风格》，《天津师范大学学报》（社会科学版）2005年第1期。

② 谷海慧：《"文化大革命"的记忆与表述——"老生代"散文的一个研究视角》，《上海师范大学学报》（哲学社会科学版）2008年第1期。

第三章 代际差异背景下的叙事景观

情感强烈而鲜明,60年代出生的作家笔下的叙述人冷静、客观,较少放纵自己的情感。《英格力士》中的刘爱,在多年之后回忆起"文化大革命"时代的遭遇,只是淡淡地说:"不要以为我在这儿有多么悲愤,想控诉那个社会,就像是今天的少年老是想控诉教育制度一样,没有。我没有父亲进攻母亲的激情。我只是想说明自己是个小偷,因为没有很多权力,所以每样东西你都必须靠偷才能获取。"① 叙述人采用与故事疏离的态度,冷眼旁观发生的一切。作品的这种感情取向同样通过所刻画的人性形象表露出来。

他们的"文化大革命"叙事中,没有出现完美的人物形象,多是些不完美的庸常人物形象。面对历史的冷酷,他们逆来顺受,眼睛只盯着自己的得失,人生拘泥于一己的感情世界。他们也难有舍己为人、救人危难的侠义心肠,然而却会为了自己的利益出卖别人,他们也没有对人生历史的清晰思考,只是迷茫而又坚忍地活着。比如《后悔录》中的曾广贤没有坚定的性格,没有自己的清晰的是非判断,甚至没有认清现实的能力,当然更无从谈起什么远大的理想和与历史对抗的勇气、魄力与智慧了,他只是一个平凡的甚至平庸的人。在"文化大革命"中他是受害者,但同时他也是施害者,他的父亲因为他的告密被折磨得奄奄一息,他的母亲因为他的不理解舍身侍虎,小池因为他的不负责任走向坎坷的人生,因为他的多嘴害死了李敬东,因为他的懦弱伤害了深爱他的小燕……曾广贤不是英雄,只是一个一生为身体所累的悲剧人物。《兄弟》中的宋平凡,虽然为了保护孩子,信守跟妻子的诺言,不失为一个好父亲、好丈夫、好男人。但是,在历史面前他也从未有过自己的判断,得势时他是风光无限的"毛主席的红色卫兵",失势时他也从未怀疑过革命。20世纪60年代出生的作家笔下,没有王葡萄、蓝脸、蚕婆那样超然、明辨而执着的人物形象。

不像20世纪50年代出生的作家,60年代出生的作家无论对待怎样的人物形象都不会明显强烈地表现出自己的爱憎。比如,《兄弟》中的李光头,从小就是一个油嘴滑舌、性早熟的小无赖,他小小年纪躲进厕所偷看女人的屁股,并通过出卖偷看经验,获得56碗三鲜面,在贫瘠的年代吃得油光满面。而对于他的行为,作者不置可否。李光头从小失去父亲,

---

① 王刚:《英格力士》,人民文学出版社2004年版,第121页。

>> 叙事的嬗变与转型

"文化大革命"年代再次失去继父,面对外界的欺侮,他毫无招架之力,他的遭遇虽然悲惨,但作者也没有为之鸣冤叫屈。《河岸》中的库东亮,因为父亲库文轩被剥夺了烈士后代的资格,他的人生也跟着发生了翻天覆地的变化,先是父母离异,然后被迫离开土地,库东亮只能像"空屁"一样地活着,对于他的遭遇,作者同样没流露出多余的同情或怜悯。而对于文中施害的一方,像《后悔录》里的赵大年、《河岸》中的王小改之流,作者依旧以直笔的叙述,没有把他们写成邪恶的化身,也没有表现出鄙视或厌恶的情感。冷静客观的讲述态度,使60年代出生的作家面对历史仍然保持着一份知性和优雅的叙述姿态。

20世纪60年代出生的作家的"文化大革命"叙事很少出现戏剧性的矛盾冲突或集中的故事情节,甚至,反而有意地淡化故事情节,追求一种生活流或者是意识流的表达方式。像韩东的《扎根》,没有动人心魄的故事高潮,一切却像小溪流水一样,连绵不断。就像之前评论家对韩东小说的评价一样,"尽管他的小说有着故事的一般品性,却没有很强的故事性;韩东小说的叙事冲淡了、抑制了这种故事性,使我们刚进入故事时可能怀有的对故事性的期待扑空"[1]。《河岸》《长势喜人》《英格力士》无不是如此。而且,它们不像50年代出生的作家的作品,讲述的是一个个完整的故事,就像笔者在第一章中论述到的,60年代出生的作家会在文中设置"空白",对于故事中的人物、背景、情节等进行淡化或省略。这样的设置让我们不禁想到海明威的"冰山理论":"冰山运动之雄伟壮观,是因为它只有八分之一在水面上。"60年代出生的作家就是只给读者讲述八分之一,而其余的八分之七则是"味外之旨",从而以简洁而含蓄的语言创造了一个"文已尽而意有余"的艺术境界。此外,60年代出生的作家还常常在文中设置一些闲笔,语言优美而柔和,来缓解叙事节奏,营造一种舒缓、自然、诗意的氛围。像《河岸》中,对金雀河的风光充满诗意的描绘:"这一年秋天金雀河风平浪静,河床收缩了,两岸凭空漫起来一些沼泽,长满了芦苇和野草,偶尔会有白鹭飞临,或是野狗在沼泽里徘徊……"[2]

20世纪60年代出生的作家的"文化大革命"叙事主要的文学资源,

---

[1] 林舟:《论韩东小说的叙事策略》,《小说评论》1996年第4期。
[2] 苏童:《河岸》,人民文学出版社2009年版,第153页。

第三章　代际差异背景下的叙事景观

来源于那段印刻着"文化大革命"年代荒诞色彩的童年记忆，也正是因为对童年的眷顾，他们多喜欢采用儿童视角来审视那个年代，比如《长势喜人》《英格力士》《兄弟》《风和日丽》等，都是通过孩子的眼睛来观察那个年代人和事。孩子的眼睛作为一个窗口，让我们看到了时代的荒诞、人性的丑恶和社会的疯狂，看到了"文化大革命"对人性的摧残和扭曲。但是儿童毕竟与成人不同，儿童的天性是纯真的，他们有自己关心的事物，对于成人世界的压抑与沉重和政治的残酷并不会过多关注。比如《英格力士》中，黄旭升的父亲是国民党上将，政治身份十分尴尬，但是这不是刘爱所关心的，他关心的是黄旭升给他讲国际音标所带来的快乐。刘爱父母的政治处境和周围的政治气候也都不是刘爱牵挂的，美丽女老师阿吉泰的去留、英语带给他的美妙体验才是他生活的中心。《兄弟》中，李光头母亲和宋刚父亲结婚的当天，群众看笑话的心理、无赖的趁机找碴儿、父母的辛酸尴尬，李光头和宋刚没有记在心里，却念念不忘大白兔奶糖的甜蜜。此外，儿童顽劣的、不稳定的天性，也使得他们的注意力极易被转移。像李光头和宋刚，很快从失去父亲照顾的困境中解脱，沉浸在捉虾、吃虾的快乐中。而且儿童的理解能力是有限的，即使面对历史的沉重，也难以真正地理解那个时代的含义和身边人的苦难。《兄弟》中，外面翻天覆地的革命游行，在李光头他们看来不过是他们趁机狂欢的节日。他们的父亲因地主之名获罪，并带着纸糊的写着"打倒地主"的帽子游行，李光头却真的认为"地主"就是"地上的毛主席"。李光头和宋刚带着煮熟的河虾和黄酒去看望父亲，面对遭到毒打的父亲，却全然无法理解父亲的痛苦，仍然陶醉在父亲故作轻松的表演之中。《穿旗袍的姨妈》中的主人公，面对红卫兵夺权引起的纷乱，毫不在意，竟趴在姐姐的背上睡着了，就像叙述人事后解说的"一个涉世不久的孩子是难以理解那天晚上发生在那幢代表城市最高权力的建筑物下面的事件的"。因而"这座城市在今晚所发生的一切对我来说，仅仅具有一种滑稽的催眠作用"[①]。所以儿童视角凭借儿童的天真和不谙世事降低了苦难的程度，转移了对痛苦的关注，同时也过滤掉了情感宣泄的可能性。所以儿童视角的使用，不仅避开了与历史的正面对立，使作品对历史的处理更加轻盈和灵活，也使得作者的情感收放更加自如和平静。

---

① 里程：《穿旗袍的姨妈》，《长篇小说选刊》2007 年第 2 期。

>> **叙事的嬗变与转型**

　　世界上不存在绝对，任何事物都是相对而言的，就好比一个最简单的例子，10 与 1 相比较是多，而与 100 相比则是少，所以 20 世纪 50 年代出生的作家与 60 年代出生的作家的"文化大革命"叙事，也并非截然对立，毫无共通之处，只是相对而言。比如，笔者认为，50 年代出生的作家的"文化大革命"叙事中历史是作品的前景和中心，然而，相对于"伤痕文学""反思文学"而言，50 年代出生的作家笔下的历史似乎也有虚化之嫌了。不仅如此，其实两代作家写作上的很多方面都呈现出趋同的倾向。玛格丽特·米德认为，从文化传递的方式出发，人类的文化分为三种类型，分别是前喻文化、并喻文化和后喻文化。前喻文化，就是指晚辈主要向长辈学习；并喻文化，是指晚辈和长辈的学习都发生在同辈人之间；顾名思义，后喻文化则是指长辈反过来向晚辈学习。[①] 在这个信息化大爆炸的时代，任何东西都是日新月异的，因而知识的交流就更为频繁，前辈和后辈之间无疑会在自觉或不自觉地相互学习彼此渗透，所以 50 年代出生的作家和 60 年代出生的作家的"文化大革命"叙事，不可能泾渭分明，截然相异，必然会出现你中有我、我中有你的现象。比如，50 年代出生的作家的"文化大革命"叙事也会出现成长叙事，如王安忆的《启蒙时代》。60 年代出生的作家可能会有追求宏大叙事的企图，如毕飞宇的《平原》。而像本章未曾涉及的林白的《致一九七五》对历史的叙述则与 70 年代出生的作家魏微的《一个人的微湖闸》颇为相似。本章对此不再多述。

---

① 参见［美］玛格丽特·米德《文化与承诺》，周晓红、周怡译，河北人民出版社 1987 年版，第 7、27 页。

第四章 英雄主义的重新召唤

第一节 思想、传奇及其品质

在人类思想史上，英雄主义作为永恒的精神禀赋和独特的限定方式一直留存于人的观念和历史的演进之中。在最初阶段乃至整个中国思想文化史的发展中，英雄主义以"英雄"形象为艺术载体始终占据着我们的视野。在不同历史时期，英雄主义内部的主导性和排他性以"隐蔽"和"彰显"的形式进行着此消彼长的较量，这不仅影响到我们对于英雄主义内涵的理解，也影响到我们对人类整体历史与现实的把握。更具体地说，英雄主义凭借着"英雄"人物的独特价值经过几度风雨、几度彩虹不断表达着自身的思想期许与现实诉求。时间来到了新世纪，作家们在多次对英雄主义的置证与铸型中，终于为英雄主义的成长探索出了新的路径。

一 英雄主义的两种路径

文学作品中英雄人物的精神风貌和意志品质是英雄主义的根本体现，这些英雄人物一方面附着着主流文化的美好期望，另一方面也为特定时代的人们提供着人生方向和精神力量。与传统文学中的豪侠、好汉相比，经过"五四"洗礼的英雄更加贴近现实，在执着的理想和困窘生活的交织当中，他们对时代精神的坚守以及对命运的抗争鼓舞着一代代青年朝着个人理想而努力奋进。在20世纪的二三十年代的左翼作家笔下，带着无产阶级使命的革命英雄首次登上历史舞台，这些英雄在追求自由、平等和独立的信仰激励之下常常表现出了深刻的革命者特有的浪漫柔情。抗日战争的爆发虽然使中国现代文学出现了三分天下的局面，但在时代、历史、民族等因素的影响下，英雄主义所呈现出来的精神气质却是一致的。特别是

> 叙事的嬗变与转型

在解放区文学中，作家们不仅修正了写作立场，更主要的是修正了自己的思想立场，在《在延安文艺座谈会上的讲话》精神的引领下，深入工农兵生活实际，自觉塑造工农兵英雄，并将此作为无产阶级作家义不容辞的责任与义务。这一时期的英雄多来源于残酷的战争，有着坚实的生活基础和纯粹的阶级身份，在新中国诞生前夜，他们发挥了极大的战斗作用。

新中国成立后，社会制度的新变与集体意识的强化，使整个民族沉浸在前所未有的感动与喜悦当中，带着无产阶级属性的英雄人物很好地承接了这一"生活本质"，成为社会主义建设的关键所在。他们豪情万丈地呼应着革命主旋律，勇于奉献，敢于牺牲，并影响和感化着当时的每一个中国人。不过，我们也看到，在这些英雄人物的型塑过程中，同质化的倾向也日趋明显，特别是在呈现阶级共性等问题上到"文化大革命"时期已经达到顶峰。"文化大革命"文学在"三突出"创作原则指导之下，一大批"高大全"的英雄被复制出来，崇高的理想信念和优秀的集体性品格几乎掩盖了所有大人物的个性，英雄被神化到前所未有的历史新高度。走出"文化大革命"，新时期的英雄从"神"回归到了"人"。作家开始从更广阔的社会生活中对既往的历史进行描述、批判以及反思，文学再一次回到了"关注个人、关注个体命运"的现实主义道路上。我们看到了个人的人生追求以及与命运抗争的绵薄之力，在强大的政治、阶级化背后是小人物的生活求索的无可奈何。在这新旧交接的历史时期，英雄们带着政治余温正式步入残酷、琐碎的现实生活。总体而言，现代文学以来的英雄形象先后经历了战斗者、建设者、受难者诸阶段，并在20世纪80年代完成了现当代文学中关于英雄的基本塑型。但在20世纪的最后十年里，市场经济成为社会生活的实际动力，一方面，意识形态色彩的淡化使文学的本体性回归成为可能；另一方面，文学中除意识形态外的非本体因素的争相介入，在实现文学作品广泛传播的同时，也为其过分的媚俗化预置了更多的非文学性基础，甚至出现了"非崇高""反英雄"的倾向。这是我们看到的关于英雄主义问题的一次转型，这次转型与其时代的文学总体状况是相适应的。

新世纪的第一个十年，英雄叙事试图走出低俗化的泥沼，走出直观的感性体验，走出"非崇高""反英雄"。带着对民族与文化的深层思考，对新时代英雄"恒久"价值的反思与追问，开始了英雄主义叙事的再次转型，并在思想型英雄叙事和传奇型英雄叙事的当代演绎两个方向上取得

第四章 英雄主义的重新召唤

了重大成就。前者的代表作有项小米的《英雄无语》、刘醒龙的《圣天门口》、邓一光的《我是我的神》、马晓丽的《楚河汉界》、李洱的《花腔》、格非的《山河入梦》等；后者，即以英雄传奇为特色的作品有徐贵祥的《历史的天空》，都梁的《亮剑》，兰晓龙的《士兵突击》，麦家的《风声》《暗算》《解密》，刘猛的《冰是睡着的水》等。这些作品中的英雄形象分别从历史或现实的不同角度为读者展现了在革命战争年代抑或和平时期英雄的战斗与生活状况。作家在恢宏的历史背景之下，把握英雄在日常生活层面的呈现，对其个人情感、性格、气质做细致入微的刻画，使得英雄更具亲切感、真实感、立体感。或者说，新世纪英雄形象的塑造更加注重审美和价值观的共进，注重文学性、艺术性和思想性的统一。

刘醒龙的《圣天门口》是一部将个体命运、家族历史糅进中国式革命经验的力作。与传统的革命历史叙事作品不同的是，《圣天门口》在拥有宏大的叙事目标前提下，为我们提供了关于革命事业和伦理秩序的深刻反思。根深蒂固的传统秩序如何在革命的冲击下找到出路，革命中的野蛮、暴力是否与其光辉使命一样不可置疑……种种疑问伴随着雪、杭两大家族三代人的恩怨纠葛、国仇家恨逐步展开。杭大爹是作品中一个鲜明的英雄形象，他既是天门口镇的建设者和守卫者，也是这个闭塞小镇中因循秩序的实体。他深谋远虑，懂得乱世之中所需的变通之道。然而变革在所难免，国共势力不断渗入，在雪家接到了冯旅长抛来的橄榄枝时，杭大爹依然在"投共"上顾虑重重。对于在天门口镇涌动着的多方势力他有着比晚辈更深刻、更理性的认识和见解，于个人利益之外他更看重处于动乱之中的天门口镇子民，于绝望之中他期盼着自己的族人、儿女能逃过一场场勾心斗角。比如，面对"死亡"，杭大爹做了一番精心而悲壮的设计，以自己的命换来儿子的红色前程，用一腔鲜血洗刷了子辈的土匪印记。梅外婆是作品中宗教情怀的代表，是动乱年代"善"的化身。她游离于乱世之外，超然于利益，甚至在革命的狂热分子和暴力分子的身上仍能细心地发现"善"的残存，似乎她的存在才是这动乱之中唯一的救赎与抚慰。因此，她成为了一名"善"的英雄。除了这两位人物之外，佛朗西、杭九枫以及董重礼等都是在不同角度观照下的英雄人物。作者在这里对英雄人物和英雄主义做了不同文化背景和时代理念的界定，表现了对英雄主义的新认识、新思考。

邓一光在《我是我的神》中塑造了一系列个性鲜明的英雄人物。在

▶▶ **叙事的嬗变与转型**

我们的传统认知里，乌力图古拉高大威猛、胆识过人，是智慧与武力兼备的标准英雄，有着卑微的身世，经过战争的洗礼，对爱情坚定而执着，历史催生了这样的英雄，时势造就了将才。但是，当这种殊于常人的英雄气质离开部队、战场，走进家庭、家族，甚至介入更加深广的历史大潮之中时又将何去何从？作者在此为我们提供了一种以"英雄"为线索的，在恢宏的历史框架之下关于革命和人生选择的微观思考。作品中，戎马一生的父亲像巨大的磁石一般潜意识地吸引和影响着他的子辈。然而这种意志的传承并未如想象中顺利，看似与共和国同呼吸、共命运的英雄神话实则遭遇了本质的、内化的改变。这种变化在子辈的成长与日常叙事中得以凸显。乌力天扬没有从思想深处顺从和消化父亲的英勇和智慧，虽然战斗经历意外成就了他的"英名"，但光鲜的形象之下是难以掩饰的彷徨、阴暗和不认同，所谓的英雄梦想实际上与他的成长产生着莫大的隔阂和疏离。如果说作者以完全意义上的冲突形式为我们呈现了作为"英雄"的乌力天扬的成长，那么乌力天赫对父辈的精神消化则明显地显示出了两极化倾向，排斥的同时又试图找寻自己所能认同的"英雄形象"，抑或存在方式。他在经历着无数的思想斗争和自我挣扎的同时，小心翼翼地经营着自己的英雄天职，并在经营中暗藏着深刻的思想抵制。在儿子们心中，父辈骁勇善战的辉煌岁月已然结束，狭隘与偏执的人性弱点在一个家族之中被无限放大，这种内化的负面影响远比僵化的英雄气节更打动子辈的心，对父辈的否定与超越就这样实实在在地建立起来。说到底，在两代人生存与发展的矛盾背后其实是作者对红色"英雄"的反思。作者的心思是，在不同的历史时期，英雄主义势必会有自己的主角儿，而这些主角儿又在不断的思辨与抗争中寻找自我认同与精神归属，并以凤凰涅槃的方式谱写出新时代的英雄史诗。

马晓丽的《楚河汉界》同样是一部表现父子、兄弟之间所产生的关于理想和奋斗的精神较量的作品。年轻时候的周南征与周东进都怀揣着要成为一名优秀军人的伟大理想，坚信通过个人努力可以成为一名将军，然而现实却是"人越成熟却越不像人了"。在两兄弟朝着理想奋勇迈进的过程中，周南征逐渐成长为一个现实英雄，周东进成了一个理想主义英雄，在作品中作者设置了大量关于两兄弟个性的反讽和对比的内容来为我们呈现出两个截然相反的成长过程。即使曾经站在同一个平台上，怀揣着同一个理想，不同的人所遭遇的现实压力也是不尽相同的，在不同现实环境的

第四章 英雄主义的重新召唤

挤压之下，周南征选择顺应现实，出让自己的情感和个性，隐藏了锋芒和锐气，适应了官场的生存之道。周东进则坚守着传统的正义与道德，在他看来现实为他制造的一个又一个道德困境并不是难以挣脱和极为痛苦的，在这一层面上他与周南征是截然不同的，确切地说周南征更像是个人利益的化身。如前文所说，两个人站在同一个起点，经过一番挣扎与顺势最终到达了对岸，看似实现了所谓的英雄目标，但是他们的人生出口是否能够救赎各自在奋进途中的得与失呢？进一步说，作者想要借由"现实与理想主义"两位英雄的成长为我们提供一个关于个人与历史、良心与道德的深刻反思。

《花腔》中的葛任是一个从未出场的英雄，我们只能跟随着叙述者们对他的生死度量，来探寻一段历史迷雾中"个人"式的坚守与尴尬。或者说，"葛任"的生命形式与存在意义并不在于铸证历史的真伪对错，它更像是一股跨越生死、悬置于时间之上的虚构的力量，更像是一个能够为我们揭示关于个人命运、历史、革命的纷繁庞大的意义系统。他所带给我们的思考是，在每个人由生到死的亘古不变的线性发展中，如何面对由"生"引发的诸种可能，如何正视"死之将至"的必然；在这个漫长的个人史中是什么或拖沓或催促着旁观革命及参与革命的人们的脚步，个体的命运又是怎样如泡沫般地搭建起了革命的巍峨形象。在战斗中"牺牲"的革命英雄葛任，是特殊年代具有深刻思想的革命者形象的集合，与生理上的"死"相比，我们似乎更应该关注英雄葛任作为一个知识分子，在被赋予时代使命之时，所呈现出的艰难而纠结的"生"。"历史"像一个丰收的菜园，作家擅于在菜园里"掐茎捡叶"，将历史的真实精髓烹炒裱盘，以供他的读者品尝、咀嚼。因此，原料固然可贵，但经过一番"花哨的技巧"，完成对英雄"余味"的锤炼，英雄叙事才能真正走进读者的内心，引发绵长的回味与思考。

20世纪90年代以后，原本以形式的标新立异为准则的先锋作家们进入了叙事的转型期，格非的《山河入梦》（《人面桃花》三部曲之二）就是这样一部转型之作，作者改变了原本淡化故事背景的叙事策略，将主人公谭功达设定在一个真实而复杂的现实背景中。谭功达始终坚持自我，坚守着"乌托邦"的理想，与现实格格不入，是一个封闭式的理想主义者。为实现"理想中的梅城县"而苦心制订了一系列建设计划，在实施过程中遭遇到重重阻挠，最终丢掉官位退居花家舍。在这一系列失败的打击之

>> **叙事的嬗变与转型**

下谭功达竟意外地发现花家舍就是他一直追寻的"乌托邦",并且已然实现了共产主义。然而真相并非如此,穿过重重表象,实际上的花家舍却是一个充斥着无形界限和规范的,远比梅城县更加"惊愕"的存在……作为精神世界的英雄,谭功达早已超越了现实意义上的"人",作者甚至有意让其避开了生存所需的一切法则,不论是现实的打击还是佩佩的死都没有动摇他对理想的追寻,在狱中依然偏执地给梅城的领导寄出"建设规划",直到死前还是要向死去的佩佩一问究竟,爆竹声中人们"庆祝什么?为什么庆祝",他更像是一个超乎常理的始终没被现实浸染的"终极思想"的实体。更进一步说,他是脱离了物理时间和历史线性发展的"真理",而作为实体的他的悲剧命运则意味着"乌托邦"似的真理是不可能实现的。如果我们穿过这个故事的表象,打乱正确的文本时间,或许能够窥探到作者在(英雄)形象背后所要呈现出的深刻的思想意义。封闭的桃花源(花家舍)和现代文明的梅城县如同被开启了的"虫洞"(物理学术语)的两个端点,"真理"在与现实时空分解出的虫洞中开始一段旅程,当朝着现代文明的光辉努力前行时,虫洞的关闭使得真理找不到出路,关闭后的逆时光之旅则是更加艰难的,因此桃花源的实际远比梅城县更让人难以接受。实际上,无论是现实时空还是分解于现实时空以外的任何一段虫洞中,真理都将是我们永远无法触及的。

通过以上对于思想性作品的解读我们可以看出,在不同的历史背景之下,这些英雄们从不同视阈去表现一度被历史遮蔽的"人"的存在的复杂性和生命价值,反对纯粹的关于人性的好坏判,英雄的存在已然不再被我们视为单一的救世良方,因此新世纪的英雄主义则意味着超出了其原本的概念和范畴,是通过一番思考、反思才能获得的新的精神形态。

以《亮剑》《历史的天空》《士兵突击》以及麦家的谍战小说等作品为代表的英雄传奇叙事是新世纪英雄主义的另一股清泉。这些作品沿袭了传统传奇叙事的创作经验和技巧,是延安文学以来有关英雄主义叙事的又一种继承和创新。在新的时代背景下,作家们以多元化的叙事尝试,演绎革命英雄与当代军人的传奇经历与独特风采。这些作品中的英雄人物个性突出,棱角分明,既有对革命、对事业的执着与忠诚,又有诙谐与浪荡的反正统、反规范的滑稽与"堕落",更加贴近了大众时代的审美需求。

李云龙(《亮剑》)是一个"匪首"式的革命英雄,擅长带兵作战,大胆决策并且对战争形势极为敏感,在他的领导之下独立团屡建奇功。然

第四章　英雄主义的重新召唤

而这位打仗的好手实际上也是个惹事儿的好手，桀骜不驯、文化素养低，土匪似的"巧取"革命力量和物资装备……当新婚妻子被日军俘虏时，盛怒之下带着部队攻打县城，最终又在民族大义面前牺牲了自己的爱情，匪首式的血性臣服于革命军人式的忠诚。在徐贵祥的《历史的天空》中同样塑造了这样一个"好坏参半"的英雄——以一颗异于常人的"虎牙"而潦草得名的梁大牙。他最初加入革命队伍的动机源于对漂亮的女战士东方闻音的倾慕，加入革命队伍之后也依旧我行我素，鲁莽行事，直到东方闻音的死造就了他生命的第一次转折，逝去的爱与期待促使梁大牙变成了真正意义上的"梁必达"——一个日渐成熟、笃定的革命将领。其实，在新世纪的传奇英雄中，主流意识形态对立面的人物也没有被忽视，比如《亮剑》中的楚云飞。楚云飞是出身黄埔军校的贵族式国民党将领，作者在小说中毫不避讳地展示了这个带着特殊身份的英雄身上的独特魅力。这位文武双全的儒雅将领与李云龙形成强烈对比，当然，对比之意不在排斥，而是在于表现怀揣着不同信仰的英雄，在各为其主的尴尬处境下的惺惺相惜，只是在国军腐朽的体统下，再神勇的将领也难以挽回失败的颓势。在这场"主义之争"中，先进的政党必然会以其自身的先进性和科学性夺取胜利的高地。

与《亮剑》和《历史的天空》所不同的是，《士兵突击》在英雄的塑造上，将革命理想主义和乐观主义融入到当下日常叙事之中，充分展示了当代士兵在个性化成长道路上的艰辛与辉煌。实际上，农村娃许三多一步步成长为合格的特种兵战士并不完全依赖于他的个人奋斗。在这个纯粹的理想化男性世界里，许三多个性中的"执着"构成了其成长的基点，在与他人的联系和比照之下，军队生活中的小"恶"被逐一排除，日益丰满的英雄气质最终得以凸显。个人奋斗固然重要，然而与他人的协作、互助才是新时代英雄应该具备的突出品质。可以说，英雄的成长是极富现实意义的，许三多式的英雄意志是对当下物化与私欲膨胀的社会生活的一种反拨，是对作家使命与责任感的投射。不得不说，这一质朴的创作是重建当代人文精神的有效尝试，许三多的出现似乎唤起了人们心中久违了的关于"奋斗、理想、正义、信仰"的精神动力。此外，这部作品的成功还在于塑造了一群鲜活可爱的年轻军人形象，史今的一诺千金，成才的圆滑世故，伍六一的宁折不弯，还有高成、袁朗等无不留给人们朝气与活力、坚强与阳刚的蓬勃之气，构成许三多成长中令人信服的外部环境和氛围——集体的精神与力量，生动地展现了小说的深刻主题和教育意义。

新世纪谍战小说把英雄的传奇叙事推向了高峰，除了因题材陌生化而具备的先天优势外，日常叙事的融入和丰富的情感体验可以说是新世纪谍战小说成功的重要因素。根据麦家的小说《暗算》改编的同名电视剧，在荧屏上播出之后马上引发了收视热潮并登上收视率榜首，借此麦家的另一部小说《风声》被改编为电影作为国庆60年献礼之作，无论票房和演员都因此获益。作为"谍战剧之父"，麦家笔下的间谍英雄们都给人一种特殊的审美体验。应职业所需，这些人都拥有超乎常人的才能，比如：《暗算》中瞎子阿炳拥有神奇的听力，黄依依拥有数学天赋；《解密》中的荣金珍是研究人脑的科学家；《风声》中的老鬼李宁玉有着超乎常人的坚强意志力，陈家鹄是一位密码专家……就是这样一些奇人异士成了一次次"地下"战争的主角。另外，这些英雄也存在着诸多性格缺陷：阿炳是个弱智，陈二湖在离开红墙后患有痴呆，黄依依则生性风流，荣金珍性格孤僻而谨慎。"疯子"与"痴呆"的设定一定程度上加剧了这群特殊英雄身上的悲剧。由此可见，在厚重的民族主义情怀之中显示出作者对个人命运和时代精神的关注和把握。陈家鹄在个人感情与国家利益之间苦苦挣扎，陆从骏为了革命、为了信仰甚至可以杀掉自己的妻子……这些无可奈何背后的伟大人格是很令我们感动的。通过这些形象而具体的暗战英雄、简单的故事场景以及明暗线索，我们感受到了人性的复杂和个人在历史大环境中的挣扎。另一部值得一提的是刘猛的《冰是睡着的水》，主人公王斌就职于国家安全部门，这份以"保密"为前提的工作必将意味着这是区别于日常生活的牺牲和奉献。养父以及为数不多的朋友是他生命中重要的依靠，然而这些重要的情感维系在他从事国安工作后不可避免地发生了变化，在爱情与事业之间他选择了后者；一次诱捕间谍行动中他的沉默导致朋友自杀……不明真相的亲友对他产生深深的误解，他的痛苦和无奈是常人无法感知和体会的。"保密"和"公开"同时聚集在这个人物身上，激烈的矛盾冲突，人物心理的落差和错位，使读者沉浸在双重阅读快感之中。正常社会关系中的悲剧造就了这个特殊的英雄，他以牺牲自我的方式，践行自己的信仰——忠于党、国家和人民。

其实，此一阶段的传奇型英雄叙事的出现并获得认可主要基于两个原因：一是某种极限环境或者特殊的时代，比如战争年代、隐蔽的斗争、竞争性生存环境等，这暗合阅读者渴望逃离当下庸俗和迷茫的现实生活的心理期待；二是特殊的人物性格极其复杂的成长经历，这与草根时代的崛起有着密切的关系。总体而言，不论是思想型的英雄主义叙事还是传奇型的英雄主义叙事，虽然也都是基于对这些人物的信仰的挖掘和建构，但与此前同类形象相比，已经不再是同质化的塑造模式。作家们不仅看到了不同文化背景和人生经历对英雄人物成长的规约作用，看到了不同时代对英雄的不同期盼，更主要的是让读者看到了作为英雄的个人主体与时代的互动关系，凸显了个人思想的重大意义。

二 有一种不变的品质

科技的进步推动了传媒技术的不断翻新，且最大限度地压缩了传播成本。在信息交流无时无刻无处不在的今天，原本以"纸媒"为生存形态的文学，不得不考虑到在技术革新的冲击之下，如何变更观念甚至变更本体以达到与市场的共生共荣。图像化的技术处理可以说是当下最为直观和通俗的传媒方式，与"纸媒"与生俱来的距离感相比，图像媒介以其生动、灵活的特性而更易于为大众所接受。小说与影视剧原本是相互独立的艺术形态，由于其共同的叙事特征，加之图像化传播手段的助力，两者之间形成了相互影响、相互促进的发展态势。

新世纪英雄主义叙事正是在这样的背景之下实现了自身的多元发展。小说被改编为影视剧之后，灵活而生动的影音深深吸引了大众的目光，当然与其相应的文学文本的阅读数量也随之增加。不得不说，小说的部分受众正是由于影视剧的前期影响而走入书店，开启了对小说文本的阅读。同时，由于电影、电视剧的热播，出版商会及时地抓住商机，影视同期小说的刊印以及小说的再版现象大量出现。兰晓龙的小说《士兵突击》在2006年被改编为30集同名电视剧，并获得了第27届飞天奖、第24届金鹰奖等重要的电视剧奖项，剧中许三多的士兵形象可谓深入人心。2004年出品的电视剧《历史的天空》改编自徐贵祥的同名小说，而这部出版于2000年的小说也在2005年、2009年、2012年等年份再版。2005年出品的电视剧《亮剑》改编自都梁的同名小说，对于大多数读者和观众来说，作为电视剧的《亮剑》的确比作为文学作品的《亮剑》更早地进入公众的视野。影视剧的热播，引起了大众的讨论及追捧，带动了小说的出版、销售且增加了作家的知名度。成功的案例总是会被一再地复制，司空见惯的影剧热刺激着英雄叙事的发展，甚至直接为同类小说提供着创作模式。作家开始在自己的创作中注意到市场的导向，选择大众喜爱的革命历史题材，选择与大众生活产生距离感和陌生感的其他现实领域。比如，军旅题材和谍战题材，以曲折的情节、激烈的冲突凸显作品的戏剧性、故事性；英雄总是有着平凡甚至低贱的出身，天赋异禀，有美人相伴……这些为大众所接受的创作模式一方面同化了影视剧的改编，另一方面也影响着同期作家在此类题材上的创作。当作家将"影视剧改编的可能性"纳入到小说的创作意识当中，在作品当中有意识地融入戏剧冲突、人物设置、场景分配甚至色彩等图像化的视觉效果的时候，便形成了图像媒介对文学生产的过度干预。不过，我们也看到，光影声色的视觉体验和接受始终无法替代传统意义上的文学阅读，文学与影视艺术作为两种独立的艺术形式，有着本质的差别。事实上，适度的影视改编的确能够给文学的发展带来有利的影响，比如扩大了文学的接受范围，为文学带来更多的读者等，这是值得我们大力倡导的。相反，裹挟着商品意识的影视剧改编对文学的过度干预实则是对文学本体的严重伤害，也给文学的自律机制带来极大的消极影响。这同时也是思想型英雄主义叙事在影视改编上始终没有传奇型英雄主义叙事那样轰动和热烈的原因。比如，电视剧《英雄无语》《圣天门口》就基本上没有为小说自身带来更多的传播空间。

新世纪英雄叙事的这种转型除了获得传媒技术有力支持外，更主要的是这种创作思潮在迎合了主流意识形态需求的同时，也满足了当下大众的审美期待；既是对20世纪40年代英雄主义的沿袭与发扬，也是对此前一个时期"消解英雄"叙事的一个反拨。这一反拨重建了英雄主义价值体系，完成了与民族精神和时代发展的契合。

新世纪十年里，英雄主义叙事的转型，与其与生俱来的"英雄品质"有着密切的联系。现当代的"英雄叙事"是现当代文学中的一条重要线索，几乎贯穿了包括五四新文化运动在内的不同历史时期，尤其是1949年新中国成立后，以社会各界"英雄"为叙事对象的长篇小说，几乎引领和规范了整个革命历史和社会主义建设的全过程。当然，在不同历史背景之下，由于社会思潮和文学观念的差异，关于"英雄"，作家始终秉持着不同的思考和表述方式，英雄主义也因此呈现出属于不同历史阶段的复杂特征。90年代以后，在汹涌的全球化浪潮影响之下，市场经济稳步发展，中国社会进入到以消费主义为主导的社会形态，"消费"最大限度地启发了中国人民对于生存需求和实用价值的关注，人们在不断地创造物质

第二节 启蒙与世俗的合作共进

前文已经说过,新世纪的英雄主义叙事之所以在一个转型时期获得读者的青睐和市场的赞誉,主要是在于其较好地处理了有关英雄主义在历史发展不同阶段中变与不变之间的关系。那么,放在新世纪文学或者文化这样一个场域中,我们也可以说,它巧妙地处理了英雄作为一种人物形象在一个新的转型时期诸种构成因素,就是在不放弃主流价值体系的基础之上,融入了更加符合转型时期一般大众的审美需求。比如,强调基于民间色彩的生活思辨,基于草根阶层个人奋斗的辛酸与挣扎,基于对慵懒堕落的现实生活的厌倦与逃离,基于对还原历史真相的渴望与探索,甚至基于对传统观念的解构与调侃。但是,其构成因素无论多么复杂,都是对英雄主义的一种新的建构和维护,都负载着正能量、正情感。这一点确实与20世纪90年代英雄主义叙事产生了重大差别。从这一认识出发,笔者认为新世纪的英雄主义叙事主要呈现了两个深层次的特征,即启蒙主义的新变、世俗化的介入。

一 启蒙的英雄主义

如果我们以新世纪英雄主义叙事为基点,沿着启蒙主义的思路进行回溯,就不难发现在百余年的中国现当代文学发展史中,作为一个鲜明的文化坐标,启蒙精神具有相当长久、连贯的生命力以及与生俱来的思辨和反思特征。"五四"时代启蒙精神在中国正式确立和广泛传播,"五四"文人和革命家对这场思想解放运动的伟大奉献和启示在于将"启蒙"思想观念转化为具体的革命实践,目的是阻绝和翻转封建文化,将"民主、科学"视作批判传统、专制主义的神圣武器,因此这一时期的启蒙带有强烈的实践色彩。就中国启蒙思想发展史而言,延安时期可以说是实践启蒙的异变期。与前一历史时期所不同的是,政党成为启蒙主体,知识分子与群众一道成为"启蒙的对象"。这一时期的启蒙的目的就体现在两个方面:规范与团结。从文艺的角度而言,《在延安文艺座谈会上的讲话》所建构的无产阶级文艺批评标准将几乎一切的文学创作建立在"无产阶级信仰"之上,并极力确保每个人都在这一信仰体系中确定自我取向,并共同投身于这项事业当中。

　　走出"文化大革命",极左时期的政治阴霾渐退,这样的时代必然要求文艺要直面现实,人们的所有行动需要寻找到坚实的理论依据。这一时期的启蒙精神斡旋于历史和现实之间,带有强烈的思辨色彩,也正是这一特征给日益复苏的个人主义文化注入新的活力。到了新世纪,随着科技进步,传播手段的成熟更加有益于自由思想的交流以及多元文化的互渗。在文学完全投入市场之后,思辨性启蒙精神在文学场域中形成了一个颇具意味的哲学事实:当中国式启蒙跨越了阶级("五四"时期)、跨越了政党(延安时期)、跨越了感性泛滥的个人主义(新时期、90年代),最终指向了启蒙的赋形:宇宙、历史的主体——人。新世纪多元并存的文化形态与历史空间实现了"人"的"私"权的扩大。与其他历史时期相比,"私"权达到了历史最大化,文学场域中的"人"(包括作者、读者、作品中的人物)有了更大的行动与思考空间。正是在这样的散发着理性光辉的"私人"启蒙得以发展壮大的文化语境之下,新世纪的英雄主义叙事疾驰而来,从而引发了我们对英雄主义的新认识、新发现:作家笔下的英雄人物往往具有超越外部世界的自我提升能力,在表现革命、战争等重大历史题材时,坚持以人为主体,发挥人的自觉能动性,通过历史与革命的运作与构成来反思人的自我主体性。

　　在新世纪英雄主义叙事中最先被纳入到这种视野的是项小米的《英雄无语》。主人公"我爷爷"是一位地下工作者,出于职业和信仰的目的,他一方面在革命和建设年代或者出生入死,或者大公无私,对事业和信仰忠心耿耿;另一方面,也是在这样的年代,他漠视生命、漠视亲人,决绝无情。这样一位悖正相间、有义无情的传奇人物,能不能算做英雄呢?这是一部自觉反思当代英雄主义写作的开创性著作,取材的视点和人物形象的塑造摆脱了传统革命历史小说的写作模式,开始了对英雄人物的公共属性的个人主义式的探究。关于新的英雄主义的启蒙大幕由此拉开。与《英雄无语》稍有不同的是,《我是我的神》要思辨的则是对英雄本身的认知。像"我爷爷"一样的老英雄乌力图古拉在新的时代面临着严峻的考验,个性迥异的儿女们倔强地排斥着父辈的生存经验和英雄经验。在新的时代背景下儿女们未必不能成为"英雄",只是新式英雄们的成长经验似乎与父亲乌力图古拉的理想相去甚远。不同的人生选择引发了不同的生存状态,凭借着对历史和现实的独特思考,新式英雄们的成长轨迹无疑

第四章　英雄主义的重新召唤

凝聚着作家对已成事实的革命事业和个人成长经验的深刻介入和分析。关于此点，李洱《花腔》走得更远，主人公葛任（个人）的命名本身就彰显了作者的写作意图。在这部作品中，作家为我们提供了一个"无形"的意义系统，可以说对革命英雄葛任的阅读和了解过程本身就是一个逐步深入的思维体验。作为一个知识分子身份的集合体，以无法被知晓真实的生命历程而映射出众多拥有个性化思想的知识分子在革命中的徘徊、犹豫及其命运的不确定。

也许更值得玩味的是傅朗西这个人物。他是《圣天门口》中天门口镇主要革命领导人，是个理想主义的革命家，他的革命走到哪里，都会带来血腥和暴力。在"文化大革命"时期，他受到批斗。这个批斗很有意味，一方面是来自于极左政治对他的迫害，另一方面也来自于他革命时代被他所引领的群众对他的质疑。比如，有四个女人到批判台上控诉："你这个说话不算数的东西，你答应的幸福日子呢？你给我们带来了吗？……为了保护你，我家男人都战死了，你总说往后会有过不完的好日子，你要是没瞎，就睁开眼睛看一看，这就是我们的好日子，为了赶来斗争你，我身上穿的裤子都是从别人家借的！……没有你时，我家日子是很苦。可是，自从你来了，我们家的日子反而更苦！"傅朗西惊诧于这样的质询，于是他开始反思："这么多年，自己实在是错误地运用着理想，错误地编织着梦想，革命的确不是请客吃饭。紫玉离家之前说的那一番话真是太好了，革命可以是做文章，可以雅致、可以温良恭俭让，可以不用采取一个阶级推翻另一个阶级的暴力行动。"[①] 类似的反思在《英雄无语》《我是我的神》《花腔》《山河入梦》甚至在传奇型英雄主义叙事作品《亮剑》《历史的天空》中都经常闪现。

在上述作品中，作家们常常将这些英雄人物放置在悖论性的环境（生存困境）中，甚至有时不惜让这种悖境向荒诞延伸，以期由此获得对英雄作为普通人的多面考察。这是一种反思性的结构设置，唯其如此，才能呈现出英雄人物的多面性、复杂性。比如，"我爷爷"（《英雄无语》）、葛任（《花腔》）等在革命与个人之间的考量与选择，杭九枫（《圣天门口》）在家族、个人与革命之间的奔突，谭功达（《山河入梦》）在乌托邦幻境中的心理磨难以及周南征（《楚河汉界》）在对理想的坚守与弃守

---

① 刘醒龙：《圣天门口》下卷，人民文学出版社2005年版，第1184页。

叙事的嬗变与转型

之间的犹疑，等等。甚至这种悖论中的反思在传奇型英雄主义叙事中屡见不鲜，比如李云龙（《亮剑》）、梁必达（《历史的天空》）等均是如此。

为了完成启蒙的英雄主义的转换，在思想型英雄主义叙事中，作家们也常常把英雄人物知识分子化。葛任自不必说，乌力天扬、乌力天赫、谭功达等均是如此。甚至在《圣天门口》中，各种冲突、矛盾的产生与运行的过程简直就是在董重礼、傅朗西、梅外婆、雪大爹等各类知识分子之间的较量过程。即使像在最不具有知识分子气质的乌力图古拉、李云龙、梁必达等也都被赋予了这种知识分子色彩（通过设置知识分子搭档或者对手），那些纯粹的知识分子也不再被嘲笑或者被改造。在这里，知识分子与启蒙主义之间的关系也似乎无须我们多论。这样一种知识分子化的转换为作品焕发了无限的思想容量，体现和实现了作者们努力向启蒙主义靠拢的写作意图。英雄人物在他们的头脑中闪现着哲学的光辉，他们追求真理，敢于承担，在处理个人处境、精神危机等问题上为我们提供了新价值、新判断。

二　在世俗中发现英雄

正如笔者在前文已经提到的那样，新世纪英雄主义叙事的转型得以顺利实现的一个根本原因在于对"人"的"私"权的扩大。这个扩大至少产生了两个方面的积极意义。一是能够真实呈现一个人的最深刻、最原初的思维及其成果，它把英雄人物从英雄主义的公共属性中解放出来，进而形成了多层面、多角度的英雄观；二是它也把英雄人物从神秘的高蹈的被崇敬的光环中解放出来，放置在日常生活当中，还原其参与日常生活的公共属性。在一定意义上来说，前者是对20世纪90年代期间所谓的"反英雄""反崇高"的型塑模式的反拨，在强调了英雄主义的多种尺度的同时，并没有放弃对英雄形象的维护和建构；后者则是对20世纪80年代以前英雄主义观念的矫正和创新，强调了英雄人物作为人的日常生活属性，亦即它的世俗性。这主要是通过三种方式来实现的。

首先，新世纪的英雄主义叙事更加专注于对日常生活细节的把握，常常通过小冲突、小矛盾、小波澜来表现和刻画英雄人物身上的烟火气息。对日常生活的细致描摹和精雕细刻已经成为新世纪文学发展中的一种共性手段。从诗歌、戏剧到散文、小说大抵如此。人们认识到并确认了日常生活对于文学创作自身所提供的动力支持，于是乐此不疲。尤其是当人们真

第四章 英雄主义的重新召唤

正理解了英雄也是人并付诸创作实践的时候,自然而然地就会把日常生活纳入到英雄主义叙事当中。就此而言,不管是思想型英雄主义叙事还是传奇型英雄主义叙事概莫能外。

比如在《圣天门口》中,杭九风、雪大爹、梅外婆自不必说,在最具理想主义色彩和使命感的傅朗西身上,我们也没有看到他的经天纬地的壮举。他几乎所有的成就和功绩都建立在日常的算计、争斗、妥协、欲望和颠沛流离中,甚至在一些情境中出现了反理想主义、反英雄主义的话语和行为。但正是这些琐碎的世俗的日常生活最终成就了傅朗西的革命大业。其实,在整体意义上而言,《花腔》在思想型英雄主义叙事作品中可能更具有玄思色彩,但作者为了不使这种玄思走得太远,在白圣韬、范继槐的追述寻找葛任的过程中,不断加入充满生活气息的话语和场景,他甚至还多次使用了"洋骂",以此来破解葛任的"失踪"所带来的神秘感。而许三多(《士兵突击》)有时就是阿甘(《阿甘正传》)的翻版,一个小人物的愚钝、傻气,因为自己的坚持不懈,一次次超越自己并超越别人,并最终获得了草根阶层的英雄主义的胜利。

向世俗和日常生活的回归,不代表对精英和重大生活的忽略或解构。不管是在历史进程里还是在现实生活中,个人总是不能一贯地生活在高蹈的重大事件中。因此,从云端降落,回归生活,不仅使英雄近距离与我们相映照,而且也符合大众化时代的大众审美需求。

其次,凸显了人物性格逻辑的"冲突规则"。按照一般的理解,无论是在现实生活中还是在文学作品里,人物性格的逻辑总是按照环境所设定的规则来进行的。总体上来讲,人物的性格、品行与作品的基调之间是无碍的、协调的。这就是我们常说的生活真实。在传统的英雄叙事当中,不论作者赋予主人公(英雄人物)什么样的性格,它的发展轨迹总是确定的,因此一旦在一些作品中出现看了开头就知道结尾的情况,那就是因为这种设定过于严格。对于此种情况,不管是所谓的高雅文学抑或是通俗文学,长时间的模式化操作必然会形成一种刻板印象而变得一本正经。打破这种僵局的最好办法就是把人物的自身逻辑从整个作品的大逻辑之中跳脱出来,形成严肃与滑稽之间的冲突,或者形成所谓的类似于"庙堂"与"民间"之间的冲突。这样一种设置,不仅增强了作品的张力,也确实容易为读者带来新的阅读体验。

那么,具体到本书所涉的众多作品中,给人的印象最深刻、最能打动

>> 叙事的嬗变与转型

人的则是作者赋予了那些英雄人物一种未经驯顺和培植的性格、气质。这种性格、气质与主流的规范不相适应，或者相违背，显示了创作者们对传统英雄人格进行祛魅处理的意图。这典型地体现在传奇型英雄主义叙事类作品中。比如李云龙，骄横霸气、逞勇放纵、恣意妄为，甚至为了营救自己的未婚妻，几乎发动了一场事关全局的战役。这种气质在以往的英雄叙事中都是用来刻画反面人物的，而在《亮剑》中，却成为正面人物的符号。这就是大逻辑、小逻辑之间的冲突，却正是因为这种冲突才强化了人们对世俗社会中真实的人的认识。李云龙身上的这种痞气曾经在《红日》中石东根的身上有过流露，但旋即被修正。在《红高粱》中余占鳌的身上有过，但他并不是一个在主流意识形态规范下的英雄。而只有在《亮剑》中，李云龙形象的存在才能集二者于一身。梁必达（即《历史的天空》中的梁大牙）也是如此，甚至与李云龙相比有过之而无不及。但更具有痞气特质的可能还得是常发（权延赤《酒神》，改编成电视剧后名为《狼毒花》）、杭九风（《圣天门口》）等人，这些从世俗中走出来的英雄，终其一生都未能从草莽根性、乡土根性中走出。除了他们的这种气质之外，能够给人留下深刻印象还在于他们的言行中渗透着民间认同的朴实的道德原则，在粗俗语言背后有着共通的伦理情感和审美情趣，透着诙谐、幽默、夸张的喜剧元素，把紧张的日常时间变得轻松、愉快和刺激。

最后，在"革命+恋爱"的动力元素中强化了世俗的诱惑力。"革命+恋爱"模式是现代文学以来的一种有关革命历史叙事的传统。这种创作模式虽然在20世纪二三十年代遭到批判，但始终未曾得到彻底修正。比如，即使在这种模式刚刚遭到批判之后不久发表的《蚀》三部曲中，茅盾一如既往地使用了这种模式，他似乎更进一步地演绎了这一模式的正当性。自此之后，似乎再无人提及。只不过，后来的"革命+恋爱"模式中的恋爱已经超越了物质和肉体，逐渐走向了纯粹的精神领域。比如，林道静的三次革命性转变正好就验证了这一逻辑。虽然在诸如《保卫延安》《红日》《林海雪原》这些红色经典中，未必都有林道静式的革命与恋爱，但作为一种潜在的逻辑和线索，总能为读者预留了想象和阐释的空间。可以说20世纪末红色经典改编与演绎中某些情爱主题的凸显，在一定意义上来说正是这种空间的释放。这一方面说明了这种模式对叙述中情节的推进有重要意义，另一方面也说明这种模式在有关革命、历史的叙述中有着非关文学的动力性作用。

第四章 英雄主义的重新召唤

新世纪的英雄主义叙事不仅仍然继承了这一叙述传统，而且也在内容上、品质上实现了向原初动力的回归。可以稍微夸张一点说，在这些作品中，如果男女之间的倾慕与"纠缠"也算爱情，那就没有什么不是爱情了。比如，在《我是我的神》中，师长乌力图古拉在祝捷大会上见到了18岁的漂亮姑娘萨努娅。乌力图古拉立刻认定萨努娅就应该是他的老婆，会后就把她接到师部，表示要与她"国际团结、民族团结、入城式和婚礼一块儿办"，结果就真的如愿。在《父亲进城》中，石光荣刚进城就对欢迎队伍里的褚琴一见钟情，接着就发动猛烈的爱情攻势，软磨硬泡，死缠烂打，险些与同时追求褚琴的胡参谋长动起手来，石光荣最终还是在组织和褚琴父母的周旋下才如愿以偿。梁大牙之所以参加革命，倒不是因为他自身获得了革命的自觉性和必要性，而是基于对东方闻音的一见倾心，或者说梁大牙的革命动力最初确实是来源于异性的吸引。同样杭九风的革命进程中阿彩的诱惑也是一个重要因素。在他最初的革命动机里，女性占有着很重要的地位。傅朗西在麦香、紫玉之间的转换，在一定意义上来说也是为了获得革命间隙的肉体消费。在《酒神》中，常发的口头禅就是"马背上有酒有女人"。至于谭功达与姚佩佩、"无形"的葛任与同样"无形"的爱人则是在这场"革命+恋爱"征程中的贵族之花。

当然，这种情节设置尤其在被改编成影视剧并被放大之后，它确实引导或干预了大众审美认知状况。比如，有人评价说，新英雄主义的特有的英雄美人模式使得平民又一次享受了美女盛宴，激发了平民对爱情的无限憧憬。在影像传媒为大家提供的虚拟社区中，草根与创作者共同编织着梦幻的情感世界，完成了一次"共谋"。[①] 也有人说，这些传奇英雄都是"草莽出身，投身行伍，娶了一个'小资情调'的革命女青年，引发诸多家庭矛盾，'文革'遭难、复出……从《激情燃烧的岁月》中的石光荣，到《历史的天空》中的梁大牙，再到《亮剑》中的李云龙，当红色经典翻拍剧屡遭滑铁卢时，将主旋律'另类'了一把的红色原创剧却为我们开创了一个荧屏'新英雄主义'时代"[②]，不过在笔者看来，把"革命+恋爱"模式转化为英雄美人模式，是一种实实在在的误读。这种误读可

[①] 常玉荣、侯艳娜：《草根的梦幻空间——论新世纪以来军旅题材影视剧的新英雄主义倾向》，《长城》2009年第1期。

[②] 《你拼你的绝活，我找我的娱乐》，《中国青年报》2005年12月12日。

能是作者有意为之,但一定是影视改编者的耀眼的渲染。

笔者宁愿在最原初的意义上来解读"革命+恋爱"这一创作模式。笔者举出上面的例子,并不是说明"力比多"就是革命过程中的原发性因素,但它至少表明了它与革命的伴生性。也正是因为有了这样的伴生,才使革命英雄回落人间。它在放大具有"神"性的英雄人物世俗情怀的同时,最终使他们走进了"人"的怀抱。有人说,"社会的传统文化总是跟同时代的兴趣爱好和价值体系相吻合,因为它不是一堆绝对的一成不变的东西,而是一个连续不断的选择和阐释过程"[1]。我相信,英雄人物回归日常生活,重拾世俗情怀也正是我们所处的大众化时代的必然选择。

---

[1] [英]约翰·斯道雷:《文化理论与通俗文化导论》(第2版),杨竹山等译,南京大学出版社2006年版,第159页。

第五章 新伤痕主义的成长方式

第一节 伤痕的表象与隐秘的情结

"伤痕文学"作为新时期文学的经典性标志已经被充分地写进当代文学史,并成为近30年当代文学研究中起源性话题。它的意义不断被人指出:"'伤痕文学'在20世纪70年代末80年代初曾一举轰动全国,创造了亿万各阶层读者竞相阅读和争论'文革伤痕'的盛大奇观,也把文学在社会生活中的主导作用演绎到一个后来难以超越的辉煌顶点。"①"'伤痕文学'作为'文革'后的第一个文学——文化潮流,是中国文化走出'文革'的第一个重要历史逻辑环节,它迎合了政治实践、社会心理、文艺模式等多方面的以'新时期'命名的中国新现代性的历史诉求。"② 但是,由于"'伤痕文学'在空间上展开主要以民族苦难的普遍性配合着'文革'批判,'伤痕文学'在时间方面的展开,配合着政治上平反冤假错案"③,所以整个"伤痕文学"的创作仍然囿于为政治服务的理念,人物和时代、和政治事件直接对接起来,表达着强烈的政治诉求。人物成了政治性人物,时间成了政治性时间,在政治之外的所谓的人伦世情荡然无存。作者在叙事上充满着对政治的反感,进而在这种反感中刻画或者描绘政治对人的伤害。这是一种和社会发展互动的创作。当伴随着思想解放运动的到来和对此前错误的清算,"伤痕文学"创作成了这股思想运动的急先锋,并进一步强化了文学的功能主义力量。"伤痕文学"最直

---

① 王一川:《"伤痕文学"的三种体验类型》,《文艺研究》2005年第1期。
② 张法:《伤痕文学:兴起、演进、结构及其意义》,《江汉论坛》1998年第9期。
③ 同上。

>>> 叙事的嬗变与转型

接的表达愿望是政治控诉,正如吴炫所说:"(伤痕文学)他们创作的目的都在于揭批四人帮、控诉四人帮。这个控诉四人帮类似中国农民上台斗地主的那种控诉,情感成分相当强烈。"① 这"情感成分"在20世纪的中国文学中有着深厚基础,从延安时代的文学创作一直到十七年和"文化大革命"文学,路数是一致的。在这个意义上,可以说"伤痕文学"并没有实现当初人们所判断的那样是对原有文学价值观的一种断裂,而是"它的核心概念、思维方式甚至表现形式,与前者都有这样那样的内在联系"②。特别是,在30年后再看"伤痕文学",我们还会发现,它在完成了"伤痕展示"和"政治控诉"之后,还是缺乏必要的自我省思和忏悔意识的。就像有的思想史学者所拷问的那样:一、在他们遭受歧视和迫害的年代,知识分子自己充当了什么角色?二、知识分子是社会的良心,是正义的肉身载体。那么,在这几十年里,他们的良心和正义感哪里去了?如果说他们的良心并未泯灭,那么它又是以一种什么样的方式而体现的?三、他们遭受迫害,这迫害他们的力量又是怎么形成的……③其实,这些任务在后来的反思文学中也没有有效的解决。

一 虚化的叙述背景

在最近十年,一些20世纪60年代出生的作家写出了一批很独特的长篇小说,这些小说大都以中国1949年以后的历次政治运动为背景,叙述了主人公在成长过程中所遭遇到的疼痛和苦难。这种写作与20世纪70年代末80年代初的伤痕文学在表现形式上有着某些千丝万缕的联系,但却有着完全不同的精神指向和审美价值,在"伤痕文学"中没有解决的问题在此都有深刻的触及。

我们先看这样一段叙述:

> 一个人在小的时候会偷看很多东西,你没有成人的权利,就只好在任何事情上当小偷……其实那个时候很多孩子都是在这种情况下走路的,他们的一生就该那样走,像小偷一样走。不要以为我在这儿有

---

① 吴炫:《新时期文学热点作品讲演录》,广西师范大学出版社2004年版,第18页。
② 程光炜:《"伤痕文学"的历史局限性》,《文艺研究》2005年第1期。
③ 启良:《20世纪中国思想史》,花城出版社2009年版,第351页。

第五章 新伤痕主义的成长方式

多么悲愤，想控诉那个社会，就像今天的少年老是想控诉教育制度一样，没有，我没有父亲进攻母亲的激情。我只是想说明自己是个小偷，因为没有很多权利，所以每样东西你都必须靠偷才能获取。我想，偷这个词是这部作品的关键词之一，我不知不觉地把我故事流动的血脉引向了这里，是我的讲述快成功了的标志，记住这一点很重要。我从来都没有忘记，我不能大言不惭地说，我曾为偷而深深忏悔，但是我记住了那个字眼，就像我记住了母亲人生的污点一样。①

这是小说《英格力士》的主人公刘爱自我反思时的一段内心独白。这部小说讲述了在特殊年代，少年刘爱对一本象征着文明世界的英语词典的追求，以及在追求过程中强大的现实力量对他成长的灼伤。这使他既快乐又忧郁，既懵懂又天真。他遭到了伤害，又伤害了别人。作者在这里构置了少年学生和成人知识分子两个相互交织的世界，这使他的成长变成了一件十分复杂的事情。这段话几乎成了一种宣言，对整个作品而言，它传达出这样的几层意思：第一，这是一些关于成长记忆的叙述；第二，偷或者偷窥构成了成长过程中的部分主题；第三，面对疼痛，不是控诉而是忏悔；第四，通过"我没有父亲进攻母亲的激情"这样一句话，还表达了叙述者对作为知识分子的父辈们的审视。这样的作品还有东西的《后悔录》，毕飞宇的《平原》，余华的《兄弟》，刘庆的《长势喜人》，韩东的《扎根》《英特迈往》《知青变形记》，里程的《穿旗袍的姨妈》，苏童的《河岸》，艾伟的《风和日丽》等，当然，和《英格力士》相比，后来的写作所传达出来的意义和精神品质的共性可能更广泛和深刻。笔者把这些长篇小说称为新伤痕主义写作，显然这是"伤痕文学"的对称。

新伤痕主义写作大都虚化了叙事背景，不刻意追逐、雕刻和彰显1949年以后历次政治运动。虽然熟悉历史的人能够洞穿其中所深含的那些让人惊心动魄的政治元素，但作者的立意又不完全在这里，他们似乎想将这种动荡的历史年代处理成一种人物成长的文化背景。在笔者看来，作者们深信，任何政治的动机和行为都蕴含在一定的文化氛围之中，即使再激进的政治行为也都会沉淀为某种文化品格或文化特色，并散落在日常生活的各个角落。抓住了这一点，就能够抓住人物成长的内在逻辑。也就是

---

① 王刚：《英格力士》，人民文学出版社2004年版，第121页。

> 叙事的嬗变与转型

说，在一定意义上来讲，新伤痕主义一个潜在的写作逻辑就是把政治事件和政治运动转化为文化背景。

这主要表现在两个方面，一个方面是建构文化意象。在《英格力士》中，刘爱所追求的英语词典是一种文化和文明的象征，刘爱最大的伤痛就是来自于此。刘爱的父亲对俄罗斯建筑风格的偏执、对格拉祖诺夫音乐的喜爱，母亲和校长约会时所穿的高跟鞋以及他们能够吟唱英文歌曲《月亮河》等等，这些都暗合了"英格力士"所具有的文化象征意义。作者通过这些文化意象在不同时代的不同命运来呈现社会生活的变迁。在里程的《穿旗袍的姨妈》中，文化符号是"旗袍"和旧时代"家具"，不论在什么时代姨妈都喜欢穿着得体的旗袍，这使姨妈显得利落、干练和富有尊严。同时不论生活有多么拮据，姨妈也总是收购各种旧家具，表现了她的文化取向的偏执。但也正是这种偏执，让人感受到她的贵族式精神追求，这似乎是对抗扭曲的政治生活最有力的武器。在东西的《后悔录》中，曾广贤的母亲偷偷地为他兄妹喷洒藏匿多年的香水，苏童的《河岸》中的陆地生活和水上生活的差异以及对邓少香烈士纪念碑的认知等，都能够让我们从文化角度来审视主人公的精神世界，而且还能够使人看到非正常的政治元素是怎样地累积、沉淀到文化和生活当中。

另一个方面，虚化政治事件和政治运动背景还可以使主人公的生活保持连续性、日常性，不至于因为政治事件的突然介入而出现断裂和惊诧。特殊时代的政治运动和政治事件只对那些积极参与者和受到触及的人才具有事件性意义。少年主人公们会把所有的事件和运动当作他们的日常文化生活。这样从日常生活开始到日常生活结束，一气呵成。比如，《穿旗袍的姨妈》中反复强调了二姨妈的"地主婆"身份，但这种身份只是在强调"我"和二姨妈之间的那种既亲密又紧张的关系，并以此来表现人伦的纠结，显然作者的着重点不在"地主婆"身份上，作者在写到"文化大革命"爆发的时候，说从北京来的一些年轻人将巨幅标语从高大的建筑物上挂了下来，而那座城市那天晚上所发生的一切对"我"来说"仅仅具有一种滑稽的催眠作用"。作品中还有一段说："一天深夜，我从睡梦中被母亲和姐的谈话声所惊醒。将她们支离破碎的对话拼凑起来，我对未来的姐夫有了一个大概的印象，那是个忠厚老实的工人，酷爱书籍，买了大量的书，据说是为了退休以后读的。他有几十年的工龄，比姐整整大十岁。"① 其实作者不用解释，读者也都清楚这桩婚姻是源于怎样的一种政治背景。韩东在《扎根》的一开头就说："1969 年 11 月，老陶率领全家下放三余。"② 1969 年是"文化大革命"期间很随意的一年，老陶一家到三余后，全心全意地做着扎根农村的准备。于是这样一种伤害性的迁徙就变成了完完全全的乡村日常生活。《英格力士》中在写到新的时期来到时，也仅仅是两句话："1978 年秋天是我最背运的日子。我没考上大学，那是我一生的耻辱。"③ 1978 年正是中国重大的政治转折时期，但在这里被作者用这种完全个人化、日常化叙述一带而过。其实，在《后悔录》《风和日丽》等作品中也都采用了这样一种写作策略。

这样的写作方式不仅与作家们对文学的认识有关、对书写这种历史的精神投入和情绪状态有关，而且最主要的是与他们的出生年代以及成长经历有关。当代历史，尤其是反右运动和"文化大革命"，对 20 世纪 60 年代出生的作家来说，是一种影影绰绰的记忆。那些历史，有时好像近在眼前，但又似乎很遥远，于是他们可能就会放弃那种激切的政治取向，以一种平和的心态来梳理和校正，既能看到历史的阴暗、残酷，也能看到历史的温情和阳光。对那段历史来说，"伤痕文学"的作者都是当事人，而对 60 年代出生的作家来说则是历史，因此他们就有可能在书写这段历史时与书写其他的历史时保持同一种心态。汪政说："对于 60 年代出生的人来说，他们尚有一点'文革'的梦幻般的片断记忆，在童年的回想中，还有动乱的余悸与忧伤，他们的经济生活还有计划经济的强大惯性。虽然他们的文化立场与知识人格已走向多元与开放，但占主导地位的可能还是充满着温情的、具有强烈的群体意识和人道情怀的东西。"④ 的确，毕竟时过境迁，连离他们最近的"文化大革命"都已经过去了近 30 年。政治事件一旦脱离了原来的时代和环境必然会演变为文化事件。虽然这一代作家身上"还有计划经济的强大惯性"，但终归时代不允许他们再走老路了。

二 用偷窥和告密介入历史

新伤痕主义写作中描述了很多偷窥的场景。《兄弟》中，李光头到女

---

① 里程：《穿旗袍的姨妈》，《长篇小说选刊》2007 年第 2 期。
② 韩东：《扎根》，花城出版社 2010 年版，第 2 页。
③ 王刚：《英格力士》，人民文学出版社 2004 年版，第 374 页。
④ 转引自洪治纲《窥探：解开历史的真相》，《文艺争鸣》2008 年第 10 期。

厕所偷窥，于是探得了女人的秘密，这成了他的资本，他在贩卖这个秘密的过程中吃到了很多人难以吃到的三鲜面，享受了"幸福"的生活。他的性启蒙就是模仿偷窥到的母亲李兰和继父宋凡平的做爱动作而获得的。《后悔录》中，曾广贤也偷窥到了他父亲和邻居赵阿姨之间的秘密，曾广贤母亲之死也和他的无意间的"偷窥"有关，他甚至在仓库的阁楼上偷窥到了张闹曼妙的身姿。《河岸》中，库东亮藏匿母亲审问父亲的日记，监视父亲和别的女人的接触。《英格力士》中，刘爱也是一个热衷于偷窥的少年，他和黄旭升站在树上偷窥王亚军对阿吉泰的亲昵举动、偷窥阿吉泰洗澡、偷窥黄旭升母亲与别人私通、偷窥范主任对阿吉泰的骚扰……偷窥几乎成了这些少年们成长的主题。

　　对少年来讲，偷窥是一种寻找历史真相的隐喻，或者是一种进入历史深处的门径。少年们眼中的历史和现实显然和成人是不同的，他们不能从成人的视角用一种成人的思维来分析和认知这个时代和现实。换句话说，他们不能从一个宏大的、整体的层面来把握世界，于是世界在他们眼中就成为破碎的、完全个人性的。这样，他们所书写的历史也完全成了个人主义的历史。但即使是破碎，也终归胜于没有真相。在特殊的历史年代和文化氛围中，真相总是被成人遮掩起来，这种遮掩有时是意识形态的需要，有时就是习惯本身。其实整个历史都是如此的。由于真相被遮蔽，历史不仅缺少鲜活性，还缺少丰富性和偶然性。遮蔽的历史总是把必然性和规律性强加给人，这使人成了单向的、机械的接受器。而偷窥则打破了这一尴尬，它把历史阴暗面暴露在阳光之下，尤其是暴露在少年的视野和心里当中，让他们用一种纯粹的、天真的理性来对这个时代作出裁判。这种裁判的结果，既可能产生正面的意义，也可能产生负面的意义，但唯有这种裁判才是最公正的，才能把丢失的历史细节拼接起来。所以，从这个意义上来说，偷窥是一种拼接历史的努力。

　　《河岸》中的库文轩是一个烈士的后代，在镇里面的综合大楼里最有权力。但他是如何使用权力和如何参与当时的各种政治运动的，他的儿子库东亮并不清楚。库东亮只是通过偷看母亲的日记获知父亲经常在大楼里面的工具间与其他女人"鬼混"。库东亮了解的父亲就是这个样子的，他在抵抗别人侵犯的时候就是把偷窥的内容作为武器的。后来父亲在船上剪掉自己的生殖器，并终生不再踏上陆地都成了"鬼混"的后续内容。库东亮眼中的父亲就这样建构起来了。这完全是一个个人的父亲史，库东亮通过偷窥拼接和丰富了父亲的生命轨迹。偷窥者通过这一偷窥发现了历史的秘密并拼接历史，这使这一行为在叙事中成了寻找真相的有意义的事情。这样，寻找个人的、真实的历史就成了新伤痕主义写作的一个潜在的动机。其实，这也是20世纪60年代出生的作家们在进入历史时所普遍采用的策略。比如，李洱的《花腔》，里面的主人公葛任的名字本身就暴露出了作者的历史主义写作动机。格非的《人面桃花》也是如此。对于"偷窥"的意义，洪治纲在分析60年代出生的作家创作心理时也说过："他们常常会动用一种窥探的叙述方式，借助少年人物的偷窥性视角，不断地深入到许多隐秘的生活内部，以此撕开沉重的历史帷幕。这一独特的叙事策略，既体现了这一代作家'以轻取重'的叙事智慧，也折射了他们在规避历史宏大叙事之后的某些独特的审美思考。"① 这的确说得很对。

其实，偷窥还是成长时期少年的一种游戏活动。就偷窥和游戏本身之间的关系来说，游戏的形式是偷窥，内容应该是不确定的。但在新伤痕主义写作中，偷窥的内容却几乎都集中在与性有关的问题上，或者说，性成了少年偷窥的唯一内容和他们在无聊时最有意思的事情。笔者以为，这种内容的确定性一方面和少年成长过程中的性冲动和性困惑有关，另一方面似乎还暗含着他们对人性和历史动力的某种另外的思考。新伤痕主义作品中描写了很多"交媾"的场面，《后悔录》中开篇就描写了两只狗交媾的场景，曾广贤由此获得性启蒙，"后悔"的一生也由此开始。在个别作品中甚至还有人与猪、人与狗、人与牛交媾等场面，这是游戏，还是真实？将这些场景和少年们偷窥的内容结合起来，我们又不难发现，新伤痕主义写作者们某种关于历史的"力比多"情结。这似乎"也折射出了他们在规避历史宏大叙事之后"的一种新的历史观。

那么，如何来确认通过偷窥所获得的历史真相呢？那就是告密。告密就是说出真相，它一方面使少年们所建构的历史公开化，以填补成人历史的某种断裂；另一方面通过告密还可以使少年们迅速成人化，逼着他们对自己的告密行为进行反思。因此，在新伤痕主义写作中，不管是对作品中的那些少年主人公来说，还是对这些出生在20世纪60年代的作家们来说，他们模糊的相似的童年记忆似乎也只有通过这种方式才能重新被打捞

---

① 转引自洪治纲《窥探：解开历史的真相》，《文艺争鸣》2008年第10期。

上来，被重新组合并清晰起来。告密，或者是有意揭露，也有可能是无意识的流露，但事后这种行为被重新组织进记忆的时候，都多少会有一些惊心动魄的感觉，这和偷窥是一样的。当然，告密也是一个时代的风气，既是一种政治氛围，也是一个文化氛围。不管是成年还是少年都养成了告密的习惯。只不过成人的告密是有政治意味的，而少年的告密则是富有游戏意味的。但少年们没有看到，游戏式的告密一旦完成就可能转变为政治告密，演变成成人之间的战争。所以告密在这里成了一种悖论性的东西：一方面确认真相，一方面又伤害真相（这一点将在下文中继续论述），历史在告密面前显得十分吊诡。在新伤痕主义写作中，偷窥和告密成了一对孪生姊妹，它们共同支撑起少年们的成长过程。

第二节 成长的伤痛与质疑中的承担

新伤痕主义阐释并拓展着"伤痕"的内涵和外延。在新伤痕主义写作中，告密的意义又不是完全局限在上述所说的与偷窥相配合，以实现探查历史真相的目的。其意义还在于它使少年们自此背上沉重的十字架，并在成长过程中完成自省和忏悔。所以，在这个意义上也可以说，新伤痕主义写作也是一种表达了自我承担的勇气的现实主义写作，沉重而庄严，尽管有时作者们故意把叙述的调子搞得幽默诙谐。

一 既要承担也要质疑

《后悔录》中，因为告密，使少年背上十字架，在成长过程中完成自省和忏悔并表现出自我承担的勇气，是基于这样一种逻辑：因为告密，而使被告者受到某种伤害，这令告密者开始反省和忏悔，并能够承担由此所带来的后果。这和"伤痕文学"是完全不一样的。告密行为在"伤痕文学"当中也是广泛存在的，但这里的告密行为本身是有政治合法性和心理合法性的，一个人能否揭发、批判别人的"丑恶嘴脸"，关系到他对组织是否忠诚。当被告者是自己的亲人、领导、好朋友并受到伤害时，告密者也坚信这是集体情感战胜个人情感，是思想境界高尚的表现。所以，一旦环境改变，被告者获得平反，而告密者受到指责的时候，前者就表现得可怜兮兮，后者则表现出无奈和无辜。倘若还有批判，那么这个批判的矛

第五章 新伤痕主义的成长方式

头指向的总是社会和集团或者别的个人,而从来不指向自己,不去思考自己要承担什么。但新伤痕主义写作却跳出了这一限囿。在新伤痕主义写作中,不管是因为告密而伤害别人,还是因为别的原因而对别人有所伤害,这些主人公总能承担起责任。当然,这种承担是心理上的、精神上的,表现的形式就是不断地自责和忏悔。

曾广贤出于真诚的目的,一次次地告发父亲的"龌龊"行为,导致父亲身心受到严重的摧残。当一切都风平浪静的时候,他坐在父亲的病床前,一连串地说出几十个"后悔",这是对一生的忏悔,他愿意承担一切的心理上、精神上的伤害。刘爱曾经"诱导"英语老师王亚军偷看阿吉泰洗澡(这或许也是一种告密行为),结果导致王亚军被抓进监狱。他虽然当时不敢为此有所承担,却忏悔不已。在王亚军被审问的时候,作品中写道:"我望着王亚军,内心无比惭愧,什么叫'我作为一个老师,拉着学生做这种事'?不对,王亚军是被我拉去的,我一次次地朝着澡堂跑,那是我们许多男孩子的恶习,我为了他那本英语词典,我为了讨好他,告诉了他这个秘密,明明是我拉他去的。那是我跟他作的一项交易:我想带他去看阿吉泰,而换取对于那本词典的占有时间。为什么现在责任全在他的身上?"[①] 刘爱在王亚军被捕后和阿吉泰之间有过一次对话,不断强调自己在王亚军老师的问题上是有罪的,这是一个少年儿童的成人般的忏悔。在《穿旗袍的姨妈》中,姨妈多次要求骆驼给自己当儿子,但骆驼因为姨妈的"地主婆"身份而没有答应。当姨妈死后,骆驼也发出了这样的诘问:"她这样匆忙地告别人世,似乎就是为了让我——她的外甥日后生活里永远逃脱不了负罪感的追逐。如果说生来有罪的说法还有些让人疑虑重重,那么一个和你曾经很亲近的人在她濒临冥界前,给你留下了不可填补的空隙,使你无法像一个正常人那样面对阳光和鲜花,你就明白了神兴许并不是世人凭空杜撰出来的。二姨妈的死给我留下了一个永远的难题:我还能说自己是清白无罪的吗?"[②] 这样的忏悔、自责和承担在《风和日丽》《河岸》《兄弟》中也都有或显或隐的表现。

其实,所谓的忏悔、自责和承担等行为就是一个写作者面对历史伤害的度量问题。这可以以悲剧性为例做进一步说明。

---

① 王刚:《英格力士》,人民文学出版社 2004 年版,第 345 页。
② 里程:《穿旗袍的姨妈》,《长篇小说选刊》2007 年第 2 期。

叙事的嬗变与转型

　　从文学审美意义上来说，不管是告密者（伤害者），还是被告者（受伤者），在"伤痕文学"中都是悲剧形象，"伤痕文学"所要表达的时代也是一个悲剧的时代。在"伤痕文学"中，蕴含了很多悲剧性因素，尤其是那种血泪控诉更恐怖、更悲情。就像曹文轩所说："20世纪70年代末，80年代初文学作为社会意识的载体，它所承担的任务是宣泄在苦难与灾难中积压起来的悲苦和愤怒。它为我们留下的是一个痛哭流涕、颤栗不已的诉苦者的形象。"① 这个诉苦者形象就应该是一个悲剧性的形象，但在"伤痕文学"中由于没有很好地处理人和悲剧的关系，最终不仅使悲剧毫无生力，而且还往往以团圆性的追求结束。"伤痕文学"的批判（控诉）指向三个方面，即社会、集团和个人。但我们根据传统的悲剧观念可以看出，社会、集团和个人是不能成为悲剧的根源的，它们只是悲剧根源的外在表现形式，或者说是悲剧根源的载体。真正的悲剧根源在于文化，尤其是生活在文化中的自我。所以西方那些著名的悲剧总是从不可知的命运和性格上寻找原因。哈姆雷特、普罗米修斯等莫不如此。这些在"伤痕文学"中是严重缺乏的。

　　新伤痕主义写作也有一个苦难、荒诞等悲剧性问题，这里既有个人的悲剧，也有父辈的悲剧。比如：刘爱之父刘承宗的悲剧是至死还沉浸在自己的虚妄当中；库东亮的父亲库文轩的悲剧是至死也没能从"烈士后代"的幻想中走出，即使库东亮自己也被一份"即日起禁止向阳船队船民库东亮上岸活动"的"六号公告"阻隔在河上；小陶的父亲老陶（《扎根》）在恢复了创作权利后，不仅创作上没有长进，而且还在不该死的时候死去了；曾广贤之父曾长风从噩梦中醒来后却再也不能言说了⋯⋯但如何表述这种悲剧性却与"伤痕文学"有着很大的差别。简单地说，"伤痕文学"在描写悲剧的时候，较少意蕴，很难延伸，悲剧和控诉意向明显，而新伤痕主义写作的包容性更大，它把悲剧根源指向自我，显示了一种很有前景的度量。度量的有无和大小既是考察不同时代的小说家成熟与否的标志，也是作家代际区别的重要因素。关于悲剧性，雅斯贝尔斯说："悲剧出现在斗争，出现在胜利和失败，出现在罪恶里。它是对于人类在溃败中的伟大度量。悲剧显露在人类追求真理的绝对意志里。它代表人类存在

---

① 曹文轩：《20世纪末中国文学现象研究》，北京大学出版社2002年版，第28页。

第五章 新伤痕主义的成长方式

的终极不和谐。"[①] 所以，既然因苦难和荒诞而产生的悲剧代表人类存在的终极不和谐，那么在它面前呈现伟大的度量就应是一种生活常态。这种度量表现在两个方面：一是包容性；二是自我批判性。所谓包容性，特指这类小说在面对伤害尤其是面对政治伤害和政治苦难时的宽怀心态。一般来说，几乎没有人先天就喜欢苦难不堪的生活，但这种生活在某种程度上来说又是人生本色或底色，因此总有人能够在它面前坦然处之。正如范仲淹曾经说过的那样，"不以物喜，不以己悲"。而且不仅如此，对于那些有着宽厚心灵的人来说，甚至将此作为励志的手段。本着这样的认识，我们可以说，曾广贤的一生虽然是苦难的一生，但也是宽厚的一生。他一辈子后悔的历程就是一个不断地放弃对抗和不断地原谅的过程，进而显示出作为一个普通的生活在政治文化中的人的伟大度量。这种伟大度量的呈现还表现在主人公们乐观的处世态度，这一点或许和写作者的认识有关。正如我们前文所指出的那样，作家们将自己从过于激切的政治控诉中摆脱出来，因此从容而有距离。比如，李光头"出卖偷看屁股经验"的经历就是一个荒诞的苦中作乐的过程。在那个贫穷困乏的年代，通过这种仅有的有吸引力的业余文化生活换得了56碗三鲜面，当别人面黄肌瘦之时，他却做到了满面红光。在这里他把个人由于偷窥所带来的耻辱与苦难，转换成一种因祸得福的生活资本而显得扬扬自得。笔者以为，这不仅是一个智慧问题，确实也是一个度量问题。

但有度量，将锋芒指向自我，勇于面对道德和政治的双重审判，不代表新伤痕主义写作就没有质疑，没有批判，只不过它的质疑和批判不是指向社会、集团和某个握有政治权力的个人，而是指向了以父辈为代表的知识分子或者他们那一代人。

在《英格力士》中，刘爱始终以审视的目光来关注父亲和母亲，他看到了他们对国民党起义少将之死的幸灾乐祸，看到了父母在权力面前的巴结、逢迎之色，看到了他们在重新获得权力和地位后的倨傲和自得。刘承宗作为总工程师，接受了设计和建筑实验大楼的任务，按规定穿上了有领章帽徽的军装，这使他的身份和地位大变。刘爱描述了这个时候的父亲："父亲的脸上是充满骄傲的，很有一些小人得志的意味。他走着，一上一下很有弹性，尽管浑身上下没有一个地方是伸直的，可是他还是朝气

[①] [德]雅斯贝尔斯：《悲剧的超越》，陈春译，工人出版社1986年版，第30页。

蓬勃，好像早晨八九点钟的太阳希望都寄托在他的身上。我那时就常想，人是不能太得势的，人只要是一走运，就会变。"① 韩东在《扎根》里，详细地分析了作家老陶的全部创作，归根到底，老陶的创作还是一种为政治的创作，不是知识分子式的。作品中说"读老陶的小说，犹如读共和国的编年史。老陶写土改，写互助组，写农村基层普选，写粮食统购统销，写合作社"。作者质问道："从原则到公式是老陶的堕落吗？抑或是时代的作家们的必由之路？"② 毕飞宇在《平原》中也嘲笑了"右派分子"顾先生的迂腐和夸夸其谈，顾先生能够大段大段地背诵马列原著，却在女人、鸭蛋等问题上搞得狼狈不堪。其实，这些人表面上看是那个时代的受害者，是那个时代的悲剧性人物，但他们是不是也曾经和体制一起参与了对别人的伤害？是不是他们也通过某种方式迎合或加强了某种扭曲别人也扭曲自己的氛围？《后悔录》中的父亲曾长风、《河岸》中的父亲库文轩、《风和日丽》中的父亲尹桂泽将军是不是也是这样？这种质疑和批判在"伤痕文学"中基本上是不存在的。由于那一代作家还没有从悲愤中解脱出来，还没有养成自我审视和自我批判的"基本素养"，因此必然会使"伤痕文学"充满着强烈的"控诉情感"和过于功利的指向性。这可能是那一代作家的局限，也是那个时代的局限。这一点，在新伤痕主义写作中，被20世纪60年代出生的作家们彻底地更正了。

二 疼痛中的亲情关怀

新伤痕主义小说属于成长小说的一种，但与"伤痕文学"的成长描述是不同的。"伤痕文学"的伤痕性或者控诉性不在于成长本身，而在于成长过程中的政治环境或者成分。为了说明政治对人的伤害，早期的"伤痕文学"大多设置了亲情的分裂并通过这种分裂加强自我表述的力度。比如，《伤痕》就是最为典型的，王晓华因政治的需要与母亲决裂，但亲情的力量又常使她内心受到煎熬，最终政治的力量战胜亲情的力量。后来政治压力解除，亲情得以回归。值得注意的问题是，这类小说中，亲情的胜利回归较少有以忏悔的形式出现的，尽管这类小说也表现出了些许的人道情怀，但亲情的回归旨在说明政治的残酷以及人们对极左政治的

---

① 王刚：《英格力士》，人民文学出版社2004年版，第123页。
② 韩东：《扎根》，花城出版社2010年版，第206页。

愤怒。

而新伤痕主义写作则不然,亲情之间的相互冲突和相互眷顾始终伴随着主人公们的成长过程。尽管在他们的成长过程中,外在的政治压力不仅使这些孩子走上"歧异"的道路,而且还经常在两代人之间产生严重的隔阂或者敌对,但他们终究没像王晓华那样"毅然"离去,而是在亲情和政治之间选择后者。

个人的成长的遭遇,其实是主动地避开对历史的正面回应。历史被推到幕后仿佛舞台的背景,人成为小说关注的中心,场景的设置、情节的发展都围绕个人的成长展开。《后悔录》讲述了曾广贤这个被革命剥夺了一切的资本家后代一生中在面对性的问题时发生的是是非非。《穿旗袍的姨妈》重点讲述了"我"对姨妈的感情变化;而《风和日丽》则讲述了主人公寻父的一生,尽管文本可以涉及大量的历史,但每次都是蜻蜓点水,重点展现了"我"与父亲之间的感情纠葛。作品以这些游离于政治之外的主人公的成长为线索,把文本的焦点引向了对个体命运的关注,并通过对人的命运的描写,侧面映照出"文化大革命"的残酷和荒诞。

身体的成长。个体的成长首先表现在生理方面的变化上,像身高、体重、面部轮廓等,然而对于一个人尤其是男性而言,"性成长"无疑是整个身体成长环节中的关键。因为理解自己的"性成长"是一个人认识自我的重要途径,对于男性而言,也是男性意识形成和强化的重要动因。"性成长"作为身体成长的一部分,本来是步入青春期时一种自然现象,然而作家笔下的主人公,却因此面临前所未有的惶恐和尴尬。在20世纪60年代的中国是一个"无性的时代",生育是性唯一的合法功能,除此之外,便属"生活作风问题"与腐化、堕落、肮脏、无耻、品德低下、道德败坏同构,差不多像反革命罪一样会毁掉一个人的前途和未来。所以,《英格力士》中当刘爱的父母发现刘爱"遗精"时,没有因为儿子的"长大"而欣慰和高兴,而是忧心忡忡、如临大敌。而刘爱只能把身体的冲动引发的焦虑和恐慌埋藏心底,默默忍受。然而,刘爱的父母不但不能接受儿子"成长"的事实并给予他必要的生理引导,反而加重他心理上的罪恶感和羞愧感。刘爱的母亲在发现刘爱"手淫"时,竟然突然失控,像绝望的野兽一样近乎崩溃。《河岸》中,性成长更是成为父子之间冲突的根源。库文轩每天像盯贼一样盯着儿子库东亮的"身体",让处于成长中的库东亮痛苦不堪。社会舆论、父母态度和内心的压力不仅让处于青春期的少年饱受心灵和身体的双重折磨，甚至会造成一个人一生的悲剧，《后悔录》中的曾广贤便是一例。曾广贤在母亲的影响和时代的影响下，发自内心地鄙弃任何性行为，甚至为此伤害了自己的父母和深爱自己的小池。然而，到了自己性意识觉醒的时候，却因为半夜跳窗给心爱的女孩送裙子被诬蔑为强奸犯而锒铛入狱。"身体"带给曾广贤的困惑和悔恨造成了他对性的恐惧心理，以至于在改革开放后面对妓女也无法释放内心的焦虑，成为一个性无能者。通过这些成长少年的遭遇，深刻地揭示了强权政治对人性的压抑，对人在肉体和心灵上造成的创伤。

精神的成长。其实，在我们的理念当中，所谓的成长可能更多地指向心理和精神上的成熟。这种成熟使自己能够协调和处理自我行为与有关冲突，从而确定自我实现的取向与路径。人的精神的成长，更是实现个体社会化的关键因素，一个人只有拥有健康的心理才能很好地融入社会，实现自我。然而，精神的健康成长同样离不开社会、父母的引导和帮助。这些作家笔下的成长主人公在这条路上同样走得曲折、坎坷。

《长势喜人》被誉为"成长的史诗"，作品围绕着一个名叫李颂国的残疾"潜训大师"的成长和毁灭展开。20世纪60年代下半期，在那个疯狂的年代，李颂国呱呱坠地，这个没有父亲的遗腹子，与被世人讽刺为"不知羞耻的""破鞋的"母亲相依为命，忍受着世界加于他的屈辱、孤独、孱弱与贫穷。正是这样一个不幸的孩子，又因在孩提时注射疫苗不当患上小儿麻痹，从此精神和身体的双重畸形使李颂国的人生之路无比坎坷。因为没有父亲，李颂国便遭到同伴们的嘲笑和排斥，而母亲的精神失常又让他失去唯一至亲的人，虽然没有彻底地成为孤儿，然而被保护的渴望却从未实现。疯狂的社会展现在李颂国面前的同样是残忍和冷酷：父亲被冻僵的尸体，天灵盖上钉着一枚铁钉的女尸，公园里莫名其妙的群殴，对流氓团伙、卖淫女的枪决……在一次次的伤害中，李颂国敏感的心灵发生了扭曲，他乖戾、冷酷、疯狂，开始以恶来抗衡社会，并最终成为这个社会规范化的祭献品。李颂国的成长让我们看到了时代、社会、人性是怎样一步步把一个单纯的灵魂逼得无处可逃。

《河岸》中的库东亮伴随着身体的放逐，灵魂也被永远地放逐无处停靠。父亲被剥夺了烈士遗孤的身份，库东亮不仅失去了幸福的家庭也成为一个被人忽视的"空屁"。他跟随父亲，又渴望母亲，被放逐在河上却又向往岸上，然而母亲让他不满，岸上也备感陌生，而父亲的自杀和心爱之

第五章　新伤痕主义的成长方式

人的出嫁,让库东亮彻底地失去了精神的依托。《枪毙》中的二槐从小得不到父亲的关爱,而在一次"反标"事件中无端被怀疑,因而连累了父亲,彻底地使他失去了享受父亲关爱的可能,使他年幼的心灵忍受着内疚与恐慌的煎熬,同时也目睹了人性的阴暗和残忍。这些成长主人公在人生观和价值观形成的重要时期,无法得到父母和社会的正面引导,相反,加之于他们的仍然是残忍、冷漠、荒诞。

这种成长叙事,虽然历史风云是作为背景而出现,但是透过主人公的成长之路,却让我们看到了历史是怎样从方方面面碾轧个体生存的空间。而像20世纪50年代出生的作家王安忆的《启蒙时代》同样涉及成长叙事,叙事风格却截然不同。《启蒙时代》不是为了展现某一个人成长的艰辛而是意欲追寻"文化大革命"年代红卫兵精神的蜕变,因此作品着意展示的是一群少年成长图。而且他们的成长也与60年代出生的作家笔下主人公的成长不同,这些作品中的主人公大多敏感而沉默且精神贫弱,身边发生的一切都让他们加倍地痛苦和孤独,然而他们却不能积极地面对而只是被动地接受,王安忆笔下的主人公则是在对真理的积极探索和主动的追问中实现成长的,他们固执地介入历史、介入政治来认清历史真相,完成自己的成长。

曾广贤一次次"告密",言不由衷地背叛自己的内心,给父亲带来那么大痛苦和伤害,以至于父亲曾长风发誓不再理他,不想再见他。但是,在母亲和父亲分开后,在两者之间,曾广贤还是选择了父亲。他始终坚持着要回到父亲身边,愿意服侍父亲,陪伴父亲并向父亲忏悔。库东亮的父亲因为出身问题和作风问题从权力的顶峰跌入了低谷,成了不得上岸的向阳船队的船民,母亲因此和父亲离婚。尽管库东亮不理解、痛恨父亲,但他依然选择随父亲做船民,最后为了完成父亲的心愿,冒险把刻有烈士英名的石碑偷到船上。刘爱的成长始终伴随着对自己父母的憎恨和批判,但当自己父母处在危险时或者受到他所认为的伤害时,都能挺身而出。比如,有一次,他看到父亲满脸伤痕地从校长办公室走出,他认为是校长欺侮了父亲,于是他用铁棍打了校长"当头一棒"。

最典型地表达父子(父女)之间既冲突又依赖的关系的小说应该算是《风和日丽》了。私生女杨小翼经过"很不光彩"的努力,终于找到了生身之父,但由于生父位高权重,又有新的家庭,拒绝承认。小说通过杨小翼寻父—憎父—释父这一过程,不断地对个人情感和"革命进化"

之间的复杂关系进行深度挖掘和思考。为了使这种思考更有说服力，小说中不断地述及杨小翼和前夫吴思岷、儿子天安之间的关系，不断地述及杨小翼、刘世军、米艳艳之间的关系。正是父女两代人之间这种各自情感道路和模式的比较，才使杨小翼从历史的角度出发去"释放"父亲和理解父亲。"释放"在这里指的是淡化父亲形象而强化他的革命家本色。"历史的角度"指她的专业研究方向，是父亲这种"遥远的"而又实在的血缘关系规定了她的道路。在父亲的追悼会后，杨小翼"内心被巨大的虚无感缠绕。为什么会有如此广大的虚无呢？她省察自己的内心，发现她在内心深处一直没有取消过'父亲'的形象。她以为早已和这一形象告别了，其实不然，这一形象一直以某种方式作用在她的精神深处，成为她潜意识的依靠"[1]。于是，因历史和政治而被"释放"的亲情得到回归。

这样看，新伤痕主义写作表现出了强大的亲情关怀和人道主义色彩。如果说，在"伤痕文学"中亲情因政治而产生了分裂，那么在新伤痕主义写作中则是政治因亲情而至萎缩。所以，新伤痕主义写作也是一种很委婉的亲情主义写作，这也正回应了笔者在前面所说的虚化叙事中政治背景的立论。

---

[1] 艾伟：《风和日丽》，《收获》2009年第5期。

下编

空间的再生

第六章　乡土世界的深度裂变

第一节　第三种空间里的新困境

我们讨论新世纪文学类型与图谱时，首先要考量文学话语的承继关系与空间的丰富与拓展。中国现代乡土文学自诞生以来，就其呈现的空间和文化痕迹而言，实际上一直有两个传统存在着：一是以沈从文、赵树理为代表的自足封闭体系，表现为对现代文明的排斥和对都市文化的抗拒。只不过沈从文在固守乡土文学的时候还有对都市的对比性批判，而赵树理所代表的解放区文学从一开始就是通过集体的政治行为拒绝都市因素的介入。比如，延安文艺整风运动的依据之一就是"亭子间"的知识青年把大都市的文化带到解放区。二是以鲁迅、茅盾为代表的开放性体系。阿Q是第一个进城务工农民的形象，他不安于乡村现状，在城乡间游走，"土谷祠"是他的寄身之处。老通宝则是第一个面对资本主义经济入侵而产生了恐惧和惶惑的老农民。他的抗拒没有抵御住现代物质技术手段的侵袭并且继续破败下去，这逼迫着他的儿子、儿媳向城市流亡。这两种体系在近百年的文学史中交替发展，并在不同时期呈现出不同的风貌。但应该说，赵树理式的体系占据主导地位的时间更长，从延安文学以来一直到新时期改革文学出现以前，这一体系逐渐成为主流。虽然赵树理、柳青等人相继受到批判，但体系并没有受到破坏。在笔者看来，这一时期的乡土文学似乎已经可以简化为这样一种模式：一元化创作思想、二元化故事结构、三元化人物关系，即在为政治服务的思想指导之下，通过好人、坏人和中间人物间的矛盾、冲突和斗争，表现了农村两条道路间的斗争。这样的文学作品，主要关心的是政治和土地的结合，即农村生产关系的变革，忽视了文化传统对人或者对乡村的影响，表现了更多的农村性而非乡土性。农村性具有身份特点,乡土性更具有文化意蕴。所以也可以这样说,这一时期的乡土文学是丧失了文化内涵的文学。尽管如此,它还保留了某些乡土的特征,它还能使我们体味到一些虽然浅显但却美好的意味。但进入到当下社会以来,随着城市化普遍展开和进程的不断加快,这一体系已经停留在了想象之中,它以无法逆转的势头向鲁迅、茅盾的体系转化,并以更加现实的可能性得到了极大鼓励和发展。以至于在进入到新世纪的今天,它的开放状态已经没有半点遮拦,我们已经无法再用传统的乡土文学的观念来考量和命名我们今天所谓的乡土文学了。也就是说,乡土文学走向了混沌和模糊。

一 把遭际放进新的空间

新世纪的乡土文学是随着农民的离家出走建立起来的。随着城市化运动的开展和广大农民不断走进新的世界,在他们面前呈现的是陌生的对立的空间,他们的眼前是成堆的问题,就像堂吉诃德一样,带着困惑、新奇的心态和一往无前的勇气去挑战城市这架大风车。他们认识到,城市里熙熙攘攘的人群和纵横交错的街道不像田地里的庄稼那样规范和易于打理。他们的出走至少带来了两个问题:一是他们通过或者主动或者被动的出走,抽空了乡土的支柱,传统的乡村因人口的减少、土地的荒芜和活力的降低而开始破败,农村的意义开始丧失。正如社会学者所说:"农村人口流出和市场经济对传统文化的侵蚀,不断地造成村庄共同体意识的解体和村庄生活面向的外倾,村庄越来越多的解体了。"[①] 二是当他们想单方面融入城市的时候,他们不仅难以融入,而且还再也回不到乡村了。实际上,当他们向城市跨出第一步的时候,他们的身后便再也不是原来心中的乡村了。于是在城乡之间,他们就得为自己创造另外一种空间。就像阿Q寄居在"土谷祠"一样,他们也得为自己寻到这样一个地方。

乡村曾经是我们的第一空间,生活在这里的人们怡然自得,身份是确定的,道德规范是明晰的,秩序与结构是稳固的。在这里,"它不需要创造新的社会关系,社会关系是生下来就决定的。它更害怕社会关系的破坏,因为乡土社会所求的是稳定"[②]。同时维系人与人之间关系的不仅仅

---

① 贺雪峰:《新乡土中国》,广西师范大学出版社2003年版,第10页。
② 费孝通:《乡土中国 生育制度》,北京大学出版社1998年版,第46页。

是感情，更重要的是相互的带有传统意义的了解。而城市则是我们的第二空间，这里是繁华的、浮躁的、流动的、利益的，它开放而不稳定，吸纳能力强而又冷漠，感情和了解在这里或许并不起决定作用。所以当离家出走的农民在迈进城市的时候，他们所遇到的不仅是第二空间的抵抗，而且还有自己内心的恐惧惶惑，即使再回到乡村，其内心也未必就踏实和安静，于是他们只好把自己的遭际寄放在第三种空间当中，这是他们的"瓦城上空的麦田"①。只不过这个空间远没有阿Q的"土谷祠"那样安逸和舒适。鲁迅说："阿Q以如是等等妙法克服怨敌之后，便愉快地跑到酒店里喝几碗酒，又和别人调笑一通，口角一通，又得了胜，愉快地回到土谷祠，放倒头睡着了。"但今天的农民还能倒头便睡吗？

二 新空间里的紧张关系

第三种空间是后现代社会中建立在城乡碰撞基础之上的心灵与文化相交合的产物。在这里有寄居者相对自足的文化体系，无法言说的生活逻辑、语言系统和旁观者无法理解、无法介入的心灵感受。如果说"土谷祠"是有形的、安静的，那么第三种空间则是无形的、躁动的。但它又是由一个个实实在在的个体和繁复庞杂的故事（事故？）构成的。它不仅包括"进城者"，还包括"返乡者"，更包括既无"进城者"也无"返乡者"，只靠单纯的市场经济的冲击而出现的"住在者"②。比如，李洱的《石榴树上结樱桃》、贾平凹的《秦腔》和《高兴》、孙惠芬的《吉宽的马车》和《上塘书》、尤凤伟的《泥鳅》、关仁山的《白纸门》、张炜的《刺猬歌》等作品的人物和故事。换句话说，第三种空间是由紧张和挣扎构成的，并由此呈现更多的内涵。

城乡关系中的双重紧张。中国城市的发展虽然具有悠久的历史，但在发展过程中，一直具有一种自足性。长期以来，它和乡土社会并列而存，互不干涉。如果说中国乡村在传统色彩上具有"鸡犬之声相闻，老死不相往来"特性的话，那么在城市发展上无疑也秉承了这种传统。多少年来，他们相安无事，都能给对方提供一种文化、精神甚至物质的保障。但是到

---

① 应该说是鬼子在《瓦城上空的麦田》中较早地建立起了这种空间。
② 指未离开土地或者未离开乡村者。住在者虽未离乡，但却能通过各种途径接受现代化信息的改造。

了近代社会，这种宁静被打破了，城市的扩张掠夺侵蚀了乡村，而失地农民向城市的涌入又不断地改变着城市的整体格局和结构。[①] 不过笔者这里所说的当下的双重紧张更多地表现为一种文化的、精神的紧张，而不是实质社会意义上的紧张。它是由城市化的过程所造成并由居间的"进城者"、"返乡者"或者"住在者"所承担。笔者所说的双重关系包括两个方面：一是农民和乡村（土地）的关系；二是农民和城市的关系。农民出走即意味着对乡村的抛弃（这里主要指那些主动放弃土地的人），它改变了传统乡里人与乡村的依附关系而使两者变得紧张起来；而城市的冷漠和对进城者的难以认同实际上就意味着拒绝，于是进城者对城市产生敌视性的紧张。换句话说，这个群体在乡村和城市之间都没有获得顺畅的轻松的状态，并没有找到一个可以自由出入的门径。即便如此，他们仍然是要以某种巨大的牺牲为最大代价地在此徘徊和逡巡。这种紧张关系，在《秦腔》中表现得非常明显。很多人认为这是一部乡村的挽歌，表达了对即将消亡的乡村的纪念。作者本人也在质疑："村镇里没有了精壮劳力，原本地不够种，地又荒了许多，死了人都熬煎抬不到坟里去。我站在街巷的石碌子碾盘前，想，难道棣花街上我的亲人、熟人就这么很快地要消失吗？这条老街很快就要消失吗？土地也从此要消失吗？真的是在城市化，而农村能真正地消失吗？"但笔者以为，《秦腔》更表现了一种分裂的状态。这是个"大杂烩"，到处充满了散漫、"泼烦"的紧张。这里面既有以夏风为代表的进城者，也有以白雪为代表的"返乡者"，还有以夏君亭为代表的"住在者"，不管是哪一种类型，当他们面对"八百里秦川"、生我养我的桑梓地的时候，彼此都是陌生的，都是相互不能进入的。夏风始终不能理解白雪为什么不愿进城，正因为如此，他们结合所生出的孩子才是畸形的。白雪也不理解为什么现在"秦腔"不行了，没有观众了，她所有的努力和挣扎最终还是使"秦腔"走向了"红白喜事"，流落于乡野街巷。夏君亭也不理解为什么用土地换取市场、用"开放"搞活经济却遭到了重重障碍。但不管怎样的不理解，他们所面对的都是一种尴尬的境地，城市化在机械地改造他们，原始的老乡村也在极力抗争。所以，《秦腔》在一定意义上来说，不仅是要表达文化的衰微或消亡，还是一种乡村关系的分裂。正是因为有了这种分裂，才有了以夏天义为代表的老一

[①] 周景雷：《茅盾与中国现代文学》，中国社会科学出版社2004年版，第91页。

第六章 乡土世界的深度裂变

代人对大地、对文化和对农民精神的坚守。因此，可以这样说，双重的紧张归根结底表现出的还是传统与现代的冲突。

身份的双重丧失。实际上这种双重的丧失更应该解释为：在一种身份还未获得的同时，另一身份已经丧失了。"进城者"想获得城里人的资格，他们想享有平等的市民权，但他们的语言、行为和所从事的职业就像他们的标签一样指示出他们乡下人的身份。在具有先天优势的城里人那里，他们总是被边缘化、陌生化和忽略不计的。他们要想获得城里人的身份，没有两三代以上的奋斗和潜移默化的改造是完不成任务的。问题在于"进城者"需要获得立竿见影的效果，而且必须获得立竿见影的效果，所以由于不能获得即时的心理上、文化上的效益，他们便对城市产生了敌视，于是城里人的身份最终没能确立下来。另外，又由于他们对乡村的过分熟悉便可能使他们对乡村既产生亲切感又产生破败感。于是，当他们从"进城者"转为"返乡者"的时候，他们所不能容忍的就是这种亲切和破败。所以，宁可被城市敌视和冷漠，也不愿再做回乡里人，或者乡村已经不再接受他们。在这个时候，城市便对他们产生了敌视性诱惑，并由于不能自由和自主地介入城市，成为了漂浮在城乡上空的存在。《瓦城上空的麦田》（这是一部中篇小说）就是一个很好的例子。进城看望儿女的老人被已经是城里人的儿女们当作皮球踢来踢去，在与乞丐（进城者？）为伍的时候，一个老乞丐要去为他讨公道并拿走了他的身份证，而这个乞丐又死于车祸。现场遗留的身份证使老人的儿女们误以为老人已死。老人因为没有身份证，儿女不承认他，便不能进入儿女们的家；老人回到农村的时候，老伴已经去世了，房屋已经更换主人，他的乡村身份也已丧失。面对城市的排斥，农村的归属感丧失，他们只能继续和乞丐为伍，成为"漂浮的人"。刘高兴（《高兴》）就是一个"漂浮的人"，是典型的"敌视性诱惑"的受益者，他靠着空想或者妄想来掩饰自己身份的不足，并自欺欺人地不断地虚幻着自己的生存状态。他自以为可以作为城里人了，他可以看报纸阅读城市信息和关心国家大事，他甚至可以按照城里人的逻辑去体味城里人的心理，但他收废品、打零工、出苦力等所有底层的职业只能说明代表着城市文明的上流社会对他的拒绝和排斥，他只能住在"城中村"里，被人用地理和空间的方式时刻指明他的身份属性。他已经不再是农民，至少在他的农民兄弟眼中他是另外一种身份。家乡已经没有了他们的土地，而没有了土地的人还有农民身份吗？吉宽（《吉宽的马车》）

>> 叙事的嬗变与转型

也是一个丧失了身份的人。他留恋乡村，敌视城市。但随着进城者胜利的消息不断传来和返乡者的种种蛊惑，他最初顽固的乡村身份的坚守终于没有抵御住城市的诱惑而进城。城市曾带给他快乐，但对他的打击也是惨重的。他想回乡，但乡村已经把他看作是成功者（城里人、装修公司的副总），而不再是乡间赶车人，他不能回到乡间去抚慰受伤的内心。他和刘高兴一样，也只能到"城中村"去寻找心灵的慰藉。他把自己制作的马车模型摆放在"城中村"的饭店里，并不是作为招徕顾客的装饰，而是一种寻找身份的表现，或者说，寄居在城市里的马车才是他的真实身份。"城中村"的出现，表明在城乡对立之间的第三种空间已经在事实上建立起来了，并由此为那些人出具了一种尴尬的身份证明。

双重道德认同的缺失。一个简单的逻辑是，"进城者"是带着乡村的道德观念走进城市的。但不管是城市道德还是乡村道德，都是建立在一定物质或者经济基础之上的。因此，习惯了各自的经济秩序和物质基础的两种道德势必有冲突产生，至少是互不相容的。比如，乡村道德的家族性基础使广大乡村伦理道德和规范形成了一张没有出口的网络，在一个熟人社会中，任何些微的对网结的碰触都可能引起整个体系的反应。而在城市的道德是线形的，一个人用道德规范了自己便等于保护了自己，所以这里是没有道德网络的，或者不需要网络的保护。问题还在于，就同一事物而言，往往城与乡的道德态度是不一致的。就比如阿Q，"煎大头鱼，未庄都加上半寸长的葱叶，城里却加上切细的葱丝"，阿Q以为城里人是错的。也许这不是个道德问题，但我们却可以从道德角度去考量。刘高兴（《高兴》）就遇到了道德问题。刘高兴要把进城拾荒而死在工地的好友五福的尸体背回乡下，这是他对自己的承诺的践行，也是五福落叶归根的圆满，这些都是乡村道德很基础的和很沉重的内涵。但在城里的道德中并没有这种内涵，人死了就得就地火化，这才是道德，否则就是对现代文明的破坏。对刘高兴来讲，他既因背尸还乡而被现代道德所拒绝，又会因未能完成承诺让五福落叶归根而违背了乡村道德。这样刘高兴就处在了尴尬的道德状态中了。往往还有另一种情况，城乡两端也有相同的道德标准和道德内涵，"进城者""返乡者"居间而成为不道德者，或者他们的行为并不为双方相同的道德规范所认同，于是在这个意义上这些人也失去了家园。黑牡丹（《吉宽的马车》）是靠着做妓女在槐城立足的。做妓女不论在什么社会都是道德层面上不被认可的事情，即便在极度开放的现代社会也是如此。所以黑牡丹在城里就是堕落者,在乡间就是无耻者。无论是作为"堕落者"还是"无耻者",她都被排斥在道德层面之外。她也在城中建立了"城中村",与《高兴》中的"城中村"不同的是,她不是为进城者建造存放身体的寄居地,而是存放心灵和肉体欢愉的场所。因此也可以说,这是为那些"进城者"提供另类道德的空间。而这个另类的道德正是在双重道德认同严重缺失的情况下建立起来的。《吉宽的马车》还有另外一个指示,即"进城者"和"返乡者"还改变了"住在者"的道德习惯和乡间的道德秩序。比如,吉宽和他的几个哥哥之间的关系,兄弟间的友爱已经为城市生存法则所打破,为了讨好施舍者,兄弟之义可以完全抛弃。不仅如此,在传统乡村的家庭道德中,子女孝敬父母是天经地义的。但是"进城者"和"返乡者"却改变了这一规则。吉宽的母亲极力要求吉宽去孝敬在工地上当工长的四哥,还用别人孝敬自己的年货去讨好四儿子,处处陪着小心。换句话说,这时的家庭道德已经由儿子对母亲的孝敬转变为母亲对儿子的孝敬。四哥受到如此礼遇,不过是个在"住在者"看来较为成功的"进城者"而已。也许"进城者"的身份并不重要,重要的是他获得一定的城市的经济权力。或者说是城市的经济权力改变了传统的乡村道德。

乡村传统秩序与结构的破损和重建。在新世纪的长篇小说中,着力表现传统乡村秩序的毁坏和某种新的结构的建立是显而易见的。如果说当代文学史中第一次深刻表现乡村秩序和结构变化是伴随着土改、互助合作化运动而展开的话,那么第二次的深刻变化就是出现在新世纪的前后随着城市化进程的不断加快而展开的。第一次变化是因为农民获得了土地并由此走上了集体化的道路,新的秩序和结构被确定下来,它基本表现的是政治和土地的关系。第二次则是因为农民放弃了土地以个人的名义转而向城市进军。原来的秩序和结构被打破了,新的秩序正处在变化和建构当中。它从道德开始并纠缠于道德与权力之间。比如,杨争光最初在写《公羊串门》(中篇)的时候,那是道德的变迁。一只公羊到邻家串门与邻家的母羊交配,于是公羊被诉以"强奸罪"。这个问题能够被当事人提出来对簿公堂显然是一个道德问题。在传统的乡村社会"人的官司"都曾经被视为耻辱,而在现代社会"羊的官司"都可以堂而皇之了。这种道德评判标准的变化说到底还是由于对经济利益的追逐所致。道德为第一要义的社会状态已经不存在,利益第一的追求已经普遍化。由此出发,它严重地改

>>> 叙事的嬗变与转型

变了乡村的秩序和结构，并在权力的争夺中明显地表现出来（传统乡村的秩序和结构是以血缘和亲缘关系来维系）。在《石榴树上结樱桃》中，现任村委会主任繁花在取代了公爹的权力之后，巾帼不让须眉，一心为村民谋福利，论功劳论苦劳，都是连任的最佳人选。但就在选举前夕，横生枝节——关乎上台下台的计划生育工作出了岔子，一个妇女计划外怀孕，继而失踪。突然出现的事件打乱了繁花所有的部署。她决定将这起事件查个水落石出。就在进展中，秘密接二连三浮出水面：不但村委会班子里的几个人背着她四处拉选票，而且她最信任的接班人小红竟然也"在背后捅她一刀"，这对她来说是致命的。无论如何，"计划外怀孕事件"成了一个在争夺权力过程中预先设计好的圈套。《秦腔》中其实也讲述了一个乡村权力的争夺与转换问题。夏君亭也靠着对自己长辈的取代而获得了乡村的权力，并通过自己设计的一个"抓赌"阴谋打败了自己的对手，清除了障碍。这两起权力转换事件的一个相同的基础是，想要获得权力必须首先突破或打碎家族的局囿。在冲破家族体系的限制之后，才能够获得更为广泛的权力。而正如上文所说，传统的乡村社会的秩序与结构是以家族的存在为基础的，所以当家族的体系被突破之后，那么它所带来的对秩序和结构的颠覆是根本性的，几乎所有的人都成了孤军作战的强者。所以社会学者说，当下的乡村"传统的宗族联系解体了，血缘联系弱化了，地缘联系被破坏了，利益联系尚未建立且缺乏建立起来的社会基础，村民因此在村庄内部变成了马克思所说的'一袋马铃薯'，村民已经原子化了"[①]。另一个相同的基础是，秩序和结构的颠覆者都是"住在者"，但他们更加知识化和理性化，在对现代化和物质文明社会的追求上并不逊色于"进城者"和"返乡者"，甚至他们还是靠着后两者的帮助获得权力的。所以，在一定程度上来说，传统乡土社会那种和谐宁静空间的消失正是"进城者"、"返乡者"和"住在者"合谋的结果。

从"土谷祠"到第三种空间，似乎近100年后的乡土文学又回到了它的起点，但它的内涵和实际意义已经挑战了我们早已形成的阅读经验。新世纪的所谓的乡土文学打乱了传统乡土文学的秩序和接受习惯，好坏的标准、道德与否的评价、进步与落后的界限都变得不甚明晰起来，甚至还被故意模糊放大。城市化进程是个不可逆的过程，我们可以扒掉建在乡村

---

① 贺雪峰：《新乡土中国》，广西师范大学出版社2003年版，第5页。

的楼房，也可以摧毁冒着黑烟的烟囱，但我们阻止不了现代化的进程。夏天义（《秦腔》）已经被滑坡的山体埋葬了，廖麦、美蒂（《刺猬歌》）的荒原也被工厂兼并了，他们的坚守最终也没有完成。所以最可能的问题是，我们得面对现实重新界定乡土文学的概念，不再用一种所谓的"农村题材"来标示一种写作。不过这又有可能引发对相关问题的质疑和重新探讨，看来这是一个大题目。

第二节　在批判中向传统和正义回归

我们认为，把什么样的作品界定为新农村题材的写作是个颇费思量的问题，当我们用既有的理论去框定这些年来的丰富复杂的乡土写作时，可能正应了那句"理论是灰色的，生命之树常青"的名言。中国乡村的变化和内在结构的调整已经远远地超出了我们的想象，尤其是超出了居于城市的写作者的有限经验。这种变化和调整还在继续着，没有看到的和没有被写到的也正涌动着，我们甚至有一种感觉，再敏感的作家恐怕也难以及时捕捉到瞬息万变的乡土社会，费孝通先生在其著作《乡土中国》中指出的那种长久不变的乡土社会已经一去不复返了。在城市中，只要原有的街道模式、楼群模式和人际交往模式还没有变，即使街区再扩大、流动人口再多、楼群再高，那么它也仅仅是用了城市规模的大小来应对现代化的迫近或者主动满足自己的现代化追求。和城市变化相反，近30年来，中国乡土社会的变化是带有根本性的，这种根本性在于，它是用土地的丧失和纯粹农村人口的减少来应对现代化的逼迫，与之相适应的是原有的乡土观念、经验和伦理的全面坍塌。所以对新农村题材写作的界定和它所面临的任务就是如何在这种坍塌的局面中、在城乡文化层面上的对立中，去发现新的因素、构置新的经验和建构新的模式，或者找回已经丢失的传统，重新确立一种正义的乡村表情。

一　乡土叙事的两种走向

如果做一个简单的概括，描写市场经济以来和城市化过程中中国农村的发展和变化的作品就其主旨而言大致可分为两类：一类是展现在市场经济面前农村土地的破碎和人心的散落，代表作品有《受活》（阎连科）、

《石榴树上结樱桃》(李洱)、《秦腔》(贾平凹)、《吉宽的马车》(孙惠芬)等,它们是用残败、苦难、隐忍、悲痛等词语构筑的,反映了那些依靠土地为生的鲜活的个体如何在两种文化或者文明的冲突中挣扎、自我调适甚至是毁灭。比如,在《秦腔》中,秦腔作为一种传统的乡村文化,没有抵御住城市文明的侵蚀,最终流落在民间红白喜事当中,并将在此中湮灭。虽然这里有农民对于秦腔精神包括土地的坚守,但这种坚守是脆弱的、不堪一击的。夏天义就是在这种坚守中为陷落的土地所埋葬。再比如《吉宽的马车》《高兴》(贾平凹)和《无土时代》(赵本夫)中,进城打工的农民已经在城市中建立了"城中村",他们通过对乡村的复制性的想象来或多或少实现对乡村的缅怀。不过"城中村"的命运可想而知,随着现代化都市的轰隆隆地一再崛起,势必也会被城市的推土机碾作粉尘。这些作品大都表现了写作者面对现实(土地丧失、文化消失)的一种无可奈何的心态。贾平凹就明确指出,写《秦腔》就是为清风街立传。某一事物或人物一旦获得立传的待遇,那么就是宣告了这一事物或人物的结束。当然,由于这些作品在反映乡村变化上的深刻性和复杂性以及在面对城市化进程中的无奈心态,往往会获得更加理想的阅读和审美效果。还有一类作品,虽然也展现了乡村的深刻变化和世道人心的恶化,但它更加着力于对这种恶化的救治和对未来的美好想象。它们在试图恢复和重建某些新质因素,这包括向城市化争夺土地、拒绝经济的过速发展对乡土文化的侵蚀和对乡村的诱惑、重建民间道德和乡村文化秩序,进而确立"正统"的审美趣味,并对乡村的未来做出与前一类截然不同的判断和预期。这类写作在艺术表现上虽然没有第一类高明,但在叙事结构、主旨立意等方面却是对自延安文学以来的文学传统的继承。这样的作品主要有孙惠芬的《歇马山庄》(2000年)、关仁山的《天高地厚》(2002年)、王建林的《风骚的唐白河》(2005年)、周大新的《湖光山色》(2006年)、冯积岐的《村子》(2007年),等等。虽然这两类作品一同构成了乡村中国的日常生活,但我们以为第二类作品更能够体现出我们对新农村写作的理解和期望。本书的论述依据指的就是此类。

二 史诗与正义的回归

也许传统的阅读和分析方法更适合于我们所认定的那些史诗性作品。一般来说,史诗性追求不仅要表现出作品的时间长度、历史的深度,还要

第六章 乡土世界的深度裂变

表现出社会关系的厚度以及现实发展的向度。《天高地厚》《风骚的唐白河》《村子》等是非常厚重的史诗性作品,与同期的其他乡土写作不同,这些作品大都从农村改革之初、之前写起,通过对二三十年来中国农村面貌和农民精神状态在不同历史时期变化的描写,反映了农村破碎的过程和黏合这种破碎的办法和出路,表达了作者们向传统和正义回归的渴望。

《风骚的唐白河》虽然起笔于1990年的春天,但叙述过程中的笔触一直延伸到改革开放之初,作者在文本中检讨和评估了二三十年来农村发展的得失,以及在这种得与失的过程中对农民和土地所造成的伤害。作品中的祁星镇是个缩影,也可能是某种城堡式的隐喻。在这里,每一个基层的主宰者都想通过自己作为长官的权力来支配那本已经属于农民的土地来为自己的政绩添抹亮色,农民在这里已经不是土地的主人,而只是土地上的工具和城市化过程中的牺牲品。每一个掌权者都要通过自己的意志来大量消耗农民的土地。农村改革之初所带给的农民的喜悦和富庶在走马灯似的改革旗号之下日渐沮丧和破产,这种恶性的农村发展和城市的经济扩张一道图谋了昔日诗意,这个过程是沉重的,甚至是漫长的。作者对此进行了深刻的批判,对历史进行了尖锐的诘问和反思,借用作品中襄河县人大主任高仕远的话就是:"中国的改革从1979年突破'凡是'防线,到1983年突破剥削有罪的思想藩篱,竖起让少数人先富起来的大旗,现在再次突破公有制、计划经济、按劳分配的体系,姓社姓资的不再是问题的问题,就没有什么可顾忌的了。十八门大炮礼花放,天高无涯。只要书记、县长看见火树银花满天彩霞,眉眼大开喜从心来就行。在地下,除了纸屑污染一无所有;哪怕圈地建房蚕食鲸吞罗的只是一片虚假繁荣新胜景;即便是虚拟的虚妄的,即便是病态的泡沫大爆炸……有什么样的理论撑腰壮胆,就有什么样的实践者叱咤风云,充当先锋前卫领军人。风云一变脸谱,人们就一窝蜂跟着走。上头一个导向,底下就发脑震荡。没有谁想着自己创意的各类开发区是不是符合当地的实情民意。"[①] 正是有了这样的思考,作者们才在作品的结尾为我们添抹了更多的亮色和指示出了更多的希望(城堡最后被打开了)。冯积岐的《村子》写了关中西部一个叫作松陵村的地方在农村改革后20年的历史境况,一个叫祝永达的被摘了地主帽的年轻人翻身、奋斗、失败、再奋斗,也许他终于明白了这场改革

---

① 王建林:《风骚的唐白河》,长江文艺出版社2005年版,第187页。

>> 叙事的嬗变与转型

到底是怎么回事,所以才能最终回到自己的乡村承担起最后的重任。虽然这20年间农村的剧烈变化不见刀光剑影、你死我活,但生活方式、情感方式、文化心理、价值观和世界观的变化却更为深刻和具有穿透力。作者说:"一次改革就是一次割尾巴,每动一次刀子就要受一次疼痛。他们一次又一次处于无奈、迷茫、痛苦之中。他们不再为贫穷而煎熬却难以忍受自尊和尊严的被剥夺,于是就挣扎,就反抗,乃至失态。"① 作者不仅要真实地再现这样一个历史过程,而且还通过老支书田广荣在因有权了就有钱了之后带领族人修建祠堂,跪拜祖先这种场景和情节的描写,来反思农民深层的文化心理问题,他提出的问题是:是不是当我们的农民在物质上财富上实现了现代化就一定会在精神上走上现代化的道路?这种诘问实际上贯穿了中国自20世纪初以来关于农民、农村、农业问题的最根本的问题。

新农村的写作者并不单纯地将自己的视角局囿在自己所关注的农村,他们没有忽略农村的变化不仅是自己的暗潮涌动,而更多的还在于来自四面八方的催生,他们看到了农民"奔走在土地与市场半路上"(关仁山语)的精神状态,由此展示了乡村生活的厚度和广度。在《风骚的唐白河》中,通过宋长河联系起了土改运动、通过铁金凤联系起了唐妈祁贞渝、通过唐妈联系起了过去的历史革命和省市的高层领导、通过一个村子联系到一个镇子,然后再通过这个镇子联系到县、市,于是一个立体的中国历史和现实存在就矗立在人们的面前。祁星镇的宋槐营村既是所有的联系的出发点也是最后的归宿点,一个庞大的历史体系就这样通过一个小小的宋槐营建立起来了。阅读这样的作品,我们不仅感觉到沉重,更感觉到的是厚重。概括地说,在《天高地厚》《村子》《湖光山色》和《歇马山庄》这些作品中,大都表现农村的历史与现实、农民的进城和回乡、乡镇企业的疯长与速败、土地的转换与消失。每一个问题都是致命的,根本性的。在这些模式中,每一种状况的出现都是改革开放以来农村与城市、农民与工人、农业与工业相互冲撞、对立、追逐、融合的结果,农民的惶恐与挣扎、痛苦与喜悦,未必就不是城市改革中所出现的问题的对应。所以,在一定意义上来说,它既是农村的,也是城市的。

就这些作品的整体写作风格和追求而言,很容易让人想起茅盾的《子夜》。《子夜》就是通过一个上层社会的小小沙龙,串联起当时社会的

---

① 冯积岐:《展示村子的真实面目》,《长篇小说选刊》2007年第5期。

第六章 乡土世界的深度裂变

各色人物、各个层面和整个中国社会。这种史诗性追求一直成为中国当代文学的重要传统。在 20 世纪五六十年代所出现的一些诸如《三里湾》《创业史》《山乡巨变》《金光大道》，甚至更早的《太阳照在桑干河上》《暴风骤雨》等都是具有划时代意义的经典性作品，它们得以流传和影响深远就在于它们都具有一种表达和把握历史过程、历史本质的冲动。20 世纪 80 年代以来，农村题材的作品层出不穷，艺术成就相对较高的作品也偶有呈现，但进入到 90 年代以后，农村的苦难和变故也带来了乡村叙事的破碎，写作者们大都顺从了这种无奈的现实。尽管作家们一再在作品中表现他们的愤怒，但已经没有激情和呼唤，缺少了正义。以农村改革为中心，通过深刻的反思和历史的警醒去总结、概括、发掘和评估这二三十年的中国农村、农民和农业历史并试图指出发展方向的乡村叙事还是在新世纪之后才出现的。这些新出现的作品未必都是成功的，有的还存在着明显的艺术缺欠，但笔者宁愿相信这些写作不是出自作家的文学冲动，而是出于作家的历史责任。

《农民帝国》在这方面具有典型意义。这是一部拥有 50 万字长度的农村题材小说，作者的意图是要描写蕴含着农业文明形态下的乡村和农民在面对着纷繁变幻的现代化进程时的反应，有点对近代农村尤其是近几十年来中国农村改革发展经验和教训做一次分析的意味。主人公是郭家店农民郭存先，他几乎没有受过什么教育，但头脑灵活、思维敏捷，敢想敢干、敢作敢当，有勇气，不惜力。不管是在"大跃进"时期，还是在三年自然灾害时期以及在此后农村历次政治运动中，他都靠着自己的聪明渡过一次又一次的劫波。他有手艺，不甘于贫穷，拎着板斧，走街串巷给人砍（做）棺材，不仅给自己砍来钱财、砍来媳妇，还给郭家店砍来富裕。更重要的是，他为自己砍来了机会、砍来了施展自己才能的空间。从他被任命为大队长、村党支部书记时起，他就没把自己的目光盯在那点紧巴巴的土地上。他开办副食品加工店、办砖厂、组建建筑队以及后来的钢铁厂和各种企业，在农村改革开放的大潮中迅速发家致富，成了著名的农民企业家、改革家，成了全国人大代表。在名声越来越大、利润越来越多、气势越来越宏伟的过程中，郭存先愈发认识到了权、钱、物的重要作用。他不仅善于此道，而且在权、钱、物之间互为强化，只涨不消，于是他自我膨胀到了极限，成了老爷子、土皇帝，市级以下的领导已经不在他的眼中，只有副部级以上的干部他才出面接待。他以自己的农民身份为炫耀，

>> 叙事的嬗变与转型

逐渐建立起一个庞大的农民帝国。在这样一个帝国中，他任意挥霍、恣意妄为，草菅人命，甚至公然组织自己的武装和政府对抗、和法律对抗。可以想见，这样的"农民帝国"不陷落才怪呢！这大概也是作者蒋子龙想谆谆告诫的：企业家不要做帝国梦。在工业题材的写作中，这方面的教训还没来得及总结，这回他直接将其移用到了农民身上。实事求是地说，这种帝国梦也许在真正的工业领域中还不容易发生，而受文化身份制约的农民做这种梦的概率就会更大一些。

《吕氏春秋》上说："古先圣王之所以导其民者，先务于农。民农则朴，朴则易用，易用则边境安、主位尊；民舍本而事末，则好智，好智则多诈，多诈则巧法令，以是为非，以非为是。"按照今天的逻辑来解释，这段话是说农民的根本任务是在务农，这样则可使他们质朴而易于管理，国家安定、尊卑有序，上到政治伦理，下到家庭伦理和乡村伦理都不会被破坏。相反，如果舍本逐末，把他们变成商人，就会变得聪明诡诈，善于利用时势为自己服务，常常钻法律的空子，混淆是非，这样往往可能会害了农民。这是蒋子龙在《农民帝国》中所引用的一段话。这段话引用的背景是：大化市委书记高敬奇紧急召开常委会决定抓捕农民帝国的土皇帝郭存先。高敬奇还从《盐铁论》中找到了依据。他认为，郭存先的人生轨迹印证了古人的论断，一个聪明能干的农民，随着财富的积累越来越多，金钱的光芒越来越大，大过了郭存先作为农民原有的朴实色彩，也遮住了他最初想脱贫致富的理想和真诚，一步步走向犯罪……可惜又可恶。看来，这位市委书记还是善于从历史出发来总结经验教训的。中国农民似乎有某种命定的东西，有走不出的历史怪圈。历史上农民革命鲜有最终成功者就是铁证：陈胜的帝国梦破灭了，李自成的帝国梦破灭了，洪秀全的帝国梦也破灭了。这种结局不是失败在身体的力量、物质的力量、权力的力量，而是失败在眼界的力量和对历史继承的力量上。也就是说，他们的每一次失败都是源于过分狭隘、自私和对帝王传家、天下一身信念的崇拜上。相对于历史上的农民革命，像今天的以郭存先为代表的这些农民企业家的异军突起就是对贫穷、落后、愚昧的革命、起义和造反。如果没有某种自觉的、强有力的保证，就容易走回历史当中去，成了历史循环的牺牲品、填充物。

《农民帝国》是蒋子龙孕育了11年的产物。这期间，他从工业题材的写作转向农村、农民，做了无数的调查，分析了众多案例。他认识到，

第六章　乡土世界的深度裂变

思想力量的缺乏造成了我们的农民或者企业家这种帝国式的悲剧。作者先把郭存先写成一个敢于开拓的实干家、企业家，后来又从一个农民思想家的角度来考量他，甚至希望他是一个农民思想家就好了。比如，当郭存先锒铛入狱、身陷囹圄后，他和提审他的公安干警伍烈，尤其是陈康之间的对话，完全进入到一种哲学层次，甚至还有某种玄思的东西。作者期望通过这些能使农民企业家们获得思想的力量。很显然，这超越了郭存先的时代，也超越了郭存先的能力。也就是说，蒋子龙的这种努力并没有成功，反倒违反了郭存先的性格逻辑。说到底，郭存先是靠着板斧打天下的，历史眼光和文化身份的局限使他即使在面临着现代化农业进程时仍然一如既往地相信板斧给他带来的神话。砍棺材时他要手持板斧，在与大化钢厂对峙时他怀揣板斧，在与政府对抗时虽然手下人的工具换了，但也仍然是板斧的变种。这些已经离思想家的距离越来越远了，我们对他还有什么期望呢？我们唯一希望的是，自此之后郭家店能够引以为戒，中国的农村改革也能引以为戒。

《湖光山色》值得我们详细讨论。这部小说因为获得茅盾文学奖而被关注，不过茅盾文学奖也因此而遭质疑。这部小说讲述了一个很简单的故事，楚王庄高中毕业生暖暖从城里打工回家后面对的是落后、残败、散落的家乡。她大胆地与穷困潦倒的恋人旷开田闪电式结婚，把生米做成熟饭，就是为了躲避村主任詹时磴类似"逼婚"式的纠缠，但这也为她埋下了不幸的种子。她两次悲愤地献身给詹时磴，一是为了解救遭陷害的丈夫，二是要扩大自己的"楚地居"的经营面积。从这里，我们看到性和权力的关系真是无处不在。后来暖暖和城里的公司合作建立了大型的娱乐山庄"赏心苑"，那里面轻歌曼舞的消费和赏心悦目的享受一下子就击溃了有着几千年文化传统的乡村。已经靠着一种非正常手段击败詹时磴而当上村主任的旷开田却乐此不疲，穿上了詹时磴的"旧鞋"，并和詹时磴一样可恶、堕落。暖暖因此和旷开田离婚，并再次和以旷开田为代表的新乡村势力、以薛传新为代表的所谓的现代文明进行了斗争，虽然屡遭打击，但最终取得了胜利。作者的目的是，要用暖暖的勇气和精神唤回传统的乡村正义，把暖暖塑造成一个现代乡村的拯救者。有意思的是，在展现现代乡村被污染腐化这一变迁的时候，作者仍然采用的是性的视角进入的，好像只有性才能使乡村堕落，或者说乡村的堕落首先表现在性的堕落上。比如，村里姑娘为了钱进到"赏心苑"从事按摩，麻老四得了性病，旷开田与几个女人有染，等等。

周大新把暖暖作为自己理想中的人物，并试图以此来解决农村的现存问题。暖暖所处的时代和环境都是破碎的，城市文化和乡村文化产生剧烈冲突，商品经济的涌入腐蚀了旧有道德观念并在很大程度上改变了乡村秩序，土地也随着城市化进程的加快而不断流失和消逝，无限膨胀的欲望使人异化和自我分离，这些都在根本上改变了农民的生存状态。暖暖的欲望是从进城打工开始的，回乡后创办"楚地居"和"赏心苑"都是这种欲望的进一步延伸和扩大。这种改变自身生存现状的欲求终于也燃烧了乡村。她在这种燃烧中看到了乡村可怕的未来，于是她去阻止、反抗和奋斗，并在屈辱中取得胜利。

作者为这个故事的发生设置了一个较为复杂的环境，所以简单的故事就有了某种文化意义。故事的地点是在楚王庄，这里有着深厚的传统文化背景。一般来说，传统文化，不管这种文化发生或者建立于何时，它总是和现代文明相对立的，尤其是当它遭遇到来自现代工业文明或者商业文明冲击的时候，传统文化往往成为拯救和自我保护的有力工具。传统乡村的美好伦理道德和正义秩序就是建立在这一点上的。但是楚长城作为旅游景点的开发以及以此为中心所开发的其他一些旅游项目却打破了这一思维方式。随着城里来的考古学家谭老伯对楚王赘故事的不断演义，我们看到了楚王赘的专横跋扈和骄奢淫逸是如何被现代文明重新复活和演绎的，这在詹时磴和旷开田身上有着非常明显的表现。这不能不使我们对用传统文化来矫正城市化的弊端产生怀疑，小说中多次出现凌岩寺天心师父放生时所讲的一些话，这除了有破除欲望和消解仇恨寓意之外，是不是也有对这一问题的另外深思？

不过作者的写作视阈仍然是有限的，整个故事没有脱离善恶因循、环环相报的老路子，通篇使用了五行之说建立章节不知是否和此有关。暖暖从第一次被詹时磴侮辱时起就有憎恨和报复的心理，而后愈加强烈。中间虽然经过天心师父的点化和自己的反思产生了新的认识，但并没有改变善恶相报的结果。詹时磴一再作恶，遭到报应，得了脑血栓丧失了各种能力而死去；旷开田也一再堕落在暖暖反复拯救无效后被警察带走。在这里，暖暖的正义不是靠自身力量获得的，她的抗争在很大程度上来说也是无力的，因此她只好通过与天心师父的对话借助天谴的力量来实现自我完善和对乡村的拯救。在暖暖身上虽然寄予了作者的理想，但这个形象是不成功的。她善良、坚忍、勤劳，但她的行事方式、心机等方面并不能令人满意，尤其是最初创业时的心态和行为并没有体现出作为理想的乡村女性拯救者的质朴、善良和伟大的心胸。旷开田这个人物的成长逻辑也是令人怀疑的，这都使人对作品产生了不真实感。

这种快意的叙述显然忽略了中国乡村在剧变中的更为复杂的因素。表面上看起来通过暖暖的一系列不幸的遭遇和屈辱使作品有了一种沉重感，但它并不厚重。农村在市场经济面前所遭遇到的苦难、所面临的窘迫和城市化所带来的压抑并没有表现出来，也就是说关于在这样一个转型过程中，人和土地的关系、人和人的关系、人和文化的关系、农村和城市的关系等方面作者都没有投入太多的思考。每个人物的行动目的和事件的指向都过于单一，缺少乡村日常生活经验复杂性和多变性，所以多少就有了一些传奇色彩，这一点与阎连科的《受活》式的荒诞现实主义和贾平凹的《秦腔》式的写实主义都产生了很大的距离。

综上所述，我们已经看到问题的症结和根源。当下农村题材的写作已经出现了困境，乡土不仅越来越难写，而且也越来越远离了我们原有的知识和经验。现在写农村如果不牵涉到城市是不可能的，乡土文化已经为城市文明所改造，甚至面目全非。或许，在某一个时候，乡土作为文学表达的对象也像土地一样消失了。在这种背景下，新农村题材的史诗性、英雄式的写作就呈现出一种怀念性的色彩，也表达了一种正义拯救的渴望。它的意义是非同一般的。

第七章 工业生活的深度植入与难度

第一节 题材的终结与生活的难度

新世纪以来，文学观念的变化几乎颠覆了十几二十年前我们对文学的想象，似乎本质主义的文学观念已经不存在了。文学边界的不断扩大使文学始终处于一种游移变化当中，同时电子媒体的深度介入和各种资讯迎面涌来，也让文学研究者始终处在一种尴尬和焦虑状态。我们常常面对的问题是，当一种文本或者问题出现的时候，研究者首先判断的不是它的文学艺术价值，而是要看它是不是文学，是一种什么样的文学。比如，早年的学者散文或文化散文曾经让我们惊异，网络文学和手机文学也让我们震惊，梨花体诗歌的出现更让我们瞠目。文学边界的不断扩大在不断地修正着文学标准和文学评价的尺度，这种愈演愈烈的趋势似乎还在继续，从文体到字词都在不断地检验着传统的阅读者和评价者。这些还仅仅是一个方面，问题的另一个方面还在于，以题材为标准或者尺度划分文学的方法已经不能清晰地说明我们所需要的对写作材料和对象的命名。这不仅是因为"题材"作为一种历史阶段性的创作观念在逐渐淡出人们的视野，还在于当今的文学创作，尤其是面向现实的文学创作在使用材料和书写对象上越来越走向综合性，也即多种生活空间在不断地交织渗透中无限扩大，单一的"题材"命名难以应对复杂多变的生活。比如，评论或者阅读《秦腔》，其中关于市场经济与土地之间的紧张关系是不能够完全以农村题材之说来涵盖，况且作者本身的着意点也不在于此，他表达的是一种对大地精神和传统精神的坚守。蒋子龙的《农民帝国》，完全具有了资本原始积累的过程和意义，这个农民帝国的覆灭很大程度上是因为市场化和工业化的原因，它既表现了农业生活，但也更是对工业生活的描述。写农民，但不是写乡村；写工业，又不是传统意义上的工厂。它是作者对近30年中国现代化进程中某种逻辑关系的揭示。张炜的《刺猬歌》通过描写现代化工商业对乡村自然主义的蚕食，来表达寻找和坚守精神家园的立场。像这样的作品，其所表现的生活已不再局限在某种单一层面，或者说任何单一的"题材"命名都不能与之对应起来，甚至还会因为对"题材"的关注而导致其阐释空间的丧失。

一 从题材到生活

当下中国社会的城市化、市场化过程，既是一个弥合城乡差别、促进城乡一体化的实体过程，又是一个城乡内在情感分离的过程。说它是实体过程是着眼于它的物质外壳。很长时间以来，我们现代化追求的过程正是这样展示的，似乎以为这就是现代化、现代性。但由于这个过程的生硬和粗糙，它完全忽视或者放弃了这一过程对人的内在情感的冲击和必要的抚慰。在这种前提下，一个作家仅仅是单独地面向一个领域是不足以表达这种悖论和冲突的，因此反映在创作上，必然夹杂着或裹挟着多种生活领域和空间。这些空间有的是共时存在，比如贾平凹的《高兴》、刘震云的《我叫刘跃进》等，这样的写作大都冠以"底层"之名。有的是历时性延伸，比如于晓威的《我在你身边》，讲述一个逃亡的故事，是农村向城里的逃亡，不是为生计，而是为情感。这种立意和许多所谓底层写作是有区别的。阎连科的《风雅颂》也属此类，只不过他不是写底层和普通人，而是写知识分子。

在过去的几十年中，我们非常习惯以题材分类的方式来划分文学疆域，并以此确定孰重孰轻，孰好孰坏，甚至这种观念对现在的创作还有深刻的影响。因为，在中国当代文学传统语境中，对题材的要求和划分，不仅要反映某一群体的生存现状、表达对文学平衡发展的渴望，更是一种现实的意识形态的要求。对题材的选择和使用，是检验作家与现实的关系、对现实生活的态度、处理现实的能力以及能否承担社会责任和义务的重要尺度，同时也暗含着对文学教育功能、政治功能的强烈追求。可以说，长期以来，甚至自延安文学以来，特别是十七年文学中，题材一度被我们神圣化。当这种神圣化了的题材被用于文学创作之后，好像题材本身也就具有了审美价值和文学意义。实际上，在笔者看来，题材本身是没有审美价值和文学意义的，一些经典的文学理论著作也没有这样的认识和阐发。题材审美价值和文学意义的生成有赖于写作者对它的组织和演绎。题材本身的意义在于它的政治性和社会性。比如，曾经强调的工农兵题材和所谓的重大题材，无不是着眼于文学为政治服务这一宗旨。正是因为有这样的属性，在特定的观念中人们才更加看重它是如何被组织进文学当中的。但题材是扁平的，是刻板的，是静止的，所以当它被组织进叙事中的时候，它仍然显得生硬，成了政治性和社会性的模块。特别是题材在命名上忽略了人的存在，或者把人转化为物质材料，这在一定程度上背离了"文学是人学"的本体意义。

更进一步来看，所谓的题材仅仅是使文学叙事具有了物质属性，它为文学作品表达人与人的关系、人与社会的关系，它为释放人的内心情感、展示人的复杂性和深刻性提供了一种工具。当它作为工具的时候，它构成了人物行动的外在动力，而对人的行动的内在动力的触及并不深刻。比如，20世纪80年代初的文学创作的文学史意义已经一而再，再而三地为人们所阐释和确定，甚至在程光炜先生看来，80年代的文学已经是作为一种文学方法而存在了[①]。那曾经是一个高度重视题材的时代，比如农村题材、工业题材、知识分子题材、历史题材等，每一种题材都有其独特的意义，由此造就了80年代文学在政治文化生活中的核心地位。但客观地说，这种题材的独特意义首先是来自文学以外的。陈奂生被读者熟知、乔光朴被文学史记住，不是因为题材本身，他们地位的形成主要源于政治学、社会学对他们的确认，而其文学意义只能在对文学的整体评估基础上才能完成。也就是说，新时期文学的文学价值的确认，既有赖于对十七年文学、"文化大革命"文学的认识，也有赖于对先锋文学、寻根文学等的考量。其实这也是程光炜先生在讨论新时期文学起源性问题时所注意到的。对文学意义的评估，在于我们对人与文学之间的关系有一种通约性要求，或者是对人类的生存和生活有一种通约性要求，而不是在于题材本身。比如，反映国民性问题，我们既可以用知识分子形象来阐释，也可以用农民形象来完成，更可以用工人形象来完成。所以，题材问题对于反映国民性这个主题的意义并不大。实际上，笔者以为，新时期文学在重视题材问题的同时，也在开始淡化这一观念。熟悉这段文学史的人都知道，在80年代前期，文学史对文学现象的命名先是采用了伤痕文学、反思文学

---

① 参见程光炜《新时期文学的"起源性"问题》，《当代作家评论》2010年第4期。

之名，之后使用了改革文学、知青文学、军事文学等题材意图明显的命名，比如改革文学中就有农村题材、工业题材之分。后来又有先锋文学、寻根文学和新写实小说、新历史主义等。这个现象是很有意思的，它使人觉得，是否重视题材问题可以根据不同时期的历史内容和时代特征做出相应的调整，而且这种调整在一定程度上打破了文学史编写的逻辑顺序。这一方面反映了作家和文学研究者强烈介入现实的愿望，另一方面也说明了题材问题在文学创新、发展和回归过程中的"尴尬"处境，它可能或多或少地背离了当代文学传统中题材的"政治性"意义，也就使"题材"命名的存在失去了立论的基础。从这种"背离"开始，到了当下，由于文学的评判标准和价值尺度已经变化，特别是综合性生活、生存空间的出现，文学中的题材观念正在终结。

笔者想用"生活"来替代正在终结的"题材"观念（这一点在本书中未能统一）。因为生活是一个巨大的空间，是众多领域和生存属性的综合。它不仅淡化了原有题材观念中政治意识形态的主导地位，而且还弥合了题材和题材之间的裂痕和虚空，这使作家能够从生存整体性原则出发来构思自己的创作，进而表现生活的本质。同时，它又使文学充满活力，因为只有人才能构成生活的主体，于是人也就成了文学的主体。它的意义还在于，当我们把题材转化为生活的时候，还会发现，和题材的命名比较起来，生活才是圆阔的、流动的、生生不息的。[①] 它不是题材式的线条，是生存性的空间，其本身是具有审美意义的。

二　关键要有工业精神

笔者将在上述认识基础上来讨论新世纪以来工业生活长篇小说的写作。

众所周知，新世纪以来工业生活写作正在受到"威胁"，正在陷落和淹没都市、官场、历史和"战争"等诸种生活当中。比如，近十年写都

[①] 其实，林默涵在很早的时候就论述过题材和生活的关系问题，他说："有些人把一个时代的文学所表砚的社会生活的主要方面跟文学作品的题材等同起来了。他们把工农兵生活和社会主义革命、社会主义建设本身误认为是某种单一的题材，即所谓的'工业题材''农业题材'等。而今天很多作品是写工农兵生活、写社会主义革命和社会主义建设的，因此产生一种错觉，似乎现在的文学题材就只有那么几个。但是，把'题材'这个概念弄得这样宽泛的是不对的。不应当把具体作品的题材同一个时代的文学所反映的社会生活的主要方面相混淆。"参见林默涵《关于题材》，《人民文学》1959年第6期。

> 叙事的嬗变与转型

市情感的长篇小说我们可以随便列举很多，写乡村剧变、底层生活也都不乏代表作家和代表作品，但是要列举出描写工业生活的可圈可点的长篇小说则是很困难的。这里提出的一个问题是：在一个充分工业化的时代中，为什么此类创作反而不充分了呢？为了解释这一现象和解决这个矛盾，有的研究者根据蒋子龙"泛工业题材"的说法提出了"泛工业化写作"的概念，认为，"泛工业化写作"的一个重要内涵是"对现代化工业进程的关注"，"只要触及了现代工业生产与生活其中的现代人的关系的创作都可以被'泛工业化写作'这一命名所接纳"[①]。用这一命名来描述当下文学的整体状态是没有问题的，但用来描述工业生活写作就会显得力不从心。笔者以为，这一概括没有从本源上解决工业生活写作和研究当中所出现的尴尬，以及阅读和接受上的期盼。一个显而易见的问题是，近十年来，中国社会整个地被现代化的工业追求所包围和缠绕。换句话说，我们已经切切实实地进入到了工业化时代，正如笔者在上文已经指出的那样，几乎所有的面向当下中国现实的写作都或明或暗、或显或隐地表达了一种现代化工业的踪迹。所谓的底层写作是这样的，都市写作是这样的，官场小说也是这样的。若以"泛工业化写作"来命名，它甚至可以接纳了几乎所有的现实生活的创作，所以现代化或者现代性不能成为工业生活写作的一个主要的依据。换种说法，我们不能把工业化等同于现代化，并从中阐释和窥视出不属于中国的现代性。自新中国成立以来，工业化仅仅是现代化的目标之一，现代化的充分实现有赖于工业、农业、国防和科技的现代化。这一点早在1954年第一届全国人民代表大会上就提出来了。把题材和文学联姻，本身就是一种现实的意识形态需求。它来自于苏联，并在社会主义国家产生影响和形成传统，具有了自身的精神属性。在这样的前提下，我们对工业化时代中的工业生活的理解或掌握不能过于宽泛和随意。我们必须区分开工业时代中的不同生活空间对人的影响，清楚地了解工业时代中不同生活空间中人的生存状态，只有这样才能更有效地、更合目的地去讨论当下工业生活写作的得与失。

在充分工业化背景下的工业生活写作应该包括以下几个内容：首先，以产业工人为表现对象和表现主体。这些对象，既是业已存在的工人群

---

① 巫晓燕：《泛工业化写作——对现代化工业进程与当下文学创作的描述》，《当代作家评论》2010年第1期。

体,也包括正在生成的工人群体或者类工人群体。这样的指认既是根据当下的中国文学实践,也包括当下的中国社会实际。在目前中国工业领域中,那种原发性的产业工人(也包括新中国产业工人的第二代、第三代,甚至第四代)的数量正在减少,而在城市化进程中由农村流入到工厂中的新兴的工人群体占了绝大多数。这种身份的改变或者工人群体的构成,经常在众多层面改变了工厂或者企业的文化属性和工业传统,这涉及诸多角落。因此,确认表现对象就变成了一个最主要的问题,对象的不确定必然会引起写作上的暧昧。其次,这些对象主要活动在一个特定的空间当中,也就是说,他们要活动在一个工业生产性的环境当中,比如工厂、矿山、建筑工地,甚至机场、铁路等。当然,这也不是一个绝对性的尺度。如果没有一个工业属性的空间界定,那就会使工业生活变得模棱两可。空间是人的生存和生活的载体,也就是说,每一种生活都有自身的空间,空间的交织和变换实际上也就是生活的综合。最后,要表现出工业主体在工作和生活中的共同的职业气质和品性,在此可称之为"工业精神"。这种工业精神既包含了对现代化的渴望与推进,又使它体现着现代性的某种工业属性;它既具有普遍意义上的人与工业生产之间的关系的内涵,同时又具有特定的中国工业文学的传统和色彩。还应该考虑到这样的事实:中国社会正处在转型期,其显著的特征是农村城市化、城市都市化、工业发展资本化、国有企业和私营资本多轨并行,利润追求呈最大化趋势,这些都为工业叙事带来新的内涵。我们当下对工业生活写作的期盼和理解就应该是在这样一种关系中建构起来的。离开这样的关系来谈论工业生活写作容易陷入这样的境地:或者空泛无物,或者言不及义。我想,文学中的工业精神可以做这样的表述:所塑造的形象作为一个阶层的代表在其工作和生活过程中所呈现的振兴工业的敢于担当的主体姿态,扶危救困的英雄主义情怀,义无反顾的集体协作品质和在经济快速发展过程对工业本身的人文主义反思。这个界定,既包含了工业生活写作中的历史化问题,又不至于遗漏了新的现实带给我们的新思考。

第二节 类型化写作与实践性反思

根据不完全阅读和前面所界定的标准,现在能开列出的近十年来反映

叙事的嬗变与转型

工业生活的长篇小说大致有如下数种：向本贵《遍地黄金》（2001年）、楚荷《苦楝树》（2005年）、王立纯《月亮上的篝火》（2005年）、焦祖尧《飞狐》（2007年）、肖克凡《机器》（2007年）、贺晓彤《钢铁是这样炼成的》（2008年）、曹征路《问苍茫》（2008年）、张学东《超低空滑翔》（2008年）、刘庆邦《红煤》（2009年）、李铁《长门芳草》（2009年）、楚荷《工厂工会》（2009年）、王十月《无碑》（2009年）。

　　列出这样一份书单是想说明两个问题：一是从创作时间上看，在这十年的前五年，长篇工业叙事除了《遍地黄金》外，几乎没有什么收获，或者即使有也没有引起关注。这一点可以在雷达先生的研究中得到印证。他在《小说评论》杂志上开设了"长篇小说笔记"专栏，1999—2005年，凡22期，所涉作品百余部，但除了李科烈的《山还是山》与工业生活有些关系外，其余的都无涉工业生活。2007年，雷达先生又在《小说评论》上发表了《新世纪长篇小说概观》一文，长篇工业叙事也仍然未被格外提出，这一点也可以在陈晓明、孟繁华、白烨等一些研究者的相关论述中得到佐证。但在最近几年，尤其是2007年以来，反映工业生活的长篇小说创作态势逐渐好转，似乎暗示着工业生活长篇小说创作的一个新的阶段的到来。当代工业生活长篇小说的写作从20世纪中期的新传统的确立，到20世纪80年代初期的复兴，到90年代零散、稀疏的表达，再到今天的局部创新，似乎说明工业生活写作虽然不是一棵常青之树，但却有着不会干枯的须根，总会适时发芽、生长。二是从写作内容上看，在这十几部作品中，除了个别作品，几乎都是写大工厂、大矿山。这与笔者对工业生活写作的确认有关。这种确认考虑到了中国当下的现实境况，也考虑到了中国当代文学的经验。50年代和60年代的《铁水奔流》《五月的矿山》《百炼成钢》《乘风破浪》《沸腾的群山》，80年代的《乔厂长上任记》《开拓者》《三千万》《祸起萧墙》《沉重的翅膀》，再到90年代的《大厂》《车间》等，虽然这些作品中鲜有经典之作，每一个阶段的创作因时代不同而呈现出不同面貌，但作品中所表达出的工业精神还是一脉相承的。所以，本书在对近十年工业生活长篇小说的选择上也考虑到了这种因素。

一　工业生活写作的三个类型

　　这些作品可以进行如下简单的分类描述。

一是工厂史写作。主要作品有《苦楝树》《机器》《月亮上的篝火》和《长门芳草》。前三部作品分别选取了电工、保管员和厨师的视角来描述和见证新中国大工厂、大油田的发展历史和变迁过程。这种视角很有意味,一是他们都不是所在工厂、油田的主要生产力,所以他们得以以一个旁观者的角度来见证和描述,作者为他们赋予了一个相对自由的空间,脱离固定的操作台,这样人物的活动就有了充分的舞台;二是他们又都在不同的时期成为劳模,这既表明新中国在最初的工业化过程中平等的主体地位,更主要的还是表明了工业化过程中的整体协作性和每一个个体对工业化生产的深刻嵌入。比如,连保管员和厨师都可能成为工业化大机器上的螺丝钉。

这些作品写工厂史,写个人史,更是写中国工业史,三者是一个同构关系。也就是说,个人、集体和国家在根本的精神气质上是一致的。它们与以往的工业生活长篇小说创作所不同的是,始终把人作为主体,作为工业过程的基本组成内容。和西方类似的写作相比,在表现人与工业之间的关系时不是奥尼尔的《毛猿》、卡夫卡的《变形记》,去着重突出人与工业化之间的紧张关系以及在这种紧张关系下的个人悲剧。西方现代主义的诞生就是来自对工业化本身的批判。工厂史写作深刻地表达了人对工厂、对机器的依恋和依靠,这使工厂既成为人的物质家园,也成为精神家园,这可称为工业家园意识。比如,乔芳草(《长门芳草》)对绝技"直大轴"的近乎病态的珍视和由她所发动的一系列"复辟阴谋",就是那种视工厂、视技术为生命的情感体验。吴满(《苦楝树》)仅是一名普通的电工,但不普通的是,他成为电工中的技术权威。他们这样的普通工人,技术越权威,影响力越大,那么他们与工厂的依赖关系就愈发紧密,直至融为一体。离开工厂,他们便无以生存。工业家园意识在《机器》中表现得更为深刻。王金炳和牟棉花夫妻两人都是劳动模范,王金炳以仓库为家,牟棉花在生病住院后就长期以医院为家。他们的家是集体的、公共的,而唯独不是个人的。王金炳作为一个仓库保管员,把自己的全部日常生活与服从领导安排、劳动模范的身份紧密地结合在一起,把自己变成了机器上的一个零部件。从创作动机而言,既是要概括出那个时代的特征,同时也兼具了批判色彩和反思意味。作品在最后为劳动模范们建立了劳模博物馆,它既代表了留恋、怀念,也代表着终结和瞻仰。也许那就是工业精神家园的最后寄存处。博物馆这个意味深长的意象宣告了一个思想纯

> 叙事的嬗变与转型

洁、精神崇高和"以人为钉"的时代的结束。但很显然，肖克凡在《机器》中所要批判和反思的不是工业家园本身，它隐喻了个人和整个工业化社会之间的紧张、顺从和挣扎的关系，这使整个作品弥漫着现代性的气息。在《变形记》中格里高尔变成了甲虫，在《机器》中王金炳等则变成了机器。

二是转型类写作。主要表现的是在工业转型时期人和工业、工厂的关系，主要作品有《遍地黄金》《飞狐》《钢铁是这样炼成的》等。这种关于转型的主题在工厂史类写作中已经触及甚至有深刻的挖掘。比如，吴满、乔芳草、六叔、王金炳等这些劳动模范后来的命运都是由于普遍遭遇到了新时代的工厂转型问题。"工厂"能成为"史"就在于遇到了转型并开始了新的阶段，所以转型类写作是工厂史写作的局部的进一步放大和延续。《遍地黄金》讲述的是以刘竹山、伍有福为代表的老牛岭金矿的领头人在金矿陷入绝境之际，带领全体工人通过第二次创业，使矿山获得新生的故事。就表达方式而言，《飞狐》和《钢铁是这样炼成的》与《遍地黄金》都大同小异，这使这种写作成为一种类型化写作。其写作的模式和主体精神仍然是20世纪80年代改革文学的延续，甚至可以上溯到十七年时期的工业题材写作。所不同的是，改革文学中所极力批判和否定的是陈旧的观念和官僚主义作风，表达的是一种强烈的改革愿望。这在转型类写作中转变为对权力丑恶和经济腐败的痛斥、对国家工业化信念的重新呼唤和对工人主体地位的重新确立。显而易见，这类写作是缺乏自省和反思的，就文学意义而言，是最不成功的。

类型化的叙事体现在这样一种线路上：危难—拯救—振兴。危难是指国有企业在新的工业环境中所面临的危机，比如资源枯竭、产品没有市场、科技含量低、工人失业、工厂倒闭等，于是工人们产生了生存和精神的双重危机，这时需要一个强有力的人物登高一呼挽企业于即倒。像刘竹山、陈大富等都是这样的拯救者。而且有意思的是，这些拯救者都或多或少地要克服来自家庭和社会所带给他们的隐痛。拯救者出现之后，聚集涣散的人心，大刀阔斧，劈波斩浪，最后获得成功。这种具有鲜明左翼文学写作特征和理想主义色彩的叙事模式突出了英雄主义精神气质在今天的重大意义。

三是新工厂写作。使用这样的命名有三个考虑：一是这类创作大都表现的是在新的经济因素参与和掌控下的工厂、矿山等工业载体；二是新兴的工人阶层的主要来源是进城打工的农民；三是出现了在以往工业生活创作中未曾出现的或者不是主要表现内容的新矛盾、新情况。比如，底层作为新兴工人阶层的生存状况、劳资之间的矛盾以及工会在企业中的作用等。主要作品有《工厂工会》《无碑》《问苍茫》等，而其中尤以曹征路的创作最具代表性和影响力。底层的生存境况、劳资之间的矛盾以及工会在工业发展过程中的作用在以往的工业叙事中，不是一个被关注的焦点。这源于在国有企业中，工人作为主人的地位是确定的，厂方、工会与工人之间的利益是一致的，企业的矛盾在于新旧观念、权力冲突以及市场大小等方面。但是当合资、外资和私人资本出现并成为一个时期、一个区域的主要经济方式和经济实体之后，随着工人主体地位的丧失，所有的矛盾便会尖锐地显现出来。它触及并摧毁了所有的在传统工业精神基础上建立起来的工业信念，抽空了人与企业间的精神联系，而余下的仅仅是单调的谋生功能。这种"摧毁"实际上也毁灭了作家的写作动力和写作可能性。因此，能够写出这样的作品的作家都是具有可敬的勇气和强烈的责任心的。

曹征路从《那儿》开始便因那样一种道德勇气和批判精神获得巨大影响。这在他后来的《霓虹》和《问苍茫》中一如既往。他对在新兴工业中工人的主体性和工会的合法性进行了最为深刻的质疑，在很多方面已经触及了一些根本性问题，所以他的写作又常和其他底层写作一起被称为"新左翼"。比如，有人说："这篇小说（《那儿》）的特殊意义在于，作家在现实主义方向的写作中，成功地调用了'左翼文学'的思想和艺术资源。或者说，由于特定题材、特定视角、特定情感立场的选择，使小说调用的'左翼文学'资源足以支持其现实性写作，从而使小说具有了某种'新左翼文学'的特征。2008年的《问苍茫》可以说更是全方位地继承了'左翼文学'传统，不但采用了传统'左翼文学'《子夜》的'社会剖析'模式，还嫁接了'革命文学'《青春之歌》的'道路选择'模式。如果说《那儿》可以称为'工人阶级的伤痕文学'，《问苍茫》则可以称为'工人阶级的反思文学'。从《那儿》到《问苍茫》，我们可以看到'底层文学'向'新左翼文学'方向的发展和深化……"[①]"在马克思的经典表述中，无产阶级一词并非指我国传统意义上的国营企业工人，而

---

① 邵燕君：《从现实主义文学到"新左翼"文学》，《南方文坛》2009年第2期。

▶▶ 叙事的嬗变与转型

恰恰是指欧洲当时那些失去土地四处流浪的、进入大机器工业生产的、没有社会保障的'农民工'。小说《问苍茫》也正是在这个层面上,为我们真实地描绘出了一幅当代中国劳资关系的生动图景,展现了资本原始积累时期底层百姓的痛苦与无奈,它的深刻性足以震撼人心。"① 在这个意义上,曹征路的写作,既是一种对传统的回归,也是对当下工业生活的小说创作的一种超越,很有可能也代表了今后工业生活长篇小说的发展方向。楚荷在《苦楝树》之后又创作了《工厂工会》,这是一部旨在探讨国有企业在改革转轨之后工会如何发挥作用以及工人如何重新获得主人地位的小说。但因表达对象的限制,显然在深刻性上逊于《问苍茫》。而王十月的《无碑》则探讨了在新的工业主义兴起之后如何评估和把握人文精神失落的问题,他批判了在某种利益驱动下人的追求的盲目性,质疑了工业主义发展的合理性,把拯救的希望寄托在艺术上。但是,很显然王十月善良的愿望并不能弥合工业化时代生存和艺术之间越来越大的裂痕。

综观近十年来反映工业生活的长篇小说,我们以为有三点是值得注意的。一是这些创作基本能够做到以人为中心,着力表现人与工业社会、与生产过程的关系。既看到了在特定的历史、时代环境中人对机器的依赖、依存关系,也看到了工业化大生产对人的挤压和扭曲,注意到了日常生活的表达力度和工业化过程对它的渗透性干预。它通过对工人们无奈、挣扎、顺从和反抗的描写,展现了在新的生产模式和管理制度之下,在工业化思维之下人的灵魂的改变和重塑。这一点在个别表现工人日常生活的作品中表现得尤为突出。二是现实主义精神不断增强。应该说在当代工业叙事传统中,从来未曾放弃过现实主义,现实主义成为唯一合法的表达方式。近十年工业生活长篇叙事仍然一如既往。作家们既注意到了历史现实化的必要性,也注意到了现实历史化的必然性,因此他们能够对中国的工业化过程给予充分的理解。虽然有的作品充满了理想主义的憧憬,但还都能从客观真实的立场出发,不回避矛盾和躲闪冲突,能够对某些具有本质意义的问题进行质疑,显示了深刻的批判精神和为时代担当的信念。三是尤其值得注意的是,除了《工厂工会》《超低空滑翔》等作品外,其余作品都或多或少地刻意交代了一些工人和他们的管理者的农民出身问题。比如,来自农民的共和国第一代工人有王金炳、牟棉花、吴满、六叔,来自

---

① 温长青:《对中国工人阶级历史命运的深刻反思》,《名作欣赏》2010 年第 1 期。

农民的工业领导者有刘竹山、伍有福、余大中、郝明海等,至于像《无碑》《问苍茫》中的工人几乎都是来自农民。这种状况固然和中国工业发展实际有关,但也至少表明:作品中较少提及的新中国第二代、第三代工人群体并没有成为工业发展的中坚力量,在第一代工人那里所形成的工业传统和工业精神还没有得到有效的传承。同时也表明,中国的工业化远没有完成,在工业文化建立过程中,始终有农业文化相伴随和深度介入。

尽管上面对近十年工业生活长篇小说创作成绩做了某种肯定,但其整体成就不高仍是毋庸置疑的。首先,这些创作缺乏具有共性意义的生存思考。现代社会以来,人类的一个共同焦虑就是寻找家园,而家园的丧失却正是大工业所带来的刺痛,但这些作品较少有这种思考。其实文学意义上的刺痛更多指的是精神、心灵之痛,但这些作品的刺痛指向的基本上是物质的贫瘠和由此所引发的苦难,因此整体来说,格局不大,层次不高。其次是整体上缺乏批判意识和深度思考。比如:写矿山,只看到了如何采掘到更多的矿产资源,看不到资源的消耗对人类未来所造成的恶性影响;写工业化扩张,只看到了耕地上大楼拔地而起,厂房林立,看不到对土地消失的恐惧和对自然精神的向往。最后是文学形象不饱满、不丰富,类型化倾向明显,严重地影响了文学成就。

二 文学性与社会性都要考虑

反思近十年工业生活长篇小说的写作实践,特别是反思为什么这十年的创作数量少、质量不高,没有产生较有影响的作品,笔者以为既要考虑到文学性因素,但更要考虑到社会性因素。因为"文学实际上取决于或者依赖于社会背景、社会变革和发展等方面的因素。总之,文学无论如何都脱离不了下面三方面问题:作家的社会学、作品本身的社会内容以及文学对社会的影响等"[①]。

第一,创作观念转换的难度。前文已经说过,把工业生活写作作为问题提出来,是因为它在新世纪十年来的文学进程中正在受到威胁,正在陷落和淹没在都市、官场、历史和"战争"等诸种生活当中。其实还有一个因素就是要和当代文学传统相比,尽管从20世纪50年代起所谓的工业

---

① [美] 韦勒克、沃伦:《文学理论》,刘象愚等译,江苏教育出版社2005年版,第103页。

>> 叙事的嬗变与转型

题材长篇小说创作还缺乏经典性文本，但它毕竟以题材的名义产生过重大影响，也就是说工业题材的写作是在题材具有重大社会意义和政治意义前提下发生的。20 世纪 80 年代以后，中国文学面临着重大的复兴和转型。复兴是指新时期文学越过了"文化大革命"文学和十七年文学，直接接续到"五四"传统之上。尽管今天有的学者已经注意到了十七年文学对新时期文学的"起源性"问题，但至少目前还不能扭转对新时期文学的启蒙和人道主义的指认。转型是指新时期文学使用了一种新的叙事话语，建立了一种新的叙事模式，使用了很多新的理论资源。"五四"文学是中国的新文学，80 年代文学是中国的新时期文学，表面上看，它们代表了中国文学发展的两个重要阶段，但它们的精神谱系却是相同的，都是来自西方的。而西方是没有题材传统的，西方古典文学中没有，现代文学中也没有。它们的题材问题基本上都是由"主题"或者"母题模式"所取代。比如，左拉的系列长篇小说《萌芽》和《小酒馆》等、阿瑟·黑利的《汽车城》和《航空港》等小说虽然都是描写工业生活，但它们所产生的影响不在工业本身，而在其要表达的生存主题。由于这种西方传统的影响，加之苏联文学对中国文学的影响逐渐减弱，所以 80 年代中期以后，关于题材一说渐渐地淡出了人们的视野，或者并不成为评价和分析文学创作的重要内容。

从"工业题材"转换到生存主题，既能克服作家选择对象时所面临的诸种约束，同时也在不经意间改造了自当代文学以来所形成的中国经验，尤其是没有刻意突显出工业化和中国国家发展目标的内在一致性及其之间的紧密关系，没有刻意突显中国在由农业大国向工业化国家转化过程中工业的优先权。中国作家对中国的工业发展既有美好的记忆和刻骨铭心的情感，但也常有从历史深处袭来的隐痛。比如，大炼钢铁时代的工业化热情所带来的教训仍然是十分沉痛的，它对工业叙事有没有造成影响以及影响到何种程度仍然没有一个文学性的和社会学的评估。

从题材向主题转换，就文学创作而言，实际上就是作家从重视文学的物质手段向重视文学的精神内蕴的转换。这种转换常常使作家做出这样一种选择：他们不是从坚硬和刚性中去寻找文学的力量，而是从柔弱的和富有弹性的领域中去挖掘，所以我们才看到，在新世纪的文学生产中，乡土主义的、都市主义的、历史主义的以及日常生活经验的书写占有绝对优势的份额。乡土的广袤复杂、历史的神秘曲折、日常生活的缓慢慵懒为人性

第七章　工业生活的深度植入与难度

的多向度展示和裂变提供了广阔的空间。它那绵长而混沌的渗透力所描摹出来的张力曲线是车床、生产线、掘井机和手脚架所无法比拟的。

这里必须指出的一个问题是，在中国当代文学发展过程中，无论是十七年时期的工业叙事，还是新时期的工业改革文学，甚至包括20世纪90年代的现实主义冲击波，也就是说从《原动力》《乘风破浪》《百炼成钢》到《乔厂长上任记》《一个工厂秘书的日记》再到《大厂》《车间》等都是以主旋律的姿态出现和写进文学史的，这样就使所谓的"工业题材"创作形成了事实上的主流文学地位。而新时期以来，尤其是90年代以来，文学和政治关系的不断松动、文学环境的改变以及文学民主化的不断推进，在文学创作领域中造成了"矫枉过正"的局面，很多一线作家有意无意地回避了这种具有鲜明意识形态性质的"工业题材"的创作。比如，近些年来一直被出版界和媒体所追踪、热议的作家基本上都不涉猎这一领域，甚至以写大工业而著称的蒋子龙都转向写农民了。同时具有强烈官方色彩的茅盾文学奖也没有对"工业题材"的长篇小说格外垂青，除了《沉重的翅膀》外，没有鼓励过其他作品。

第二，作家介入生活的难度。改革开放30多年来，中国工业体系的变化和变迁已经众所周知。在现代化的发展理念和发展模式的指导之下，中国的工业企业通过转制、合并、引进外资和鼓励私人资本等方式迅速走上了现代化的道路。但这种道路的实现是以失业下岗为代价的。原来以主人姿态出现的充满自豪感的劳动者大都产生了一种丧失家园的感觉。这种失去家园的感觉与进城打工的农民工不同，农民工有故乡可以守望，但失业工人却无可回望。即使那些被重新组织进工厂的工人面对的也是自动化、流水线和追求经济效益的最大化。这里没有产生诗意叙事的空间。就像郑小琼的诗中所说的："有多少爱，有多少疼，多少枚铁钉／把握钉在机台，图纸，订单／早晨的露水，中午的血液／需要一枚铁钉，把加班，职业病和莫名的忧伤钉起，把打工者的日子／钉在楼群，摊开一个时代的幸与不幸……一枚枚疼痛的钉子，停留的时刻／窗外，秋天正过，有人正靠着它活着。"（《钉》）实事求是地说，郑小琼所写的还是一种低级姿态的诗歌，其社会意义远远大于文学意义。她的反思还仅仅局限在生存层面，没有达到诗歌应有的高度。但即便如此，又有多少郑小琼、王十月这样来自打工一线的作家呢？

本来，中国的工业体系在上述转型过程中所造成的人的分裂与扭曲是

叙事的嬗变与转型

最容易成为作家进行文学表达的载体。比如富士康事件，它完全有理由早就成为一个文学事件。那些跳楼者的内心一定充满了神秘莫测的东西，一定充满了恐惧和绝望。从这一事件当中也一定能够揭示出人与工业大生产之间的复杂关系。但职业作家们没有办法深入到工业大生产的内部去把握一手素材。这源于当下工业领域的封闭性与开放性之间的矛盾。比如，在上一部分笔者提到的几部面向现实的作品《遍地黄金》《飞狐》《钢铁是这样炼成的》等，大多是写大矿山、大油田，而像曹征路那样切切实实地描写现代化大工厂的则很少。因为和现代化的大工厂比起来，矿山是相对开放的、丰富的和多层面的，而大工厂则是冷漠的、狭仄的。工人们被固定在流水线上，被封闭在点线之间，这使他们自身被编入流水线当中而失去了自我。这一点早在1936年卓别林的《摩登时代》中就表现得很深刻了。另外，自动化的机器大生产，机械手取代了人的四肢，电脑记忆取代了人的技艺，生产过程不再是人的能力的自我展示和炫耀，而是一个能力被废弃的过程。比如，《长门芳草》中的乔芳草师傅，她以"奉献肉身"的精神所习得的高超技艺，在现代化的流水线当中已无用武之地，她的辉煌永远成为了历史。这种状况不仅难以产生诗意叙事，而且更为主要的是阻碍了作家与工厂之间的亲密接触。20世纪那些书写大工业的作家都有多年深入工厂、矿山体验生活的经历，而今天的流水线大都把作家们拒绝在工厂大门之外。

按照一般性理解，一个工业生活的创作呈现给我们的工业形象包括三个层面：一是决策和管理层面，它似乎掌握了企业、工厂的命运，主导着它的发展方向；二是生产过程，这个过程不仅是矿石如何被开采下来运到井上、产品如何走下流水线等，更主要的是要有人与产品之间的对话，人与机器之间的交流，还要有机器对人的控制和人对对象的克服，这应该是工业生活写作中的最精彩和最具本体意义的层面；三是工厂生活或者工人日常生活层面。当然，为了克服"车间文学"的局限，我们还经常要求这类写作应向更为广阔的社会背景上延伸，通过点与面的交织，表现复杂深刻的社会变迁与社会生活。但在现代化的工业管理中，生产与生活的功能划分是十分严格的。由于作家不能有效地面对第二个层面，不能赋予其合乎逻辑的诗意想象，所以只能在第一个层面和第三个层面着手去组织材料进行文学叙事，并以此开拓和延展写作。但这样的写作所带来的问题是，第一个层面易于流入官场小说的范畴，工厂领导层之间的正邪冲突往

第七章 工业生活的深度植入与难度

往牵涉出地方政府中的权力斗争和官场腐败,这种写法在很大程度上丧失了文学意义,就像我们通常不把官场小说看成正儿八经的文学作品一样。因为这样的小说常常只是快意地讲故事,而忽略了如何去讲故事和讲什么样的故事。上述所列举的那些面向现实的写作大多如此。而第三个层面的描写也易于混同到都市写作和新写实当中,于是工业生活本身的特定意义就被消解了。这对工业生活写作的影响是:要么因为不能描写出工业生活的核心内容而被作家自行放弃,要么因为工业生活色彩不鲜明而淹没在铺天盖地的其他创作当中。

第三,呈现生活空间的难度。实际上,当笔者把工业生活作上述三个层面分析的时候,已经注意到了它的分化和转移。计划经济条件下,中国的行业之间条块分割,界限分明,一切依指令行事。因此,既没有过分的行业纷争和利益纠葛,也没有彼此的介入和融合。事实上,这个时期的所谓的"工业题材"创作本身也是计划经济的一部分,一个作家写什么和怎么写都有其规定。所以我们可以看到这样的创作局面,从十七年时期的"工业题材"创作到20世纪80年代"工业题材"的复兴,文本本身呈现出这样一种局面:工业内部本身豪情万丈、激情澎湃,而外部则风平浪静,波澜不兴。文本本身呈现出同质同构的倾向,从十七年时期到新时期,文本中的矛盾冲突常常由"敌与我"的矛盾变换为"新与旧"的矛盾。前者是要表现在一穷二白的基础上如何建立新中国自己的工业体系,是工人阶级当家做主的自豪感和建立工业化国家的自信心,工人阶级作为领导阶级的地位得到凸显。后者在一定意义上来说仍然是这样一种逻辑,它们所歌颂的显然是普通工人中的优秀者、英雄人物。在这段时期内,作家们在把握上所遇到的困难不是写什么,而是怎样写。也就是说,"题材"的确定是不难的,难的是如何去表现这种"题材"。但近十年来,在市场经济条件下,行业之间的关系变得直接和暧昧。所谓直接,是指每一行业是另一行业的延伸和变种。所谓暧昧,是指行业之间没有界限,而且可能互相包含,比如金融业和工业之间的关系,都市和工厂的关系,打工者和工人之间的关系等,这些方面都存在着消解工业生活的暧昧性。它不仅转移作家的注意力,而且还转移这种生活本身的功能。这在打工者的形象中表现得最为明显。一个青年农民进入工厂务工,一般都是由农村进入城市,身份由农民转为工人,活动空间由田野转为工厂。作家们在对他进行描摹的时候,实际上是在描述着一种工业化的进程。但很少有人把这样的作品界定为工业生活，它被"底层写作""乡土写作"等命名分化和转移。可以说，近十年来的很多描写乡村生活的长篇小说创作中都有这种相互牵涉、互为依据的情形。为了保证中国乡村城市化过程的力度和合法化，很多工业叙事的内容都被安置在这样的进程中，并被乡土所遮蔽。这在王建林的《风骚的唐白河》、周大新的《湖光山色》、贾平凹的《秦腔》和《高兴》以及蒋子龙的《农民帝国》中都有或隐或显的描写。

近十年来，长篇小说所表现的生活多元化越来越显著，一方面几乎没有哪一个角落能够躲离文学的视野，另一方面这些角落似乎并不是孤独和静止的，它们总是被时代所裹挟。单一领域、空间的写作已经难以传达出现实生活的复杂性、关联性，这使它们相互淹没。从发展轨迹上看，十七年文学基本上奉行的是为工农兵服务的方针，因此出现了农村题材、工业题材和军事题材三分天下的局面。但今天，文学的服务对象在无限扩大的同时，也成了自娱自乐的游戏和工具，因此为时代树碑立传的使命感大打折扣。同时在工业领域，当工业化在当下生活中不再成为社会经济生活中的核心话语时，其自身的神圣性也就不存在了。于是，在中国当代文学早期语境中建立起来的工业叙事传统，随着现代化追求的不断加强和全方位展开，越来越显示出其放射性的低调姿态。这或许就成了新世纪工业生活长篇小说写作乏力的总根源。

第八章　民族身份的超越与文化救赎

第一节　文化寻思与主体性超越

民族文化的寻思，既包含了寻根文学的某些特征，同时又具有反思文学的意味，但又都有所不同。寻根文学产生于新时期中国文学急于走向世界的困境当中，它有效地演绎了"越是民族的就越是世界的"文学定律。寻根文学不仅要挖掘民族文化中优质的一面，而且更看重的是民族文化是如何对人形成制约的。韩少功的《爸爸爸》和王安忆的《小鲍庄》都属此类。但寻根文学也有纯粹的民族文化展示的意味，在充满着文化人类学色彩的描述中，体味着民族文化的落日余晖。比如，当时的京味小说便是如此。寻根文学的最大贡献在于：它使文学创作从政治审美、社会审美走向了文化审美。今天广泛流行的文化研究思潮虽然有着广泛的世界背景，但这和寻根文学似乎也不无关系。中国文化就是这样，如果没有急切的内部需求，外部的强制力量终究是有限的。民族文化寻思小说也在向后看，也在通过故事、通过特定的情境展示挖掘民族文化之根。但显然，作者的创作意图并不在于以此来探索文化的优劣好坏，进而寻找文化的出路。他的意图在于，如何在被充分现代化的某种或某些文化中安置人类飘忽不定的心灵。安置心灵其实也就是寻找人类的信仰。它考验的是人类对自己、对自然是否有所敬畏。因此，也可以说民族文化寻思小说是关于信仰和心灵、关于敬畏的小说。

我们察觉到这样一类作品呈现出同质性、异象性、相吸性的关系。在《水乳大地》之后，陆续出现了一些类似的作品，比如汉族作家姜戎的《狼图腾》、汉族作家杨志军的《藏獒》三部曲、党项族后裔作家党益民的《石羊里的西夏》、蒙古族作家冉平的《蒙古往事》、蒙古族作家千夫

> 叙事的嬗变与转型

长的《长调》、汉族作家傅查新昌的《秦尼巴克》、藏族作家江洋才让的《康巴方式》、藏族作家尼玛潘多的《紫青稞》等。2008 年，汉族作家迟子建的《额尔古纳河右岸》获得第七届茅盾文学奖，表明这类创作已经达到某种新的高度并形成创作潮流。这些作品都是用汉语书写少数民族生活，都表现出了几种共同倾向：首先，都是以宗教为依托，作者们将人的生存也就是世俗的生存置于宗教的氤氲之下，这样就使人的生存成了一种有灵魂、有信仰的生存。其次，这些作品大都对民族文化，尤其是边缘性的地域文化进行了某种深层次的原始性的挖掘，充满了宗教人类学和文化人类学的色彩。最后，历史意识鲜明。作者们能够将大跨度的文化更迭、社会变迁和个人的历史省思相结合，进而从中寻找安置人心的力量和救治人类灵魂的渠道。我们把这些小说称为民族文化寻思小说。

一 要关注现代化这件事

藏族作家阿来的长篇小说《尘埃落定》辗转四年之后于 1998 年由人民文学出版社出版并引起轰动。小说通过一个傻子的视角，描述了一个藏族土司家族在现代化进程中土崩瓦解的过程和土司作为一种封建制度的最终消亡。小说的热议视点有很多，比如独特的叙述视角、神秘而诡谲的历史、充满雪域色彩的高原风情、残忍而冷酷的权力斗争、异于常态的爱情生活以及俊朗清秀的抒情语言等。但其实，在这部小说中真正尘埃落定的却是文化上的展示与冲突。比如：传播上帝福音的查尔斯失败了；受过西方文明教育，从英国回来的姐姐不愿意留下来；新教派格鲁巴代表人物翁波意西也失败了，他从一个热心拯救心灵的使者变为麦其土司家的书记员，神权再大，也大不过麦其土司家的世俗力量；麦其土司夫人来自汉地，汉地不仅盛产美丽的女人，也能给藏区输送鸦片和枪炮；当地的济嘎活佛也在与门巴喇嘛的明争暗斗中丧失了对世俗的掌控。虽然早在几个世纪前就有西方传教士来到中国沿海和内陆传教，甚至已经深入到藏区深处，但是众所周知，中国的现代化进程从鸦片战争后才真正开始。这样看来，阿来是用鸦片这一事件将他笔下的藏地文化不自觉地置入到这一进程中。

早在阿来创作这部小说的十多年以前，藏族作家扎西达娃的《西藏，系在皮绳扣上的魂》已经关注到了"现代化"这件事。但与阿来不同的是，扎西达娃是在寻找和质疑，而阿来则是在确认和担当。2000 年，《尘埃落定》获得第五届茅盾文学奖。今天看来,在世纪之交,《尘埃落定》的获奖成了一件富有意味的事情。好像他的创作、出版和获奖就是为了等待世纪之交这个机缘,就是为了安慰人们站在世纪末的这一端而眺望下一个世纪时那种时间政治学意义上的期盼。这种期盼就是把物理时间转换为人文时间,给即将到来的新世纪注入了很多富有本质意义的内涵。它的使命就是终结过去,引导未来。在此之后的近十年时间中,那些表现少数民族历史与现实生活的长篇小说确实表现出了与以往迥然不同的特质,成为近些年来长篇小说创作中一道独特的风景,这其中当然包括阿来后来又相继创作的《空山》系列和《格萨尔王》等。

最先延续阿来这些思考的是汉族作家范稳的《水乳大地》。小说中的故事发生在藏东澜沧江大峡谷边上。几百年以来,峡谷两岸居住着藏族和纳西族人。藏人信奉藏传佛教,纳西人信奉东巴教。虽然很久以来汉人政府就已经宣布了对峡谷两岸拥有管辖权,但是实际上汉人政权远未深入。两岸人民在各自宗教信仰的支配下,按照古老的模式生活和战争。这是一个神人共治的社会,神、魔和世俗彼此纠缠,并形成宁静的常态。20世纪初西方天主教传播至此,教徒们前赴后继,他们执着而天真地渴望将十字架竖立在卡瓦格博神山之上。于是,三种宗教借助着各自的世俗力量,在大峡谷的两岸上演着一幕幕惊天动地的心灵角逐和厮杀。整个作品通过宗教生活和冲突,鲜明地表达了在现代社会中的心灵拯救意识和文化激活意识。小说使用了独特的结构来强化这一点,即它采用了时间对折的方式来讲述故事。故事的时间跨度为一个世纪,作者先讲世纪之初,然后再讲世纪末,接着讲第一个十年,然后再是20世纪90年代,以此类推,两两相对。20世纪是中国的现代化起步阶段,也是相对完成阶段。虽然藏地文化相对封闭,现代化起步较晚,但其过程和历史周期与汉地基本上是一致的。因此,这种结构安排,除了使整个作品在穿越时空上更具魔幻色彩外,更主要的是,用此结构对现代化进行了比照式的反思,尤其是对现代化进程中人的心灵家园的消失和回归进行了反思。

二 大跨度地书写民族史

民族文化寻思小说有着大跨度的历史书写,这种书写与汉族的家族小说、历史小说有着某些共同的心理取向和现实意义。如张炜的《古船》、陈忠实的《白鹿原》、王安忆的《纪实与虚构》等,希望通过对这种大时

> 叙事的嬗变与转型

代的历史变迁的描摹来展示人的命运和生存状态,以期通过艺术作品来探讨社会发展与人的自我生成之间的相互关系,进而找到某些本质性、规律性和必然性的东西。有人评价《白鹿原》说:"他以长篇小说的形式,通过对半个世纪民族生活的展示,给我们的民族写出了一部令人震撼的'秘史'。他的这部'民族秘史'不是按照某种先于存在的观念撰写出来的'正史'或别的什么,而是我们民族的精神史、心灵史、苦难史、'折腾'史、命运史。它是作家基于对我们民族命运及未来拯救的焦虑和关怀,潜入到国民生活的深处,以自己的心灵之光,所烛照出来的民族历史及国民精神的混沌之域和隐秘的角落。"[①] "可以说,陈忠实还是把白鹿原作为近现代历史嬗殖演变的一个舞台,以白、鹿两家人各自的命运发展和相互的人生纠葛,有声有色又有血有肉地揭示了蕴藏在'秘史'之中的悲怆史、隐秘心史和畸态性史,从而使作品独具丰厚的史志意蕴和鲜明的史诗风格。"[②] 这种对《白鹿原》的概括有时用在对民族文化寻思小说上虽然未必完全合适,但看待问题和切入作品的角度还是比较相契的。尤其是,当我们喜欢把"民族秘史""悲怆史"等这些定性词句加在《古船》《白鹿原》等作品上时,其实笔者以为还不如加在这些民族文化寻思小说上更为合适。比如《水乳大地》中,澜沧江边上的部族冲撞应和了澜沧江上空的神魔之战,或者反之。这种人、神、魔的相互纠结、应对和利用,充注在民族生活的细节当中,使民族史总是与神史、魔史相伴随。《额尔古纳河右岸》中,在萨满教的万物有神论的指引下,鄂温克民族的生存、发展被掩藏在光怪陆离的原始森林中,这也使这个民族的历史成了森林神祇史。其实,高山、雪域、草原和森林本身都会为生存于这里的民族带去不可预料的文化与历史想象。他们的图腾崇拜、文化创制、思维方式、民族心理和神话传说都构成了演绎"民族秘史"的主要元素,因此在这个意义上来说,这种民族历史写作才是真正的"民族秘史"写作。

就民族历史写作而言,像《尘埃落定》《水乳大地》《额尔古纳河右岸》《蒙古往事》《秦尼巴克》等作品实际上就是霍达的《穆斯林的葬礼》、张承志的《心灵史》的写作传统的延续和超越。后两部作品都是以本民族的历史发展为对象。《穆斯林的葬礼》描写了一个回族家庭在60

---

① 李建军:《一部令人震撼的民族秘史》,《小说评论》1993年第4期。
② 白烨:《史志意蕴 史诗风格》,《当代作家评论》1993年第4期。

年间的兴衰与变迁，展示了回、汉两个民族在不同信仰和文化习惯的冲撞与融合中的生存现状，同时还"包容、浓缩、透视了回族七百年间的命运沉浮，渗透了强烈的民族意识和独特的文化心理"①。《心灵史》是一幅惊心动魄的历史画卷，它描述了哲合忍耶教七代导师、数万信众在两百余年间为了捍卫自己的信仰、自由和获得心灵的解放，与清政府进行了殊死抗争，直至流血牺牲，甚至以流血为美。张承志高扬理想主义旗帜，把流血、牺牲写得荡气回肠，这使《心灵史》成为少数民族文学创作的高峰。这两部作品，一个写日常生活，写小历史，一个写宗教信仰，写大历史，共同构建了一部回族民族史。笔者所说的民族文化寻思小说正是在这一点上接合、继续了20世纪八九十年代少数民族写作的传统。《水乳大地》《空山》等都是如此，特别是《额尔古纳河右岸》。这些小说大都书写日常生活，但这些日常生活又都是在某种宗教精神的指引下才得以维持，是形下层面和形上层面的有机结合。虽然我们常说物质生活决定了精神生活，但这些小说在处理这种关系时却为我们提供了另一种认识的路径，它通过坚定信仰对物质生活的掌控挑战了我们的常识。如果说断断续续的日常生活构成了小历史的话，那么一脉相承、永不放弃的宗教信仰介入和规范了日常生活之后，便会使这种小历史变得壮阔和伟大起来。所以，在这个意义上，迟子建书写的就是鄂温克民族的大历史，阿来所书写的就是藏民族的大历史。

三 超越族群主体性

民族文化寻思小说虽然在历史格局和文化使命的担当上对《心灵史》《穆斯林的葬礼》这样的寻根小说有所接合和继承，但是必须看到，今天站在新世纪这样的视角来审视《空山》《额尔古纳河右岸》这些作品时，它们又不仅仅是接合和继承，而是实现了个人主体性的超越。

在新世纪以前的共和国文学史中，少数民族文学创作先后经历过两种写作姿态：一是20世纪五六十年代的向主流意识形态靠拢的政治主体姿态；二是20世纪八九十年代的族群主体姿态。早在共和国建立之初，为了建设和发展统一的多民族国家的文化事业，国家意识形态通过"询唤"（阿尔都塞语）的方式将少数民族文学和作家集结在自己的旗帜之下。询

---

① 高深：《回族的一曲精神赞歌》，《人民日报》1998年1月17日。

唤的方式主要包括建立作家协会制度、创办民族文学刊物、组织和培养少数民族骨干作家等。由于自左翼文学以来，我们的文学观始终强调文学的政治性问题，因此在国家意识形态询唤下被改造和成长起来的作家大都获得了政治合法性和政治正确性的出场姿态。于是，尽管这一时期中国少数民族文学创作获得空前繁荣且创作队伍不断成熟，但民族性并不鲜明，或者用鲜明的民族色彩代替了民族性。民族性强调的是在某种特定文化支配下的民族精神和民族心理。通过组织、培养的方式成长起来的作家占了这个时期少数民族作家的大多数。比如玛拉沁夫、李凖、乌兰巴干、韦其麟、绕阶巴桑等，他们的创作表现出了对主流意识形态的强烈认同和对文学一体化的趋从。虽然他们刻意描写了边疆的山水和少数民族的日常生活习俗，但那仅仅是构成文学文本的物质材料，和民族主体性、民族性没有关系。

20世纪八九十年代文学和政治关系的松动为少数民族文学发展带来了新的契机，特别是寻根文学的兴起，唤醒了在文学、文化一体化过程中沉睡在少数民族作家内心深处的文化焦虑，于是随着寻根文学的展开，少数民族作家也开始了寻找民族灵魂的旅程。

这种寻找，较早的来自扎西达娃，他的《西藏，系在皮绳扣上的魂》几乎就是那个时代族群主体意识觉醒的宣言。很多研究者只注意到了这篇小说在寻根文学中的意义，而较少注意到其对族群主体意识觉醒的意义。在此之前，扎西达娃也有一些现实主义的创作，比如《江那边》《闲人》《没有星光的夜》等，这些小说虽然立足于本民族内部，但其写作思维仍然是单一的和一体化的。这种一体化在某种程度上来说是一种封闭的缺乏自我观照式的写作，或者说也是民族国家的政治诉求式的写作。但到了《西藏，系在皮绳扣上的魂》时，民族主体的自我观照意识终于得以呈现和确认。小说中的贝塔是一位朝圣者，他带领着他的坚定的追随者琼去寻找人间净土香巴拉。他们的寻找历程经过传统与现代的转换，经历了我族与他族的交叉，最后迷失在从远处传来的在美国洛杉矶举办的第二十二届奥运会的英语广播中。小说要寻找的是人间净土香巴拉，它象征了已经消失的或者正在隐去的族群主体性。虽然这种主体性最终未能找到，但显而易见，寻找已经开始了。小说的标题刻意突出了"西藏"二字，这不仅是地域名称，更主要的是表达了某种民族归属感尤其是精神上的归属感。应该说，《西藏，系在皮绳扣上的魂》的魔幻色彩还是符合读者对这个民

第八章　民族身份的超越与文化救赎

族的想象的。按照这种思路，我们不难认识到，张承志的《心灵史》则是通过历史回溯来呈现族群主体性的，而霍达《穆斯林的葬礼》则把这种主体性的确认放置到现实的不同文化的冲突中。

一般来说，族群主体的自我观照表现在两个方面：一是民族文化和精神的确认，这种确认是在与他族文化的主动拨离中来实现的，是寻找和认同差异。它消解了一体化文学对民族特色的肤浅认识和意识形态的统领作用。二是写作主体在写作上实现向文化母体的整体回归，从文化的自我改造转换到文化的自我张扬上。也就是说，在全面认同本族文化的基础上，挖掘和弘扬本民族文化的优势。

显然，不管是政治主体姿态还是族群主体姿态，所关注的都是非个人性的，个人的主体意识没有得到有效的强调。它们都未能表达个人与文学的亲密关系，未能表达个人对世界真实而独特的看法。其带来的问题是，文学仍然没有脱离狭隘的工具性功能。整体性的或者集体性的欲求充满了意识形态色彩，压抑了个人在文化和文学中的灵动状态。因此，这不仅使小说显得呆板、凝滞，更主要的是它必然会带来某种文化或人性审视上的偏颇。比如《西藏，系在皮绳扣上的魂》，表面上看是贝塔带领琼去追寻或寻找人间净土香巴拉，但在他们背后的却是强大的民族传统文化诉求与现代化之间的对峙，是我族与他族的心灵目标的拨离。

当下，主流文化与边缘文化、汉族文化与少数民族文化、中国文化与世界文化的相互交融与渗透，使得每一个人都面临着相同的问题：要么拒绝他者文化，从而走向故步自封；要么展开积极对话与认同，从而获得参与未来文化建设的机会和权利。表面上看，这似乎与个人主体意识并无关系或相去甚远，而且拒绝也好，参与也罢，都可能是个人主体意识的独立表达。但其实质是，前者走向了族群文化主体性的回归，甚至其中还可能带有某种政治意识形态的诉求，而后者才能用一种普遍的眼光、普遍的历史感和人性指向求得个人主体意识的实现。所以，没有 20 世纪 90 年代的市场经济的兴起，我们就不能在更广阔的背景下讨论和理解近十年来少数民族生活长篇小说的个人主体性超越的问题。

新世纪以来的民族文化寻思小说虽然没有完全放弃族群主体意识，但显然，写作者们更加注意到了个人主体性在看待和挖掘少数民族传统文化、对人类精神进行整体省思的积极的超越性意义。

一方面，他们通过人类学的方式将少数民族古老文化的神秘性、地方

>> 叙事的嬗变与转型

性和自我循环、自我体悟的机制进行了全方位的展示，考察和提炼了少数民族的生存哲学和信仰意义，还原和复活了被隐匿和封闭了的边缘文化，并以此实现与主流文化、中心文化的对抗和批判。像《空山》《水乳大地》《额尔古纳河右岸》《藏獒》等作品，大都可以将它们的叙述时间分成两部分：一是过去时间，那是神、魔、人共处的时代，他们有着各自的生存法则、生存秩序、存在状态；二是现在时间，这是一个神魔消失、人类充分世俗化的时代。从作者的立意上看，显示出了用过去的时间来对抗现在时间的深刻企图。在过去的时间中，那些在今天看来远离了现代科学的古老文化，其实就是一个对人类生存进行终极探究的哲学体系。直到今天，它仍然富有生命力，尤其是能实现和满足对现代社会中普世价值消失和精神生活堕落的有效抵抗。

　　另一方面，作家们在对少数民族文化进行人类学呈现，在对原始文化和族群文化进行还原和提炼时，并不是站在族群和某种政治意识形态的立场，他们都能忠实于自己内心的真实感受，表达自己真切的、带有鲜明个人印迹的文化体认，并对其对象化世界进行个人主义式的提炼。比如《蒙古往事》中，最令人惊异的不在于其语言的唯美主义色彩和对庸俗的抒情方式的抛弃，而在于对历史人物的用心感受和对心灵交流的准确把握，特别是表现在对铁木真和他的"安答"（结拜的盟兄弟、生死之交）札木合之间关系的把握上。这种把握已经和族裔没有关系，而是纯粹的人与人的关系。作者通过建构心灵家园的方式，穿越了民族文化间的壁垒和历史长河的厚重帷幕，并以此获得人类共同的心理体验。

　　《尘埃落定》中设置了傻子二少爷的视角，一个心智不全的人，自然看待世界也是"混乱"的，以至于将死之时看不清自己的年龄。这种视角既为作者承担了某种解构历史的责任，同时也为在他的视角下所建立起来的历史提供了富有弹性的历史容积。当土司的官寨在炮火中爆炸之后，"火光、烟雾、尘埃升起来，遮去了眼前的一切"，于是一切将变得虚无。为了强化这种虚无和虚无中的想象力，作者在作品的最后借助叙述人——濒死的二少爷之口说，"血滴在地板上，是好大一汪，我在床上变冷时，血也在地板上变成了黑夜的颜色"。"黑夜的颜色"正是对虚无的确证。试想，如果没有强大的个人主体性，历史怎么能如此立体和空洞呢？

　　《额尔古纳河右岸》把一个民族的历史压缩在一个人一生中晚年的某一天当中，分为清晨、正午和黄昏三个时段。每一个时段都代表着叙述者对历史和现实某种"日影"一般的感受,充盈着温婉、和谐和淡淡的哀伤,于是历史在此变得浪漫起来。这是一种个人体验史,它有效地缝合和弥补了在"集体主义"叙述中所着意凸显的坚硬和锐利。在《康巴方式》中,"我"也就是叙述者斡玛讲述了康巴藏村的发展变迁以及人际交往、爱情等诸多琐事,在漫不经心、似有似无的叙述中呈现出了执着于内心的力量。它隐匿了传统康巴形象中的彪悍、野力的风格,而是将其收拢到内心的日常生活当中,但又能时时处处偶露"峥嵘",做某种变形和延伸。这种半遮半掩的把握方式,不仅体现出山地高原的某种文化生活的魔幻性,更主要的是符合叙述者从儿童视角和思维出发的想象姿态和某种"无能为力"的主体拼接。也就是说,叙述者一方面要独立自主地完成叙述,另一方面又要在无力完成时突然中断。比如,一个儿童视角对现代性是无力进行批判的,所以作品中对此采取了放任的态度。

说到底,"所谓个体主体意识就是个人作为主体的一种独立自主的意识"。"它既表现为主体对自身内在属性的和内在能力的内向意识,又表现为主体在实践对象化认知过程中所呈现出来的对客体的意识结构及行为操作结构。"[①] 笔者把这种纯粹的哲学性解释用于这些我所要论述的小说是要说清楚两点:一是要求写作者或者叙述者从自己的独立自主的意识出发;而不是从某种集团或者族群意识出发;二是要求写作者或者叙述者按照自己的理解去归纳和整理世界秩序并作出判断。所谓独立自主的意识,就是像阿来所说的那样:"我的方式就是用我的书,其中我要告诉的是我的独立思考与判断。我的情感就蕴藏在全部的叙述中间。"[②] 但独立自主并不是放弃共性,相反是在获得更高层级的普遍性和自由性这一前提下的独立自主。如果没有这种普遍性和自由性,独立自主也就无从谈起。也就是说,只有普遍性和自由性才能为个人主体意识提供一个强大的广阔的"场"。它使这些作家能够通过自己的创作,将少数民族文化推送到公共层面,并通过叙事、情节等手段,建立起文化间、主体间相互交流、借鉴和互渗的平台,并在公共视阈中获得身份的超越。

四 穿过文化的幕帷

我们在前面的介绍中,不断提到作家的族籍、身份和创作年代,就是

[①] 张建云:《谈个体主体意识》,《天中学刊》2006年第6期。
[②] 阿来:《大地的阶梯》,人民文学出版社2001年版,第129页。

> **叙事的嬗变与转型**

想对个人主体意识的觉醒和对政治主体意识、族群主体意识的超越做出暗示。在少数民族文学创作中，个人主体意识的觉醒是伴随着市场化的不断延伸和冲击而出现的。市场经济为我们提供了一种世界性的、全球性的文化视野和广泛交流、相互融合的文化前景。没有一个个人主体性的获得和浮现，而仍然拘囿于原来的文化身份属性，就不能适应市场经济前提下的文化发展逻辑。正如有的学者所指出的："从某种意义上讲，个体主体意识与商品经济发展互为因果。市场经济是个体精神发展的结果，而同时又是个体主体意识产生的源头。"[①] 20世纪90年代以来，市场经济的兴起逼迫着人们对文化一体化的现实做出选择。

从作家的族群身份来讲，获得"普遍的眼光、普遍的历史感和人性指向"是双向的，这就是少数民族作家对自身族籍身份的淡化和汉族作家对自己文化身份的放弃。

在近十年来的少数民族生活长篇小说作者中，阿来、冉平、党益民、江洋才让、尼玛潘多、千夫长等都是少数民族身份。但他们中的大多数已经被充分汉族化，不仅他们的语言文字、生活环境都已变化，甚至其思维习惯以及看待社会的方式等都会经常不自觉地从主流文化或者中心文化的角度出发。而一旦回到本民族的文化立场，就可能需要重新翻找和重新体认。这使他们在写作时有可能放大或者自觉地站在对自我主体充分感悟的基础上，而不是站在跨文化的立场上去挖掘文化差异和族籍身份的不同。所以，读者们可以看到，这些作家的创作，虽然有拒绝一些东西的思想倾向，但绝不是指向主流文化或者中心文化，而是指向现在的人们所普遍面对的现代化。千夫长拒绝的是对"信仰"的抛弃，阿来控诉的是"自然敬畏"的丧失。正如有的研究者所说：这些少数民族作家"常常突破'内审'或'外审'的视角，而将本民族文化置于中华文化甚至东方文化的大系中进行观察，淡化民族文化认同或者批判，而致力于哲理性的思考，关于文化与人、文化与社会、文化与民族命运的思考，对民族文化身份从事实性认同转向建构性认同"[②]。在这一点上，阿来的创作最有说服力，他有自己最为清醒的自觉的表述。对于自己的身份，阿来说："我宿命般地被创造成一个肉体和精神上的双重混血儿，正因为这个原因，我的

[①] 张建云：《谈个体主体意识》，《天中学刊》2006年第6期。
[②] 引自复旦大学罗四鸽博士论文《当代中国少数民族文学研究》第七章第一节。

第八章　民族身份的超越与文化救赎

感情就比许多同辈人要冷静一些也复杂一些。所以就比较注意不同民族文化的冲突、融会，从而产生出一种新的具有鲜明时代性，更具有强烈地域色彩的文化类型或亚文化类型。"① 笔者更看重"强烈地域色彩"这一概括，它不仅表明这种写作不是出于民族文化回归的原始动机，同时也是以"地域色彩"参与到中华性或世界性的文化构建当中。阿来进一步阐释说："我并不认为我写《尘埃落定》只体现了我们藏民族的爱与恨、生与死的观念，爱与恨、生与死的观念是全世界各民族共有的，并不是哪个民族的专利，每个民族在观念上有所区别，但绝非冰炭不容，而是有相当的共同性，这便是我们地球上生活的主体——人类。"② 其实，说到这里，我们不难明白，越是超越了自身文化身份来看待问题，就越容易看到人类文化的共同问题，也就更容易获得文化自主权，并由此上升为对个人主体性的充分显现。

从一定意义上来说，在近十年少数民族生活长篇小说创作中，汉族作家的创作可能更具有冲击力。比如《狼图腾》《藏獒》《额尔古纳河右岸》《水乳大地》《悲悯大地》《大地雅歌》等，无论是市场占有量，还是社会反响可能都比《空山》《长调》《蒙古往事》等更胜一筹。

理性地思考这一现象，其实就会发现他们的个人主体性的获得与少数民族作家相比似乎并无二致。他们同样拥有"混血文化"所带来的文化边界问题。比如，杨志军在《青海日报》做记者时，有六年的时间生活在草原上。姜戎于1967年末自愿插队到内蒙古大草原，一直生活到1978年。迟子建从小到大一直生活在大兴安岭，萨满文化和东北少数民族的生活习俗给了她深刻的影响。这些都会使他们比其他汉族作家更容易克服主流文化的强大惯性，克服所谓的中心文化所带来的优势心理。另外，不容否认的是，他们的这种文化身份的转移并不排除他们对主流文化或中心文化的失望，对现代文明的失望。范稳就说过："相同的文化背景下，我们其实已经很难有新的发现和激动，而不同的文化，则随时令我们有耳目一新之感。"③

一般来说，一个拥有汉族身份的作家对异域文化的采撷大致会经历猎

---

① 阿来：《时代的创造与赋予》，《四川文学》1997年第3期。
② 冉云飞、阿来：《通往可能之路——与藏族作家阿来谈话录》，《西南民族学院学报》（哲学社会科学版）1999年第5期。
③ 安顿：《范稳藏地之歌十年绕梁》，《北京青年报》2010年9月9日。

>> 叙事的嬗变与转型

奇、融入和提升的过程。在这个过程中，立场、视角和身份的转换完成可能会付出更多的行为上和心理上的努力。汉族作家必须首先克服本民族的文化"约束"，全身心地融入少数民族的文化血液中去，然后再经过某种人类共同性经验或感受的提炼，才能获得一种"普遍的眼光，普遍的历史感和人性指向"。也是在这个意义上，他们才能超越族群（汉族）主体意识，从而实现具有普遍特征的个人主体性。比如，范稳为了写"藏地三部曲"，先后在藏区游历了十多万公里，学会了用"藏族人的眼光"看雪山、森林、草原、湖泊和天空中的神灵。他认为，"人性中共通的东西并不会因为民族的不同而显现出不可逾越的鸿沟"[①]。他说不会因自己是汉人去写藏民的题材就会时常提醒自己的民族身份，而是一旦将进入写作状态就会完全忘掉自己的属性。他甚至对夸大民族属性表示质疑，认为藏族人和汉族人一样在担当相同的民族命运和拥有共同的记忆。范稳的这种游历和认知、认同过程是颇具代表性的，而那些一直生活在少数民族当中的作家更是如此。

一个有意思的现象是，与少数民族作家的创作比较起来，汉族身份的作家在书写异域文化时表现出了更多的艳羡姿态，对现实的批判也更激进和尖锐。少数民族作家在描写具有民族色彩的神秘仪式或习俗的时候，往往都是轻轻几笔带过，不做过多的铺陈和细节描写，但汉族作家却在这个问题上有着格外的兴奋和描摹能力。比如，同样是描写神巫作法，阿来就写得简略，不事铺陈，而范稳则是一招一式、一器一物详尽描述，迟子建则更是把萨满当作英雄一样来描写，具有很强的抒情性。所以，有时在汉族作家的作品中即使滤除了某些鲜明的民族文化因素，仍然能够看出这是对少数民族生活场景的描述；而有些少数民族作家的作品则已经充分中性化了。比如，尼玛潘多在《紫青稞》中有这样一段："一下子死了三头奶牛，这在森格村是没有过的。村里出了这么晦气的事，自然要被人七嘴八舌地议论：有人说心怀不轨就是要遭报应，说跛子仁增故意不夯实牛栓，想让奶牛到别人的地里吃草，想占小便宜却酿成了大祸。也有人说，不夯实牛栓，不定是谁的主意，人的欲望一旦膨胀，什么事都能想出来，一味责怪仁增不太厚道。也有人说是劫难就逃不过，说三道四没有任何实际意

[①] 安顿：《范稳藏地之歌十年绕梁》，《北京青年报》2010年9月9日。

义。"① 如果我们把这段话中的"森格村"和"仁增"换成汉语的名字，恐怕谁也不能确认这就是描写藏族人生活的场景和议论。这种情况的出现，或许在另外的一个层面上说明了某种急切和深刻的身份超越和文化超越的心理。

第二节 现代性的质疑与救赎

正如前面已经说过的那样，这些反映少数民族生活的长篇小说表达了写作者们对个人主体性的确认。虽然在汉族作家和少数民族作家之间还是有一些程度上和文化起点上的差别，但都是在进行一种超越文化和族籍的努力。这种努力的一个最终目的是获得人类的共性或者一种普遍性的人类认识。而且笔者也一再申明，个人主体意识的获得就是获得了创作者和创作过程的最大的自由性。于是在这里，个人主体性和人类的主体性就在某种程度上和某种层面上达到了和谐统一。那么，落实到具体的作品中，这些主体性又是如何体现的呢？那就是对现代性的反思和对人类心灵的追寻，也就是通过对人类心灵家园的找寻和确认来对现代性进行救赎。

一 它们破坏了精神生活

迄今为止，我们认为现代性和启蒙一样，是一个最为复杂和最难表述的现代词汇之一。它里面的庞杂和故弄玄虚，以及试图规范和引领当代人生活的企图总是让人觉得其面目可憎。关于现代性，周宪、许钧在他们为"现代性研究译丛"所写的总序中说："作为一个历史分期的概念，现代性标志了一种断裂或一个时期的当前性或现在性。它既是一个量的时间范畴，一个可以界划的时段，又是一个质的概念，亦即根据某种变化的特质来标识这一时段。""作为一个社会学概念，现代性总是和现代化过程密不可分，工业化、城市化、科层化、世俗化、市民社会、殖民主义、民族主义、民族国家等历史进程，就是现代化的种种指标。""作为一个心理学范畴，现代性不仅再现了一个客观的历史巨变，而且也是无数'必须绝对的现代'的男男女女对这一巨变的特定体验。这是一种时间对空间、

---

① 尼玛潘多：《紫青稞》，《长篇小说选刊》2010 年第 4 期。

>> 叙事的嬗变与转型

自我与他者、生活的可能性与危难的体验。""作为一个文化或美学概念的现代性,似乎总是与作为社会范畴的现代性处于对立之中,这就是许多西方思想家所指出的现代性的矛盾及其危机。"① 我们之所以冒着学术规范上的风险做这种长篇引述,既想说明现代性自身的复杂性,又想说明对于一个文学文本而言,我们若是单纯地从文化或审美现代性角度掘进,是不能够有效地或相对全面地反映出文本的综合性特质的。尤其是对那些从历史出发观照现实的作品而言,作者们有意无意的情境设置和细节描写,都可能带来对人类生活各个角落的深刻触及。因此,讨论这样的文学作品,我们应该在更广阔的理论视野下进行。

在文学作品中,指出"现代性的矛盾及其危机"已经是个老旧的话题。工业文明越是发达,文化传播和生产越是频繁和有力,对现代性的反思和批判就越是持久和尖锐。在文化中心主义盛行的时代,人类学家们、思想家们尤其是文学家们已经不堪忍受现代性对人的伤害。他们一方面对"一个时期的当前性或现在性"进行批判,另一方面又积极寻找能够"诗意地栖居"的家园,以救治在现代化过程中变得狂躁不已的心灵。说到底,就是面对浩浩荡荡的现代生活,作家们试图在进行尖锐的批判的同时建构起一种新的有信仰的生活。无疑,边缘文化或非中心文化自然会被他们纳入到视野之中。因为它们的边缘性、边疆性和借此得以延续久远的神秘性正可以抵抗现代文明所带来的普遍性侵袭。新世纪民族文化寻思小说显然有着这样一种强大的理性背景。它不仅可以达成阿来所说的"强烈地域色彩"的愿望和范稳所说的"随时令我有耳目一新之感",而且更主要的是,作家借此可以查看、解剖:现代性的逻辑是如何不断消弭人类文化生活的多元化生存状态,如何在这种逻辑组织之下不断膨胀人类世俗化欲望,如何在世俗化欲望催动之下使人类丧失了精神信仰和对自然的敬畏之感,进而重建人类美好的精神家园。

下面,我们还是从具体作品入手。

阿来在《尘埃落定》中通过傻子的视角审视了一个土司家族的现代化进程。汉人将鸦片输入进去,鸦片诱惑和激发了人的欲望,并由此引发部族间的战争。这种战争又催生了现代化武器的介入和更加血淋淋的杀

---

① [美]马泰·卡林内斯库:《现代性的五副面孔》,顾爱彬、李瑞华译,商务印书馆2003年版,第3页。

戮。由于人们贪图鸦片所带来的财富，不再种植粮食，以致出现粮食饥荒。为了消解这种饥荒，富有囤积能力的二少爷在南方边界开辟了市场，在促进自由贸易的同时，人的肉体也被贸易了。妓女们带来了性病并迅速在藏地传播。叙述至此，阿来在《尘埃落定》中所建构起来的对现代性的隐喻也得以完成。也许阿来并没有意识到他的这种隐喻的穿透力和尖锐性。在笔者看来，小说《尘埃落定》在关涉现代性的问题上，似乎让人认识到，现代性就是一种"性病"。它给人带来肉体狂欢的同时，也使人遭受了普遍的生理和心理上的创伤。《空山》讲述了一个村庄在新的时代语境下的历史命运。它用《随风飘散》《天火》《达瑟与达戈》《荒芜》《轻雷》五个版块（前五卷），从不同的侧面出发，呈现了机村人在不同历史时期的生存面貌和精神状态。这里既有乡村的森林开发史、狩猎史、恋爱史，也有土地流转史、改革开放史，每一种历史都是一个现代化的过程。在这一过程中，人们的物质欲望被不断地刺激和鼓励。为了买电唱机猎杀猴子，为了发财盗伐珍稀林木，为了做生意而弃置土地等，它最终使这个古老而充满神性的村庄，从形态到精神气质只保留在人的遥远的记忆中。所以，在第六卷《空山》中，阿来为机村建起了博物馆，算是对这一历史进程进行了一种空洞的没有精神内涵和活力的总结。小说的副标题为"机村的传说"的寓意就在于此。

　　阿来显然没有仅仅站在族群立场上来思考问题。他对现代性的审视具有某种普遍性。机村既是藏族人的机村，也是汉族人的机村，更是所有受到现代化侵袭的人的机村。把《尘埃落定》和《空山》放在一起可以看到，阿来描述了一个近百年的现代化历史。就像前文引周宪、许钧所记述的那样，不论是作为历史分期的概念、作为心理学范畴、作为社会学概念，还是作为文学和美学概念，都会从中得到非常好的诠释。"空山"其实也是"满山"，"空"是前现代之"空"，"满"则是现代性之"满"。

　　《额尔古纳河右岸》通过对一个鄂温克部落近百年历史的回溯，也对现代性进行了"温婉的控诉"。关于这一点，笔者已经在《挽歌从历史的密林中升起》①中作了分析。对于这一问题的认识，迟子建说："人类文明的进程，总是以一些原始生活的永久消失和民间艺术的流失作为代价的。从这点看，无论是发达的第一世界还是不太发达的第三世界，在对待

---

① 参见周景雷《挽歌从历史的密林中升起》，《当代作家评论》2005年第5期。

叙事的嬗变与转型

这个问题上,其态度是惊人的相似。好像不这样的话,就是不进步、不文明的表现,这种共性的心理定势和思维是非常可怕的。我们为了心目中理想的文明生活,对我们认为落伍的生活方式大加鞭挞。现代人就像一个执拗的园丁,要把所有的树都修剪成一个模式,其结果是,一些树因过度的修剪而枯萎和死亡。其实真正的文明是没有新旧之别的,不能说我们加快了物质生活的进程,文明也跟着日新月异了。诚然,一些古老的生活方式需要改变,但我们在付诸行动的时候,一定不要采取连根拔起、生拉硬拽的方式。我们不要以'大众'力量,把某一类人给'边缘化',并且做出要挽救人于危崖的姿态,居高临下地摆布他们。如果一支部落消失了,我希望它完全是自然的因素,而不是人为的因素。"[①] 她认为,天人合一的生活方式才是真正的文明之境。笔者以为,天人合一中的"天",不仅指称的是我们人类所面对的大自然,还应该包括在我们人类面对自然时所幻想出来的各种神灵。它为我们提供了自然的生活的秩序。

范稳的《水乳大地》是一部关于信仰和神灵的小说,或者说它是一部探讨人类精神信仰的小说。在澜沧江大峡谷两岸的小山村围绕着信仰问题所发生的矛盾和冲突,既有心灵上的,又有武力上的。曲折反复,绵延百年。先是东巴教和藏传佛教并存,接着天主教介入,然后又在政治意识形态的统领之下,一度烟消云散,再到世纪末的全部恢复。小说既表达了信仰生活多元并存、和谐相处的美好愿望,同时也对现代性对人类心灵所造成的伤害进行了指认。在这里,"上帝"既作为宗教而存在,同时也是作为隐喻而存在的。作为宗教,上帝拯救了痛苦不堪的心灵,为那些被抛弃的人建起了物质的和精神的家园。作为隐喻,上帝有着强大的西方文化的背景,传教士们把它带进中国的同时,也把西方的现代化带进了中国。其实,它隐藏了西方文化强行进入中国的最终目的。在20世纪初,它进入藏区,靠的是金钱、快枪、望远镜和机器等现代化器物。在20世纪末,当年神父家族的后人德芙娜小姐能够以"天使"的姿态回到澜沧江边的小教堂,原因是她的家族要在此建造一家合资企业。于是我们看到,现代化的物质追求是如何绑架了宗教。

从阿来的《尘埃落定》《空山》,到范稳的《水乳大地》,再到迟子

[①] 参见胡殷红《与迟子建谈新作〈额尔古纳河右岸〉》,中国作家网,http://www.chinawriter.com.cn/bk/2006-03-09/23688.html。

建的《额尔古纳河右岸》,它们都描写了一个有确定起止时间的百年历史中的民族命运和人的心灵状态,这不是一种巧合,而是有某种确定性的考量。因为它们所描写的这一个世纪正是中国现代化进程不断加快的时期,同时也是现代性诸种弊端不断显现、触及人类本能、危及精神生活底线的历史时期,更是一个对现代性进行充分的、深刻的反思的时期。作家们把批判和审视的目光投注在所谓的边缘文化或非中心文化上,投注在以文明的名义对这些文化实施改造的历史进程中,虽然他们所描写的对象是一个部落或者一个村寨,但因为有了这种批判而拥有了宏大叙事的品格。

二 一种"复魅"的努力

民族文化寻思小说并不是消极地批判或反思,而是在创作中进行了更富有诗意的追寻,并期望能够完成对现代性的救赎。

还是以范稳的创作为例。《悲悯大地》是范稳的"藏地三部曲"的第二部,与《水乳大地》不同,这部小说采用了双线比照、最后交叉的结构方法,叙述了洛桑丹增喇嘛和达波多杰各自寻找"藏三宝"的过程。达波多杰所寻找的是康巴汉子所崇敬的快刀、快枪和快马,这是一条充满快乐、勇敢和冒险精神的世俗道路。洛桑丹增所寻找的则是"佛、法、僧"三宝,这是一条充满着艰辛、苦难和虔诚的精神之路、心灵之路。在新时代来临前的一次征战中,洛桑丹增喇嘛用自己的肉身和"爱"的信念,拯救了别人的生命并获得了精神永生。直到老年,达波多杰才认识到,像洛桑丹增这样的"拯救人的心灵,救度苦难的众生,才是真正的英雄"。到了《大地雅歌》,范稳将这种主题确定为一个"爱"字,用"爱"字来解释人类生存的意义,歌唱那些不惜一切代价追求大爱和信仰的人。范稳说:"也许这个世界上还有那么一种宝贝和寻找这宝贝的一类人,它并不代表财富,也不意味着荣耀,更不会属于某一个人。它只属于人的心灵,属于一个民族的灵魂。在多数情况下,它是精神的东西,是信仰里的虔诚,是苦难中的坚韧,是伤害之后的宽恕,还是仁慈,是悲悯,是爱。这与其说是我要在藏区寻找完美和永恒的宝贝,还不如说是在寻找我自己一度迷失的心。"[①] 我注意到,范稳不论是写

[①] 范稳:《寻找人生中的宝贝》,《长篇小说选刊》2006年第4期。

> 叙事的嬗变与转型

《水乳大地》《悲悯大地》，还是《大地雅歌》，有两点是要特别提起的。一是他始终注意到了精神或者信仰与新时代之间的转换关系，也就是说他注意到了精神或者信仰与某种现代性之间的转折关系。二是在其创作的立意上，始终使用了"大地"的意象。而这一意象又是现代社会以来，无论是哲学家还是文学家始终追求和期盼的。如果没有大地，人类又如何"诗意地栖居"？

冉平的《蒙古往事》讲述了铁木真的成长与壮大的历史。在这一历史过程中，不论是从历史事实出发，还是文学性的演绎，始终伴随着世代的仇恨和残酷的屠杀。但这没妨碍冉平对这一历史的诗化处理。可以这样说，作品的一个层面表现了历史的血腥与黑暗，另一个层面又在追求着有温暖、有阳光的历史细节。所以，作者设置了札木合这个人物，作为铁木真的"安答"。他们之间即使敌对或相互征战，也能成为精神依托，互相寻求心灵慰藉。从这样的一个意义上来说，这也是一部寻找心灵的小说。尽管其故事发生在700多年前，但在人与人之间彼此缺乏信任、相互隔阂的现代社会中，仍然有着鲜明的令人感动的借鉴意义。

其实，现代性的诸种弊端并不在于现代化或现代性本身，而在于现代性所带给人的现代体验改变了人与物的关系，改变了人与自然的关系，尤其是改变了人与自己的关系。一方面，人们懂得了如何追逐和如何占有、控制，如何无所顾忌地享受现代化所带来的身心愉悦和欲望的无限满足；另一方面，又不知身处何地，在充分享受之余，感到失落和不安。

现代化社会是一个不断被虚拟化了的理性社会，借用马克斯·韦伯的概念，就是"理知化和合理化"的社会。这种"理知化和合理化"使身处现代性进程中的人形成了这样一种状态：形而下的生活获得充分的理性，形而上的生活却变得极端感性。也就是说，人们只知道在做什么，要达到什么样的目的，但不知道在终极意义上能获得什么。在马克斯·韦伯看来，今天的每一个人对于自身的生存现状并不比一个美洲印第安人或霍屯都人知道得更清楚。他说："理知化和合理化的增加，并不意味着人对他的生存现状有更多一般性的了解。它只表示，我们知道或者相信，任何时候，只要我们想了解，就能够了解；我们知道或者相信，在原则上，通过计算，我们可以支配万物。但这一切所指唯一：世界的除魅。我们再也不必像相信神灵存在的野人那样，以魔法支配神灵或向神灵祈求。取而代

第八章　民族身份的超越与文化救赎

之，是技术性的方法与计算。这就是理知化这回事的主要意义。"① 不管今天的研究者如何理解和阐释这段话，但它至少说明的一个问题就是，"技术性的方法与计算"已经取代了心灵或者灵魂的方法与计算。这就是现代化进程中所谓的"祛魅"。

也许，正是看到了现代人在"祛魅"过程中的不知所措和心无所安，所以阿来、迟子建、范稳等人才在他们的创作中开始了一项伟大的"返魅"或"复魅"工程。这也是他们对现代性进行反思和批判的一个最终目的。

---

① ［德］马克斯·韦伯：《马克斯·韦伯作品集Ⅰ·学术与政治》，广西师范大学出版社2004年版，第168页。

第九章　军垦生活与文化维度

第一节　典型文本与性别观照

新中国成立之初，针对西北边陲的实际情况，国家提出"屯垦戍边"的战略决策。20余万官兵脱下戎装，在艰苦的边疆继续参与国家的建设和保卫工作。这支屯垦戍边的队伍最初名为"中国人民解放军新疆军区生产建设兵团"，之后更名为"新疆生产建设兵团"。对这些军人来说，他们一手拿枪，一手扶犁，在没有硝烟的战场上展开新的开拓史，他们的成长与奋斗不论是在物质上还是文化上均为我们留下了丰富而宝贵的资源。兵团建设伊始曾面临两大棘手问题：一是如何在极为恶劣的自然条件下切实有效地展开农业生产活动；二是如何在人烟稀少的戈壁沙漠中解决军垦战士的婚姻问题。为解决这一难题，国家以招募女兵的名义，从山东、河南、湖南等地征召了成千上万名年轻女性，让她们参与到生产建设兵团当中。她们的到来不仅为屯垦事业增添了新的劳动力量；更主要的是，她们的加入，使得旷野荒原似的乏味生活变得活色生香，军垦生活因为有了这些女性的"调适"而更符合社会生活常态。

由于文化背景、地理环境等方面的特殊性，这一充满神秘性和想象空间的创作场域颇受作家青睐。由最初的零星书写逐渐发展到如今富有人情味和文化气息，且凝聚着作家深刻反思的良好创作态势。在20世纪80年代以前，碧野的《阳光灿烂照天山》（1959年）和邓普的《军队的女儿》（1963年）是军垦文学的代表作。两部作品基本契合了当时的时代精神，在简单明了的叙事中最大限度地强化了英雄主义色彩，充分体现出那个时代的精神风貌和审美旨趣。80年代以后，以陆天明为代表的军垦作家们再次向外界掀开了西部垦荒者的人生一角。《桑那高地的太阳》就是这一时期典型的转型之作,作家在关注边疆生活实际的同时,对以谢平为代表的一代知识分子的精神困境和命运悲剧进行了深刻思考。在这一时期,军垦文学创作开始深入挖掘人的精神气质以及心灵的成长与变化。遗憾的是,这次转型在20世纪最后20年里并没有顺利完成。到了新世纪,军垦题材在文坛上再度掀起创作热潮,人们再一次将目光集中到遥远的西北边陲以及在那里世代生活着的军民身上。除了沿袭以往军旅小说中对军人正气的刻画以外,新世纪部分作家借鉴了乡土文学的创作范式与审美经验。或者说,新世纪的军垦题材的创作实际上充分显示了作家在深度挖掘创作资源和建构军垦文化体系上的双重努力。此类作品主要有《白豆》《米香》《青树》《乌尔禾》《生命树》《老风口》《月上昆仑》等。这些小说在对军垦生活进行写实性描绘的基础之上,深入挖掘了边疆人性中的善、恶、美、丑;不仅包含了对个人、时代、民族、历史的书写与回顾,同时还包含着创作者对这段历史的深刻反思,以及由此所引发的对人类生存状态的哲学思考,可以说军垦文学以自己独特的魅力在整个新世纪文学中占据着至关重要的位置。

新世纪军垦文学的创作者大致可以分为两类:一类是根植于这块土地之上土生土长的军垦后代,他们以"亲历者"的身份参与着"西部垦荒"的历史书写。文化的"归宗"一方面节约了写作成本,另一方面也有效地避免了话语阻隔所带来的创作失真。这样的作家有董立勃、王伶、褚远亮等。第二类作家是军垦生活及军垦历史的"闯入者",如红柯、李茂信、张者等。他们以"旁观者"的视角冷静客观地阅读着军垦生活、军垦历史的过往,饱含诗意地审视着一个时代的风云际会,以及这块土地上一代又一代人的悲欢聚散。

一 他们的写作很独特

作为第一代垦荒者的后代,作家董立勃对军垦生活的方方面面都相当熟悉。在这位"垦荒生活"的亲历者眼中,整体性的物质匮乏始终是一个绕不过去的重大生存问题,尽管如此,兵团生活中却从不缺少生命的激情与活力。在这块生气勃发的土地上,一代代兵团人不甘于命运的困囿,在物欲、情欲的反复纠葛之中充分彰显了独特的人性之美。董立勃的"下野地系列"随着2003年《白豆》的问世而获得广泛关注,作品中设定的人物大多是普通士兵和下级军官,经历过一次次的战斗,他们的身份

>> 叙事的嬗变与转型

首先是区别于普通人的战士,因此人的基本需求,尤其是以性欲为主的生理需求在特殊生存状况下始终处于极度的压抑中,而压抑之下必然要寻求释放的途径,因此在从战争年代过渡到和平的垦荒戍边生活时,与情感以及宣泄性欲有关的事件便时常发生。《白豆》是董立勃的代表作,作品围绕着支边女青年白豆与马营长、杨来顺、胡铁这三个男人的婚恋问题而展开。马营长实际上是军垦生活中一种权力的象征,他拥有比其他普通兵团战士优先选择配偶的权力;杨来顺是一个负面人性的典型,为了宣泄私欲而在黑暗的田地里强奸了白豆,并不择手段地把罪名嫁祸给胡铁;胡铁是作品中光辉人性的代表,他给予了白豆最为真挚的情感,却并没能与白豆结合,最终"神秘地消失"……由此可见,作者在人物个性塑造方面力求简单明了、好坏立判。另外,作者喜欢追求简单的叙事,他期望通过简单来唤醒诗意。"从《白豆》到《清白》再到《米香》,无一例外,董立勃对语言的使用一律朴朴素素,不卖弄文采,只求达到通俗易懂、雅俗共赏的审美效果,既阳春白雪,又下里巴人,不过分雕琢,不以辞害意,不艰深,不晦涩,又不流于粗鄙浅薄,清新可爱,清丽脱俗,又和生活,和男人女人的故事息息相关。"① 总之,董立勃的一系列作品为当代文坛带来了一股清新之气,在这个人性原始化、欲望化,思想迟钝和弱化的年代里,文学的道德救赎和人性关怀是非常重要的。对于笼罩在欲望氛围里的文学书写,这种创作无疑是一种坚定、决绝的叛逆;对于生活在繁忙中的人们,这种创作更是一种停留和慰藉。

文本中的"空缺"是董立勃创作的另一个重要特点。实际上,这种"空缺"非但没有威胁到作品的完整性,反而极大地引发了读者对陌生的边疆生活的无限遐想,作品中的一些细节以"遮蔽"的方式得以显现乃至完善,进而又使整部小说都能在"空缺"中实现某种暗示。可以说,制造文学作品中的"空缺",不仅是一种基本的艺术技巧,同时也是作品区别于现实情境的关键。这种文本的"空缺"是为了拓展读者的审美想象空间,使读者能够自由地以想象的方式来体验艺术境界的欢愉。在《白豆》的结尾处,"空缺"体现在胡铁的神秘消失。胡铁回来与否,作者没有也没想试图去做进一步回答,只是为这一人物的命运和这段故事设置了一个开放性结局,读者因此可以自由地想象和品评。

---

① 刘慧:《董立勃西部系列小说的诗化叙述模式》,《文学教育》2007年第9期。

第九章　军垦生活与文化维度

董立勃是一位惯于用阴柔之笔来展现女性世界的男性作家，他所创作的小说大多沉浸在一种浓厚的女性氛围之中。在《白豆》《烈日》《清白》《米香》等众多作品中，主人公几乎都是女性。他首先以白豆、谷子、米香等谷物和谷物特征来为这些女性人物命名，让读者一开始便从名字中感受到深切的"大地"情怀和母亲般的慈爱。或者说，作者眼中的这些女性，无不带有母性的光辉。在《静静的下野地》中，了妹是来到新疆支援生产建设的女兵，白小果则是下野地的自流人员。在两人交往期间，恋人关系之中隐含着淡淡的母子之情。对于了妹来说，白小果并不是一个高大伟岸、具有男子气概的大男人，而更像一个小男孩；对于白小果来说，了妹也不像是一个能与之恋爱的娇羞顺从的女人，更像是一位甘愿付出、不求回报的母亲。

可以说，董立勃的种种创作倾向与他个人的童年成长经历不无关系，"一个人长大了想干什么，能干成什么，一定会和小时候某些经历有关，我也一样"[①]。董立勃原本出生于山东，幼年跟随父母来到新疆生产建设兵团。兵团生活的成长经历以及童年时代的生活记忆都对他日后的创作产生了巨大的影响。在他的作品中总是反复出现他成长的地方——下野地。他对"下野地"的认知不仅意味着对童年的追忆，更是对美好情感的珍藏。他无法抵挡大漠、胡杨、戈壁带给他的情感冲突，他所有的儿时记忆都在新疆生产建设兵团的农场里，他了解兵团，熟悉兵团。无论是那些来自湖南和山东等地的女兵，还是来自全国各地的知青，甚至沙漠、水库、胡杨林……都成为了他记忆的最为真实而深刻的一部分，甚至演变成他内心深处的一种情结。就这样，怀揣着成为作家的梦想，将心中历久弥新的记忆与情怀书写出来，将一种新鲜而陌生的历史和生活方式呈现给他的读者。

与董立勃的成长经历所不同的是，红柯是土生土长的关中人，大学毕业后来到新疆，在那里度过了人生中至关重要的十年。从黄土高原来到戈壁荒漠，红柯在两种截然不同的自然环境中，感受到生命个体的巨大魅力。正因为曾在新疆生活过，并深入了解过新疆，所以他对于新疆这片土地上的人和事有着自己独到的思考和见解。按照他自己的话来说就是

[①]　董立勃：《我的文学路》，《小说评论》2006年第5期。

> 叙事的嬗变与转型

"我所写的新疆绝对是文学的新疆"[①]。

如果以人物形象类型对红柯的作品进行划分，大致可分为两类，即英雄叙事和平民叙事。前者是指作家常常在其作品中表现当代英雄意志和精神风貌。他们的身份可以是农民，亦可以是军人，但他们无一例外都是参与到生产建设当中的垦荒者。在作者心中，垦荒者身上带有一种非凡的气质。他们试图征服苍凉、荒芜的戈壁，以大无畏的气魄直面痛苦与死亡，是一群平民化的英雄。比如《西去的骑手》里的马仲英。他率性而为，虽在战斗生涯中遭受失败，但其不屈不挠的意志却造就了一个个人精神世界里的英雄和胜利者。另外，平民叙事实际上又可划分为两种模式。一类是主人公对于先前的生活状态不满或是抱有遗憾，但随着时间的推移，当他们面对自然界的强大并经历一番严肃的思考后，他们的内心世界则进入了另一番天地。他们将疲惫的身心重新投入到大自然当中，怀揣着敬畏之心去重新感受生活，思索人生。《生命树》中的马燕红，遭受强奸的厄运使她一度对生活失去希望。父亲马来新将她送到农村，希望新的环境可以给予她继续生活下去的勇气和动力。农村的生活让她接触到许多来自大自然的生灵，在与它们的沟通互动中，马燕红有所顿悟，故而开启了对美好生活的向往和追求。另一类是外表冷漠，但却内心炽热的人物。他们沉醉于广阔的大自然当中，将心灵与大自然融为一体，表现出一种超然世外的生活态度。《乌尔禾》中的海力布便是这样一种人。随着兵团生产建设的不断发展，多数垦荒者逐渐搬离，选择到镇上或是城市中继续生活，只有海力布还坚持生活在原始戈壁，日夜与羊为伴，不仅不觉寂寞，反而能从这广阔而神秘的大自然中吸收灵气。

红柯坚持自己充满"雄性气质"的创作姿态，进而拒绝在作品中过多地呈现阴柔缠绵，在他的作品中男人的那份强大与霸道始终带着一种雄壮大气之美，人物亦然，景物亦是如此，这也是其特有的浪漫气质。红柯笔下的男性形象常常不与"红尘"为伍，而是与大漠浑然一体，这些男性形象大多外表冷漠，但是内心温柔、细腻。在《西去的骑手》中刻画了盛世才和马仲英两个人物形象，对他们的征战经历进行了传奇式的描写，赋予了人物"神"的色彩。红柯的英雄主义创作特色主要是在其文化环境和成长环境中形成的，这种英雄气质不仅是他创作的动力，也是他

[①] 红柯：《敬畏苍天》，上海人民出版社2002年版，第337页。

与其他消极事物对峙的反抗力量，更是他精神世界的核心。作品中反复提及的戈壁不仅仅代表着现实中的生态景观，同时也是充满蕴味和想象空间的情感投射，是一种经过心灵过滤后的诗意景象。或者说，作品中的一切生命体，都不是简单背景，而是作家在面对新疆的雄浑壮阔的自然风光时所发出的兴怀与感叹。对于红柯来说，新疆不仅是一个地域，更是他心灵的栖息之所。在这片土地上，他感悟到了真正的民族精神，他笔下的众多生灵正是西部精神的鲜活表征。比如《乌尔禾》中被神化了的"羊"，实质是为了表现与"羊"有着共同特性的"人"。红柯将作品中的人与动物建立在一种欣赏与崇拜、杀与被杀的纠结之间，人与动物通过一种超然的方式进行交流，以动物的灵性作为与人沟通的合理途径。红柯在《生命树》中描写的"生命树"便是贯穿整部小说的象征意象。"生命树"，顾名思义是一种对"生"的渴望，是对"生命"得以艰难延续下去的追求。在红柯的创作中，物可以通过玄幻的手法进行人化，而人也可以运用象征的手法进行物化，这种相互比拟的关系正是一种人与自然之间沟通互动的映射关系，人把无法实现的自我价值寄托在了象征物上。例如，在《西去的骑手》中，盛世才与狼，马仲英与马，人物的特性显现在了动物的特质上，这种象征甚至扩展到了文学语言难以到达的内在世界。

红柯的浪漫气质还体现在梦幻与诗意的叙事手法上。在他早期的诗歌创作中便已经试图创造一个充满诗意的艺术世界，之后的小说创作也同样沿用了这种诗化的写作方式，这种超越自我的率性写作制造出充满诗意的艺术真实，作家借助想象，使艺术在有限的经验中展现着无限的可能性。诗化的本质就是在一个理想的、虚无的世界中重新建造精神层面的现实世界，借助想象穿越现实与历史的鸿沟，在空间与时间之间造成一种间隔效应，这本身就会使叙事诗化。诗化创作手法不仅是能展现生命真相的艺术手段，而且为作者创造其超验世界提供了现实可行性。在《西去的骑手》中，马仲英几次的起死回生以及在海洋中的"复活"，都是红柯借助诗化的想象来赋予人物及情节浓厚的传奇色彩。

值得一提的是，红柯在他的创作构思中会自觉运用民间的道德标准来展现他对生命价值、民间尊严的敬重。相反，对于城市文明，红柯始终保持着一种敏锐的批判，在他看来城市是一个人性不断扭曲、异化的地方。在《乌尔禾》中，燕子在王卫疆与朱瑞两个男人之间最终选择了朱瑞，

> 叙事的嬗变与转型

后又舍弃朱瑞选择了白面小木匠,这样一次次的放弃与选择与她融入城市的脚步是同步的,情感在灯红酒绿的诱惑之下变得不再单纯,这让人不得不对城市生活产生警惧之心。对于城市文明以及势不可当的城市化进程的批判贯穿其创作。这种矛盾和冲突既是红柯小说创作中的哲学思考,也可能成为他的创作局限。

除了上面的两位作家之外,陆天明、王伶、褚远亮、李茂信、张者等作家在军垦文学创作上也有不俗的表现。

陆天明生于上海,青年时期为响应国家号召,参加新疆生产建设兵团。他的作品始终秉持着对"权力"的探究与注视,试图对权力规则进行细致而深入的考察,看看它们是如何异化和扭曲支边知识分子及垦荒者的身心成长与发展的,以此来展露一代人的精神轨迹与悲剧命运。陆天明的长篇小说《桑那高地的太阳》是其最重要的代表作之一。小说的主人公谢平等上海支边青年所去的桑那高地羊马河农场,以及谢平后来辗转贬谪到的骆驼圈子分场,都是由新疆生产建设兵团所组建的,都是权力控制下的地带,在荒芜的戈壁滩上,权力无处不在,所有出发点都是为了权力,依附于权力并归结于权力。在权力的实际运作当中人性中最恶劣、最卑鄙的那部分私欲得以释放并受到极大的鼓舞。

创作《化剑》的王伶是土生土长的新疆原住民。童年时期一直生活在叶尔羌河畔的农场连队里,戈壁和胡杨林一直陪伴着她成长,一批从北京押到新疆改造的右派意外打破了这个原本封闭寂静的世界,虽然这些右派在本地人眼中算是"另类",但却为王伶开辟了一个重新认识人生和世界的窗口,通过这个窗口作家常常可以窥视到为寻常人所忽视的一个个美丽瞬间。其代表作《化剑》以20世纪50年代和平解放后的新疆为创作背景,讲述了以刘铁为代表的中国人民解放军与俞天白为代表的国民党起义部队之间,由敌变友,共同化剑为犁,在这新疆戈壁上共同创建美好家园的故事。

与王伶共同创作《月上昆仑》的褚远亮同样是新疆本土作家,成长并至今仍生活在这块土地之上。《月上昆仑》讲述的是20世纪50年代,为了解决20万官兵的婚姻问题,八千鲁女远离家乡,会聚边疆,奉献青春与生命的动人故事。在这片荒原之上,鲜花一样的姑娘们为雄性世界注入了万种柔情与活力。在这一段特殊的历史时期,这些姑娘们克服并努力适应着严酷的自然环境;更在爱情、友谊和责任之间做出种种抉择。儿女情长、英雄气短……在这片荒芜的戈壁上演绎着一出出悲欢离合的故事。无情的岁月势必带走芳华，但是她们依旧坚毅地爱着这片她们曾经为之付出过爱和生命的土地，以及生活在土地上的人们。

李茂信幼年生活在西安，1969年毕业于新疆石河子大学。他所创作的《静静的胡杨林》以西安知青黎梦和上海知青别俗的爱情故事为主线，细腻地刻画出了知青移民及其后代在新疆生产建设兵团的生存体验和精神面貌。作品对生活在新疆的各族人民荣辱与共的艰苦生活进行了独特的诠释，小说中独特的民族元素非常引人注目，无论是戈壁、大漠还是湖泊、牧场，作者都巧妙地把精神诉求与美丽的自然风光融合在一起。维吾尔族有这样一句谚语："胡杨树一千年不死，一千年不倒，一千年不朽。"作家恰恰用胡杨林作为小说的名字，意在表现一种大爱，一种经历了苦难之后仍对生活始终如一的热爱之情。

作家张者1967年生于河南，父母在他两岁时便前往新疆支边，1975年张者为追随父母也来到新疆，直到1984年才返回重庆求学。其长篇小说《老风口》从命名便可知是一部描述在新疆的独特生活经历的作品。老风口位于新疆塔城的托里县，它的气候特征在新疆地区具有一定的典型意义，夏季飞沙走石，冬季漫天飞雪，自然环境相当恶劣，这是老风口能够作为新疆气候特征的代名词的重要原因之一。当然，作品的书写对象不是普通意义上的新疆自然景观和普通新疆人的生活状况，而是具有特殊意义的新疆生产建设兵团的生存实际，详细介绍了新疆生产建设兵团从产生到发展壮大的这一整体历史。

中国当代文坛曾存在着许多不同的创作流派，这些流派都拥有为数不同的拥护者与践行者。"比如说伤痕文学、反思文学和知青文学对'文革'的叙述和反思；改革文学对中国改革开放的叙述和思考；寻根文学对中国传统文化的思考与现代性审视；都市文学对城市中小市民琐碎、繁杂、卑微生活的叙述与描写；新历史主义小说对以往历史的新的认识和解读等。"[①] 这些文学流派都在全力寻找着自身创作的生长点与突破口，希望能以新的视角或新的题材来反映中国当代社会的发展状态。也正是在这种情况下，一段历史跨过时间的阻隔再次回到人们的视野中，50多年前以新疆生产建设兵团为组织形式，以建设新疆为目的的生产运动，折射出

---

① 胡沛萍：《董立勃小说的意义》，《当代文坛》2005年第6期。

>> 叙事的嬗变与转型

特殊历史时期特殊地域环境的人生百态。新世纪军垦小说创作者们紧紧抓住了这个机会，带着个人独特的创作意识，不仅带我们从文学的角度审视和体验了那段传奇历史中一个个动人的故事，而且让那些曾经历过的人们再一次看到了他们以及他们的后代在这块土地上留下的足迹。

但就整体而言，新世纪军垦小说中仍存在一定程度的模式化叙述。在董立勃的部分作品中，"如《米香》《烈日》《静静的下野地》中都有水库或渠道漏水，需要人进入水中，从漏水的水库或渠道内部堵洞这一细节"[1]，甚至在一些长篇小说中存在用短篇小说拼接而成的现象。红柯在创作中也运用了重复叙述的手法，这种重复叙述的作用主要是为了强调人物精神方面的种种困扰。这种文本的复制现象，虽然起到了反复强调、突出重点的作用，但也给读者带来了一种繁缛感，甚至容易造成一定程度的阅读疲劳之感。另外，一些作品中人物关系也被相对模式化。由于新疆生产建设兵团的生活条件和生存环境的极度恶劣，再加上兵团中男多女少性别比例严重失调的现实状况，常常出现一两个条件较好的女性被三五个男性争来抢去的现象。在这种拉锯式的较量中，心机、手腕、阴谋乃至权力无一不成为取胜的筹码。《乌尔禾》中的燕子与王卫疆和宋瑞之间的三角关系；《白豆》中白豆与胡铁、杨来顺和马营长之间的四角关系；《化剑》中薛紫苏与刘铁、俞天白和吴家耀四人的感情纠葛；等等。这些三角或多角情感关系几乎囊括了军垦小说的整个人物关系网，这虽然使小说获得了贴近现实的生活气息，但无疑也伤害了作品的质感和张力，这样的创作局限不利于此类小说的进一步发展，不利于作家对军垦生活状况和军民心灵的深入挖掘和展示。

但需要肯定的是，当创作者们在面对记忆中的新疆大地时，一颗赤子之心维系着他们刻骨铭心的记忆和无法割舍的情感，跳脱与时空的历史在小说的字里行间流露着一股股真挚的感情，让读者们充分领略到军垦生活的独特魅力，开启了人们对于真、善、美的追求与思考。确切地说，这些小说均是从异域小说的审美观念与地缘文化的特殊性角度来探究这一段历史以及参与"历史"的人们的生存状况，不仅仅丰富了中国当代文化史的生命主体，更为新世纪中国文学创作提供了丰富的资源。

---

[1] 高荣娟：《艺术升腾和人性的拷问——解读董立勃现象和他的垦荒文学》，《新疆大学学报》2005年第4期。

二 性别的境遇与力量

军垦小说与其他类型小说一样,"人"永远是作品的核心。但就这一方面来说军垦小说又与其他类型小说有着很大的区别,在一些以第一代垦荒者为描写对象的作品中,男女因政治、地理等因素的规制,他们几乎都成了"孤境"中的人,无法把握自己的命运和选择,人的本能不断鼓励和驱使着他们朝着莫名的方向去抗争……于是人与人(自己)、人与规制之间的拉锯、抗争便成了军垦小说众多主题之中最为显著的一个。

首先,女性人物的幻想与悲情是其中一个重要主题。军垦小说创作者在爱情这一母题之中看到了人性的激烈冲突,作品中虽然大量描写边疆生活中的爱情,但并没有把戏剧冲突停留在情感与相应的伦理道德上,而是对爱情、永恒、正义等命题进行了更深层次的探究。鲁女入疆、湘女入疆、上海女性入疆、知青下乡、逃荒者……在军垦题材中,这些女性的悲喜命运,一直都是军垦小说创作的重点。"她们借着一身军装从历史的客体成为历史主体,她们中的英勇战士便是在那个尚未为女性提供充分权力的历史上,以生命划出了通向未来的印迹。"[①] 在一些作品中,因为男性长久压抑的生理需求和私欲使得很多女性陷入悲惨的命运中。比如:在《白豆》中的共产党员杨来顺为了报复胡铁,在玉米地里把白豆强奸了,这一灾难给白豆的身心造成了巨大伤害;《乱草》中的革命英雄于瘸子为得到冬梅,便在沙丘后粗暴地强奸了她。军垦小说中的男性角色和力量被一定限度地夸大,女性的柔弱无力便得到凸显,我们因此而了解到男性与女性的心理差异和形象差别构成了施暴行为的前提条件,也成为了施暴的最初动因。军垦小说中的施暴者大多是对性极其渴望的成熟男性,在他们心理和生理上都需要女性的出现。比如,《白豆》中的杨来顺,《米香》中的老谢,《清白》中的国民党兵等。而与其相对应的女性形象都相对柔弱,她们大多生理成熟,心理却处于懵懂状态,在施暴行为发生时女性的体力差异使得她们的反抗毫无用处。创作者有意将女性形象物化,使其具有一定诱惑力,借此增加了暴力和悲剧发生的频率。董立勃在《白豆》中,通过三个男人的视角,成功挖掘了白豆身上用肉眼所看不到的物化美。在军垦小说中,创作者们试图营造出一个生存伦理环境,对女性施暴

[①] 孟悦、戴锦华:《浮出历史地表》,中国人民大学出版社2004年版,第135页。

不仅满足了男性的生理需要，还清醒地预知了施暴后所导致的严重后果，而这也正符合了他们施暴的生理目的和精神目的。他们期待着被自己施暴的女人可以委身嫁给自己，在军垦生活中，这种畸形的心理似乎是理所当然的。《白豆》中的杨来顺的行为就是源于这种思维方式，至少他是经过深思熟虑后才对白豆施暴的。在社会伦理中，强奸都会被视为是一种心理变态，是病态化的，而在原始社会中，强奸像抢劫一样只是一种具有社会性的犯罪行为。在军垦小说中，受现实条件所限，生活像是进入了一个怪圈，无论过程合理与否，被施暴者最终仍然要接受施暴者。生活在极度缺少女性的戈壁滩上，这些施暴者实际上也有属于自己的无可奈何，他们只是按照长期积累的畸形伦理观念和生理本能生活着，同样也是军垦生活中的弱者和受害者，因此作者对大多数的施暴者秉持着既批判又同情的双重判断。

在这些作品中，除了痛诉女性的悲惨命运的之外，作者们也试图寻找另一种人性与良知的冲突。比如，在《米香》中，米香本是一个纯真的少女，她向往美好的生活和童话式的爱情。她默默地喜欢着许明，无论许明失意之时，还是许明被人诬陷时，她都心甘情愿地陪在这个男人身边，甚至为他付出了少女之身。然而，米香的无私付出换来的却是许明的背叛，许明为了寻求更好的前途便自私地抛弃了米香。这种人性与良知的冲突，不仅毁灭了米香对爱情的憧憬，甚至摧毁了米香的整个人生。

作品中女性形象面对外在压力时的反抗行为实际上也透射着一种悲剧意味。《静静的下野地》是董立勃审美趣味上的一种反拨与回归，就像它的名字一样，这片下野地是祥和而安静的，在这里发生的故事都如同平静的水面激起的涟漪。了妹为了与命运抗争，受到强权势力的惩罚，最后又无可奈何地沦为权力的贡品。遭遇一次次的悲剧，她仍然不知觉醒，最后只能自己疯掉。了妹给人的印象是适度的反抗之后依旧选择了屈服。这里的意义似乎是消极的，但也充分表现出了在兵团生活中，女性的反抗是多么的柔弱无力，了妹最终的选择未尝不是一种无奈的选择。其实，鲁迅笔下的爱姑（《离婚》）、子君（《伤逝》）等女性形象都与了妹的命运具有一定的相似性。中国传统社会的伦理道德观念经过长期的历史沉淀已然融入每个中国人的心中，在传统社会中，女性本应该具有温顺的特质，应该处于被主宰、被支配的地位。但以爱姑、子君以及了妹为代表的普通女性，都表现出了一定程度的反抗精神，她们在各自的人生经历中，试图捍卫着自己的基本利益。正是这些女性在特殊境遇之中对生存意识的思考，对传统思想的反叛，才构成了社会进步的重要表征之一。另外，由于她们所处的文化氛围仍是以传统伦理思想为主导的，因此她们的反抗实际上处于一个十分尴尬的境地，她们表面的反抗并不能影响整个时代。爱姑、子君以及了妹都是生活在传统社会背景下的女性形象，她们在反抗的同时又不得不赞同整个伦理秩序的合理性，这正是造成她们悲剧命运的文化根源。

男性意识的异化是军垦小说的另一个重要主题。军垦小说中的男性形象在新中国成立之前，都是以军人身份出现的。新中国成立之后，为建设国家而来到边疆，化剑为犁，成为开荒种田的农民，身份的落差，难免造成心理上的变化。为解决婚姻问题，男人们本能地迷失了自己的道德标准，他们不惜一切代价，甚至使用卑劣的手段来达到目的。在众多男性形象中，以有权有势并且有头脑的居多。一方面，他们手中掌握着权力，身份地位上势必比普通人高一个层次；另一方面，他们有理想、有抱负，渴望实现自己的理想和目标。但是，内心的困境以及对异性的角逐又与所谓的高尚情操产生强烈的冲突，这使他们常常处在一种内心矛盾和扭曲的状态中。《清白》中的李南一直深爱着谷子，但为了自己的事业前途，最后抛弃了谷子，娶了场长的小姨子，谷子因此而陷入悲惨的命运之中。对权力的支配是决定人命运的本质出发点，拥有权力的人都要维护权力的不可侵犯性。《米香》中的许明因为权力否认了和米香的关系，导致米香只能选择一种消极的生活方式。军垦小说创作者借由人物的矛盾心理和悲剧命运来表达出对权力使用不当所造成的人性扭曲的憎恨和厌恶。在男性的较量和角逐之中，女性甚至一度被视为克敌制胜的法宝。有权力的男人利用权力来获得自己心爱的女人，没有权力的男人就以暴力的方式来制服女人。但是无论手段如何，这些不以情感为先的施暴者们实际上也是生活的"弱者"，由于无力反抗社会身份和政治立场的强势，弱小的女性充当了愤懑情绪和私欲的宣泄对象。《清白》中的施暴者是两个国民党兵，就政治立场而言，他们是特定时代背景下真正的弱势群体。于是，他们寻找着反抗的机会，当反抗无果之时，女性便成为了不幸的替代品，或者说，国民党残兵施暴行为正是为失去政治权力的一种畸形宣泄途径。

其实在艰苦的兵团生活中，男性的悲剧命运也同样值得关注和同情。

>> 叙事的嬗变与转型

在董立勃的《乱草》中,于瘌子是个具有复杂意义的人物形象,经历战争的洗礼,成为人们心目中的英雄。当他和战士们一起转变成军垦人后,战争岁月过渡到日常琐碎,女人的介入,使他的性格发生了分裂,人性中丑恶的一面在压抑和委屈中疯长,英雄最终沦为强奸犯。同样在董立勃创作的《烈日》中,佟队长是一个可以为私欲不择手段的人。当老胡发现他和雪儿有苟且之事后,他将老胡溺死在河中。当雪儿与吴克展开恋爱后,他又用卑劣的手段将吴克打成反革命,他的自私与卑鄙最终将雪儿和吴克逼上了绝路。然而,董立勃在创作佟队长这一人物时,又赋予他悲剧性的结局,他失去了做男人的尊严,失去了性爱的权力。妻子因此而厌弃甚至背叛他。本是一心想成为英雄的人物,最后却连最基本的男性能力都没有了,作者在讽刺佟队长的同时也在表达自己对人性的基本态度。《桑那高地的太阳》中的谢平是从上海千里迢迢来到西部边陲的知识青年,远赴西北边疆是他在梦想的激励下做出的决定,他甘愿将自己的青春献给边疆,但羊马河农场的现实状况却给了他沉重的打击。人们需要看长官脸色行事,每天忙忙碌碌实际上却是无所事事。谢平想要的生活并不是如此,他如同一匹血气方刚、拥有情感和理想的小野马,忽略别人的劝阻,一定要干出格的事,结果冲动让他付出了巨大的代价。由于犯错后被分配到骆驼圈子,遇到了对他人生影响最大的人——老爷子。老爷子作为骆驼圈子的"家长",实际上又不同程度地扼杀了谢平的创造力和朝气。这一人物的设定,意在展示兵团需要改革的迫切性及其艰难步伐。生活在骆驼圈子里的谢平,兵团生活现实已经消磨甚至是毁掉了他原有的理想与冲劲,生命依然存在且重复着无所事事的状态。此外,男性的悲剧还体现在了兄弟情谊的演绎上。例如,《暗红》的主人公是一群重视兄弟情谊的男人。小说中的人物和故事大多是来自于周五生前的讲述,描写了1939年至1989年间周五、赵六、郑七三个男人的传奇经历以及相关的历史环境。为了成全兄弟,周五可以放走叛匪赵六,可以为郑七而杀人。周五不断为兄弟而做出牺牲,最后甚至为了兄弟而选择了一条永远不能回头的绝路。周五的一生都在为兄弟两肋插刀,但是他所获得的并不是掌声和美名,而是无尽的冤屈和痛苦。

在这些作品中,兵团中的男性本身就是一个矛盾与冲突的结合体。建设兵团的战士们来到新疆为建设边疆、保卫祖国贡献青春和力量,因此受到了普通老百姓的爱戴,这种认同感在当今这个社会也仍然没有改变;但从另一方面考虑，这些兵团中的男性也同样是普普通通的"人"，他们同样有自己的理想和对未来的憧憬，同样有"人"的生理需求、社会需求以及情感需求。但是，身为军人却要履行职责在远离家乡的戈壁上开荒耕种，这种理想与现实的冲突一度让这些人无法适应，他们的心理因此而产生了畸变和异化。在那个荒芜的生存困境，以及女性极度匮乏的岁月中，一部分男性背离了军人崇高的精神境界甚至做人的基本道德准则，成为了心理与精神高度矛盾和分裂的一个群体。

第二节　审美体验与文化特质

军垦小说的创作者用写诗的方式来书写小说，作品显示出独特的审美价值。在当下物欲横流的时代氛围里，文学变得越来越功利化、世俗化，而军垦小说家们对生活始终保持着一种超凡脱俗的想象，一种清新、纯真的浪漫憧憬。然而，在这种诗意和浪漫的书写背后又隐藏着他们对都市文明的困惑与失望，对人性退化的唏嘘与感叹。军垦小说创作者以新疆的风物为依托，将人物设置在浓厚的异域文化之中，鲜活的生命个体与灵动的大自然融汇，形成天人合一的境界。作为边疆生活的参与者或观察者，他们有着独特的思考与体验，并且将自己对少数民族文化的热爱倾注于作品当中。

一　富有诗意的边疆书写

新疆生产建设兵团的成立、发展都是真实确凿的历史事件，正由于这段历史的真实性，因此在军垦小说中所叙述的故事都可以算是对真实历史事件的一种转述。海登怀特曾说过："对于历史学家来说，历史事件只是故事的因素。事件通过压制和贬低一些因素，以及抬高和重视别的因素，通过个性塑造、主体的重复、声音和观点的变化，可供选择的描写策略，等等——总而言之，通过所有我们一般在小说或戏剧中的情节编织的技巧——才变成了故事。"[①] 张者在《老风口》中就主要运用了这种诗性叙

---

① [美]海登·怀特：《作为文学虚构的历史文本》，《新历史主义与文学批评》，北京大学出版社1993年版，第163页。

▶▶ 叙事的嬗变与转型

述和实证叙述相结合的书写方式,"新疆刚解放时,几乎没有工业,农业也十分落后,年人均占有粮食不足两百公斤。部队到新疆后每年需要粮食四百万公斤,从口里运粮,运价是粮食的十倍以上,从苏联进口粮食,所需的费用要数亿"①。作者运用实证叙述的方式叙述了当时的国情,之后的小说情节也是基于这一事实而展开的。在《兵团儿女》《月上昆仑》《静静的胡杨林》等作品中也都一定程度地运用到了这种书写方式。但这些并不妨碍作者们以一种更加富有诗意的和形式感的方式来呈现他们特殊的审美体验。军垦小说创作者将新疆本土的自然风光和人文风情描写得出神入化,这种自然生态构成了军垦小说中独特的边疆气质,也为创作者在作品中运用魔幻现实主创作手法打下了良好基础。

　　首先,他们善于利用少数民族的存在方式来为自己的作品增加形式感。在新疆生活的少数民族都有一个共同的特点就是能歌善舞,此外边疆文化在作品中的巨大魅力还体现在民族话语以及边疆民间歌谣等具体艺术形式的运用上。在娱乐方式简单、匮乏的兵团生活中,人们以歌唱的形式来抒发情感。在《兵团儿女》中作者杨眉运用了大量歌曲和优美的诗作。在阿勒汗的婚礼上,哈尼肯唱道:"挂在那天上的圆月亮,望着我幸福的阿勒汗,接受对新娘的祝福吧,我们把这杯美酒喝干。哦欧——干!"②歌词之中无不透出一种喜庆之感。当多年后,刘雨村遇见师长夫人谢军时,让他想起了多年前好友托付给自己的一个孩子谢香香,此时的刘雨村一边赶着马车一边唱着心中的感受:"一挂马车车趟上了大路,走道的人儿啊你要记住,当官为人(呀哈)你要一清二楚,不为民做主不如回家去卖豆腐啊……"③这些创作者在创作军垦小说时,为了凸显异域文化在军垦生活中的重要地位,不仅运用歌曲传情,还创作了大量富有地域特色的诗词穿插于行文之中,让小说更加生动可读。《兵团儿女》中,在描写到金玲和香妹来看望病中的贾秀芝时,便附上一首诗:"花季从古道西风瘦马边葱茏,花季有莺歌,也有苦痛。……苦酒是逝去的往事酿成,花季穿过青春的隧道;当回忆渐渐成为一种奢华,果实会眷顾绿叶的情意。"④这短短的一首诗涵盖了这几位姑娘几年来在军垦生活中的悲喜欢愉。无论

---

① 张者:《老风口》,《当代》(长篇小说选刊)2009年第2期。
② 杨眉:《兵团儿女》,花山文艺出版社2009年版,第33页。
③ 同上书,第71页。
④ 同上书,第145页。

是歌曲还是诗词，不仅仅代表着军垦人们的一种情感表达，也给军垦小说刻上了"诗意"的印迹。

其次，军垦小说的创作者们运用丰富的意象使作品更加生动而富有诗意。意象常指"意"和"象"的结合，每一个意象都包含着深刻的意义。例如，月光、太阳、骏马等一些极富文化内涵的物象。月亮的阴柔、太阳的炙热、自由奔驰的骏马无不凝聚了创作者对生活的热爱和对生命价值的探求。在这个解构神圣、消解理想的时代，作家们的挚诚的理想和激情在灯红酒绿、纸醉金迷之中显得无以托付，因此他们望向天空，望向巍峨的高山、寂寥的大漠……在白昼与黑夜的轮回中，找寻承载理想的力量。骏马的剽悍与洒脱是这些作家向往的精神境界，更是他们眷恋大地、亲近原始自然的象征。骏马如同一位坚定的理想主义者，即便难以摆脱人类缰绳的束缚，但它的精神气质与意志品质也与一般的凡夫俗子截然不同，它有一种"向上"的野心和明晰的信念。军垦小说的创作者将这些诗意的话语和物象留驻于心，用明亮的心境去拥抱生活。纵然要面对世俗的繁芜以及人性的复杂，也还是要坚持找到诗意的栖息之所，并将其作为生活的一抹亮色。

最后，借用魔幻现实主义的手法去呈现某种多彩多姿的神秘逻辑。魔幻现实主义作为一种文学现象，产生于20世纪50年代的拉丁美洲，作家运用这种写作手法揭露社会的弊端，抨击黑暗的社会现实。"它以远离现实、触摸理想的方式来介入现实，在创作和现实之间制造一种紧张关系，进而在阅读和现实之间制造张力，提供了反映和批判的理想和精神维度。"[①] 在充满原始气息的边疆，存在着各种各样我们无法用常理解释的事物，在一望无边的沙漠之上，有屹立不倒的胡杨树，有老鹰、野鹿、狼……这样充满灵性的生物。董立勃在《烧荒》中重点描绘了狼的生存，这些狼算是被彻底"魔幻化"了的。狼的眼神、内心、语言等都被作家以魔幻手法表现出来，甚至在作品的结尾，当人们烧荒时，母狼为了能与死去的爱人在一起，选择了葬身于火海这样"人化"的行为方式。当然，由于狼本身就是充满灵性的动物，因此作家在描写狼时，便不会使得作品过于脱离生活的正常逻辑，不会让这种魔幻写作显得滑稽而突兀。同样，在红柯的《乌尔禾》中也有魔幻笔法的运用。比如，在张老师与

---

① 马为华：《关于西部文学地域性的思考》，《宁夏社会科学》2006年第1期。

>> 叙事的嬗变与转型

老赵打架这个情节之后,海力布把张老师带到一个离营地很远的草地上让他拔草时说道:"在草地中间出现了一尊石人像,好像石人像在慢慢走过来,挺着两只大奶,胸脯那么饱满,圆浑浑的,青灰色女人像。"① 在红柯《西去的骑手》中也有利用魔幻手法来丰富人物形象的刻画,马仲英,从开篇的"野"到之后的"神",他从一个叛逆者一步一步转变为反抗者,不仅推动了故事情节的发展,而且凸显了作者所要表达的主题和传达的精神。

其实,边疆少数民族的宗教生活和精神信仰也是军垦小说作者们所经常依赖的文化背景,这使作者们的创作更加生动,视野更加开阔。这在红柯的创作中表现得十分明显。关于宗教对中国现当代文学的影响最早可追溯至"五四"时期。诸如鲁迅、郭沫若、周作人等人都一定程度地受到佛教的影响并在其创作中有所体现,"佛教的价值观念、思维方式以及苦行精神不仅影响了他们的人生理念、社会实践,而且对他们的文化心态、生活方式、审美追求以及生命意识都产生了复杂而深远的影响,可以说,佛教对中国现代作家的思想与创作的影响是一个普通而又特殊的现象"②。伊斯兰教的信徒认为,隐藏在世俗世界背后的天国才拥有超越生死的真实性,为了能够进入这样的天国,人们不停地向这个理想世界靠近,他们心中唯一相信的是在去往天国的过程中能够得到神的启示。在伊斯兰教中并不推崇对个体的过分崇拜,多数信徒重视对民族精神的净化与弘扬。他们认为脚下的土地是他们唯一的家园,千百年来他们栖息在这片土地之上,土地培养了他们不屈不挠、坚忍不拔的性格。正是这种博大的宗教精神吸引了红柯,使得他在创作中通过宗教崇拜获得了更广阔的想象空间和精神提升。红柯在伊斯兰文化中找到了其他属性的文化所没有重点强调的刚烈和血性精神。回族不但重视"生"而且更看重"死"的重大意义,他们在"生"与"死"之间创造瞬间的辉煌,也就是说他们更看重的是生命的质量。在《西去的骑手》中,马仲英身上就赋予了红柯想要张扬的宗教式民族精神,他认为马仲英身上那种本真的、原始的东西就是对生命辉煌的一种渴望与追求。同时,作家想借助马仲英的死而复生来肯定伊斯兰教的精神,也正是这种异族的血性精神与骨子里的英雄主义情结,形成了

---

① 红柯:《乌尔禾》,《花城》2006 年第 5 期。
② 哈迎飞:《"五四"作家与佛教文化》,上海三联书店 2002 年版,第 1 页。

红柯的内在世界。

二 凝练和创设一种特殊文化

边疆的人性、边疆的生灵、边疆的爱情以及那些边缘族群的守望和期盼在作家们的笔下演绎出异彩纷呈的传奇故事。这些创作者努力借助军垦生活中可知可感的一切建构出边疆的文化世界，在秉持着自己的人文理念和文化理念的同时，倾情演绎出军垦生活中的真切体验，并凝练和创设出一种新的文化样式。

首先，军垦文化是内陆不同区域文化向边疆转移过程融合凝聚而成。新疆的生产建设是在历届中央政府的组织下开展起来的，战士们在政策的感召之下远离家乡，来到一个完全陌生的环境，在这里重建家园。为了生存，面对恶劣的自然条件、生存环境，他们只能依靠集体的力量以及以往的生活经验去对抗自然界的威胁，并且克服对新环境的不适感。军垦文化之所以出现"多元化"现象，根本原因是兵团中复杂的人员构成。新疆生产建设兵团是由转业的人民解放军、国民党起义人员、各地女兵、知青、自流人员等不同身份背景，来源于不同地区的人组建成的。在军垦文学中，转制的人民解放军一度成为永恒的主角。他们中有的来自山东，有的来自河南，也有的来自湖北等地。他们跟随部队最终来到新疆，成为新疆生产建设兵团中的一员，但是从他们的文化背景和日常言行以及生活习惯方面依然能够找到对他们影响颇深的内陆文化甚至更为具体的家乡文化。《化剑》中的转业军官刘铁很喜欢唱的家乡戏就是内陆文化的一种表征。另外，不可否认的是从湖南、山东等地招收来的女兵的确是兵团中一道亮丽的风景线。她们为这个以男性文化为主的兵团注入了一丝阴柔的文化气息。知青是一批为响应国家号召，为建设边疆而来到新疆生产建设兵团的青年学生。他们有知识、有文化，本想在兵团中努力开拓属于自己的一片天地，但最终也只能被"组织"打败，变成失去灵魂的傀儡。自流人员是一群为躲避家乡自然灾害或是由于某种个人原因，自愿来到兵团的普通劳动人民。他们依靠自己的劳动而生存，虽然人员复杂，但同样为兵团建设做出了一定的贡献。综上所述，垦荒者就是由这样一些不同身份、不同背景的人员共同构成，他们在建设祖国边疆的同时也营造了兵团的"多元"文化氛围。

其次，在这样一种独特的文化构成中，传统文化中某些负面的内容被

>>> 叙事的嬗变与转型

凸显和放大,这突出地表现在对女性身份属性以及与此相连的文化属性的认知上。女性的"贞操"问题一直存在于中国传统文化当中。在古代,女性的"贞操"是神圣而不容侵犯的,这也奠定了传统文化秩序对女性"贞操"的铁一般的限制和禁锢,甚至是在当下社会,"贞操"观念也同样影响着女性的生存和发展。在军垦小说中,创作者以无奈和同情的笔调书写着女性失去"贞操"后的不幸遭遇和悲惨结局。"米香看起来,还和过去一样,可大家看米香,有点儿不一样了。米香不是大姑娘了,还没有嫁人就和男人睡觉干那个事了。这可不是胡说,不但干了那个事,连孩子都怀上了。要不是干部们态度坚决,那孩子就会生下来,要是把孩子生下来,那米香丢人,就会丢大了。这一阵子,男人们在一起说米香,当笑话说。说着玩。像说一堆屎。只是这堆屎,散发的不是臭味,而是香味,鲜肉的香味。因为说着说着,一些男人的口水就会顺着嘴角往下流。说别看米香长得样子端庄,骨子里可骚了。不想想,不骚,咋会还没结婚就和男人睡觉,把孩子怀上了?"① 此后,米香的道德观也因此发生了变化,她放弃了对真理与真爱的追求,开始变得堕落、肮脏。在传统观念里,关于女性失去"贞操"的问题总是只问结果,不问过程的。不管因何失去,不管你何去何从,在有生之年都无法摆脱因失去贞操而带来的羞辱和责备的目光。

事实上对女性"贞操"的看重是随着几千年以男性为主导的封建社会的不断发展而延续下来的。传统社会对性的禁锢和对性的压抑,往往是与对女性的束缚和压迫紧密结合的。虽然古话说:"男女授受不亲。"但这原本应该对男性和女性都起到同样约束的道德规则,实际上也只是约束了女性。女性与其他异性言行过密被认为是对原本的"贞操"拥有者(男性)的尊严的践踏。《白豆》中的马营长知道白豆失去"贞操"后,马上决定不娶她,而改娶另一个女人。另外,"贞操"观念,不仅存在于男性的想法中,就连女性自己也同样在乎失贞后所带来的耻辱。《清白》中的穗子在失贞后,非常伤心地在河中洗澡,她后悔自己在失贞时没有极力地反抗,同时害怕这件事传出去丢人。失去"贞操"的女性无法在这个社会立足,这样的传统观念深入军垦女性的骨子里。失贞前的穗子能够得到丈夫的百般呵护,那是因为她是一个"干净"的女人,她活得坦坦

---

① 董立勃:《米香》,人民文学出版社 2004 年版,第 248、249 页。

荡荡。失贞后的穗子，在面对丈夫的残忍折磨时，也只能选择忍气吞声。因为中国传统思想中的贞操观念已经作为一种潜意识，对于失去"贞操"的穗子，在这种潜意识的驱使下，同样认为自己失去"贞操"是一种罪过，于是其后的不幸遭遇在她自己的眼中也变得合乎情理。正因为在兵团人心中有着根深蒂固的中国传统道德观，所以那些失去"贞操"的女性的命运悲剧并不完全是属于她们个人的，而是整个军垦集体女性所共同的悲剧，更是中国传统女性的悲哀。

最后，以服从为主导的集体文化在这里得到了强化。新疆生产建设兵团所在地不同于一般的村落，而是采用军事化管理的"部队"模式。在这里"部队"掌控着诠释"真理"的话语权，它的背后是强大的政治力量作为支撑，兵团的普通战士似乎总是被这股莫名的强大力量所威慑。当权力与"部队"发生共谋时，"部队"也会从虚拟世界走向现实生活，成为权力的保护伞。这种"部队"所赋予的话语权并不代表所有人的利益，其满足的只是当权者的意志和欲望。而那些缺少话语权的普通战士，只能在相对狭窄的空间之中实现自我发展。因此，对于兵团生活的展示也侧面表现了在这个特殊历史时空中的军旅生活。

在兵团中，军垦农场是一种集体化的组织形式：征战沙场的战士们来到新疆，经过集体转业，身份转化为农民；来自全国各地的知识青年以支持边疆建设的名义扎根于土地之中；为解决老兵们的个人问题，国家又从各地以招收女兵的形式，为新疆生产建设兵团招收到成千上万的女性……就这样，这种集体化的生活在逐渐壮大，但无论兵团的形式和人员怎样变化，兵团人的主体都是那群老兵，他们的思想、心灵和身体都奉献给了部队，奉献给了兵团。在这个独立的、集体化的小社会里，"部队"有着至高无上的地位。这个无形的力量一直在影响着军垦人的生活和发展，他们也不可避免地服从着和信任着这个"部队"。比如，在《月上昆仑》里就有大量描写军垦士兵服从命令的情节。比如，1953年中央军委命令新疆军区的10万名官兵集体转业，组建新疆军区生产建设兵团，这个消息引起很多新疆军区人的异议，但转念他们便意识到了自己的身份使其只能服从命令："可就是心里有点不适应。既然是军人出身嘛，以服从命令为天职……"① 在这种半军半农的生活形式下，很多事情都是要听从上级指挥

---

① 王伶、褚远亮：《月上昆仑》，贵州出版社2004年版，第101页。

>> **叙事的嬗变与转型**

和安排的,尤其是婚姻问题,几乎都要听从组织安排,有顺序、有秩序地实行。因此,女性基本上失去了自由选择的权利,只要有某个男人看中你,他便会找到组织,由组织决定和出面"命令"你是否与这个男人建立恋爱关系。这些女性似乎不得不把自己的未来和幸福全部交托组织,并完全听从组织的安排。《月上昆仑》中,向英在为周连长做梅馨思想工作时说道:"没有爱情起码该有阶级感情吧,你们是党中央毛主席、王震将军派来的,要听党的话啊。小梅哪,你是妇女工作队的队长,这个理儿你该明白,眼下这是一个特殊时期,部队的婚姻问题已关系到新疆屯垦戍边的稳定,我希望你带个好头啊!"[①] 女性的到来,对于兵团的生产建设来说是具有重要意义的。在军垦生活中,女人是稀缺的,她们的到来是为了让那些转业的军垦战士能够在遥远的戈壁上安心、稳定地生活下来。这也是党和国家交给她们的历史使命,即便这意味着她们将要失去自由恋爱的权利,对于个人命运而言,这无疑将是一段悲剧的开始。《白豆》中的白豆和《白麦》中的白麦都是军垦兵团中具有代表性的女性形象,她们的命运都因服从"部队"的命令而陷入绝境之中。白豆在"硬性安排"之下失去了选择婚姻的权利,她甚至不敢对自己的婚姻持有任何异议。当吴大姐给她安排结婚对象时,她选择顺从,就算以抓阄的形式给她分配丈夫,她也无话可说。对这个"部队"的服从已经在白豆的心中占据着坚不可摧的地位。白麦虽表面看似风光,但在她的内心深处,却有着常人无法触及的伤痛。她听从"部队"的安排,嫁给了比自己大十多岁的战斗英雄老罗。老罗不仅又老又丑,而且还是两个孩子的父亲。因为担心白麦会对自己的孩子不好,老罗自作主张地给白麦做了结扎手术。白麦作为一个女人,却失去了做母亲的权利。组织上的安排不仅摧毁了白麦的婚姻幸福,还剥夺了她生养儿女的天职。辽阔而广袤的原始大地,与严肃、刻板的军事化管理下的军垦生活形成了鲜明的对比。天地是自由辽阔的,纪律束缚着生活在这片土地之上的人们,人们在压抑的缝隙之间努力找寻着生存的意义和价值。

当然,新世纪的军垦小说,在面对现代文明的召唤时,依然选择站在城市的对立面。军垦创作关注对乡土人生以及乡土文明的展示,从情感层面探究垦荒者的精神面貌以及他们对生命神性的敬仰。新世纪的军垦小说

---

① 王伶、褚远亮:《月上昆仑》,贵州出版社2004年版,第68页。

第九章 军垦生活与文化维度

立足于对军垦人生的多向探求,以兵团的封闭形态为基础,在描写军垦生活的背后,又透着强大的乡土气息。董立勃在《青树》中写道:"棉田,像海一样大。棉花在盛开,像白色的浪花。母亲走在田埂上。青树和孙开平走在母亲身边,挽着母亲的胳膊。母亲指着眼前的棉田说,那个时候,这里没有棉花,只有芨芨草、骆驼刺和红柳。我们在这里开荒,把野草烧掉,把野狼和猪赶走。耕地没有犁,我们就把绳子套在肩膀上。"① 以质朴的笔墨表现出新疆边城"牧歌式"乡土气息,使得作品充满了自由、和谐的美感。作家们在此不遗余力地对"乡土"风情进行勾勒,意在表现特殊自然风光的同时,深入挖掘军垦生活中所蕴藏的质朴的乡土情怀,由此反映出作者对自然、纯粹的生活的向往和追求。军垦小说创作者虽然多数都接受过正规教育,也有过都市的生活经验,但是对于乡村的记忆始终在他们脑海之中历久弥新。乡村对于他们而言不仅是曾经生活、战斗过的地方,更是在都市文明中饱受伤害的灵魂的栖息之所,精神的归宿,亦是其创作的源泉。

同时,我们也看到,军垦文化中存在两种对立又密不可分的支系,新疆多民族文化壮美、强悍,内陆文化广博、丰富。关于这两种不同文化之间的关系,红柯认为"……在这样的环境里产生着人间罕见的浪漫情怀。中亚各民族的民间故事里几乎全是穷小子追求美丽公主的故事,中原的汉族农民连这样的梦都没有,《天仙配》还是天上的仙女,而中原的公主却一批一批被送往草原大漠。一句话,西域是一个让人异想天开的地方,让人不断地心血来潮的地方,这里产生英雄史诗产生英雄传奇,这里甚至没有男人或男性一说,也没有什么江湖好汉、绿林好汉一说,统统叫儿子娃娃,娃娃即英雄好汉,牧人叫巴图鲁。这就是为什么从古到今来这里的中原人都是中原文化的异类,更多的是平民百姓,秦腔与十二卡姆你很难分出彼此,叶尔羌河出昆仑入大漠为塔里木河,翻过阿尔金山就变为黄河,陶渊明在这里就显得很不真实,天真淳朴没有心计,单纯而直趋人心"②。新疆多民族文化与内陆文化的联系,在军垦创作中可以转换成少数民族文化和汉族文化的关系。

总体而言,对于军垦文化的关注和建设对新疆多民族文化的发展和建

---

① 董立勃:《青树》,《芳草》2007 年第 3 期。
② 红柯:《西去的骑手》,云南人民出版社 2002 年版,第 4、5 页。

>> **叙事的嬗变与转型**

设起到了积极的促进作用,并且加快了新疆与内地文化之间的文化交流。军垦文化是伴随新疆生产建设兵团的成立而产生的一种文化现象。其文化本体的产生和发展主要以内地文化尤其是汉文化为母体,以发展农牧业和商业为经济基础,以一批批的屯垦军民为主要的文化承载和传承者,又不断吸收和融入新疆各民族文化,进而形成了具有高度爱国精神和强烈进取意识的跨民族的军垦文化。"屯垦戍边"文化最早可追溯到汉唐时期,在不断地变化翻新之后,在当代中国形成了以新疆生产建设兵团文化为主要代表的文化体系。从其绵延至今的悠久历史,可以看出这一文化体系早已深深融入到中华文化的整体当中。与此同时,生活战斗在新疆的兵团人及其后代,有很大一部分也已经融入到了新疆各民族当中,于是军垦文化中的一部分也被新疆各族所吸收和同化,成为新疆各民族文化的重要组成部分。在新疆多民族文化并存的情况下,军垦文化不仅是其中的重要构成,而且在新疆的文化发展、社会进步等方方面面都起到了极为重要的作用。由于新疆独特的地理环境,造成了新疆历史上交流受限的绿洲文化,随着大范围军垦活动的开展,大大加强了文化交流的力度和广度。这一文化上的吸收与交流,促进了内地文化与新疆各民族文化的相互了解。也正是因为这样的加深了解,使新疆多民族文化成为我国文化的重要组成部分。

第十章 辛亥叙事的传承与新变

第一节 叙事缘起及其历史轨迹

有关辛亥叙事及其创作成就应该是新世纪长篇小说创作中一个引起格外关注的文学事实。在过去，无论是创作还是研究，辛亥叙事常常被淹没在一般的历史叙事中，辛亥革命自身所应具有的精神气质以及在中国现代化过程中所具有的政治和文化意义没有被赋予应有的文学意义。因此，本书认为有必要专门指出这个问题。概括地说，在新世纪最初的十余年中，辛亥叙事以 2005 年前后为界，大致分为两个阶段。在前一阶段中，辛亥革命在新历史主义的余绪中作为一个一般性的历史事件被描述，革命本身未被赋予与人一样的地位，而在后一个阶段中，时间逼近了辛亥革命 100 周年的历史节点，因此而出现的叙事高潮在向传统历史主义回归中，革命与人获得同等的尊重。在这一阶段中，虽然有些作品在 2011 年才公开出版，但基于可以想见的原因，我们仍然将其纳入本书的研究视野。

一 辛亥叙事简史

辛亥叙事是从近现代文学中延伸出的文学主题，在现代文学中最早可追溯到现代文学发生期，对革命的反思成为了这一时期辛亥叙事的基本命题，值得注意的是，辛亥叙事虽然在此开始有所表露，但这些作品并未找到更为全面地贴合辛亥革命文化身份的书写方式。至 20 世纪 80 年代新历史小说中的辛亥叙事是第二个较有代表性的时期，但对于历史的解构倾向反而限制了作家们在历史叙事上的发挥。2011 年包括此前几年是辛亥叙事的重要年份，新世纪部分作家正是在新历史主义的极端历史书写与滞后的传统现实主义历史叙事之间找到了自己的文学命题，并逐渐形成了富有

>> 叙事的嬗变与转型

新世纪历史叙事特色的叙事形态，进而重新梳理并廓清这条革命脉络，以历史性的眼光审视个人与家国、命运与时代的矛盾、纠结。

辛亥叙事经历了不断开掘的过程，每位作家都对它的文学书写进行了属于自己的文学创造。具体来看，本书对于辛亥叙事的挖掘和关注可以分为两个层面：首先，作为新世纪以前的重要文学创作形象，辛亥叙事在历史观念、写作技巧、叙事策略等方面形成了较为成熟的模式，在较为自由的历史观念指引之下，作家们以个性化的方式完成了在革命"历史化"方向上的努力；另一方面，时代在发展，新世纪辛亥叙事在继承前人创作的基础上进行了叙事的多方面尝试，实现了革命记忆的重构，并以其更加崭新的面貌展现在我们面前。

考察辛亥叙事的历史发展，我们不难发现，关于这段革命的叙事经历了一个以反映革命现实为主到逐步完善的革命历史化的过程，作家们在这些零散的、片断式的革命现实图景当中重现革命中的人与事，以及反思革命价值。较早的关于辛亥革命的社会反响及其局限的叙述，出现在现代作家鲁迅的创作之中，多篇短篇小说是其代表作，可以说，鲁迅引领了现代文学中反映辛亥革命现实意义的新高潮。辛亥革命虽然推翻了封建帝制，完成了"史无前例"的社会政治革命，但实际上并没有从根本上完成对封建传统较为彻底的思想文化改革，更加没能完成对"民族精神以及国民性"的彻底改造。当然，这并不能说明革命本身没有这方面的行动，1912年3月国民政府先后颁布了一系列以保障民权、改造民性为目的的法令法规。例如：在《大总统通令开放疍户惰民等许其一律享有公权私权文》中，取消封建法律对于各类"贱民"的身份歧视与特殊限制；《大总统令内务部禁止买卖人口文》规定，严禁买卖人口，解除之前的买卖人口契约，将以往的买卖关系视为雇主与雇工的关系，取消奴隶身份。事实上，这些法令在颁布之后并没有得到切实有效的落实。究其原因，一是新生政权并不稳固，甚至相当脆弱，无法为执行这些法令提供强有力的支持。其次，长期盘踞在人们思想意识中的封建旧观念、旧道德，无法立即随着新政权的建立而迅速消失。因此，新生政权也就很难实现社会思想文化的彻底变革和国民素质的根本转变。

鲁迅的一系列短篇小说就旗帜鲜明地反映了这场革命的不彻底性，包括在"改造民心"方面的失败结局，以及革命本身存在的诸多弱点。《药》在表现革命者怀揣理想顽强斗争，最终惨遭杀害的同时，也凸显了革命者不为民众所支持和理解的现实困境;《阿Q正传》反映了辛亥革命失败的许多重要因素,如封建势力对革命队伍的侵蚀破坏,资产阶级的软弱与妥协;《风波》表现了伺机复辟的封建势力对愚昧无知的民众的恐吓和报复;《头发的故事》则围绕着辫子的问题,对辛亥革命作了深刻的批评,反映了至"五四"时期封建思想观念仍然极为严重地干扰和危害着民众的生活。由此可见,鲁迅是从思考中国社会问题的多方面来书写辛亥革命,在表现了人民群众的精神弱点的同时也彰显了他对民众觉醒的热切期望。阿Q在革命大潮的震撼之下萌生了"向往"革命的想法,但到死也未能冲破愚昧可笑的"精神胜利法"的束缚。《药》中的浸染了革命者鲜血的馒头治不了人身的疾病,更加治愈不了深埋于人心中的顽疾。《头发的故事》中"辫子"的有无清除不了动荡不安的现实生活中民众内心的彷徨与质疑。

鲁迅有关辛亥革命的小说几乎都是短篇之作,这也就决定了鲁迅不可能用宏观的、广阔的画卷去展现辛亥革命的过程,而只能以卓越的表现手法和独具匠心的艺术构思来作片段式的描述。作为一个短篇小说的能手,他善于朴实地、明确地把思想主题具体化、典型化,以独立的画面表现革命的一角。也正是这样灵活、生动的描写方式,富有意蕴的艺术表达,让我们深切而无拘束感地领略到中国民主革命尖锐而复杂的形势以及革命过程中种种引人思考的问题。

另外,陈去病以更加"近距离"的方式对辛亥革命中的现实斗争予以表现,作品的背景又是作品的书写对象,在创作实际中凸显的历史意识事实上来源于作家的自觉。《莽男儿》是陈去病以活跃于辛亥革命时期富有争议性的革命者王金发为原型创作的一篇传记式纪实小说。小说创作于1915年,时间尚处于辛亥革命之中,陈去病以这场革命的亲历者身份,对革命过程有着较为详细的了解,这就为纪实性的书写方式提供了便利条件。

小说讲述的是主人公黄金凯矛盾而复杂的一生。他幼年性格顽劣,但对母亲却又异常的孝顺。他有着不同于一般人的家世背景,其祖父曾参加过太平军,受此影响,青年时期他加入了江湖帮会,帮会经历成就了他的侠义性格。同时,颇具孝心的他又奉母命去考取秀才。之后在徐锡麟等革命者的引导下,加入了革命团体,并留学日本,归国之后积极参与各项革命工作。辛亥革命中他曾居功至伟,最终却腐化堕落,二次革命后,一心

>> 叙事的嬗变与转型

沉溺于享乐的他,在母亲的催促之下,向袁世凯投诚,然而他又坚持不愿出卖同志,最后在迟疑与含糊中被袁世凯派督军杀害。他既有绿林草莽的侠义之风,又有革命者的浪漫情怀。诚然,《莽男儿》是一部个人的命运史,但却又不仅仅局限于"个人"。作者通过对黄金凯生平的描述和解读,反映了存在于革命当中的许多普遍理念和现实状况,为我们深刻认识辛亥革命提供了可信的资料和佐证。

  小说中写黄金凯留日期间在革命宣传的影响下的思想觉醒过程很有特色和代表性,作者借此对当时革命宣传的状况和效果做出整体性描述,比如:"革命革命,排满排满,民权,自由,舍身,流血,天职,义务,热心救国,同胞,团体,无数无量之新名词,由海外遁逃之客,裨贩而至,一一输入于国境之内……其见解较高者,则谓天下兴亡匹夫有责,富强之效,非可仅仅责之官吏,望之皇帝者,盖皇帝者,手足耳目,为数有限,甘食美色,精神所余,复几何矣"①。又如,革命党多为清末知识分子,以文人集团行使暴力革命,势必需要纠集有实际战斗能力的革命力量,因而在小说中便出现了为革命事业而拉拢帮派会党的真实写照。而黄金凯在参加革命之前,原本就是帮会的头领。他所具备的条件亦是为革命人士所看中的,故顺理成章地被引入革命阵营。总之,黄金凯所具备的优点,有受先进的革命思想的影响之处,同时也有受封建文化中的侠文化的影响之处。然而事物总是有其两面性,帮会经历为革命所需的同时也严重影响了他的生活选择,更使他逃脱不了流氓习气的朋友和部属的拖累。这种难以摆脱的帮会关系推动了黄金凯在革命成功后的腐化和堕落,使他耽于声色,失去斗志,也预示了他最终的悲剧命运。在这场辛亥思潮之中,一方面积极主张建立新制度、新思想,另一方面又不得不固守旧道德为革命助力。拉开历史的长镜头,今天的我们才得以发现辛亥革命虽然推翻了封建专制,却未能触及封建宗族专制。这也许并不是作者的创作意图,然而这一富有历史特征的书写使我们认识到这场革命在思想文化领域的缺席。

  辛亥革命已然结束,前面所述的鲁迅和陈去病对反映辛亥革命现实斗争和革命价值、局限的作品,有助于启发和激励下一阶段作家在书写辛亥革命时更加自觉的创作意识的产生,一个极其重要的标志就是,在这些作品中,辛亥革命作为叙述对象的意义远大于作为作品历史背景的意义。比

---

① 张夷:《陈去病全集》,上海古籍出版社2009年版,第1194、1195页。

第十章 辛亥叙事的传承与新变

如，李劼人的"革命三部曲"(《死水微澜》《暴风雨前》《大波》旧版)。创作于20世纪30年代中期的"革命三部曲"作为一个整体，集中展示了自1894年甲午战争到1911年以四川为背景的若干次重大历史事件，生动再现了在革命的催化之下我国从封建帝制走向民主共和的艰难历程。李劼人认为"直接从辛亥革命入手太仓促了些，这个革命并不是突然而来的，它有历史渊源"①，从内容上看第三部小说《大波》是真正从正面直接书写辛亥革命的作品，而《死水微澜》和《暴风雨前》则是为之所作的铺垫。《死水微澜》以甲午战争失败签订《辛丑条约》为背景，讲述了发生在成都郊外一个小乡镇的现实状况。在这部小说中，作者塑造了袍哥头目罗歪嘴、蔡大嫂和顾天成等复杂而生动的人物形象，以他们之间的恩怨纠葛推动故事发展，深刻剖析了封建官僚、地主因循守旧、自私麻木的本性。在《暴风雨前》中，鸦片战争打开了国门，西方民主科学思想也随之涌入，民智渐开，维新运动开始勃兴，一部分有识之士选择出国留学，更加深入地接触新的世界与文化。故事以成都一户地主家庭为切入点，通过几位"志士"的成长经历和思想变化，展现了中国大地上酝酿和萌生的新事物。例如，以宣扬维新思想为宗旨的文明合作社，咨议局的设立，川汉铁路的建造等，与此同时作品也向我们展现了发生在四川郫县三道堰的重大教案、红灯教的活动等重要史实，这一系列铺垫预示着革命的风暴即将来临。

如果说《死水微澜》《暴风雨前》是作者将历史事件作为故事的背景来叙述，那么《大波》则是他正面描述历史事件发生、发展的作品。《大波》中涉及保路运动产生的原因、发展状况及其如何导致了辛亥革命的爆发等。这场运动的复杂构成恰好以文学的方式展现了它光怪陆离的外貌，作者在对历史事件充分把握和切身体验的基础上做到了这一点。比如，在说明铁路国有化的真实原因时，作者主要是以人物对话的形式来完成的；在小说的第七章，在介绍"血染三江口"事件时，在借彭家骐的口来道明事件始末的同时，作者也辅助性地按照事件的先后顺序将其具体地描写出来。

李劼人的"革命三部曲"开创了全景式展示社会生活和历史巨变的

---

① 李劼人：《死水微澜·前记》，《李劼人选集》第一卷，四川人民出版社1986年版，第539页。

先河。将政治上的变革以及思想文化和现实生活中的变革相融合，以艺术形式尽可能地再现现实生活的全貌。在作品中作者塑造了一支庞大的人物群像，这些人物涉及社会生活的各个阶层，其中包括保皇派、革命派、维新派、立宪派、袍哥、教民、官绅、粮户、学堂教习、青年学生、官太太、师爷幕僚，等等。作者对各类人物特色的把握也是相当准确的，在保留地方风土气韵的同时，讲述各阶层的人物的生活状态和思想状态。通过这些血肉饱满、个性鲜活的典型形象，书写了四川辛亥革命中一系列重大事件的来龙去脉，把这次宏大的革命浪潮归为包括上层和下层全部社会生活发展的必然产物，全面而深刻地挖掘了这场历史运动的本质。李劼人的辛亥叙事是辛亥叙事史上的一个重要事件。如果说前辈的努力向我们传达这场革命的历史必然性，那么李劼人的创作则更侧重于向我们展示"真实"的革命场景和战斗场面。完整的"革命"得以显现，辛亥革命初步的历史化也得以完成。

新中国成立，新政权对革命的历史化提出了新的要求，有别于先前作家在表现这一历史内容时较为自觉的创作意识，这种欠缺自觉的创作意识集中表现在两个方面：第一，革命主体性的丧失，作家不再就事论事，我们只能从作品中看到辛亥革命作为历史背景的展示。而这一叙事轴心事实上也在一定程度上影响了新时期以后的辛亥叙事的走向，笔者将在后文进行重点论述。第二，作家将辛亥革命放置到整个中国革命发展史中进行把握和展示，这种脱离了历史而去论述"历史"的叙事行为，实际上是对辛亥叙事本身的重大伤害。

李劼人的新版《大波》与李六如的《六十年的变迁》（一卷）是"十七年"文学中比较典型的辛亥叙事，均体现了20世纪50年代思想改造运动之后的知识分子对历史的普遍认知。李劼人改写后的版本加大了历史事件的含量，比如，保路同志会的成立及各地同志分会的发展情况、制台衙门的流血事件、陆军二十四协进攻正西路同志军、陈锦江陆军与同志军的冲突、赵尔丰与争路绅士的正面交锋、龙泉驿的兵变、重庆独立的情形等，作者在这些史实上花了大量笔墨。这样的叙述背后正是作者对历史本体的遵从以及还原辛亥革命历史的良苦用心。一方面，作品的篇幅越来越长；另一方面，对"史实"的过分侧重导致作品中日常叙事的失衡，与旧版相比，活色生香的日常生活叙事让位于历史的宏大叙事。李六如的《六十年的变迁》共三卷。第一卷叙述清末维新变法到辛亥革命失败的基本史实；第二卷的叙事跨度从北洋军阀统治到大革命失败；第三卷，从十年内战到全国解放。作品中的主人公季交恕是一个线索型人物，由这一人物串联起中国革命道路的曲折反复，由黑暗到光明，由不断失败到终于成功……作者将季交恕的个人命运完全糅进了波浪式前进的中国改革与革命当中。在作品的第一卷中，从作者对维新变法前后到辛亥革命失败的历史描述，可以看出辛亥革命只是这段失败历史演进中的一个环节。与此相关，这种叙事中的历史人物，也仅仅是为方便叙述历史而设置的一个工具，对人物自身的喜、怒、哀、乐和复杂的内心世界，必然不可能达到深入的程度。

事实上，这两部作品的改写，都体现了新中国成立后思想改造运动对知识分子的思想及创作的影响，都在主观上追求对历史本质的客观呈现。为此，他们尽可能地在作品中积累历史事件，由此造成了日常生活叙事的缺失，历史人物也因此而失去了生动起来的可能。但值得注意的是，艰难易稿的李劼人与始终坚持无产阶级立场的革命家李六如相比，经历了更为痛苦的自我审视的过程。这既体现于他重写的行为中，也体现在他第二稿每卷的后记中那些迟疑不定的言说之中。如果我们从跨越半个世纪的中国革命斗争史中去理解作者的"期待"：革命道路是曲折反复的，在不断地吸取过程中的经验与教训之中，在正与反的对比之中，在光明与黑暗的斗争之中，无产阶级最终将取得历史性胜利。在这样有意识的完整的辛亥革命史的叙述中，历史化的努力实际上是发展缓慢的。

二 另外一种路径

在 20 世纪八九十年代出现了"新历史主义"创作热潮，与传统的现实主义历史叙事所不同的是，这些创作主要致力于以个性化的、私领域的角度想象和解构历史。进入新世纪以后，作家有了更多选择，作家对于美的追求，以及启蒙立场的回归，超越政治观念的规约，开放而自由的社会环境为作家的艺术发挥提供了基础和空间。其中叶兆言的《花煞》、李锐的《银城故事》、莫言的《檀香刑》、格非的《人面桃花》等都是这一时期的代表作。与后来的辛亥叙事相比，它们还是呈现出了自己的特点，并把新世纪第一个十年的辛亥叙事分成了前后两个阶段。其中，后一个阶段的创作主要指的是 2010—2011 年间的创作，将在下一节重点论述。

先看《花煞》。在《花煞》中"历史的本来面目"已不再被作者所关切，没有真正的历史人物的出场，也没有好坏立判的革命者与反革命者。相反，一个个独立的人及人性所升华出的普遍人性开始进入作者的创作视野。例如，小说中反洋教的典型胡大少，其对洋教的无比仇恨仅仅是由于在与教民斗殴时吃尽苦头和个人尊严的丧失；一个自私自利的流氓凭借着名存实亡的宗族地位毫不合理地走上了"革命"的领导位置；处于暴动旋涡中的民众出于私欲而疯狂掠夺甚至彼此私斗丑态毕露；原本胆小、窝囊的农民阿贵在暴动中意外地展现出人性最可怕的一面——盲目和凶残，又在暴动结束之后无所适从，在缥缈无望的"死期"的折磨之下选择投河自尽。另外，站在洋教一方的教民们也并没有真正地理解和消化所谓的宗教救世思想，地主杨希伯因为对私有财产丧失的恐惧而加入教会，在土民报复式地疯抢中他家遭受了灭顶之灾，在又一次发迹之后为传宗接代而娶了"整整一后院"的小妾……牧师洪顺的死是小说的一个亮点，对其痛下杀手的是与其无冤无仇，只是在妻子的嘲讽刺激下才勉强加入暴动队伍的懦弱农民阿贵，牧师的死代表了这片土地上仅存的希望的破灭。当我们观望这一愚昧而残酷的反洋教运动时，在纷繁复杂的狂欢似的表面之下实际上掩盖着民族矛盾中个体意识的泛滥，以及亟待反思的民族意识。由此可见作品的反思和启蒙色彩，这也正是自由主义文学的重要旨归。

作者并没有针对历史而论历史，相反借助历史事件作为框架所展示的个人乃至整个民族的病态性格并不是一段历史一个时代的单纯问题。胡大少的时代逝去了，他的儿子胡天和胡地站上了历史舞台。胡天为生存而落草为寇，带着对权力的向往成为名不副实的正规军，在追名逐利中将自己的"土匪军"带入死亡的绝境；胡地奢华而夸张的葬礼场面和财产公布之日，空空如也的锦盒是胡地和他的继承者们以及梅城的商人小贩们开的一个"可怕"的玩笑。在繁华的一本正经的表象之下依然是透支的生命和过剩的欲望。时代在改变，历史在前行，人性深层的恶却在周而复始地释放。或者说，思想观念的腐朽和性格中的病态是不能通过一场革命、一场运动来纠正的，恰恰相反，来势汹汹的革命大潮激发并调动了民众的革命潜力的同时，也激起了人性中最丑恶、最自私的部分。

如果说李劼人的"革命三部曲"是从关注中国社会的现代化进程角度来书写辛亥革命的话，那么李锐的《银城故事》则是借助对辛亥革命的重新演绎来表明命运的无常和历史的偶然性。为了迎合这一主题，作品

第十章 辛亥叙事的传承与新变

在人物塑造上打破了正反对立的人物设置模式，不再将人物分成好坏、敌我两大阵营，把人物内在心理、情感作为切入点，以此表现人性的无常与难以琢磨。以"没有英雄"不分主次的理念，不为人物进行角色分工与定位。比如，革命党人的变节，危急关头的优柔寡断、为了儿女情长而放弃革命等等，革命者所谓的"丰功伟绩"也以看似偶然的方式被消解殆尽。我们无法从这样的叙事中判断出谁是革命的主人和功臣，谁推动了革命和历史的前进，是性格复杂的革命党人，或是造反的农民，抑或守城的官兵……故事中的各方势力无一例外地以失败和悲剧收场，似乎一切都注定要因历史的云诡波谲而陷入命运的绝境。善于谋划的刘三公由于误算天命，致使两个儿子死亡；聂芹轩的尽心尽职始终没能挽回清王朝行将灭亡的颓败；爱情的幻灭，牛屎客旺财只能眼睁睁地看着三妹嫁给别人；似乎任何人的任何努力在命运和历史巨力面前都显得苍白无力。与以往的辛亥叙事相比，《银城故事》加大了对"非史"的书写，这种描写显然不是要为我们呈现革命过程，更不是企图针对历史本身进行价值判断。

格非的《人面桃花》以辛亥革命爆发前的"蜩蛄会"的秘密活动这段真实的历史为依托，叙述了革命者为一个乌托邦式的理想而赴汤蹈火的惊险故事，也表现了在历史变革中隐藏在民众内心的丰富性。《人面桃花》中呈现的革命叙事带有鲜明的乌托邦色彩，比如作品中神秘失踪前的陆老爷坚持要造一条风雨长廊，以便把村里的每一户人家都连接起来，"他以为，这样一来，普济人就可免除日晒雨淋之苦了"①，在夫人梅芸眼中这是一个近乎疯狂的不切实际的想法；但令人意外的是，土匪首领王观澄在花家舍实现了这一设想，建造了一条"四通八达，像疏松的蛛网一样与家家户户的院落相接"的长廊，这个起先平静、祥和的花家舍有了世外桃源的意味。行踪神秘的革命党张季元认为"在未来的社会中，每个人都是平等的，也是自由的，他想和谁成亲就和谁成亲。只要他愿意，他甚至可以和他的亲妹妹结婚"②。秀米也有着与其类似的幻想：普济里的人们是不分彼此的同一个人，住一样的房屋，一起干活，每个人的财产一样多，甚至普济的风霜雨雪都是一样的……"因为她以为这样一来，世

---

① 格非：《人面桃花》，春风文艺出版社2004年版，第12页。
② 同上书，第36页。

>> 叙事的嬗变与转型

上什么烦恼就都没有了。"① 他们对于未来的乌托邦式的想象最终还是泡沫般的破灭了。

另外,尽管小说中乌托邦式的革命理想最终走向幻灭了,但并不意味着我们可以否定乌托邦理想的存在意义。无论是陆老爷、王观澄、张季元还是秀米,他们都在时代大潮的裹挟之下萌发出不自觉的变化与追求,这些变化与追求呈现出个人化的原始色彩。这些向命运发出的追问和索求,是无人疏导和答复的,即使是处于革命之中深谙救国之道的革命党人,即使是饱读传统经书的封建文人。当梦想照进现实之时,生活依然是没有头绪的,个人的理想要靠个人来实现。或者说,乌托邦式的理想常有常新,不局限于一段历史、一段革命,它存在于极端状况下,亦存在于平凡的日常琐碎之中。

概括地说,将《花煞》《银城故事》《檀香刑》《人面桃花》等这些作品与传统的辛亥叙事相比,显然无论在叙事风格还是精神旨归上走的都是另外一条路径。他们放弃了进行宏大叙事的努力,不去关注历史或革命的核心人物在历史进程中的角色地位和对历史有可能造成的"操控",而是把笔墨和心思投放到人们的生存状态,并通过对这种生存状态的描写,去探究历史小人物的精神气质,进而反映出那个时代的文化风貌和精神风貌。虽然这些写作看起来将目光投放到日常生活,但其实他们所追求的却是历史个体的主体性价值,比如表现民间世界、挖掘人情人性等,并在此基础上完成了某种形而上的思考。

第二节 叙事转向与观念重构

就文学史的事实而言,长篇小说承担了新世纪革命历史叙事的主要任务,我们从这些作品中看到了更为充分、更有个性的反映辛亥革命的创作追求。跨越100年的文学和历史记忆,辛亥叙事在2011年前后走向繁荣,积累了前人的创作经验,新世纪作家们在实际操作中显得更加游刃有余、进退自如。具体来看,新世纪第一个十年中,作家对于辛亥叙事的挖掘和关注可以分为两个层面:首先是由于这一主题的代际谱系特征,在主题思

---

① 格非:《人面桃花》,春风文艺出版社2004年版,第201页。

第十章 辛亥叙事的传承与新变

想方面并没有完全摆脱前代人的模式,他们对革命的认同与抗拒,对人性的洞察与思索,支撑了近代文化认同背后所潜藏的近代民族国家构想,关于这一点,在上一节中已经分析过了;其次是作家重新探求历史、民族、家族、个人在历史中的复杂关系,叙事转向了对更为明显的革命斗争中日常经验世界的呈现,表现在以下四个方面:传奇特质的新变、"苦难"的深度挖掘、"非虚构"叙事在再现历史真实上的努力以及更为人性化的家族叙事的参与。这也是本节要重点论述的,至于什么是革命和为什么革命等内容,本节并不做过多的涉及。这些作品主要有《义和风云》《血朝廷》《武昌城》《第二枪》《辛亥风云录》等。

一 传奇特质的新变

新世纪辛亥叙事的作家们,毫无疑问也充满着对革命和战争的神奇构想。如何对历史事件进行审美化的过滤和想象,进而构想出一个与作家创作意图相吻合的艺术世界;如何安排故事情节,才能达到在保证历史原汁原味的基础上的变幻曲折、出人意料的叙事效果,这些都是他们要考虑的。综合来看,作家在他们的创作中熔铸了情节曲折多变的"传奇"叙事传统,进而化解了以上艺术难题。对"曲折多变"的审美追求,在新世纪辛亥叙事中屡见不鲜。当然,这与革命本身的曲折与惊险是有所关联的。在这类作品中,主人公经历了进步革命思想的洗礼,在从事革命事业的同伴的指导之下产生了思想变化,开启了自我改造和提升的道路,逐渐成长为革命思想宣传工作或武装斗争的中坚力量。这种经历本身就具有浓郁的传奇色彩。另外,战争中的险象环生的情节也为小说增加了传奇色彩,渲染出一系列惊奇险特而又刺激的战斗场面。在这种跌宕起伏的情节编排下,读者的好奇心也被充分地调动起来,阅读情绪紧随故事内容起伏变化着。正如陈去病的《莽男儿》中主人公黄金凯,前半生流于市井,混迹帮会,后来接受新思想并加入革命队伍,为革命事业奔走,侠客式的暗杀故事、他的侠义精神与浪漫气质都深深吸引着读者。同样,在《义和风云》中,首先介绍了剃头镇的乡绅杨炳怀一家的背景,作为北宋著名爱国将领杨家将的后代,杨家七个儿子几乎都身怀绝技,会硬气功的杨大虎、擅长轻功的杨二虎、借助松香粉和煤油喷火的杨三虎、侍弄庄稼的好手杨四虎、骑术惊人的杨五虎、擅长偷盗的杨六虎、尚处于孩童阶段的杨七虎,七个性格迥异的兄弟都在鲁西县的义和团运动中起到不小的作

> 叙事的嬗变与转型

用。鲁西镇在山东鲁西县附近，这也为兄弟七人如梁山好汉一样的个性打下基础。朝廷原本对百姓与洋教的冲突持比较暧昧的态度，因此杨大虎领导的拳民放心大胆地攻打洋教索取意外之财，正当杨家父子与拳民为胜利而大摆筵席之时，师爷吴神机带来了从袁世凯那儿得到的新指示：要严惩与洋教发生冲突的教民。由此，情节急转直下，吴神机与杨家父子带领教民试图以出走的方式找寻出路……在朝廷再一次的戏剧性行动"招安"之时，杨家父子的队伍也在其中，直隶地区的义和团的首领展示了不怕子弹的本领，黄巾大汉展示了螳螂拳和精湛的刀法；天津红灯照的红衣仙姑在台上走起了令人眼花缭乱的台步并振振有词地唱了起来，在朝廷大员和民众的叫好声中竟然飞起又慢慢落下；最后登场的是杨大虎，他没有如预想中的展示他的硬气功，原因在于第一场洋教大劫中他对死去的洋尼姑所犯下的禽兽行为……在"从军吃粮"的诱惑之下义和团的队伍逐渐壮大，并发展出若干分部并深入北京、天津……作者所设置的这些跌宕起伏的情节正是这部小说的传奇性所在，然而故事的最后，除了最小的老七之外的六个兄弟和父亲杨炳怀无一例外地惨死在了"扶清灭洋"的道路上，且呼应了作品开篇设置的悬念"一个人一个死法"。在另一部作品《辛亥风云路》中，穿插了大量爱情描写，在这些美人与英雄的爱情故事中存在了一定传奇特质。比如：将军的姨太太侠义心肠、敢爱敢恨，为了救心上人寻找万丈悬崖之上的千年雪胆；有着曲折的爱情经历最终客死他乡的钰格格。此外，作者在作品中塑造了大量武功高强的人物，有能言善辩的罗纶，还有德八爷、公孙树、花燕云等，这些虚构的人物，使原本紧凑连贯的革命活动更富有戏剧性，更吸引读者。另外，在小说《海子边风云》中，也有充满传奇色彩的情节设置，主人公石头从小随母亲嫁到了流氓蓝花脸家，每天早上石头和另外三个兄弟被蓝花脸拖出被窝外出练功，这种童年的摧残意外地使他练就了些本事，在一次偶然的机会遇到一位武功高强的道长，三个兄弟开始了真正的学武生涯，这种富有传奇色彩的成长经历为他们日后参与革命、投身革命打下基础。长大的石头在蓝家大少爷的提点之下逐渐产生新思想并参与革命，在炸弹事件中死里逃生，几次遇险又成功脱险，并结识了宇文小姐、阎锡山等革命党人，在与清军殊死战斗中再次陷入困境，最终歪瓜率领的狗军奇迹般地出现并扭转了战局……通过以上分析，在这些作品中，情节构思的奇和巧是凸显作品传奇特质的重要方面，它不仅增强了作品的阅读趣味，更是跨越时空的历史小说生动的文学性的重要所在。另外，在《血朝廷》中部分情节的改写和戏说也是作品的传奇特质所在。作者将珍妃的死归结为"自杀"，李鸿章与革命党人暗地里的沟通联络，光绪其实并没有死，只是由一个民间掏大粪的人替死……这些情节看似违背了历史的真实，更侧重于文学的虚构与传奇，但实际情况可能恰恰相反。因为在作者看来文学里的虚构和传奇更加具有"文学的真实"，一种与史学的真实所不同的真实，作为一部文学作品，它更符合文学的内部逻辑。

二 苦难的两个层面

除了对"传奇特质"的凸显之外，对于"苦难"的挖掘也显得尤为深刻，与近亲"新历史主义"的辛亥叙事相比，新世纪这些作品中的"苦难"更贴近革命本身。确切地说是革命、战争丰富了原有苦难的内容与形式。那么，以往作家是如何书写革命战争中的苦难的呢？在鲁迅笔下，是一个民族的精神苦难，是革命"虎头蛇尾"的苦难；在陈去病笔下是个人际遇在历史大潮中沉浮不定的苦难；在李劼人笔下是个性鲜活的革命者流血牺牲以保革命大势的苦难。在当代作家的笔下，这是个人化的苦难，是琐碎的，充满现实投影的苦难，也是伦理和人性的苦难。新世纪辛亥叙事中的苦难与之前又有所不同，主要体现在"沉入历史"和"关注生存"两者并重。在《武昌城》的后记中，方方这样说："相当长一段时间里……在图书馆和档案馆翻阅资料以及在武汉的街巷中穿梭考察。甚至开着车把整个张公堤从头到尾跑了一趟。长时间地泡资料和实地观看，我对武汉这座城市的理解又深入了一层。我知道了自己生活多年的城市，竟有如此复杂丰富的历史，有着如此惊心动魄的事件。时光将这一切都已掩埋。生活在这时光层表层上的人们，成天东奔西走，忙忙碌碌，竟对它曾经惊心动魄的过往一无所知……那些曾经被迫放弃的关于武昌战役的林林总总，重新浮出水面。同时，我开始利用互联网寻找更多有意思的细节以及搜集我所不知的事情……"[①] 这段看似简单的话中实则包含了两点意思：一方面，作者在创作之前对史实进行了充分的调查研究，搜集大量资料并且进行实地考察；另一方面，初步订立了小说的书写原则，还原史实，尊重细节，以文学虚构的方式填补历史的空白，尽可能让读者感受到

---

① 方方：《武昌城》，人民文学出版社2011年版，第276—277页。

武昌战役的悲壮与惨烈。而正是这种穿越时间的，浸染了真实的鲜血的苦难才是真正有深度的苦难，也是一种找不到出口无法释怀的苦难。小说分上、下两部，上半部写北伐军的"攻城篇"，下半部写北洋军的"守城篇"。在攻城篇中存在两条线索：一条是以青年学生罗以南在攻城战中的流血牺牲为线索；另一条是以军人莫正奇的战斗经历和救助伤员的经历为线索。上半部的情节在"罗以南、莫正奇的一次次的营救行动"和"梁克斯负伤困于城门下"之间不断地曲折反复，表现了追随革命的青年梁克斯在面对伤痛和死亡时内心的坚忍，莫正奇、罗以南、郭湘梅一次次近乎绝望的救助，是这场战争中人性光辉的彰显，也表现了故事中人物之间的亲情、友情、爱情在面对战争等极端苦难时所能做出的伟大抉择。在守城篇中作者侧重表现战争中军人的内心的矛盾和挣扎。作为守城的最高司令，刘玉春不是一个完全没有良知的人，他清醒地知道顽固守城只是不断地给城中百姓带来伤害，而在军事部署上完全没有实际意义，军人的理性和作为一个普通人的良心彼此纠结，不断地折磨着他，他既是这场惨烈的战争的元凶也是战争的受害者。另一个更加极端的例子是主人公马维甫，他与刘玉春一样了解这场战争的本质，更为感性的他选择放弃守城以挽救城中百姓的生命，然而，在良心谴责之下他所做出的背弃军人职责的行为并没有得到他人的理解和认可，最终在众人的唾弃中自杀身亡。如果说作品的上半部侧重表现战争给民众带来的"物质"苦难，那么作品的下半部则是表现更为深切的"精神"苦难。处于战争中的双方，无论输赢，无一例外地经受了战争所带来的饥饿、病痛、恐惧、纠结……正是在这里，小说透过现实沉入到了我们文化的深处，也抵达了人性的深处——当人们处于极端的生存环境中时，应如何面对亲情、友情、爱情之间的矛盾和冲突。另外，人性并不是抽象的，它在人与人之间的交往联系中被具体化，它与文化有着深切的联系。正如刘玉春关于战争的"宿命"观点，马维甫职责与良心之间的矛盾与纠结，既是人性的悲剧，也是战争文化的凸显，表现了作者对战争中人性和文化问题的深度思考。

如果说小说《武昌城》在表现苦难时显现出"沉入历史"和"关注生存"两者并重，那么《第二枪》则更侧重于表现生存层面的苦难。在小说中，国的苦难与家的苦难历史性地在"一天"重合，"公元1911年10月22日，大的方面，这天满西安人被屠杀，全国范围也算继武昌起义，推翻清政府统治打响的最关键的第二枪。小的方面，这天也是我家系列问题的开始。从家人透漏的情况,我爷从走出家门到消失,就半年时间。半年内他让我奶成了寡妇,让我三叔成了遗腹子,也让这个家迅速垮了"①。长辈在战乱中的去世留给一个家族及其后代的,是一长串关于历史细节的疑问,以及在此后的时光中因"死亡"这个基本事实而发散开来的源源不断的琐事。战争带给一个人最大的伤害是死亡,由一次"死亡"引发了每个家族成员动荡不安的命运,作品中的苦难被更加细致地呈现出来,国家与社会的命运以苦难的形态被缩进一个大家族中,家族中的每一个人似乎都与这场革命息息相关,甚至每一个看似不起眼的物件都沉浸在历史的大氛围之中,哪怕是蚊子、苍蝇、鸡、小鸟……这些琐碎的、杂乱无章的物件构成了历史的另一番景象,构成了每个家族成员心中存在着的个人与战争、与历史、与死亡相关联的世界,在每个人的述说中我们可以了解到时代的风云变幻在人心中的投射,与历史的波澜壮阔相比人心显得更为复杂、诡异、琐碎。被打折双腿的奶奶,年纪轻轻便守寡又屡遭家庭变故的姐姐,在河里打捞上来的死尸、下雨天动物的尸体……战争犹如一个投入平静湖面的石子,在本该平静的生活中激起层层涟漪,战争改变人们的日常生活的同时也改变了人们悬浮在日常琐碎之上的内心世界。与本时期辛亥叙事的其他作品相比,《第二枪》显然更加注重细节,更注重民众具体的生存状态。它将战争苦难延伸到更加广阔的现实当中,苦难不再局限于共时的形态,不再局限于战争场面的惨烈、死亡人数的多寡以及民众的饥饿、恐惧上,而是将苦难作历时性描述,苦难因此具备了更加长远的意义,历史的波纹发散开来,影响着战争中的每一个人,也影响着他们的后代;影响着人们琐碎的现实生活,也影响了人们繁杂的内心世界。

三 非虚构的品质及表现

非虚构的作品本不应列入此文研究当中,但因其在这个时期有强大的表现,且呈现了某些长篇小说的特质,故权且一窥。这类作品主要有《1911》《燃烧的铁血旗》《杨沧白》《辛亥百年》《辛亥,摇晃的中国》《中国1911》等。本书选取《1911》《燃烧的铁血旗》《杨沧白》三部稍加分析。

---

① 炳新:《第二枪》,太白文艺出版社2010年版,第5页。

> **叙事的嬗变与转型**

《1911》《燃烧的铁血旗》《杨沧白》这三部作品都关涉着辛亥革命基本史实，都有非虚构的部分，小说总体而言都行进在真实历史书写的路途之上。广义的"非虚构"文学是指报告文学、回忆录、纪实文学、新闻报道等一切以事实为基础的文学形式，即以非虚构为创作原则的文学类型。而狭义的"非虚构"文学指的是2010年人民文学杂志社启动的一项"行动者"的"非虚构写作计划"活动，并为此专门开设了《非虚构》写作专栏，刊发一系列"非虚构作品"。在对这些作品进行分类分析之后，我们会发现"非虚构"作品的一些共同特征：在作品内容方面，不论是描述底层生活还是回忆过去，都展现出"去政治化"倾向，从作者的真实体验（也包括阅读体验）出发，向现实或现场回归；在作品的形式方面，作者注重真实材料的使用，在真实材料的摆放、结构、剪裁中运用文学性技巧，将这些材料排列、组合之后呈现在读者面前，以此实现与读者之间经验交流的顺畅效果，进而呈现出小说的知识性和道德严肃性，这些便是新世纪"非虚构"文学区别于传统纪实文学、报告文学的重要特征。

《1911》是王树增的非虚构中国近代史系列之一，非虚构正是这部作品的基本特征。其非虚构特色主要体现在三个方面：第一，作品中大量注释的使用，此外在每章后面都标明了相对应的出处，在阅读过程中我们常常会看到比比皆是的注释、文章末尾详尽的出处以及文中摘录的大段大段文件、时政评论、电报等，这些充分使我们相信，作者的叙述是有章可循、有事实依据的，当然这些证据的使用并不影响作品的文学性，并不影响其艺术效果，相反作者对这段历史事实的每一处的勾勒和描写，都是他在把握事实的基础上而进行的艺术发挥。第二，作品集中展示了1896—1916年之间的中国历史，更以1911年的辛亥革命基本史实为叙事关键，此前的历史书写是辛亥革命爆发的原因，此后的历史书写则阐释了辛亥革命成功之后胜利的果实被袁世凯篡夺。从1895年孙中山发动广州起义失败开始，作品描述了影响中国历史进程的诸多重大历史事件：惠州起义、《苏报》案、广州起义、同盟会的建立、秋瑾之死、革命派与立宪派的论争、武昌起义、清帝退位、袁世凯篡夺革命胜利果实等。这些原本为我们所熟知的历史事件，都被作者纳入了书写范围，一气呵成地完成了辛亥前后20年间的历史叙事。第三，作品的非虚构特征，还鲜明地体现在作者对历史细节的推敲和重视上。这种推敲和重视，改变了以往写实文学直线演进式的历史叙述，而是尽可能地重返历史现场，也正是这一点让我们看到了作者在作品"文学性"上所作出的努力，通过对具体史实的生动叙述，来获得作品的叙事魅力。比如在刻画孙中山这一人物时，作者采用了多种途径，在"医生的叛逆"一章中有这样一段话"一八九六年大清皇帝想要的是一个身材矮小、操着广东口音、时年三十岁的臣民的脑袋。这个声称自己名叫陈载之的广东人，已经被囚禁在一间斗室里，剩下的事就是把他押解到刑场上就行了"①。寥寥数语既引出了小说的关键人物，也对该人物的基本情况和声望做了简要概述，设置悬念引发读者阅读兴趣。紧接着，在同学关景良的母亲与孙中山的对话中我们才正式地认识这一"革命者"形象，"你志高言大想做什么官，广州制台吗？""不！""想做钦差？""不！""那么，你想做皇帝？""我只想推翻满清政府，还我汉族河山，那事业比做皇帝更高更大！"② 在"面目全非的资产阶级"一章中，作者又从"追随者"的角度进一步丰富了孙中山这一人物形象，"后来的同盟会员吴稚晖，被邀去见孙中山，他很不以为然：'梁启超我还不想去看他，何况孙文……'他问孙中山是否像'八腊庙'里的大王爷，同学说孙中山是个'温文尔雅、气象伟大'的绅士……即使是抱有成见的章太炎，见到孙中山后才发现这是'非才常辈人'"③。通过多种方式作者逐步完成了对孙中山这一人物的呈现，这种多层面、多角度的呈现方式与单一、平面的叙述方式相比，更显生动和说服力。

在阅读《燃烧的铁血旗》和《杨沧白》时，由于作者叙事目标的差异，我们可以明显地感觉到，这两部作品因对"历史真实"的追求程度不同而显示出完全不同的艺术效果：前者的真实性侧重于以翔实的资料、文献串联起历史事件的真实上。后者则更加倾向于个人经历和遭遇的真实。《燃烧的铁血旗》中大量使用了当事人、亲历者视角以及多方面的史料。这种根据材料事实说话，有章可循、有据可依的叙述模式，极大地增强了作品的真实性。当然，材料的真实不能等同于历史的真实，对于这一点，作家的处理方式与王树增的《1911》有异曲同工之妙，对于同一事件的不同回忆、见解、史料等拿到文本，一一呈现出来，在读者对回忆

---

① 王树增：《1911》，人民文学出版社2011年版，第3页。
② 同上书，第7页。
③ 同上书，第76页。

> 叙事的嬗变与转型

录、材料等的辨析与鉴别之中再现历史的真实。从起义发动之前，革命党人的积极筹备到正式打响起义的第一枪，以及起义之后与清军的殊死搏斗，各方势力的利害交织，果断、英勇、观望迟疑和密谋狡诈同时呈现在作品之中，描绘出楚雄楼密会、攻打楚望台军械库、推举吴兆麟为临时总指挥、黎元洪就任大都督、暗杀吴禄贞等事件。正是这一桩桩生动准确的历史事件串联起来，将武昌首义的历史原貌呈现在读者面前。

在《杨沧白》中，作者再现了"杨沧白"这一真实的历史人物。文学作品的根本任务是记人。杨沧白作为重庆地区辛亥革命的先驱，他的一生是曲折复杂的，作者仅选取了1900年至1911年建立蜀军政府的11年的史实为书写对象。与《1911》中多层面的刻画、凸显真实历史人物以及《燃烧的铁血旗》中材料佐证的方式相比，这部作品在描述历史人物的真实方面更青睐以主人公的基本经历为主线，设置其他相关人物进行历史事件的补白和历史氛围的烘托。无论是我们所熟悉的还是不太熟悉的，作者都力求真实地再现这些人物的活动空间，力求给这些人物以历史的科学的评价。如已是而立之年，长袍布靴打扮的朱之洪、西装革履的邹容、温柔贤惠的詹淑、迷信多疑的戴波、敢爱敢恨的张琴艺、流氓干猴儿等，都写得有血有肉，各具特色，表现了作者在塑造主要人物杨沧白的同时避免从教科书式的认识出发，而是尊重史实，以作家所掌握的历史资料为基础，尽可能还原人物所在现场，并还原现场中其他人物形象的生动个性。除了在塑造人物方面的努力之外，作品中另一重要特色是对重庆地方文化的描绘，比如重庆的茶馆文化，"茶馆是重庆人各行各业、三教九流聚会的小舞台，是游手好闲的市民消闲娱乐、混吃等死的场所，也是市民会友、交易、推销、卖艺、闲聊，或无所事事、观看街头行人的好场所"[①]，作者在对茶馆中来往的人做了一番梳理之后，着重说明了茶馆对于男人的重要意义，从而引出茶馆在这一时期成为了新思想和革命讯息的集散地；作品的第十四章借向楚之口讲述了"袍哥"的由来与发展，此处对于袍哥这一社会组织的详细介绍意在说明重庆革命组织的产生与发展。诚如前文所论析的，三部作品都表现出对"非虚构"的追求，同时又因作家创作动机之别而呈现出极大的差异性。由此可见，历史叙事向真实转向，在力求真实的基础上，进行合理化的艺术加工创造。

---

① 陈显明：《杨沧白》，大众文艺出版社2011年版，第76页。

四 从家族文化到民族精神

家族是人类文明的一个重要的文化现象，在新世纪辛亥叙事中也不可避免地有中国旧家族的缩影，新世纪辛亥叙事的部分作品以描述家族的整体命运支撑起复杂多变的革命历史。家族文化在中国传统文化中也有着独特的意义，近代思想文化改革无疑给传统家族伦理观念带来了巨大冲击。这类小说作者的兴奋点，与其说是时代的更迭、革命的兴衰，不如说是试图通过对家族故事以及家族中的个人命运的描绘，阐释在社会思想文化转型期中国传统文化的抉择与走向。揭示中国家族中人伦关系的特性是认识中国家族文化的一个关键，中国家族纵向以父子关系为轴，向上追溯到祖先，向下延伸到后世子孙；除此以外，还有按血缘关系的亲疏远近由内向外扩散的网络，即族群关系。在这错综复杂的关系网络之中，父子关系、族群关系以及夫妻关系最能突显中国家族文化特征。

首先，新世纪辛亥叙事部分作家对于小说中血脉延续观念以及父子关系的关注。在小说《辛亥风云》中，萦绕在邬爱香心中难以散去的愁云是没能生出儿子为沈家传宗接代，三个女儿的相继出生让她在家中的地位每况愈下。在传统观念中，家族的兴旺是与多子多孙联系在一起的，沈家似乎在这个问题上染上了霉运，即使是过继来的没有血缘关系的儿子最后也意外夭折，"延续香火的失败"在婆婆看来是无法接受的事实，作者在此处所设定的"婆婆对孙女冷漠的态度以及对媳妇邬爱香的恶语相向"这一系列情节，延续了传统的由血脉延续观念而带来的不可调和的家族成员之间的矛盾冲突；此外，作品中另外一个人物邬爱香的好友莲子，作为徐家的媳妇，虽然完成了为徐家延续香火的任务，却依然不得不面对现实生活中的其他不幸，如生活的贫困，丈夫的喜新厌旧，年轻貌美的小妾的压迫……作者从不同角度阐述了这一旧式伦理观念为一个女性乃至一个家族所带来的巨大伤害。与《辛亥风云》中对血脉延续观念的重视相反的是《海子边风云》中对于父子精神延续的断裂，蓝花脸救了逃荒中的石头母子，然而他的暴戾与蛮横最终导致石头母子和自己的四个亲生儿女反目成仇，他的私欲导致女儿裂枣的惨死。蓝花脸是传统家长的代表，同时他的身上存在着旧式流氓的种种陋习，在革命浪潮席卷而来时，他与处于成长进步中的儿女们渐行渐远，最终以死亡的形式完成了两代人之间精神延续的断裂。在《义和风云》中，这种父子间的精神延续是贯穿小说始终的,"杨家的家教家规甚严,长辈不召见晚辈,晚辈是不能轻易晋见长辈的,如有要事求见,要经管家同意,父就是父,子就是子,不得逾越,不得无序……"① 在这个充满浓郁封建色彩的家庭之中,父亲杨炳怀始终是家庭的精神支柱,也正是这位严肃、刻板的封建家长带领着六个儿子死在荒谬的"扶清灭洋"之路上。与这种充满悲剧色彩的父子伦理相比沈鸿庆与父亲的关系更能代表社会转型时期的家庭伦理。沈家对精神延续的看重表现为儿子对父亲的顺从以及父亲对儿子的精神性领导。这种延续性父子关系表现为两个方面:一是由沈家"无后"而产生的实质性断裂;二是革命带来了新思想,科举制的废除,大量留学生的出现,青年一代在思想上较父辈更加贴近这个时代,贴近社会现实。至此,传统伦理关系发生逆转,父子关系中出现了冲突与对抗,沈鸿庆在日本留学期间剪掉辫子,父亲得知后痛心疾首,在剪辫子这件事上父亲的顾虑与小心翼翼与儿子的轻松愉快形成鲜明对比;远在日本的儿子与父亲的书信交流是父子交流的唯一途径,在对儿子的深切惦念中他渐渐地接受了革命党人秋瑾的诗,以及青年留学生们求新求变的救国思想,然而革命与救国终究没有渗透到父亲的思想深处,父子之间新思想、新观念的融合在真切的现实生活面前缺乏指导意义,父亲将一直隐藏在外的小妾和女儿理所当然地带回家里,致使母亲受到很大的刺激精神失常,是这个大家庭悲剧的开始。儿子沈鸿庆为追求真正的爱情毅然与妻子离婚,抛下三个女儿,但是看似美好的爱情依旧要面对生活的琐碎与压力,纯粹的爱情随着年轻妻子黑牡丹的去世而狼狈收场,再次回到家中,面对冷清颓败的家,只能在自责与悔恨的情绪中慢慢沉沦。由此可见,革命救国的大道理中找不到琐碎、繁杂的现实生活的解决方式,在新与旧的观念的不断拉扯之中,真正符合人们生活实际、符合时代现状的观念的出现尚需时日。

从"家"叙事作为切入点,深入个人内心进而深入到民族的灵魂的最深处。作者们借由对古老家族文化的探寻完成对时代的剧变的梳理,在价值观日益多元的时代,作家们对传统家族文化观念以及个体存在、家族命运及个人命运始终秉持着一种矛盾心态。在他们笔下,新思想的冲击并没有使传统的伦理关系发生崩塌,然而对个体的把握却着实发生了由外而内的转变。

---

① 王金年:《义和风云》,海天出版社2011年版,第27页。

五　最重要的是思想价值

近现代西方国家的革命与改良在文艺复兴、宗教改革和工业革命中完成了漫长的思想酝酿期，在解决政体、国体以及政权归属问题的同时积累了良好的思想基础。中国则不然，与众多西方国家不同的是中国的革命无论是在时间上还是在任务上都显现出复合、重叠的特征。在中国社会由传统向现代的转型过程中，暴力革命总是与一定程度的思想解放相伴而生，新的思想与价值观念争先恐后地涌现，以至于在新的社会形态中尚需解决前一阶段所遗留的思想任务，历史总是要求我们站在一个更高的起点，从新的现实需求出发去找寻对前一段历史的正确认识。辛亥革命是中华民族救亡图存的重要篇章，革命本身伴随着思想和价值体系的创新任务，如若我们将辛亥革命作为逻辑起点，那么此后的不同历史时期的知识分子在不同时代背景之下思考和回顾这段历史时，无疑不遵循着一个基本的精神动力，即通过文学的形式不断传承和挖掘出辛亥革命所衍生出的现代思想观念。

从鲁迅远赴日本"学医"到"弃医从文"的人生选择上，我们可以看出这位伟大的现代作家对"人"的重视，一方面，学医是为了医治人身体上的疾病；另一方面，弃医从文是为了医治更为重要的人的精神层面的"疾病"。由此可见，鲁迅对于辛亥革命的呈现始于国人的生活困境和积久难改的精神痼疾。上无片瓦遮雨，下午寸土立足的农民阿Q，生活在社会的最底层，靠出卖力气为生，悲惨的现实处境造就了他独特的病态灵魂，最为基本的生存需求催生了他对"革命"的认识；在《药》中，革命者的血既没有医治疾病的奇效，更没能医好底层民众性格上的愚昧和麻木。革命形势和革命者的流血牺牲却意外地鼓励和刺激了国人性格中狭隘自私、愚昧落后的部分，面对生活中的种种不幸，人们依旧能够冷漠无知、不愠不火地生活下去；《银城故事》中的刘兰亭，在暴动计划真正实施以后，当他真切地面对革命带来的血腥和破坏力之时，现实中的一切将要随革命而毁灭，幸福的家庭和待产的妻子……对于革命他产生了深切的怀疑，甚至发出了"悔不当初"的心声，在他身上我们感受到了革命本身是一种冲动，它将个人的价值囿于自身以及历史的局限当中。在《人面桃花》中，张季元甚至一度将"女人"等同于"革命"，在遇到秀米之后，他将自己的革命目的转向了个人情爱，"没有你，革命何用"？革命

>> 叙事的嬗变与转型

再一次在现实需求面前变得渺茫。在《花煞》中，宗教冲突的背后实际上潜藏着极度膨胀的个人私欲，浩浩荡荡的反洋教队伍之中，男人们特有的生理冲动在一个可怜的中国女仆身上得到了彻底宣泄，暴动之后，女人们过节一般地展示和欣赏着从洋人那攫取来的珠宝财物。已经过世的胡地用一个空空的锦盒和贪婪自私的梅城人开了一个大大的玩笑。

综上，无论是传统的现实主义小说家还是新历史主义小说家，在传统文化的积淀与西方思想文化的冲击之下，均显示出对个人生存困境的呈现与精神特质的挖掘。事实上，这种潜在的精神动力作为近代"启蒙"思想的历史延伸而不断丰富着现代思想观念，或者说，这正是新世纪以前的辛亥叙事所自许的革命价值所在。

穿过100年的风雨，"辛亥革命"又一次成为文坛的热点。其作品以对辛亥革命及其前后历史事件的重新叙说，而区别于传统现实主义和新历史主义小说，这些创作的最大特征是对历史本身的逻辑性的回归，虽然这种回归态势限定了作家在呈现历史时所选取的内容和方式，但这绝不影响我们把握严肃精确的历史细节，并提炼出历史血肉之中的思想文化精髓。传统现实主义小说尽可能地以个人的际遇来凸显出革命的合理性以及表现革命进程中产生的种种瑕疵；新历史小说则重在彰显历史/革命的荒诞性和悲剧性。从传统现实主义到新历史小说的发展轨迹来看，它们直接反映了现代思想观念的初步确立。而新世纪辛亥叙事这一小股创作潮流正试图将源于传统的民本化革命叙事和解构化、世俗化革命叙事加以调和，从而形成一种新的革命叙事，这一努力是通过挖掘这一特殊历史时期复杂人性、人情中更为丰富和明确的现代思想观念来体现的。在这场大变局中，新的思想和价值观念代替了旧的文化，"革命者"在这段极为紧迫的时间之内肩负了思想家与革命家的双重任务。《海子边风云》中首先接触并参与革命的蓝家大少爷与主人公石头看似主仆的关系中，实则掩盖着革命者与被启蒙者之间的身份的平等以及革命信息、资源的交换，当大少爷在参与革命而生命遭到威胁之时，他甚至可以将生存的机会让给石头，这种妥协以及生存权利的交换暗含着革命先驱与被启蒙者在革命思想上达成的共识。在《辛亥风云》中，保守的父亲提前为两个儿子设计好了有利于巩固家族势力的人生道路，大儿子沈鸿庆赴日留学打破了他原本的计划，作为封建旧式家长，由最初的不解、埋怨到最终的妥协，在与儿子的书信交流之中，了解革命思想以及最新的革命形势，甚至欣赏革命党人的诗……

权利的交换如此这般地在这个封建家庭中悄然完成;另一方面,参与革命的丈夫沈鸿庆抛下妻儿,追求新式爱情,妻子邬爱香与日本人由木荣子结合远赴日本开始了新的生活,这种情感的自由选择与交换是平等观念的凸显,但是变化的背后又有着另一番景象,丈夫的新式婚姻草草收场,回到空荡荡的家中,最终在遗憾和忧郁中死去。邬爱香没能适应日本的新生活,原本期待的幸福实则五味杂陈,抹掉了失败的婚姻,却抹不去心头对孩子和熟悉的家乡的思念。由此可见,现代思想观念在现实生活中的尴尬处境。《武昌城》对于武昌战役中的攻守双方都做了相同分量的呈现,群众、百姓无疑是战争的最大受害者和牺牲者,然而,真正投入战争中的双方也同样背负着战争到来的重大苦难。革命的进步性是毋庸置疑的,但这并不代表暴力革命的流血牺牲是任何一方所希望看到的,战争一视同仁地摧残着各阶层和各方势力,并将饥饿、恐惧、煎熬……散播到生活的每一个角落;在《义和风云》《血朝廷》《辛亥风云路》中,统治阶级不再神秘莫测、高高在上,在与革命党甚至袁世凯的权力拉锯和争夺之中显示出无可奈何的妥协与退让,他们与常人一样拥有喜、怒、哀、乐和琐碎的日常生活,在特殊情形下也会产生最基本的生存需要和情感需要,然而由于身份的特殊,却无法像常人一样通过个人努力去获得最基本的权利,作家对这一特定人群的尴尬处境的描述从另一个侧面凸显了在特殊历史时期对"平等""公民身份""基本权利"的呼唤。另外值得注意的是,新世纪辛亥叙事以遮蔽的形式对现代"法治"观念的凸显。在《海子边风云》中裂枣的死理应由夏学津和蓝龙陛负责,夏学津是封建统治阶级的代表,蓝龙陛拥有雄厚的家族背景,最终身负道义的哑巴充当了无辜的替罪者,在无法可依的动荡社会中,"人情"充当了正义的审判者和调和者,哑巴出于报答蓝家的恩情而承担了所有罪名,这段冤屈点燃了歪瓜心中的阶级仇恨,他借助狗军完成了最后的复仇。在《义和风云》中,清政府已不再是社会秩序的维护者,暴动之中参与反教会的群众、教民甚至是"不能轻易得罪"的洋人的伤亡情况不是这些地方统治者所关心的事,严重的暴力冲突在他们欺上瞒下的政治手段下得以轻松"化解"。在荒谬的义和拳聚会中,他们甚至充当了拍手叫好的看客。在上述作品的人物设定和情节安排中,我们感受到了作家对"共识、平等、法治、权利、交换、妥协"等现代价值观念的发现及关注,或者说,关于革命价值的种种问题,新世纪辛亥叙事的作者给予了我们一些新的思考。新世纪辛亥叙事更

> **叙事的嬗变与转型**

加丰富和细化了现代价值观念，作家们在延续了前辈作家的精神动力的同时，进一步规范和明确了现代价值观念体系，在这些现代思想观念的深入挖掘之中我们看到了新时代背景下革命价值的彰显。

中华民族和中国人民的生存和发展，始终是革命的合理性、正义性的源泉，辛亥革命中产生的革命精神和革命价值观是中华民族独特的精神财富。暴力革命一方面改变着我们的价值观，另一方面其巨大惯性和那个时代特定的价值观和思想方法，也给我们留下了深远的历史影响。

附 录

对谈与访谈

附录一 乡土中国的再度书写
——新世纪文学反思录

一 乡土中国书写的概念及新世纪生成背景

姚晓雷：在当下的文学研究与批评中，乃至社会学的研究与批评中，"乡土中国"都是使用最频繁的术语之一，这自然有其特殊的社会背景和文学背景。不过我发现，大家在使用这一概念的时候，其实并没有完全在同一个意义平面上，有的把它单纯地等同于乡村的地理概念，在农村、农民、农业这一具体层面使用它，当前许多研究"三农"问题的著作即如此，如贺雪峰的《新乡土中国》；有的把它当成一个与中国传统文化精神相关的价值概念，在抽象层面使用它，如著名社会学者费孝通在他的早期著作《乡土中国》中就是在这个意义上使用它的，里面明确说道"这里讲的乡土中国，并不是具体的中国社会的素描，而是包含在具体的中国基层传统社会里的一种特具的体系，支配着社会生活的各个方面"。在我们开始讨论"乡土中国的再度书写"这个文学话题的时候，我觉得我们首先有必要就这一概念的内涵和外延做个规范，这样我们的讨论才能更富有针对性。那么，这里的乡土中国书写指什么呢？到底是指描写具体乡村社会生存图景和内容的文学呢，还是也应该包括一些虽然描写内容在一定意义上超出了乡村世界，但在显示的意义属性上和传统乡土社会有一定联系的作品呢？

周景雷：我也注意到了晓雷兄说的这种情况，我个人感觉费孝通的《乡土中国》更具有文化学色彩或者人类学色彩，而贺雪峰的《新乡土中国》更具有社会学色彩。所以单纯地将文学的乡土气质或者乡土性寄托在它们中的某一个身上都有失偏颇。不过费孝通的理论似乎对文学更有影响力，这就说明无论我们的文学创作如何去做社会学上的阐释和书写，其终归呈现出来的还是文化学意义上的社会学。所以，对这一概念首先做个

▶▶ 叙事的嬗变与转型

界定还是很有必要的，但更主要的是要看到这个概念在不同时代的内涵变化。

姚晓雷：我个人的看法是，既不能完全把它看成是地理概念，也不能完全把它看成是抽象的精神概念，而应该是二者的结合。它既需要具体的农村社会生存内容的正面支撑，又有一种更大、更宽广的内在价值视野支撑。那么，支撑"乡土中国"这一概念的内在价值核心具体又是什么呢？这就在于它的内部构成的另一个关键词——"中国"。所谓乡土中国书写，更清楚地说，就是中国问题视阈下对以农村为主要载体的中国社会的书写。没有具体的地理意义的乡村社会支撑的抽象精神型解读，将会使对乡土中国的书写的理解陷入边界缺失，比如阎连科的《风雅颂》，写的是京城知识分子的生活，但人物显示的心理内容也是典型的传统社会的内容；再如苏童的《河岸》，写的是小城镇的生活内容，也具有典型的乡土伦理情感，你是不是都要把它们算作乡土中国的书写范畴呢？同样，没有明确的中国问题视阈，即关注的价值重心不是在"中国"而是在"乡土"，那它和一般的乡土文学概念有什么区别呢？总之，文学中的乡土中国叙事并非简单地等同于乡土文学，而是从属于乡土文学范畴却又具有相对独立性的、在自觉的中国问题视野下进行的乡土社会书写。文学中的乡土中国叙事始于"五四"时期，并同中国现代化历史进程密切联系在一起，是现代性的产物。

周景雷：我非常同意晓雷的综合判断，就是既不能把"乡土中国"看成是地理概念，也不能看成是抽象的精神概念，而应该是在一个确定的地理空间上、地理方位上所呈现出来的精神状况，它立足于乡土，又游离于乡土。否则的话，新世纪以来的很多关涉进城打工或者所谓的底层写作都是没有办法给予清晰的界定的。这是我们在新世纪讨论"乡土中国"的再度书写所必须面临的基本前提，没有这样一个前提，再度书写就没有意义。

刚才晓雷谈到了另外一个问题，就是"乡土中国"这一概念的内在价值核心具体是什么。我觉得强调"中国"二字固然重要，但它只是构成这一概念的背景，是基础，而不是关键。我们知道，新世纪的乡土文学创作都是在中国的视阈下完成的，反映出来的都是中国的社会问题或者是中国的社会现实，因此"中国"的独特性并不鲜明。这里的核心和关键还是要落在"乡土"上。在新的时代背景中，"乡与土"的含义都发生了深刻的变化，如果说"土"还有可能指向某一具体的空间的话，那么这个空间也是流动的，变动不居的；而"乡"则已经从具体物质空间转化为精神空间了，是精神之乡了。比如，我注意到这样一种创作现象，现在在很多工厂史写作中，都是从农村写起的。新中国的工业发展史证明，至少在两个时期，也就是新中国成立初期和20世纪90年代以来，工厂的工人主体主要来自农民，当他们的身份由农民变为工人，生活空间由乡村变为都市或者工厂，那么自然就会在空间与精神上产生双重问题，自然产生乡与土的变迁问题。至于像《秦腔》《石榴树上结樱桃》等相对纯粹的关于乡村的写作，也都与此大同小异，都纠结在"乡与土"的关系上。这一点从鲁迅时就已经开始，但中间被打断了，形成了另外的传统。现在我们要重新出发，既要接续这个传统，又要有新的审视。

姚晓雷：毋庸讳言，新世纪以来的乡土文学书写进入了一个异常繁荣的时期。

新世纪以来乡土中国的书写的繁荣有其必然性。一方面，进入新世纪以后中国社会在全球化、现代化逐渐加深的过程中经历着前所未有的动荡和剧变，社会文化背景变化异常剧烈，乡土社会也拥有一个复杂的本体嬗变过程，特别是20世纪90年代以来乡土中国正日益成为全球化、市场化规则指导下的在建工程，其所遭遇的一系列问题诸如是否应该复制西方所走过的现代化道路、乡土社会结构的演变、城乡二元对立格局中的资源占有和分配的进一步边缘化、乡土社会的城市化和新农村建设、阶层分化和地域不平衡、传统的农耕文化的当下命运、民间信仰缺失与价值混乱等，它们几乎代表着整个中国现代化过程中最本质也最无法回避的部分，文学该如何高屋建瓴地把握它们和处理它们，已是压倒一切的当务之急。另一方面，面对从20世纪初以来中国社会百年现代化过程所经历的风雨沧桑以及宝贵经验，如何进行有效反思总结，以期为未来的进一步发展提供有益借鉴，也是新世纪以来知识分子和文学所关注的重点。由于乡土社会和中国形象之间的天然联系，文学知识分子借助乡土中国形象的塑造和阐发以寄托自己对建构民族国家的思想认知、路径选择和审美想象，也是应有之义。

周景雷：晓雷的"异常繁荣"这个词用得非常准确，这表明在新世纪乡土文学书写的背后有着另外一个不同于常规的动力。晓雷刚才对新世纪中国社会的乡村分析更多是从结构上、形式上着眼的。我想在这一结构和形式下谈谈它的内涵。一是我们遭遇到了转型的躁动，它使中国的乡村发生了分裂，发生了一些对立和冲突，人和土地的关系变得紧张，农民对自己的身份归属感到迷茫，城乡之间道德认同感明显不足，物质苦难和精神苦难同时被提上日程，乡村的秩序和结构发生逆转，这些在新世纪的乡村书写中都有鲜明的表现。比如《秦腔》《高兴》《赤脚医生万泉和》《受活》《刺猬歌》《白纸门》《石榴树上结樱桃》等。所以，我曾经将新世纪以来的文学创作称为转型文学，就是想从主题上对这一时期的创作做一个概括性的指认。二是作家的创作动力和创作机制不同以往，出现了诸多新的因素。多元的文化格局、相对宽松的环境和急速变迁的社会现实鼓舞了一些作家可以作为一名知识分子的勇气，既能够对历史进行有效的深刻的反思，又能够对当下的现实进行尖锐的批判和深刻的揭露。也就是说时代的创作容量变了，思考问题的方式变了，这必然引起创作视角和创作方法的变化。比如尤凤伟的《衣钵》和《一九四八》、莫言的《生死疲劳》、严歌苓的《第九个寡妇》等都对土改运动进行了另外一种审视，它们既是历史的也是乡土的，这和《太阳照在桑干河上》《暴风骤雨》形成了鲜明的对照。

另外，还要注意到的一个事实是，新世纪乡土写作的主要代表作家大都是20世纪五六十年代出生的，甚至有的出生得更早，这种代际上的差异、成长经历和已有的创作经验也使他们的乡土书写拥有了其他年代出生的作家所没有的优势。所以乡土文学的变化只有发生在他们的身上才是最有说服力的，才能形成再度书写的可能。但也正因为如此，其隐藏的问题可能更多。

姚晓雷：新世纪以来中国乡土社会及文化发展的复杂性注定了同时期乡土中国书写的复杂性，由此派生了一系列的命题，诸如新世纪乡土中国叙事的历史文化渊源问题、乡土中国叙事的多重审美意蕴问题、新世纪乡土中国书写价值生成与乡土社会本体的关系问题、新世纪乡土中国叙事价值生成与中外文化资源的关系问题、新世纪乡土中国叙事价值生产与体制的关系问题、新世纪乡土中国叙事历时性发展演变及规律问题、新世纪乡土中国叙事的空间性分布问题、新世纪乡土中国叙事结构系统中的结构要素的功能变迁以及结构系统的整体演化问题、乡土中国叙事与民间观问题、乡土中国叙事与历史观问题、乡土中国叙事与文化保守主义问题、乡土中国叙事与左翼美学问题、乡土中国叙事与都市中国叙事的关系问题、

"老中国"叙事的美学价值与局限问题、当下乡土社会的信仰现状信仰叙事问题、乡土中国的海外想象问题、乡土中国叙事中的农民工形象塑造问题、乡土中国叙事中的诗意及理想境界问题,等等。应该看到,我们的乡土中国书写中已经不同程度地接触和表现了这些问题;但也应该看到,绝大多数问题在我们已有的乡土中国书写中还没有得到很好的解决,甚至没有引起足够的重视。

周景雷:晓雷提出的这些问题确实也一时难以厘清,大概每一个都需要做很多的文章。但这不是文学创作问题,而是文学研究问题。新世纪的乡土中国叙事不是凭空产生的,即使它是对写作传统的彻底背叛,也仍然是立足其上的。这里的关键问题是,作家们在面对当下的乡村,或者立足于当下的情感书写过去的乡村的时候是站在一个单一的视角还是站在一个广阔的综合的视角,能不能在一个有限的空间和区间内写出无限的经验。这个无限的经验也许就包含了晓雷在上面所提出的那些问题,但这并未为很多作家意识到,或者并没有能力去做这种无限的把握。关于这一点,一些中短篇小说倒是显得比长篇要好。比如《湖光山色》的立场和视角就非常单一和狭仄,但却受到了茅盾文学奖的鼓励。我曾经写过一篇文章,先扬后抑,结果某报发表时,只发表了扬的部分。我举这个例子是想说明,晓雷所提出的那些问题在研究领域都没有得到足够的重视,遑论创作?

二 关于新世纪乡土中国的书写伦理问题

姚晓雷:所谓书写伦理问题,其实就是一个用什么样的文化立场去写的问题。作家在进行乡土中国书写时,这必然是他要面临的一个问题,在某种意义上也是最重要的问题。恰巧在这个问题上,我认为是我们新世纪的作家始终没有处理得很好的一个问题。

我常常感觉,能生活在我们这样一个时代,对我们这些乡土中国的表现者、书写者来说实在是一种幸运。并不使所有的作家都能有幸赶上这个社会文化裂变的大时代,亲眼看见它的转型过程中所暴露出的一系列问题。古代曾有一句话叫"江山不幸诗人幸,赋到沧桑句便工",它的确为我们新世纪的作家在进行乡土中国书写时提供了丰富的经验。但到目前为止,我感到我们这方面最好的作品充其量都停留在好的问题小说水平。即它们提出了问题,却找不到合适的叙事伦理。以阎连科的《受活》为例,

>> 叙事的嬗变与转型

这是新世纪以来这方面创作中非常富有代表性的作品,小说虚拟了一个残疾人生活的"受活庄",以新中国成立以后的人民公社、"大跃进"、改革开放等一系列事件为背景,通过里边人们从追求入社到追求退社的历程,以抗诉新中国成立以来主流社会对民间社会关怀的背叛与损害。作者在这部小说里面对时代的重大命题,体现出了极大的现实良知和勇气,并且在艺术手法上也充满奇绝的想象,可读了之后总有遗憾:它到底要把生存的意义和价值引向何处呢?难道退出荒诞的主流社会就是我们这个社会所能找到的最好理想吗?它的确相当精彩地提出了问题,而且是很重要的问题,但显示的意义恐怕只能停留在这一层面。

周景雷:我觉得书写伦理在一个作家身上应该体现为两种。一是写作自身的伦理,即一个作家在写作上到底该如何用力,用到什么程度,是面对对象时所产生的情感的自然流露,还是过分地深度加工。我们常说"过犹不及",这不仅是一种处世之道、治世之道,其实更是一种审美之道。它要求作家给予对象应有的尊重,要体现出各个层面应有的尊严,即使是十恶不赦的、罪不容诛的。遗憾的是,这些年来在此我们值得检讨的地方还是很多的,这是中国当代文学遗留的一个问题,一直没有得到解决。每当阅读到这样的内容,我常常有一种我们的文学尚未成熟的感慨。二是叙事的伦理,就乡土中国书写而言,不知道诸位是否注意到这样的现象,我们对乡村的想象基本上是二元对立,要么很好,要么很坏,好的就是天堂,诗情画意;坏的就是地狱,就是阴森恐怖、破败不堪,让人不寒而栗,鲜感觉到温暖和温馨。其实也许并不如此,出现这种情况可能与作家的价值判断和价值追求有关。因此是不是可以这样说,价值的导向决定了叙事伦理的起点?

另外,晓雷似乎对作家仅仅在其创作中提出问题并不满足,我倒是觉得作家能够提出一个好的问题就足够了,他不需要去解答。

姚晓雷:新世纪的一些作家还在创作中直接从宗教信仰中寻找资源,只是这些所谓的信仰也往往由于渗透了太多的功利因素而显得矫情。例如,基督教是新世纪作家最习惯运用的宗教资源之一,北村新世纪创作的长篇小说《愤怒》可谓代表。北村的这些创作是为了关注现实正义。问题是他是采取什么样的姿态来进行关注的呢?我们看到他选择的是基督教所主张的不抗恶和人格的自我救赎。《愤怒》写的是一个农民子弟李百义的故事:李百义出生在一个困窘的家庭,一家人在生活里经历了各种屈辱，母亲被霸占，妹妹被轮奸，父亲被虐杀。残酷的遭遇使李百义愤怒了，他不再对社会抱有幻想，决心进行"个人的审判"，杀死了那个将他父亲虐待致死的警察然后隐姓埋名远走他乡。小说到此笔锋一转，杀人事件给主人公带来的是难以摆脱的良心上的折磨，即便他经商致富后成为一位品格无可挑剔的慈善家也不能摆脱负罪感。他在教堂里聆听到福音，从而脱胎换骨、洗心革面，认同了基督教的爱与宽容主张，选择了向上帝屈服，接受了养女为他安排的道路——被捕归案，并以宗教信仰的光亮感化了一系列有罪的人。《愤怒》这部几乎近似于布道书的作品，其核心的观念显然是《圣经》所说的凡人都是有罪的，故在何种情况下人都不能审判人，只有上帝才能审判，人能选择的是爱和宽容。这里不能不指出的是，北村这种关怀现实方式是看到了问题，却开错了药方。他不仅把宗教的原罪和社会学意义上的犯罪混为一谈，而且把社会生活复杂的矛盾冲突抽象成了一个我们人性内部"恶"与"善"的问题。其实有现代文明常识的人都知道：解决社会不公依靠的是社会制度的完善，依靠的是现代理性精神；放弃了对制度和理性的坚持而谈其他无异于缘木求鱼。若依照北村的逻辑，既然所有的人都有罪，既然所有的罪人自身都没有资格审判，这就势必放弃了人类自身追求社会正义的可能，在一定意义上否定了现代社会制度建设和完善的必要性。这些小说所宣扬的宗教信仰很难说是作者直面现实的一种结果，也很难显示出宗教的超越感，而是一种借宗教之名矫揉造作的逃避。

周景雷：北村在《愤怒》之后的长篇写作都有问题。他的问题不在于他用基督教的教义和精神来拯救世事人心，而在于他把基督教作为了硬物质或者坚硬的工具揿进了故事。这使他小说中所谓的正义、所谓的救赎、所谓人性等都是分离的，互不搭界，生硬感非常明显。同样来表现基督教，刘醒龙的《圣天门口》、范稳的《水乳大地》要比他圆润得多，意义也就更加丰富（当然，这两部作品是否算在乡土中国书写当中还可以讨论）。这说明一个问题，一种文化不变成你故事当中的日常生活，不是慢慢地浸入和蔓延在你的故事当中，那么势必造成矫揉造作的写作。这对我们讨论乡土中国是非常有意义的，因为乡土中国的最基本伦理和存在就是日常性的、综合性的。

姚晓雷：我认为，新世纪以来书写伦理退化的总根源，是随着资本、权力、消费等多种因素的影响愈演愈烈，作家们在创作过程中的精神世界越来越低迷,那种发自灵魂深处并根植于现代文明土壤上的对未来的憧憬和信任日渐稀薄,甚至消失。换句话说,在众多作家身上落满了太多生活的灰尘,而遮蔽掉了心灵的天堂。自由、理性、民主、权利、平等、公正等这些自"五四"启蒙文学以来呈现本土的现代性价值理想,已经无法再像当初一样使他们感到温暖和阳光。文学需要理想,时代也需要理想,但它们最需要的是根植于我们现代文明核心价值的、能对时代发展和人们精神起引领作用的正面理想。在这方面,我们的作家不能不认真思考一下了。

三 关于新世纪乡土中国书写的艺术手法问题

姚晓雷:新世纪以来的乡土中国书写尽管出现了异常繁荣的景象,在艺术手法上也出现了众多创新,但其中也有许多问题值得重视。也许我们的时代太功利化了,在它的挤压和诱导下,艺术家为了名利,为了赶时髦,也出现了诸多浮躁现象。其中的一个表现是半部书精彩。像阎连科的《受活》《丁庄梦》,开头气势很大,前半部相当精彩,但越到后边就越有点急就章,很多线索完全可以进一步很好的展开。

贾平凹的《秦腔》人们评价很高,这部小说更以灰色得令人窒息的现实主义创作方法写出了一曲乡土的挽歌。小说以作者的故乡棣花街为原型,写一个叫清风街的地方近二十年来的演变。贾平凹曾说《秦腔》是在写故乡留给他的最后一块宝藏,"本来农村的变化我比较熟悉,但这几年回去发现,变化太大了。农村出现了特别萧条的景况,劳力走光了,剩下的全部是老弱病残。原来我们那个村子,民风民俗特别淳厚,现在'气'散了,我记忆中的那个故乡的形状在现实中没有了"。的确,这部小说以细腻平实的语言和流年式的书写方式,集中表现了改革开放年代乡村的价值观念、人际关系的深刻变化。但问题是这里的记流水账方式,到底应该是作者个人风格的炉火纯青,还是艺术创造力的捉襟见肘呢?我以为恐怕更应该属于后者。里边的情节,似乎在任何一个地方都再加上一些不觉得多,减去一些不觉得少,就像一个人,再漂亮点你也看不出她多漂亮,再丑点你也看不出她多丑,这意味着什么?意味着她平凡了,平凡得再改变点你也不会对她有感觉。对一个艺术品来说,若也给人这样的感觉,恐怕不是一件好事吧?

海外华人作家严歌苓的《第九个寡妇》,尽管影响很大,却难免有一种情节过分离谱的感觉。是不是有些向壁虚造的成分在其中呢？

周景雷：谈到艺术手法问题，晓雷提出了一个"半部书精彩"的问题，我觉得这是抓得很准的。这让人想起胡适的"半部书主义"。想想其中的原因，我觉得仍然和我们的作家急于追求创新有关，这大概又和胡适差不多。应该说，追求创新没有问题，但创新应该有个整套的设计、整体的构思。记得当年看过茅盾的《子夜》和《霜叶红似二月花》的写作提纲，曾深深为大师严谨的态度所感动。但今天还有多少人在这样做？恐怕并不乐观。这里的原因，除了急功近利和浮躁之外，我觉得就是一个对写作这件事如何尊重的问题，还有一个就是创造能力问题。我总有一种感觉，很多人写到一半的时候，除了思想资源枯竭了，艺术手法也枯竭了，于是模式化创作便兴起。上面谈到北村的那几部作品就是如此。奥兹的《故事开始了》是专门研究小说开头的。受此启发，我曾认真地考虑过"故事结束了"，结果发现，我们的故事结束的方式是多么相同啊！几乎都是隐喻或象征。创新造成了匮乏，不创新也造成了匮乏，由此看来，还是"老老实实"地写作好。

谈到具体作品，我和晓雷的看法有些不同。比如《秦腔》，我认为它自身不是靠情节、故事取胜的，而是靠对日常生活的细密描摹以及由此堆砌出的自然的"哀伤"而取胜的，反映了作者对原始主义的现实主义手法的某种追求。这种手法可以和此前的《废都》《怀念狼》，此后的《高兴》《古炉》的写作相比较。

四　新世纪乡土中国的再度书写

姚晓雷：在当下的社会转型过程中，许多历史上没有解决的问题以及现实中新出现的问题都盘根错节地纠结在"乡土中国"这一社会文化范畴中。新世纪以来文学中的乡土中国叙事在精神上负荷了其社会本体的所有难题而艰难跋涉。作为改革开放以来全球化、现代化语境下中国形象塑造的一个构成部分，作为知识分子的一种现实认知以及现代性想象，它在反映新世纪以来乡土社会现实以及传达现代价值关怀方面功不可没。不过它在探索过程中也出现了许多叙事伦理、叙事策略以及审美追求上的盲点和偏颇。目前，乡土中国处在新时代、新背景、新变迁之中，我们在面临社会转型难题的同时也拥有诸多可以利用的现代文明资源，这注定是一个困难与希望交织的大时代。立足于现代文明的制高点，立足于时代的精神的发掘，积极吸取中外文学的优秀探索经验，进行价值融创，以努力打造乡土中国叙事大境界，既是我们的期待也是我们的责任。

　　再度书写的一个关键，我觉得是作家应该恢复对人类发展过程中所发展出的现代文明核心价值的信任，恢复对理性、人道主义的信任，以现代理性所能达到的文明最高深度来理解人、关心人、探索人，以及对我们的时代精神进行深入开拓。作家应该寻找到恢复自己激情和理想的方法。

　　周景雷：在新世纪的乡土叙事中，我们强调"再度书写"，其实里面包含了一种文学上"时间政治学"的意味。所谓时间政治学，简单地说就是人们对自然发展的物理时间所给予的人为性的想象和期望，以及为了暗合时间的发展在其不同阶段所赋予的意义。它是以过去为背景和前提，以现在为起点而对未来所做出的主观性设计。现代社会人们看重的是时间的广度、时间的质量。一个最为根本的问题是，在现代社会中，在有限的生命和历史中，如何使生命更能产生丰富的内涵，如何使生命能够更加诗意地在时间当中"栖居"。这应该是新世纪乡土中国再度书写的出发点和归宿。

附录二　写作就是对现实的回应

一　从现实主义到"神实主义"

周景雷：非常感谢你能接受今天的访谈。我注意到，近些年对你的访谈很多，每一次你都非常认真对待，表现了你的敬业精神和对访谈者的充分尊重。

阎连科：访谈是讨论文学的一种非常好的方式。每一个作家、每一个批评家或者每一个访谈的彼此对象都希望能讨论出新的问题。最担心的访谈是上一次访谈的重复。谈论不新的问题做起来令人最乏味，对读者、对彼此都是一个折磨。

周景雷：现在访谈至少有两种模式：一种是媒体访谈，另一种是专业访谈。专业访谈可能就像刚才你讲的更侧重于对文学自身、对文学理论的探讨，而且我在阅读与你有关的访谈中确实读到了很多你关于文学认识的问题。

阎连科：我想，一个作家的写作与他对文学的认识以及他的追求有密不可分的联系。随着你写作的变化，你对文学的理解也会有变化。当然有时候有的作家写作一生都不变，那么他的世界观、人生观都不会有什么变化。当这些东西变化的时候，文学就会发生变化。我前几年写的《发现小说》，就是把自己最近几年，或者说多少年来自己对小说的认知进行了梳理。比如，我就是在那里谈到了神实主义。我想，神实主义可能很多作家不愿意接受，尤其批评家更不愿意去接受这样一个概念。但至少有一点，它是阎连科本人小说理论的一次梳理。它给你自己一个渠道、一个窗口和一扇门，可以从这里，也就是神实主义里进进出出。我个人认为，神实主义这个概念也好，或者《发现小说》这样一本书也好，它让我对文学的认识更加清楚了。它的坏处是当我对文学的认识更清楚时，我的文学可能就被束缚了。文学确实是要在模糊中进行，在进行中获得清晰。但一旦特别清晰，我想前边的路就没有什么意义了。

周景雷：特别清晰就可能变得过于理性，进而形成了制约自己的框子，反倒束缚了文学创作。

阎连科：那么你的写作就会变得更狭窄了，这是要警惕的一件事情。

周景雷：前几年我有一个研究生的毕业论文题目是《一个人的现实主义——论阎连科的小说创作》。她在论文里把你的整个创作分成了四个时期：第一个是瑶沟时期，第二个是军旅时期，第三个是耙耧山脉时期，第四个是回家时期（当然这第四时期不是很准确）。基于此，也把你对现实主义的认识和呈现分为四个时期。从一个研究者的角度讲，她对你的创作有自己的解读，在这一点上未必能与作者达成一致。

阎连科：我觉得三个时期也好，四个时期也罢，是根据我写作的变化或者我写作的题材来框分的。比如论文里说瑶沟是最初的写作时期，实际上瑶沟之前也写过很多东西，那也可以容纳在这一时期，也可以分开来看。还有耙耧时期、军旅时期都是有道理的，这些可能更多是根据写作题材去分的，但她谈到的回家时期已和写作题材没什么直接的联系了。从这个角度讲，每一个作家、批评家都可以从写作题材上去分析，但是我更注重非题材的变化。也就是说，不在于你写了什么题材，而在于你在写同一题材时有什么变化，这个我可能是更在意的。论文里所说的"回家时期"问题，准确不准确都不管它，但它至少注意到了思想上、精神上的变化。从题材上进行分类，就像我们说80后、90后这样的概念一样，是一个意义。我想对于一个不断变化的作家来说，需要从他的内在精神上分析他的变化在哪里，这样更准确一点。

周景雷：她想探讨你的现实主义的发展路径，就是在不同的历史时期你可能对现实主义有不同的认识。那么，从最初的现实主义到今天的神实主义，你对现实主义的认识是怎么转变的？

阎连科：其实，大家说我谈现实主义谈的是所谓的社会主义现实主义，我认为这是一个比较简单的认识。但我也知道，这个说法是为了替我澄清一些现实主义的问题。我所说的现实主义不是浅层的、简单的社会主义现实主义。我认为从20世纪90年代起，中国现实发生了巨大的变化，相应地，作家的写作也发生了很大的变化。这个变化过程也是一个对作家能力考验的过程，很多作家也通过自己的创作来应对这个变化。但我们几乎没有19世纪那些纯粹的现实主义作家的存在精神。从方法的角度讲，我们今天的作家都吸取了太多西方的写作经验，甚至家教极具传统意味的作家在其生活中也有相当的现代性，这是一个不容忽视的问题。因此，我们再用现实主义这个框子笼统地评判这些作家一定是不准确的。我个人认为，现实的复杂性和小说呈现的复杂之间是没有对等关系的，也就是说现实主义是无法呈现这种复杂性的。今天中国的现实主义作为一种写作方法也好，作为一种主义也罢，或者作为一种世界观也好，都无法达到那种现实的复杂性当中。也就是说，我们今天无法呈现现实的那种深层真实，因为现实主义更注重经验，更注重逻辑，更注重我们情感的合理性，比如说对人物的塑造、对情节细节的把握、对环境的再现等。而今天的现实却远远地超过了这些，现实主义是无法将其合理化、逻辑化的，因此必须找到一种我所说的写作方法和认识世界的方法。

周景雷：这种方法简单地说就是你不追求生活的真实，经常在创作中运用扭曲变形的方式表达内心的真实感受。这种感受表面看是荒诞的，其实达到了精神或是内心的真实。这一点在我们当代作家的创作中是比较独特的，真正树立起这种旗帜和风格的作家也不是很多，这就是你所说的深层真实或者精神真实。

阎连科：关于这一点，还有一个要说清楚的问题。在一些作家眼里生活是这个样子的，世界是这个样子的，但刚才说到的扭曲、荒诞、变形等是阎连科眼中的生活，在阎连科眼里世界就是这个样子的，这是基于我对世界的认识导致我对文学的认识发生了变化。我就是认为今天的世界是扭曲的、变形的，而且我也一直在强调，今天中国的真实是在真实之下还有真实——有我们看不见的真实，有被遮蔽的真实，有永远不可能发生的真实，等等。这些东西需要很大篇幅去诠释它、说明它。再进一步地说，我认为生活本身就是扭曲的、变形的、荒诞的、不可思议的，不是大家看到的"$1+1=2$"那样的。

我把自己小说命名为"神实主义"是有原因的。在过去的许多年当中，我的写作不断被冠以"魔幻""后现代""黑色幽默""狂想现实主义""梦魇现实主义""荒诞现实主义"等，说得太多了，有时心里就有一点烦。每一部作品都被一些评论家冠以一些新的名字，我就想不如自己把它梳理一下，说出"神实主义"这个东西。"神实主义"里的真实和大家所谈论的真实是截然不同的，核心的内容是抓住最本质的、最精神的、最灵魂的真实。当这种最内在的真实被抓住了，表面的合理不合理就可以

> 叙事的嬗变与转型

完全放弃了，不去管它了。我觉得最简单的比喻就是：当别人看到一条河流波涛汹涌的时候，他可能觉得这条河就是这个样子的，但阎连科的写作可能不管河流表面如何，而是试图去把握那个河床是怎样的。我想写到河床是怎么样的，表面的浪花我就不再去管它。再换一个比喻：我希望我看到的是一棵大树，无论是一棵栋梁还是一棵歪脖子树，无论它多么蓬勃还是多么荒凉，这些都不重要。重要的是阎连科要写出它的根须是什么样子的，其上边全部的变化是因为根须的变化导致的。我正是基于这样的对于文学的理解开始写《四书》，写《炸裂志》，并提出"神实主义"这个概念的。

周景雷：得出这样的结论，是一个自觉认识的结果。一个优秀作家的成长过程一般都是从自发到自觉，就我了解，你的创作历程也大抵如此。在20世纪90年代中期或者更早，你的创作发生了一个大的变化，特别是在《日光流年》《坚硬如水》时期非常明显。我认为这个时期是你文学创作的真正成熟期，这个成熟不是说技术成熟，而是对文学认识和对社会认识的真正成熟。

阎连科：我的写作从不自觉到自觉是从这一阶段开始的。这是一个很大的变化，最主要的原因是我一直认为是阅读的变化，是阅读过程中对经典认识的变化。经典的标本是不断发生变化的，17世纪就是17世纪的经典标准，18世纪是18世纪的，19世纪是19世纪的。如果托尔斯泰在17世纪写出《安娜·卡列尼娜》，人们不会说他太好；反过来说，20世纪的卡夫卡在19世纪写出《变形记》，人们会觉得这个小说是瞎扯，没有人注意。我想说的是，经典的标本是不断发生变化的。我们需要用一些时间来澄清这个问题。我想一个作家的作品，你在你那个"时候"阅读，你就会发现每一个时代有每一个时代的经典标本。当我认识到了这个问题的时候，那么我的小说观、文学观也就发生了变化。这种变化带动了世界观的变化。对世界的认知、对文学的认知与人生经历、与你所说出来的事件之间是分不开的。我想一个善于思考的作家，当他的文学观变化的时候，他的世界观会变化的；同样，世界观的变化也会带动对文学认知的变化。这是互动的而不是单一的。那个时候我发现20世纪文学的经典意义与19世纪有巨大的不同，所以就开始尝试写《寻找土地》《天宫图》《黄金洞》，当然到了《年月日》时的变化就非常清晰了。从《年月日》又到《耙耧天歌》，再到《日光流年》已经非常清晰地呈现我的思考。所以这个过程就是成熟的过程、自觉的过程。

周景雷：你这些作品的名字都很有意思，在读过你的作品之后就知道你的作品的名字起得恰如其分，既是对你写作的内容的一个高度的凝练，同时它还有一个非常大的象征意义在其中，这说明你在起名字的时候有些特殊考虑。

阎连科：关于小说的名字，我想没有一个小说的名字是写作之前所起的那个名字。写作之前大体上有一个名字，然后多少会有一些变化。《日光流年》是到写完之后都没有名字，直到出版时才命名为《日光流年》。《坚硬如水》原来的名字是"炮打司令部"。我想"炮打司令部"更直接、更赤裸裸，但是出版社始终不同意。有天早晨散步时突然就有了现在的名字。他们问我"坚硬如水"是什么意思，我说说不清楚，就是觉得合适。《年月日》这个小说当时叫"玉米"，那就是毕飞宇小说《玉米》的名字。当时《收获》杂志不是很同意。也是有一天我在操场散步，忽然一瞬间想到，就叫《年月日》吧。一开始觉得"年月日"好像与这篇小说没什么特别明显的关系，但后来一想还是有联系的。还有《四书》原来的名字是个符号，是那个"卍"，大家说莫名其妙，就没有用。后来就用了《四书》的名字。我觉得这个名字也非常好，正好是四本书的结构。《炸裂志》是一开始就已经确定了这个名字，《风雅颂》最早的名字就叫"回家"。所有小说的名字都是在你的写作过程中不断变化直到最后一瞬，一个小说的名字也跟着你的写作的孕育，一直到最后写作完成，那个小说的名字才最后确定。比如《受活》，一直到要出版都不知道要用什么名字。我的每一部小说除了《炸裂志》之外都不是原来的名字。

二 一个故事一定要有与之相匹配的语言

周景雷：语言是文学创作的基本要素，也是作家表达内心情感的基本方式。我注意到你很在意你的语言。从最初的创作上看，常常受到语言的约束，有些拘谨，但后来语言就放得很开（一般人都是被语言所操控着），在语言创作上变得十分自由，非常好地服务了你的创作。

阎连科：关于语言，我可能有一个与别人相矛盾的情况。我们常说，一个伟大的作家一定是一个伟大的语言学家。但是我们这样的一个伟大的语言学家是否一生都要用一种语言去讲述各种各样的故事？比如，我们对贾平凹的喜欢更多是在语言层面去喜欢他。我们发现贾平凹的语言美是传统的，让我们特别喜欢。贾平凹的语言是在一种语言上不断地加深加细，你说他有天翻地覆的变化？那是没用的。我们找出老贾最初的小说和今天的小说从语言分析，就会看到他从这一条道上往前走往上走。他不是从一条道跳上另外一条道的。但我理解小说的语言也应该是另一个样子的。我认为一个故事与这个故事相匹配的语言是只有一种的。我试图在每一个故事中间，在每一个故事的内核上，找到和它相匹配的结构、叙述、语言等，也就是说希望一种语言匹配一种小说。比如《坚硬如水》用的是那种革命的、红色的、暴力的语言，到了《受活》就用那种近乎极致的方言，为此不惜对方言进行改造和创造，而写《四书》时就用了和《圣经》相似性的语言。我想这种变化就是基于某一个故事一定要有与之相匹配的语言叙述来完成的认识。

周景雷：语言一方面可以很好地表达创作追求，能够更真实地表现出我们内心的真实感受，就像你刚才讲的每一个小说根据你写的主题不同，你可能要搭配非常适当的语言。我们都知道，只有在特定的语言环境中才能使我们内心的活动和情感得到贴切的表达，才能使我们的情感变成真正的活的情感，但另一方面对于读者来说会有阅读上的障碍，这就得考虑语言和读者之间的关系了。

阎连科：其实我非常希望我的小说读者无法阅读。说句心里话，我的读者群体本来不大，而这些读者非常希望从阎连科的小说中，包括语言，找到新奇的变化。我认为，作家和读者是一种对峙的关系、互不相容的关系，包括语言在内的小说发生了奇妙的变化，读者对你会倍加惊艳，他会跟随着你的写作慢慢往后走，走一年，走两年，走十年。如果没有这个变化，我认为读者会把你甩下去，认为这个作家江郎才尽了。不过，对另外一个作家，这样的变化可能就不适应了。我想村上春树也好，郭敬明也好，如果有变化，他的读者就会丢掉。而对我来说，却恰恰是我有没有能力变化。有能力变化，我跟读者形成了一个巨大的对峙和挑战，走向我的读者就会把我留下。如果没有构成这个挑战，我想那读者会把我甩掉。这些东西不在于我去调和阅读的障碍和矛盾，而在于我有没有能力去制造这种障碍和矛盾。所以有的时候我不去考虑读者，我考虑和这个故事极其匹配的语言。而要对读者形成巨大的陌生感，我想这是对我的一个挑战。如果我把我自己挑战成功了，我想读者就会接受的。

周景雷：这一方面说明读者已经习惯你在语言上挑战性变化，另一方面你也不是特别在意你的读者群到底有多大。

阎连科：读者群大小都没有关系。我经常讲，写了这么多年，能够稳定的这些读者——三万也好，五万也好，十万也好，都不会特别大，而且我特别相信你书卖了十万册，真读进去的可能是五万人，其他人可能是出于各种舆论、各种声誉、各种宣传买走的，所以我常说能够看下来的读者可能只有我卖掉的书的一半。

周景雷：按照这样的认识，是不是就可以说一个经典作家的形成和你的书的发行量没有关系？

阎连科：还是有关系的，你的书发行量越大，你经典的可能性越大。但是对我来说，我会把我的读者对半看的，比如说最新出来的《炸裂志》印了十五万册，那我想真正属于你的读者可能是五万、六万、七万；比如《受活》开始印了八万册，我就认为它有五万的读者，那今天《受活》可能印了七八个版本，但我认为真正读的也就十万人，十万个读者。我不太在意读者群的大小，但应该保证这些跟随你的读者始终跟随你。

周景雷：利用民间形式或是从民间资源当中去寻找创作形式上的灵感，这是当代中国很多作家都在追求的创作形式之一，但我觉得你的探索是比较成功的，或者是比较成功者之一。比如你在《日光流年》当中通过注释的方式来解决方言问题，在《风雅颂》当中借鉴了《诗经》的表现形式，你在最新的长篇《炸裂志》中借用了方志这种形式。最近十几年，你几乎每一部作品都在形式上有探索有创新，这是这些年你在创作上给人印象最深的地方。

阎连科：我们确实回到了一个特别老的话题，就是写什么和怎么写的问题。我想这两个问题大家根本不需要去争论，是同等重要的。各自五十斤重量，合起来是一百斤重量，各自五百斤的重量合起来是一千斤的重量。对于我来说，它们一定同等重要。对于我来说，生活经验也好，对世界的认识也好，阅历也好，阅读也好，种种来说，我缺的不是故事，而缺少的是讲故事的方法。这不是说我不重视故事，而是说我不缺这个东西，缺的是另一个东西。我经常说灵感不在于给我一个什么样的故事，灵感在于给我一个讲故事的方法。每一部作品完成后，在写下一部时不是在等故事的到来，是在等讲故事的方法的到来，所以对我来说这是一个没有孰轻孰重的结果，是同等重要的。

周景雷：也就是说形式和内容是一体的。

>> 叙事的嬗变与转型

阎连科：找到一个讲故事的方法，它会让原有的清晰或不清晰的故事迅速发生化学的反应，故事会变得更加丰富、更加有趣味、更加耐读。可能对读者来说读起来也更加困难，但是有一点，这个形式一定会改变故事，这个故事一定要找到一个形式。

周景雷：当然对于民间形式的借鉴和利用也代表了你对传统文化的挖掘和使用，似乎传统文化的内容因此也表现得更明显一些，在你成长的过程中和你接受教育的过程中，你对传统文化一定有特别的认识。

阎连科：其实对于我来说没有一个正规接受教育的过程，既没有完成高中的课程，更没有完成咱们说的大学课程。我是高中肄业，高中读了一年就离开学校了，是一个不完整的教育过程。我的很多经验都是通过多少年对西方作品的阅读获得的。大家都知道，今天中国作家对世界文学史的熟悉，尤其对西方文学的熟悉远远超过其他国家的作家对我们的熟悉。这个现象有一点像拉美作家，个个都对欧美文学十分熟悉，中国作家现在对世界文学的熟悉已经达到当年拉美作家的程度。我不是有意地去民间文学中寻找什么，去民间文化中寻找什么。对于一个作家来讲，当你写到一定时候，你对世界文学阅读的越多，你写得越来越长，你就清晰地认识到一个问题：今天中国作家，尤其是我这一代人，不是要从西方文学中吸取什么经验，而是要从中撤出来。这个撤退是因为你走得很深、走得很广，去了很多地带，在文学的平地里走来走去，看到了很多东西，你明白了一些事理，你需要重新撤回来，但这个退回来不是说我们要退回到传统文化中去，而是今天中国作家到了应该建立东方文学的现代性叙述的时候了。我们不能建立西方现代性的叙述，也不能一味地蹲在传统的叙述上，要建立起东方的现代性叙述。我想应该用东方最现代性的叙述讲我们中国的故事。这个东西说起来很容易，但做起来是非常困难的。比如《炸裂志》，我觉得它是一个非常东方的叙述，但会有读者认为西方才讲这样的结构，东方就不讲这样的结构。我想东方不讲就从我们开始，为什么我们不能有一个新的讲故事的方法？有了新的方法，那么故事就会被大大地丰富起来了，那些关于历史的问题、关于地方的问题、关于书中书的问题，都能在这方式中呈现出来了。

周景雷：谈到东方文学的现代性叙事话题，这让我想起了一个概念。近几年中国经验在文学中也是一个比较时髦的话题，我相信很多作家在面对这个问题时没有这种自觉，就是一定要通过创作有意识地表达中国经验。另外，我个人也认为，中国经验这个词本身也有很大的不确定性。比如如何处理中国文学的自我性和新的自我性的关系等。

阎连科：我想，谈中国经验，首先要搞清楚一个问题，就是不能局限于中国经验就是筷子和刀叉的差别，不能局限在茶叶和咖啡的差别。当然，有些特别的生活事项，比如穿旗袍，这确实是中国经验，毫无疑问的。但我们必须看到，有很多中国经验和西方经验是紧密相连的。比如说我们对人生存困境的关注、对人性的关注、对情爱的关注，它是和世界相通。这是不是中国经验，现在我们谈中国经验往往停留在局部的、细碎的，比如中国的剪纸、中国的婚爱等，这些都是一些非常具体的问题。我想这些问题是中国经验，但更大的问题同样也是中国经验，那些中国经验更和世界有密不可分的联系。比如环保问题，中国最直接的经验是环保到了让世界人都担心的时候，那么关心环保是不是就是关心中国经验？我想这个是要考虑的。中国经验也好，非中国经验也好，最重要的是这是不是中国人的生活，是不是中国人的情感，是不是中国人的灵魂。如果是，那一定就是中国经验。具体的某些情节、细节，我想不要去想那些。作家一旦要想，我这个时期的中国经验不是写给中国人的，写的是为了讨好西方，那就是非常偏颇，有巨大的局限性。我想我们写的东西，既要是我们整个中国人的，更要是我们都在关心、都在思考、都在情感上能够产生巨大震荡的东西，它是不是中国经验完全可以不去管它。

周景雷：河南作家群，比如你、李洱、周大新、刘庆邦、柳建伟等都很有影响，形成了当今文坛一个令人瞩目的现象，这当然是与中原文化有关的。你能不能概括说一下河南作家文学创作中的主要文化特质呢？

阎连科：这个我说不上来，但是河南作家不能忽视刘震云，他有非常了不起的写作，带给了河南文化另一种特别鲜明的味道。比如说幽默、比如忍让、比如讲故事等。我想每一个作家都非常不同，可能都表现了不一样的文化特质。

周景雷：这两年来一些有影响的作家相继或者说大多数都离开了河南，离开了中原，借用社会学的术语，我称这些作家为"离地作家"或叫"离乡作家"。那么这些作家离开自己的家乡之后，他反过来回顾自己的家乡或者来写作的时候，还能不能有一种置身其中的感觉？

阎连科：这是一个非常有意思的词。其实海外汉学家对咱们用中文或者汉语写作的文学叫作"华语语系文学"。他们在"华语语系文学"里特别讨论的是作家的"在地性",就是你说的"离地作家"。我看了王德威等汉学家的一系列文章,他们对以大陆为中心的大"华语文学"有一个共同的认识,比如港台、新加坡、马来西亚等地区的华语写作都有细腻的讨论。他们认为,只有把这些写作称作"华语语系文学",那些作家才能和大陆作家站在同一个平台上。当我们说汉语的时候,大陆文学成为了一个中心,其他都是辐射。在这个背景下,作家的"在地性"或者你说的"离地作家"是一个非常值得讨论的话题。但在我看来,"在地性"和"非在地性"都不重要,重要的是写作者本人。贾平凹是一直在陕西的,但他也不在丹凤县,就是他的老家。你阎连科和刘震云一直是在北京的,虽然在河南生活过,但那不是整个的河南。这样看,你有没有"在地性"?如果你的根、你的灵魂是和那里密切相连的,那你就有"在地性"。而且我甚至认为,在一定程度上,你的离开可能会使你与家乡的联系更加紧密。如果一个人永远没有离开你那一亩三分地,他知道这个是他的家,但他对家的爱没有那么深刻,他一生都渴望离开这个家,但只有真正地离开这个家的时候,你对这个家的爱才会被激活。我想,恰恰因为你没有这种"在地性",可能在写作中对"在地性"的了解、写作和叙述更加丰富、更加深刻。这里不是说身在河南作家没有"在地性",写得不好,不是这个意思。我觉得你离开了这个地方,你就会紧紧抓住某种联系而不放松。

周景雷:可能太习惯了反而忽略了。

阎连科:我想大概就是这种情况。你离开了就会想到要抓住它。但如果你永远站在这个地方,你随时都能抓住它,可能永远都不去抓它。

三 我们应该承担的还没有承担起来

周景雷:你对历史对当下的社会进程都有刻骨铭心的记忆和观察,你的好多观点和认识都通过你的作品表达出来了,阅读一个严肃作家的全部创作可以感受到作家的全部心路历程,因此对于这样的作家来说,其创作史就是其思想史,不知道阎老师是否认同这种判断,能否再做进一步的阐释?

阎连科:今天我们所有的人的共识就是,无论是作品的数量,还是语言、技巧,都觉得比20世纪30年代的作家好得多得多,但我们的思想却不一定比他们那一代作家高远得多、深刻得多。当然这个不能落实到某一个作家身上，是总体的一个情况。对历史也好，对现实也好，我一直认为每一个作家都必须面对并做出你的回应和回答。如果一个作家在如此荒诞复杂的现实面前，中国人的生存遇到如此的艰难困境的时候你不做任何回答，我想这是不负责任的或是逃避责任的。你可以做正面的回答，也可以做侧面的回答，甚至是完全错误的回答，但你总要有自己的态度，我想这是一个作家不能推卸的责任。即便我们说《桃花源记》，那也是对当时的现实进行了选择性的回答；我们说《边城》也是一种回答方式，是作者对这个现实有了思考，思后选择了那种写作和回答，这不是对现实没有认识的。我想我们今天每一个作家都应该对历史、对现实做出自己的回应，特别是在你晚年的时候，或者说你能写出比之前更有意义的作品的时候——我们比较忌讳说"伟大"两个字。你比之前的作品更进一步、更上一层楼的关键不在于你的技术、你的语言、你的技巧有什么长进和变化，有什么花哨的东西，而是在于你的思想上，你对世界的认识上有什么和人不一样的地方。

周景雷：20 世纪 50 年代出生的作家有其特殊的人生经历，特别是在他们的成长过程中，在人生的经验和记忆的形成过程中经历了很多的运动，这些对你们这一代作家来讲是刻骨铭心的。作家们通过文学的笔法来展示和记录这段历史的时候，呈现的状貌是不一样的，我隐隐约约地看到了潜伏在这一代写作者内心当中的忧虑和焦灼，比如你、贾平凹、莫言等。我想知道的是，这潜伏的焦灼和忧虑是什么？你又如何去表现这些呢？

阎连科：对别的作家我不能说什么，对于我来说这种焦虑和不安基于两个方面：第一个是自然生命的衰老。必须承认，20 世纪 50 年代出生的作家生命旺盛期高峰期已经过去了，这是自然生命的过程。50 岁不是 40 岁、30 岁，尤其到 60 岁，那和 50 岁是不能比的，这是自然生命必然给人的写作、人的灵魂、人的心灵带来的变化。第二个是，对于我来说，我曾认为，今天的现实和中国作家想象已经结合得很好了。但有时我会突然发现，你的想象力和你对世界的洞察力、把握力永远无法超越现实。即使你写出《四书》《炸裂志》这样的东西，你也不能说你的想象比现实更疯狂、更丰富。基于这样的情况，我对自己的写作非常不甘，一方面来自对自然世界的力不从心，另一方面是对现实世界的认识力不从心，所以就有不安和焦虑。

叙事的嬗变与转型

周景雷：一般来讲，不同年代出生的作家，比如20世纪50年代出生的、60年代出生的、70年代出生的作家在对现实和历史的态度上，在对历史和现实的表达方式上都有着很大的不同，这应该是由诸多因素造成的。但也很显然，中国自身的历史文化语境也为其提供了重要的平台。

阎连科：对于我这一代作家，你会发现他对社会的关注、对现实的关注可能倾注的目光、心力更多一些，虽然我们不能由此判断这个是好、那个是不好的，但至少这个和其他年代出生的作家是不同的。话虽这样说，但我们必须要警惕一个俄罗斯式的问题：托尔斯泰和屠格涅夫是那个时代的并肩双雄，但是无论如何，今天屠格涅夫渐渐走出我们的视野，走出我们的声音，但托尔斯泰仍然存在于我们不断的谈论和阅读中。但我们更应该注意的是当托尔斯泰和屠格涅夫成为并肩双雄的时候，陀思妥耶夫斯基并没有那么大的声誉，这是被托尔斯泰本人悄悄阅读的作家，但今天我们会发现，当托尔斯泰的声誉越来越高，屠格涅夫下去的时候，陀思妥耶夫斯基的声誉正在日渐上升，甚至现在我认为已经让托尔斯泰的声誉开始下滑，这是一个非常值得讨论的问题，也是今天尤其值得讨论的，但这不是一个作家和评论家可以规划的东西。我想我们这一代作家应该从这三个作家身上吸取非常大的经验和教训。这些东西必须注意，你的写作对集体社会的关注、对人的关注是基于什么目的的考虑，为什么陀思妥耶夫斯基有后来居上的可能，为什么屠格涅夫在后来居下，我觉得这是我们要去思考的、要去警惕的。

周景雷：总体而言，同代人的思想状况大致有一些共同趋向，20世纪50年代出生的作家身上的责任意识、担当意识可能更强一些。当然进入到创作当中，由于作家应对现实的和历史的角度、立场不同，所以承担的责任也不一样。我这话想表达的是，50年代出生的作家，整体上看他对历史、对社会、对现实有一种承担，但是有的时候在创作上的表现不是很一致的。有的是善于发现生活当中的精彩内容，发现绚丽的颜色；有的比较钟情或是更乐于发现和挖掘丑恶的东西来警醒人们。有些内容有些人看到了但不愿意去说，有些内容看到了非得去说不可。我在你的创作中似乎看到了某种请命的精神、焚毁的精神，这似乎是你整个创作的精神内涵。

阎连科：其实就个人创作而言，无论批评家怎样去看待，我一般不会首先想到去请命去为谁代言。读者从作品中读到了沉重、读到了责任，这是读者的感受，可能在自己写作过程中是个无意识的东西。但话说回来，作家有承担有什么不好？我们有很长一段时间说替天行道是被嘲笑的。我想，文学发展到今天，我们要允许作家的不承担，也要允许作家的承担，两者都是可以存在的。现在的问题恰恰是，我们应该承担的没有承担起来，巨大的承担还没有出现，这是一个大作家和小作家的区别。像托尔斯泰和陀思妥耶夫斯基是极其伟大的，就是因为他们有大承担。我们说到一个作家伟大，那么他的肩膀一定不是光滑的，肩膀是有很多老茧的。但从另外一个角度来看，博尔赫斯虽然影响力也极大，但和托尔斯泰是不一样的。博尔赫斯对其现实及其人的生活困境没有特别复杂和特别多承担，也得到很多人喜欢，这就是事情的复杂性。我不是指责博尔赫斯怎样，但是要相信一点，更多的更伟大的作家，他们的肩膀上是有老茧的，我想这也不是说博尔赫斯的肩膀就是光滑的，不是这个意思。我想说，一个作家承担没什么不好，最主要的是你承担多少，你能真正承担起来什么。承担的大与小、承担的轻与重是我们作为一个承担的人要去想的问题。

周景雷：在这方面，你确实付出了不同寻常的努力。通过阅读，我感觉到，你的每一部作品写得都十分用力，通过作品能看到作家背后所付出的有多少。我在读你的作品过程中，常常把你的作品内容还原成你伏案写作的状态。不光是你，在其他作家身上我也做过这样的尝试，但你给我的印象更清晰。我觉得你写作的过程是很痛苦的，是一种思想上的拼搏。我曾经把诗歌分为苦吟派和乐吟派，显然我认为你是苦吟派里面的。

阎连科：确实很多人都说你阎连科写作的过程非常痛苦、非常用力，而王安忆却曾说过她写作的过程非常愉快。我的写作过程是不愉快的，不愉快不是说身体好与不好，而是选择的题材给我带来了更大的精神上的苦闷和痛苦。但是我也会自己去调整这个写作状态，比如写《日光流年》，确实就是一个很不愉快的写作。因为，我写这样的故事、这样的人物，对于生与死的考虑、考量总是痛苦的。接下来我写了《坚硬如水》，调整了自己的状态，但《坚硬如水》给大家带来的还是崩溃，但就我来说，在写作上它给我带来了轻松感，不是愉快感，相对上一回写作有一点轻松的感觉。就写作状态而言，我想我的写作其实是一跳一跳走过来的，分 AB-AB 这样过来的。比如写《风雅颂》那个过程是非常荒诞的，其实也非常幽默，这种幽默给我带来了轻松感。后来写了《四书》，写《四书》是一个极其痛苦的无法逾越的过程，再后来写《炸裂志》，我觉得是这么多年写得最好看的一本书，别人是不是这样认为我不清楚。在写《炸裂志》

的过程中，它的情节、细节不需要那么深思熟虑，它就放在桌上，随时去拿一个情节、细节放在这里面就可以了。不过，有时有这样的情况，你自己觉得比较顺畅、轻松的写作，可能会让人读得苦闷，非常残酷非常痛苦，但是对于我来说我是有意地让写作一重一轻、一轻一重。

周景雷：你就是通过这样的方式调节自己的创作状态的吗？

阎连科：调节自己的内心和精神状况，我不能永远是《日光流年》《丁庄梦》《受活》，然后《四书》，我想那样会把自己彻底写崩溃，读者也无法承受这种情况。

四 文学是一种能够解惑的信仰

周景雷：阅读你的作品始终感觉里面有一种失望，甚至是一种绝望，从《日光流年》到《受活》，从《风雅颂》到《炸裂志》，也包括《丁庄梦》《四书》。比如：《日光流年》是对现代文明的失望，是对人类与命运抗争的失望；《受活》是对人的贪婪欲望的失望；《风雅颂》是对知识分子和精神家园的失望；《炸裂志》通过地方志这种特殊的形式表达了对历史和对现实双重的失望。但似乎又不这样简单，应该还有一些别的内涵。

阎连科：我觉得我的小说里都有一种没有被大家抓到、没有被大家意识到的理想的光芒在其中，但我说这个完全不是光明的结尾、理想的尾巴，而是小说自始至终存在的一束理想的光芒。我是一直希望有人去讨论这个问题的，比如说《日光流年》，大家说这是一个极其痛苦、残忍、悲剧的东西，但是别忘了，那个小说的结构是从死写到生，生的本身就是一束永不熄灭的光芒。

周景雷：这确实是一个重要的认识途径，很多人没有意识到，是从结构上完成的对理想、希望的塑造。

阎连科：我想从结构从内容都完成了。再比如，《受活》就是一个乌托邦。当然有人会说你是以乌托邦反乌托邦，但我们必须认识到，乌托邦就是我们活着的、生活的、社会的一个必需和存在，你解构了乌托邦也建构了乌托邦，这是非常清晰的。再比如《风雅颂》，写到那个人不断地寻找，他没有失望，寻找的本身是因为存在才寻找。我想这是一个非常不被人注意的地方。《四书》最后回到西绪福斯神话的结尾，那是一个永无休止的过程，是一个永远没有结尾的结尾。这种设计也是基于这种考虑的。

周景雷：从荒诞主义、存在主义的哲学角度讲，它是充满希望的。

阎连科：确实如此。它是永无结尾的结尾嘛，永远是一个循环的过程。最近出版的这部《炸裂志》，写了弟兄四个人风风雨雨、坎坎坷坷，个个都是精神病患者，他们的故事和心灵都源于此。其中老四这个人物极其质朴、极其微小，但确是一束永不熄灭的光芒。《丁庄梦》里边有一个老爷爷，充满着光芒甚至于有点道德理想主义的追求。我是非常希望这种东西有人能够发现它、感受它，至少在写作之前，我的每一部小说都充满着理想的光芒，但是不知道为什么这种理想的光芒大家没有读到，可能是另一方面过于强大。

周景雷：所以可能这方面被遮蔽了。你的自我阐释确实给我们重新研读你的作品提供了一个思路。我记得在《受活》出版之后，有一次你接受采访时说到写作是对恐惧、厌恶的抵抗，那么这个抵抗能不能说是对失望的一种抵抗呢？

阎连科：可以说是对绝望的抵抗，对恐惧的抵抗。我想还有一点，其实我的小说也有相当的戏剧性和传奇性，我想通过这一点来实现对日常的细碎、无奈、烦恼的抵抗。我非常烦恼日常生活的细碎和无聊，我经常说那种琐碎无聊的消磨远远不如一个人的静坐。

周景雷：所以你的小说中也没有那么多的日常性。小说是一个虚构的文本，通过想象、夸张等方式来表达和概括对生活、对社会、对历史和对人类的认识，但是一个负责任的作家还不止于此，我从你的创作当中看到了你探寻真相的努力，看到了揭剥生活伪装而付出的巨大辛劳。但我想寻找真相不是那么容易的，而且什么是真相有时也是令人怀疑的。

阎连科：正因为你寻找不到才不断地去寻找，在某一部小说中寻找到了，可能你的写作也就终止了。我觉得世界各地所有人都在问一个问题——你为什么写作。在最近几年，面对这个问题，我会说我就是通过写作用最个人的方式去达到最高境界的真实或者去表达最高境界的真实。正因为你每一次做的都没有寻找到，或者你寻找到的又不够准确或是说都不够广大、宽阔，你才会有下一部的写作。我经常说我不相信你们看到的真实是真的真实，我相信我能看到的真实是真的真实。我还相信我们生活中有被遮蔽的真实，有永远不会发生的真实。比如说以《炸裂志》为例，它可能有些情节、细节永远不会发生，或者我们会说，它全部的情节和细节来自我们面对现实那一瞬间的臆想。你会觉得这是永远不会发生的真实，但是每时每刻都在每一个头脑发生，它基于的就是你必须面对现实那一瞬间的真实。

周景雷：把瞬间的真实连缀起来，形成想象中的瞬间真实流，这样可能就在一定的层面上接近了客观的真实。

阎连科：你要认识你说你要达到最高的真实的境界，可能就是这样一种情况。比如一个茶杯掉在地上破碎了，那就是一种真实，你不能说它不是真实，但是我想说茶杯摔在地上时你头脑中产生的那个真实是那个瞬间的事。我可能会更在意这些东西，它和意识流没有关系。我认为，意识流它流着流着可能和现实就没有关系了，而我恰恰强调的是每一个情节和细节都来自面对现实的理解。

周景雷：是不是可以这样理解，就像搞物理的人、搞宇宙研究的人认为的那样，在我们看到的现实的物质之后还有一个"暗物质"或者叫"暗真相"？

阎连科：对，就是这样一个说法，暗物质、暗真相。

周景雷：寻找真相的过程是非常艰苦的，你的创作也是很艰苦的，为此得付出十倍、二十倍的努力，找到的是你刚才谈到的那种内心当中、情感当中、臆想当中的真相；再说就算找到了，也未必是被人们所认定的真实。因此，我想这个寻找的过程和面对结果时一定是很孤独的，一定是充满流浪感的。似乎孤独感和流浪感就是你这样追求神圣使命的作家的宿命。

阎连科：是这样的，尤其近来的写作中这种感觉可能更清晰一些。其实，所谓的孤独也好，流浪也好，不被人们认同也好，都是一种更精神化的东西，是一种追求真实、寻找真相的心理体认。但有时候，当你接近或者能够很清楚地表达出来的时候，可能就会忘掉一些其他的东西，而只剩下关于真实自身的问题。我希望在真实的问题上与读者能够有所呼应。比如，《炸裂志》其实在一定程度上，小说的读者会说这是中国最现实的东西，每一个都是中国真实，但是你去看的时候会发现几乎每一个情节都不会在我们生活中发生，几乎所有读者都会认同它是如此清晰、明确、鲜明，最直接地反映中国30年的现实，这是30年人和人心的变化，大家不约而同有这样的感受；但是你在考察中间的情节和细节的时候，你会说每一个细节几乎都是在生活中难以发生的，或者今天一定不会发生，过多少年才会发生，更多的时候是永远不会发生。这个时候你和读者在一定程度上达到了默契和统一，你会觉得那种流浪感、孤独感就会少一些。但是有时那种高度精神化的东西会加强那种流浪感，因为很多问题你是无法和读者达到统一的，甚至一百年、两百年都无法统一。

周景雷：这种时候大概就会产生一种置身荒原的感觉。

阎连科：的确是有这样的感觉。从作家的角度来说，一部作品产生之后，无论如何都是渴望被理解的。这不是说渴望读者有多少，多少都没有关系。而是说当你的小说中充盈的精神不被人发现或者被人曲解时就会有一种荒原感。比如，今天小说经典的标准在发生变化，你对小说经典的认识也发生了变化。但如果大家对经典的阅读和了解是停在十八九世纪的，还没有进入到20世纪，那么这时候会有一种荒原感。你要知道19世纪的经典是代表19世纪的，20世纪的经典是代表20世纪的，你不能用20世纪的思想去接受19世纪的小说，也不能把19世纪的小说拿到20世纪作为经典。这个例子也许不是很恰当。我是想说，你通过努力、通过寻找不断尝试，结果却使你和读者的距离越拉越远，这不就出现了荒原了吗？

周景雷：这种情况的出现，要么是曲高和寡，要么是举世向俗，当然也可能与我们作家自身相关。不过这里可能会引申出两个问题：一个问题就是思想性是不是我们判断一部作品价值高低的一个重要标准；另一个问题是在中国文化背景中，作家需不需要在作品当中表现出对人类、对社会、对历史的忏悔性的内容。

阎连科：我想忏悔也好，焦虑也好，歌颂也好，就是都有一点——你作为一个作家最好是一个思想家，一个伟大的思想家。我经常说博尔赫斯没有那么伟大，原因就在于他没有给我们刻画出人类的生存境遇，人的生存境遇。把他和卡夫卡放在一起，一般人肯定认为那是一个大作家和小作家的比较。确实不管怎样，卡夫卡的文字不如他，我怀疑这是一个翻译的问题。而博尔赫斯的文字让很多人着迷，乃至中国人都去学习，但卡夫卡对人、对人类生存境况的描写，在博尔赫斯那里是没有的。所以从这一点上来说，他可能更伟大一些。一个作家的思想性必须立足于你对现实和对人的认识上，当然这个分寸是很难掌握的，也是对作家的考验。同时这个思想性一定是独到的，是你对现实和人自身做出的回应。思想性是在这个基础上建立起来的，而不是建立在上帝死了的基础上的。

周景雷：不过上帝死了确实为人们的信仰带来了新的变化、新的指向，也是一种思想性的问题。

阎连科：其实文学也是一种信仰，因为它能够解惑。"解惑"不光指我们情感上的、日常上的，更是灵魂上的。宗教用它的教义来解惑，文学用它的故事来解惑。"惑"来自情感，来自灵魂，来自对世界的迷茫。所有的文学都应该去表现这些。即使是美国"垮掉的一代"的创作也是一个解惑。这一代人怎么疯狂成这个样子，你把它呈现出来，让我们后来人认识它、了解它。所以，文学的创作过程既是一个寻找真相的过程，也是一个不断解惑的过程。

周景雷：今天的访谈就到这里，再次表示感谢。

附录三　从生存的大地到信仰的天空

一　创作要与土地的血脉一体

周景雷：非常感谢赵老师接受访谈，我们先从你成为作家的经历谈起。我曾看到过这样一篇文章，大概的内容是"听赵德发谈人生追求"，文章刊登在《黄海晨报》上。文中说，你人生的第一个理想是去县城里当一名高中学生，没能实现；第二个理想是当一名音乐教师，也没能实现。从事写作是你的第三个人生目标，是在前两个人生目标未能实现的情况下的选择。这让我想起了中国现代文学史上两位作家的经历——茅盾和瞿秋白。茅盾曾立志要从事政治革命，却没有办法，为了生存，当了作家；而瞿秋白觉得自己最适合做一名作家，却因"历史的误会"当了政治家。我觉得这里蕴含了一个很有意思的问题，也就是我们的写作状态和姿态到底是怎样形成的。换句话说，一个作家之所以成为作家，他的发生机制是什么，这里有什么逻辑吗？

赵德发：我认为，一个作家的发生机制很玄妙，并不都是种瓜得瓜、种豆得豆，没有什么逻辑可言。一个人起初的理想与职业，可能与写作风马牛不相及。后来他成为作家，这其中的原因，有主观客观的诸多因素，也可能还有宿命的成分。我的第一个理想是去县一中读高中，却因为家庭困难，刚在邻村读了四个月初中就主动辍学，没能实现。我15岁当上民办教师，18岁时去县师范学习半年，得知临沂师范音乐班年年招生，就想投身音乐艺术，同时也获得国家工作人员的身份。然而我天赋不够，三次考试均告失败。当我23岁考上公办教师，我也打算终生从事教育了。第二年的一个秋夜，因为看一本文学杂志，我却又突然萌生一个念头，想当作家。这个念头从此盘踞于我的脑际，其他什么都是浮云，以至于我25岁被调到公社，27岁被调到县委，30岁担任了组织部副部长，这个念头也从未动摇。我父亲对我的这个理想很不理解，说是"神鬼拨乱"。这个"拨乱",不是拨乱反正的意思,是指搞乱了我的人生。现在回头想想,我也觉得不可思议。因为我当时没读多少书,在萌生这个念头的时候连什么是小说、什么是散文都分不清,不是"神鬼拨乱"又是什么?但我感恩于那些拨乱我既定生命轨道的"神鬼",是它们让我的人生更有意思、更有意义。

周景雷:这个"神鬼"没准儿就是生养我们的土地,这一直就是你最为关注、最为投入的,最能搅动你的内心的存在。几千年来,我们已经与土地血脉一体,不能分离。但随着社会的发展,中国人与土地的关系已经开始松动,束缚人的已经不再是土地,而是土地之外的东西。土地虽然能够生养万物,但在很多人看来,这种生长是笨重的,已经不足以供养人们日益增长的欲望和需求。这样的变化,除了带来了农民对与土地之间关系的重新审视外,更带来了作家对这一变化的重新认识。有的作家开始放弃,有的还在坚守。赵老师你自己就是坚守者之一,那么你是怎样看待这种坚守的?你认为这种坚守的意义在哪里?换句话说,对于一个作家而言,他通过他的创作要表达的是对这个社会进程的抵抗还是跟进,抑或其他?

赵德发:"土生万物由来远,地载群伦自古尊。"这副对联阐明了几千年来中国人对土地的认知与态度。伴随着工业化和城镇化的步伐,地球上的农民先后进入"终结阶段"。在中国来得晚一些,但中国农民的"终结阶段"却是迅疾而凶猛。短短的三十来年,城乡格局面目全非,农民的观念天翻地覆。进入21世纪,传统意义上的"农民"越来越少,在一些地方甚至不复存在。面对这种大变局,作家何为?文学何为?放弃有放弃的理由,坚守有坚守的意义。这种坚守,并不意味着抵抗。一个作家,一介书生,有什么能耐改变甚至扭转历史过程?我要做的,只能是记录这些变化,展示人们的心路历程,为那些逝去的美好东西唱唱挽歌,对已经到来和即将到来的新生事物表达自己的感受与理解。2011年我发表了一个短篇小说《路遥何日还乡》,写创作谈时我这样讲:"时代潮流,浩浩汤汤,既摧枯拉朽,又埋金沉银。逝者如斯,乡关何处?我们一边深情回望,一边随波逐流。这是我们的尴尬,也是我们的宿命。"这里讲的"随波逐流",可能有些消极,但并不意味着与某些时尚同流合污,是指作家与时俱进,"进"中观"时",作家能在"随波逐流"中发出自己的声音,也就体现出文学的功能了。

周景雷：这是一种很严肃的文学姿态，也是对文学功能的守护。在过去一段时期中，我经常听到一些作家声称自己在玩文学，这种玩文学的姿态应该与此是完全不同的。

赵德发：玩文学，文学界早有这样的说法与实践。有一些文坛高手，声称自己玩文学，他们的的确确玩出了名堂，玩出了雅趣，甚至玩出了名作。然而，像我这样的庸才，如果也去"玩"，那就是对文学的不尊重，只能是玩低了品位，玩完了自己。同时我们也要看到，文学的神圣感，在这个时代越来越差，加上网络文学的低门槛，"玩文学"会成为更为普遍的做法。但我还是相信"大浪淘沙"的规则，在文学的长河中，最终留下的还是金子和硬砂，细沙终究是要化作泥流消逝的。

周景雷：另外，我也阅读过一些作家的创作谈。有的人认为文学创作是日常生活在内心积累到一定程度之后自然而然地流露。但你曾经说过，创作"农民三部曲"是你的一个"野心"。我非常理解这句话，而且也非常认可这句话。我是一个文学担当主义者，在自己的文学认识中也始终强调这种担当意识。所以我觉得你所说的"野心"就是这样的意识。我想知道的是，这种以担当为内容的"野心"是在什么时候形成的？你是怎么看待这种"野心"的？

赵德发：文学创作是日常生活在内心积累到一定程度之后自然而然地流露。我对这个说法不只是认同，并且深有体会。我在土地上长大，对农村生活感受深刻，写作之初就是聚焦乡土，发表了一批中短篇小说。但我觉得，那都是小打小闹，这么写下去，不可能将我对农村与农民的思考非常好地呈现出来，我必须写长篇，而且要写农村题材的顶级作品！这就是不折不扣的"野心"了。这是1993年的事情，是我写作上的第一个"战略规划"。既然是"战略"，那就要扎扎实实地准备，我大量阅读，深入思考，精心构思。我给自己定的写作方针是：为历史负责，不为哪个阶级、哪个党派负责。于是就写出了《缱绻与决绝》《君子梦》和《青烟或白雾》。当然，这三部作品还是写得不够好，这是我的功力问题。但要知道，我如果没有那股"野心"，"农民三部曲"不可能问世。在我三十多年的写作生涯中，有几次大的"野心"出现，写"农民三部曲"是一次，写《双手合十》是一次。最近我又有了野心，不知能否实现，哈哈。

周景雷：有这份自信和积累，有这种对文学尊重和雄心，我相信能够实现，并预祝赵老师早日实现"第三个野心"。历史、现实和经历赋予了你们这代作家不一样的经历和经验，这也是你们的财富。最近几年，我比较关注中国作家的代际差异问题。现在正驰骋在文坛上的作家大约分别出生在 20 世纪 50 年代、60 年代、70 年代和 80 年代，现在 90 年代出生的作家也开始崭露头角。不过我个人的兴奋点可能更多地靠近 50、60、70 这三个年代。我觉得这三个年代出生的作家的代际风格都非常明显。我说的这种代际风格不是指技术层面的，而是指认识层面或者思想层面的，比如对历史的认识、对现实的姿态以及对其他一些文学关系的处理等。赵老师是否注意到了这些情况？如果注意到了，怎么认识这个问题？你认为代际风格的形成与哪些因素有关？

赵德发：中国作家的代际差异问题的确存在。有人把 50、60、70 年代出生的这三个群体分别论述，找出差异，而你把视野放得更为广阔，是将这三个群体与 80、90 年代出生的两个群体相比较。这样一比较，果然会看出更大的差异。这里用得着一句老话：社会存在决定社会意识。应该看到，前三个群体，出生在那样一个特殊的年代，有的还在那个时代长大成人，他们的思想认识肯定要打上时代的烙印。譬如说，因为他们经历了中国的巨变，会对历史作出思考与评判。而且，"走进新时代"之后，遇到许多事情和种种思潮，都会拿过去接受过的一些理念与之比较、与之权衡，采取的姿态，也与年青一代大不一样。对于文学关系的处理，前面三个群体还是自觉或不自觉地沿袭过去的做法。他们的写作一般都是从给刊物投稿开始，等到在刊物上造出影响，再写长篇的东西，再与出版社发生联系。而中国的文学刊物，多是原来体制的产物，多是各级作家协会创办，在刊物上发表作品，自然会引起文学主流力量的注意和认可。依靠体制，靠拢体制，往往是这些作家的做法，成为他们的进身阶梯。当然，也有一些作家不是这样，他们一开始就不与文学报刊系统发生联系，与体制保持着距离，甚至主动疏远。但是到了 80 后、90 后这一代，尽管他们有一些人是由《萌芽》这样的刊物扶持而起，但很快便斩断与体制的联系，直接进入商业写作，作品直接给出版社，而且建立起自己的"粉丝"读者群体，几乎不与主流文学圈发生交集。他们不再像前辈们那样重视体制，有些人对作协主动发出的入会邀请懒得理会。前几年，有的学者论述中国三十年来发生的重大变化，认为最重大的变化就是"一代新人在成长"。这一代人，生下来一睁眼，就看到了一个全新的时代。他们在成长过程中，吃的、穿的、用的、玩的、读的、看的，全是全球化带来的东西，你说他们能跟前辈们一样吗？这一代新人，在文学界中，就成为一个独特的存在。包括思想、题材、文风，都大不一样。当然，随着他们的年龄增长，他们的"三观"、他们的写作姿态，也会发生变化。"一代新人在成长"，相信他们会继续成长的。

二　要对得起作家的称谓

周景雷：读过你的一篇文章，叫作《"农民三部曲"写作始末》，收入《写书记》一书。文中，你梳理了自己创作"农民三部曲"的历程，我觉得我对你的创作又有了进一步的了解。它印证了我在此前的一个判断，就是从写作的角度而言，你在写第一部《缱绻与决绝》的时候，整个写作还是不自由的，有很多非文学性的考量在其中，有一些东西你很在意。但是到了后两卷就变得十分自如了，自信的成分就相当明显。这是一个从自发到自觉的过程，作家们的创作基本如此，任何人也没有必要回避，特别是对将文学创作当作终身职业的人来说更是如此。一方面，作家的创作和生活要对得起作家这个称谓，另一方面又要对得起这个职业，称谓和职业是要对等的。你如何看待这个问题？

赵德发：景雷先生的目光很犀利，一眼就看穿了我写作中的一些问题。我说了，写《缱绻与决绝》是我的一个野心。这个野心有非文学性的成分，偏向社会学的那就是：记录百年来中国农民与土地的关系史，表现传统农民与现代农民对土地的不同态度。所以我写的时候很用力，涉及这个主题的方方面面，历史的桩桩件件，几乎都要写到。几代人写下来，前面的封大脚、绣绣那一代，写得比较成功，而到了第四卷，为了表现新的时代与新的土地关系，人物众多，给读者留下深刻印象的可能寥寥无几。这是个教训，到了后两部书就好一些了。尤其是《青烟或白雾》，在艺术上就更加圆融，尽管这部书没有得到更多读者的重视，但我自己还是比较满意的。你说得很对，作家的写作，往往有一个从自发到自觉的过程。要通过不断修炼，努力提高自己的境界与手艺，让自己对得起作家这个称谓，对得起广大读者。

周景雷：我很认同你的说法，而且你的创作也确实是这样呈现的。我觉得在后来，你比较好地处理了创作过程中的"重与轻"的问题。所谓"重"就是题材之重，所谓"轻"就是驾轻就熟。这是十分难得的。

与写作相关，从你的创作经历上看，最开始你并不是一位专业作家，

>> 叙事的嬗变与转型

后来为了创作上的方便,要求去做专业作家。成为专业作家就是要把写作作为自己的职业。不知你是否想过,写作一旦成为一种职业,除了能有更多时间专事写作外,是不是还带来了很多其他的问题?最近这些年我总在想一个问题,职业是一个生存的平台或者载体,把写作作为职业的人首先会把生存作为第一考量,这种考量就是如何通过写作获得更多的物质回报,这就必须得考虑市场,考虑你的创作的被消费量,这样会不会就在写作中忽略了非市场的因素,比如艺术性、思想性等?当然,我这是就一般意义而言,不是所有的个体都是如此。

赵德发:以前我不是专业作家,但成为专业作家一直是我很向往的事情。我在日照文联担任唯一的驻会副主席,到了第八个年头,想想自己年近五旬,再这么下去,我的追求难以实现,生命价值难以体现,于是就向市委打报告,要求专事写作。领导理解我的想法,就让我不再坐班,对此我非常感激。这是我生命中的重大转折之一,它可以让我时间充裕,心无旁骛。然而,我的职业化写作,不是你说的那种。我还是在职人员,由体制供养,不用考虑生存问题。我要考虑的,就是如何把作品写好。当然,我也是个俗人,我也在乎作品的"被消费量"。但是,我还是能够坚持走纯文学的道路,至于作品是否占有更大市场,是否有更多回报,我的态度是随缘任运。

至于体制之外的职业化写作,我也了解一些情况。现在有不少人整天码字,靠"卖文为生",他们受生活所迫,面对市场是必然的。有的人为了保证每天更新网络作品,累坏身体甚至失去生命,这让人十分痛心。当然,也有一些"大神",因为写作成了富豪,与他们相比,一些固守传统的作家成了穷人。这种体制之外的职业化写作,今后将长期存在,而且直接影响到文坛格局。我也注意到,有一些职业写作者在面对市场的同时,也注意追求作品的思想性、艺术性,获得了艺术与市场的双重承认,赢得了读者的喜爱与尊敬。他们的写作,值得我们借鉴。

周景雷:看来,赵老师身为写作中人,比我要了解得更清楚。其实,即使有体制供养,也有一个市场问题,但赵老师对此看得很淡,无疑是对创作大有裨益的。我知道,赵老师早年成长过程中,接受的正规教育不是很多。在创作上能有今天的成就,除了天赋和后来的努力外,我想更多的可能得益于两个方面,一是地域文化的无形浸染,二是大量的学习与阅读。但实事求是地说,在地域文化的表现形式上,你并没有格外地注意,我说的是形式，而不是指像儒家文化这些内容，内容上的东西你已经通过你的创作表现出来了。我想知道你是否也是这样认为的？你家乡的民间文化形式对你有哪些影响？

赵德发：地域文化的无形浸染，对于一个作家养成是很重要的。我小时候从哪里接受儒家文化呀，直到1974年全国上下"批林批孔"，我才从反面了解到"孔老二"讲过一些什么样的话。然而，我家乡的地域文化确实影响了我的写作。譬如说，土地崇拜就是一条。我们村过去有一个很像样子的土地庙，用褚红石块砌成，里面端坐着土地爷和他的两个老婆，周围柏木森森。在我童年时的心目中，土地爷是一方神圣，要十分敬重。这个庙，在"文化大革命"初期被拆除，11岁的我在现场观看，身心都在暗暗颤抖，因为这个事件太重大了。拆到后来，地基里钻出几条青蛇，让红卫兵一一铲死，那更是我至今时常记起的惨烈场面。改革开放之后，村里有人重建了土地庙，尽管简陋，不如以前的庄严，却还是我们村的一个文化存在。农民的土地崇拜，我在《缱绻与决绝》中有大量描写。再举例说，过去的农民，宗族意识非常严重，长幼尊卑，等级森严。族老很有权威，处理问题一言九鼎。我辈分低，见了长辈，哪怕他比我还小，也要恭恭敬敬。这个在家族中的身份，甚至都影响了我的性格，变得拘谨而谦卑。宗法这一套，又和儒家文化那一套对接、结合，尽管我小时候不知道"儒"为何物，可是，"圣人"却是被长辈们敬仰着的。譬如，说到某个村子村风差、不文明，他们会鄙夷地讲："那是圣人不到的地方！"再如，君子怎样，小人怎样，我从长辈那里得到的教训非常之多。我后来读了一些书，才知道儒家倡导的伦理秩序，就是与宗法紧密结合在一起的，"修齐治平"，个人，家族，国家，天下，这是个系统工程。所以，我就写出了《君子梦》，表现儒家文化百年来在农村的传承与变化。还有，农民与政治的纠结持续了几千年，自己想做官，做不成官就希望得到清官的保护，这是他们的典型心态。在我家乡，人人都希望祖坟冒青烟——那是家族后人能当大官的预兆。然而，或青烟，或白雾，真假难辨；要清官，还是要民主，值得思量。这就有了我的"农民三部曲"之三。当然，家乡的地域文化，直接催生了我的好多作品，在此不一一列举。至于地域文化表现形式对写作的影响，这方面我确实没有格外注意，没做多少探究与实验。我在写作上不大注意形式，固执地认为内容大于形式，"道"高于"术"，这可能是一种偏颇，是一种无能。

叙事的嬗变与转型

周景雷：赵老师太谦虚了。你刚才说的对我启发很大，关于内容问题判断得十分准确。生活在这样的文化环境中，感同身受的东西可能更直接，更有冲击力，更能促成你的创作冲动。但阅读也应该是另一种思想和认识的习得方式。就我所知，你的阅读应该是在 20 世纪 80 年代之后完成的，说说你的阅读情况吧，这些阅读对你创作有什么影响？

赵德发：你已经有所了解，我小时接受的正规教育很少，小学没有念完，初中只念过四个月，30 岁之前没有任何文凭。对于写作来说，这是严重的先天不足。我为了弥补，在 20 世纪 80 年代，先是业余学了三年电大中文专业，后又去山东大学作家班学了两年。这两段学习，我不是为了拿文凭，而是将之视为对一个文化缺乏者的疗救。我把大学中文课程扎扎实实学了两遍，在作家班还读了大量课外书，这才让我羽翼丰满，开始在文学的天空飞翔。在作家班毕业之后，我除了即兴式、偶遇式的阅读，更多的是"主题性阅读"，就是为了某一个创作选题而进行的阅读。我每写一部长篇小说，都要把书架上所有有关的书籍集中到一起，自己没有的，还要去买、去借，在书架上排成一片，构成一部作品的"文化后盾"。我一本本读，有时还做大量笔记。如写《双手合十》时，我读了上百本与佛教有关的书籍，笔记有几十万字。这种阅读很有效果，能将一个文化领域集中了解。2011 年，我被曲阜师范大学聘为兼职硕士生导师，为了讲课、带学生，我又要去读有关专业书籍。这一种阅读，对我的写作也有帮助，因为它进一步开阔了我的视野。总之，阅读如风，让我有所凭依，会飞得更高更远。

三 写作就是一种修行

周景雷：前面我们已经提到，农民与土地的关系在我们进入到现代社会以来是最令人焦虑的，为此我们的作家投入了大量的精力，也创作了卷帙浩繁的作品。但尽管如此，我们也不能穷尽所有的问题和所有的心思。我们知道，写作者一旦开始了成熟的写作之后，便离开了土地，客居在城市，既不做农民，也不再侍弄土地，但其笔触仍然伸向了养育他的故乡和土地，这似乎是中国作家的最后归宿。我想知道的问题是，你是否认同这个说法，这里有什么规律性的东西吗？土地为什么那么吸引你，难道仅仅是因为你在那里长大、有那里的经验和记忆？

赵德发：土地情结，在中国作家中普遍存在。我想，这不只是中国作家的,也是世界作家的,是全人类的。几百万年以来,人类一直在土地上生活、繁衍,进入城市才有多长时间?在人类史上只是短短的一瞬。土地上的一切,已经成为人类不可磨灭的经验,进入了人类的无意识。你看,现在许多城里人有事没事都往外面跑,到田野里透透气、散散心。还有些人,干脆逃离城市,回归田园。这种"逆城市化"的潮流,其实是顺应了人类的本性。然而,城市是人类建起来为自己提供方便、用于享乐的,它集中了政治、文化、经济的各种资源,各种欲望在这里可以得到最高程度的实现,这又让城市的魅力所向披靡,吸引越来越多的人蜂拥而入,导致了困扰人类的"城市病"。作为人类中较为敏感的作家群体,对此当然有更真切的感受,他们的土地情结也更为浓重。然而像我这样,一方面对"城市病"忧心忡忡,另一方面又不舍得离开城市,这也是一种"精神分裂",体现了人性的软弱。坐在城市的书斋里写土地(有时到农村走走看看),是不是一种很可笑的做法?虽然可笑,但也能从城乡差别中观察到、体悟出一些值得书写的东西。

周景雷:可能是这样的。对于作家而言,离开了土地,就会把土地抓得更紧。比如,你在"农民三部曲"中,抓住了中国农村三个根本性问题,即农民与土地、农民与道德、农民与政治。这些问题本身已经超出了文学创作自身。我认为千百年来,我们农民确实是始终纠缠在这当中,看清了这个问题也就能为中国农民确立一个坐标或者建造一个标准。应该说这是一个十分宏大的社会学问题,当然我们文学也不是不能表现,或者说,关注社会学问题正是我们这些努力介入现实的有道义的作家的创作出发点和落脚点。但我也常常有些疑虑,就是我们能否真的实现我们的预期。但是赵老师在这方面的创作确实超出了我们的想象。就此而言,我想你的创作过程一定是极其艰难的,是否有过放弃的念头?是什么支撑你一部一部地写下来?我想这里绝不是单纯地为写作而写作。

赵德发:"农民三部曲",用去了我生命最重要的八年时光,其中的甘苦一言难尽。我自认为,为百年来的中国农村、中国农民"立此存照",是值得的,是有意义的,所以我在写作中尽管有过不顺,有过困难,但从来没有放弃的念头。然而,当我完成了最后一部,人民文学出版社2002年成套推出时,我写了一个后记,其中有这样的话:"自己的工作是怎样地于世无补。我在土地上吟咏,吟歌,甚至吟啸,其实丝毫改变不了土地上正在发生的事情。"这是我无奈心情的流露。然而,这三部书完

>> 叙事的嬗变与转型

成之后，土地上的花开花谢、人笑人哭，依然牵动着我的心，催生着我的新作。

周景雷：其实，说白了，就是一种朴素的没有任何功利的牵挂，其中包含了非常深沉的内容，而要把这种深沉说清楚也不容易。比如，伦理道德与政治秩序的关系问题。我认为，在土地之上所建立起来的道德伦理和政治秩序构成一个相对稳定的乡村结构。如果人与土地之间的关系不变化，那么这种道德伦理和政治秩序变化的可能性就比较小。反过来，如果出现了这样一些小的变化也会影响到人与土地的关系的变化。这是一个很具有辩证性的问题。联系到你的创作，《君子梦》给我的印象是最为深刻的，也正是因为这部小说，我开始注意赵老师的创作。在读《君子梦》的时候我就想，虽然在中国农村所有的道德伦理和秩序均来自土地，但反过来道德伦理和秩序又会制约或者改变一些人与土地的关系。我不知道你在创作这部作品的过程中是否也是这样认为的，能否结合你的作品具体谈一下？这些年来，或者几十年来，变和不变的都是什么？

赵德发：谢谢你的关注。你说得对，中国农村的道德伦理和秩序来自土地，反过来道德伦理和秩序又会制约或者改变一些人与土地的关系。旧的伦理，是中国农业时代的产物，从家到国，家国一体，都用三纲五常统领、制约，企图建立起一种固若磐石的秩序，"为万世开太平"。像我在《君子梦》中写到的律条村，一代一代的族长都在整治人心上下功夫。在他们眼里，天理与人欲的交战是一种"圣战"，有时需要投入身家性命。他们的某些做法可歌可泣，当然也时常徒劳无功。因为，人的欲望是那般喧嚣，喧嚣到一定程度，土地兼并，财富集中，导致农民的均田诉求与行动频频发生。这是旧中国挥之不去的梦魇。进入20世纪中期，时代突变，造反有理，旧的伦理被彻底颠覆，土地关系也彻底改变。在当今，人们的道德理念更加淡漠，土地在一些人眼里只是资本了，土地关系也会进一步改变。像今年（2014年）河南一个地方因为平坟头而发生的冲突，就是这方面的典型案例。在农民眼里，某座坟茔是他的血脉源头，是他的精神归宿，而在官员与商人眼里，却只是几平方米的用地指标，腾出来拿到城里用，是可以赚大钱的。我希望国家土地资源局的监控卫星在太空巡行的时候，能看得清地球表面上资本的贪婪面孔，也看得清农民的斑斑血泪。

至于变与不变，我认为，变的是世道，不变的是良知。尽管旧的伦理好像已被颠覆，道德滑坡在今天日益严重，但人心中那些最深层的、最坚硬的、最珍贵的东西还在，那是良知，是善意，是仁爱。有这些在，人类的希望就在。

周景雷：所以，你也是把良知、把善意、把仁爱作为你创作的出发点和归宿，这是潜在的动力，也是终极的目标。文学的使命之一就是要去颂扬这些或者指出这些。

"农民三部曲"是一系列呕心沥血之作，无论是从前期准备还是整个写作过程都付出了巨大的脑力和体力。正如你在《写书记》中所言，写这些书差点累坏。其实你不说，读者也可以看出来。作品的面貌一定会呈现出作家的面貌和写作状态。也就是说，一部作品，作家写得苦不苦、乐不乐，在字里行间是能够窥得的。任何一个作家，无论他如何注意，都会无意识地将个人的某些品质、某些经验表现出来。我们常说的文品即人品更接近这个意义。关于这一点，我想你的感触应该是更多的，能否再给我们延伸地说明一下？

赵德发：写"农民三部曲"过程中，我的身体出过问题。长篇小说，对于作家的智力、功力、体力都是严重的挑战。像我写的这类小说，更是要求作家在这几方面都行才可以。而我智力平平，功力一般，体力较差，不累出毛病怎么可能？以作品看人品，有一定道理。一个关注时代、有责任感的作家，他必然要用作品发言；一个探究人类命运的作家，他必然要通过写作表达自己的担忧；一个崇尚真、善、美的作家，他不会在作品中对假、恶、丑持欣赏态度。但是也要看到，文品即人品，这话说得有点绝对，文坛上文品与人品不统一的作家，也有不少。按佛家的说法，有情众生，都是佛魔并体。作家也不例外，每个人都有善恶两面，好人和坏人的区别只在于二者的比例多少。我们作家，尽管本身也存在不同程度的假、恶、丑，但写出的作品还是要彰扬真、善、美，而且要通过写作，努力去提升自己，净化自己。我曾经说过"写作是一种修行"，其中就有这方面的含义。

周景雷：这句话说得非常好，非常有见地。我理解，作家通过创作，一方面来反映历史和社会现实，"以引起疗救的注意"，另一方面也是对自己的一个校正和疏通。比如《双手合十》给我的印象也十分深刻。这种深刻来自两个方面，一是文本自身方面的。我觉得对这部小说的理解不能仅仅停留在或者不能主要将目光投射在宗教上。其实，我感觉这部小说是借助了宗教的形式表达了对当下社会的一个普遍性叩问和关怀。特别是将其与"非典"联系在一起,更增加了这种叩问的普遍性和现实性。这里有宽厚、有关怀、有温暖,当然更有批判。赵老师能否就此再给我们做一个更为详细的关于你的思考的说明?

赵德发:《双手合十》这部小说,写的是宗教。六祖慧能讲:"佛法在世间,不离世间觉。离世觅菩提,犹如求兔角。"我不写俗世,如何写宗教?世间法与出世间法是相对存在的。世界上为何有出家人这个群体?他们的目的何在?他们实现目的的方式怎样?宗教对于俗世的意义又在哪里?与宗教世界相比,我们身处的俗世有哪些值得深思反省之处?这都是我通过这部书与读者交流的问题。我试图通过这部小说将寺院的宗教生活和僧人的内心世界加以展示,将当今社会变革在佛教内部引起的种种律动予以传达,将人生终极意义放在僧俗两界共同面临的处境中作出追问。

周景雷:我也甚至认为,《双手合十》在一定意义上来说,至少在文化上来说是对"农民三部曲"的补充,甚至是一个延续,是它们的姊妹篇。这四部长篇从土地文化开始,经由乡村道德文化、乡村政治文化,然后上升到关乎人类整体性的信仰文化。这样以土地为基础,你似乎已经完成了有关道德、政治和信仰的文化建构。当然,我不能揣测你的想法,请赵老师再给说明一下。

赵德发:我同意你的分析。《双手合十》的主人公慧昱出身农家,是经历了人世的险恶、品尝了人生之苦之后,才决定出家的。他认为,寺院才是他的安身立命之处,学佛修禅才是他的解脱之道,所以他勇猛精进,成为一位优秀的青年禅僧。然而,我写这部书,无意为人们指引精神归宿,只是提供文化参照。我完成《双手合十》之后,又用三四年的时间写出了反映当代道教文化的《乾道坤道》。这两部书,可以称为"宗教文化姊妹篇"。也有论者,将这两部书与《君子梦》放在一起,称作"传统文化三部曲"。今年(2014年)8月,中国作家协会、山东省委宣传部、作家出版社、山东省作家协会在北京召开了"赵德发传统文化题材作品研讨会",讨论了这三部长篇小说。

周景雷:将这几部书放在一起考察,很有必要。可以看出,你的创作着眼于如何从土地出发,从生存层面肇始,而后上升到文化与信仰这些领域。我对《双手合十》印象深刻的另一个方面,就是你为完成此书的游历和访查,也可以称作田野调查,你为此付出了艰苦的努力。当然,你写《乾道坤道》,田野调查也是必不可少的。这一般都是社会学家、人类学家的基本功课，在今天看来，这也是一位有着深刻追求的作家应该完成的功课。比如范稳在写"藏地三部曲"的时候，就曾在藏地游历数十万公里。我想，这对一个作家来说，收获要远远大于写作本身。所以再请你谈一谈这个方面的话题。

赵德发：对佛、道两家的探寻与参访，是我生命中的特殊而难得的经历。八年间，我去了全国许多宗教文化圣地，参访了几十家寺院与道观，结识了许多僧人与道士。我一般不介绍自己的作家身份，只说自己是佛学爱好者、禅学爱好者、丹道爱好者，诚心诚意地与他们交谈，向他们请教。我多次住进寺院、道观，与那些出家人一起吃斋，一起上殿，一起参禅打坐。于是，我了解了他们的宗教生活，了解了他们的所思所想，了解了佛道文化在当今的存在形态，让我得以完成这两部书的创作。我经常想，撇开创作不讲，我能有这样的经历，是我的殊胜之缘，可谓三生有幸。这个经历对我的影响，主要有四个方面：

一是简单生活。我去寺院、道观参访，了解了出家人的衣食住行，他们的那种生活对我产生了影响。举例来说，他们的斋饭非常简单，有的寺院，午饭还有点素菜，早晚两顿，就是一碗米粥加一点咸菜。老伴多次与我一起去寺院，她从那之后调整家中饮食结构，尽量让饭菜清淡一些（并不是彻底吃素），结果很有益处。我前些年血压高，吃了好几年药，从前年开始竟然降了下来，药也不用再吃。生活的其他方面，我也尽量简朴。

二是安息心灵。宗教在今天的一大功用，就是安心。佛家劝人去执着心，去分别心，随缘，放下；道家劝人自然无为，柔弱不争，这都是人生大智慧。我们可以不接受佛道两家的宇宙观，但这些教义，对人生都是有好处的，有利于在这个物欲喧嚣的世界上保持一颗安宁的心。

三是悲悯情怀。佛家讲："无缘大慈，同体大悲"；道家讲："齐同慈爱，异骨成亲"，他们提倡的悲悯情怀深深感动了我。

四是独特视角。虽然我不能完全理解和接受宗教教义，也不可能成为某个宗教的教徒，但它们观察世界的独特视角对我有深刻影响。打个比方，我用原来接受的理念看世界，看到的是3D镜像，理解了一些教义之后，那些镜像就可能变成了4D、5D的。这样，会加深自己对世界的理解与感受。

周景雷：赵老师这些思考对我也很有教益。这次访谈，主要谈的都是你的长篇,没有涉及你早期创作和其他中短篇,所以最后一个问题,就是请赵老师谈一谈这方面的情况以及今后的创作打算。

赵德发:我早期的创作主要是写中短篇小说,代表作有《通腿儿》等。从我40岁那年也就是1995年开始,把主攻方向放在了长篇小说上,至今写出了7部。但在写长篇的间隙,我也写一些中短篇,写一些散文随笔。2011年我偶然结识了一位蒜商,让我了解了大蒜行业,就在2013年创作了我的第一部长篇纪实文学《白老虎——中国大蒜行业内幕揭秘》。2014年,我要开始创作一部新的长篇小说。这部小说,采用历史地质学的视角,反映的生活面更加宏阔,思考也更趋于终极。这就是我前面和你透露的"野心"。计划在2015年完成,给自己的花甲之年献上一份礼物。

谢谢你的关注,谢谢你约我进行了这次愉快的长谈。

附录四　文学要给人以力量

一　创作要面向生活、尊重历史

周景雷：孙老师，我们今天从作家的代际问题开始谈起。现在评论界比较关注代际问题的最初动因可能来自对80后的命名。80后这些年轻人出现在文坛上、出现在人们的视野当中时，最初人们不知道怎么去命名，后来就用"80后"这个概念来表达。这与他们的创作既有关系，也没关系。但就其本意来讲，在提出这个名称时，可能是考虑到了这些人背后的创作问题，那么由这个论题引发，文坛上现在就开始出现代际问题了。在此意义上，80后的最大贡献还在于让我们更深刻地注意到了文学创作的代际分野问题。

孙春平：在我看来，50后和40后的代际不是很重要，50后和60后就重要了，50后和70后就十分重要了。因为生活境遇不一样，所受的文化熏陶也不一样，可能60后和70后之间的差距不算大，但50后和他们的差距是很大的。其实这也是符合我们中国那一阶段历史进程的事实的。

周景雷：是这样的。以小说为例，20世纪50年代出生的作家在处理历史问题和60年代出生作家处理历史问题，甚至70年代出生作家在处理历史问题的时候，其观念和认识的差别是非常大的。我认为，50年代出生的作家还是能够从一个正史的态度来介入历史，他们常常以"过来人"的身份来叙述这段历史，60年代出生的作家虽然也喜欢挖掘历史，但似乎更轻盈一些，不像50后那么沉重。

孙春平：对。比如，像我这个年龄的50后作家对"反右"运动以后的历史事实都有很深的印象，甚至许多事都是直接参与者。不像后来的作家，他们在写这段历史的时候，想象的、猜测的成分要多一些。

周景雷：也就是说，对于50后作家来说，他们在写这段历史的时候，经验的东西更多，记忆的东西更多。

孙春平：除了经验和记忆之外，我们的阅读和接受的学校教育也不一样。我们少年时代最初阅读的外国作品主要来自苏联，别的读不到。国内的作品则主要是《红日》《红旗谱》《林海雪原》等。这和60后、70后接触的都不一样。我们所受的教育和所受到的影响都对日后的创作产生了重要影响。比如，我们都很注重对主流意识形态的表达，也就是说特别在意对主题思想的提炼。

周景雷：从你这个角度看，接受教育的差异和成长经历的不同在创作上应该还有诸多表现。

孙春平：是的。第一，50后的作家比较注重文学作品主题思想的积极意义；第二，更加尊重历史事实。他们知道、了解历史过程，同时他们的生活面也比较宽广。这些阅历对于60后、70后作家而言，是没有的。

周景雷：那么对50后作家来说，从创作上看，也应该是有一些缺失的。

孙春平：关于缺失的问题，作家因个体的差异而有所不同。但总体而言，我们这些人的思想中框子的东西较多，总想去表达某种深刻的思想；另外，我们大多数人的外语都不好，甚至完全不行，对外来文学的接受方面，只能阅读一些翻译作品。比如，我们成长时期的阅读，大多数是来自苏联的，这既是一种资源，也束缚了我们后来的创作。

周景雷：就这点而言，与60后作家产生了很大的差距。

孙春平：从我的角度看，新时期以来出现了两个作家群体。一个群体是右派作家，另一个群体是知青作家。他们的优势就是生活面宽阔，经历的东西很多，对人生有深刻的体悟。所以这些人在创作上玩技巧的相对较少，更多的是对生活的直露的表达。

周景雷：特别是80年代的那些创作。

孙春平：对。这些人后期一直也坚持在写，但惯性已经形成。除非他自己刻意地寻求变化，总体上来说有点四平八稳。其原因可能就是思想当中受禁锢的东西还要多一些。

周景雷：我个人感觉，在你们这代作家当中，责任意识、担当意识比较强，这应该和早期所接受的教育有关系。

孙春平：很有关系，这也是50后作家引以为豪的地方。有人问过我这个话题，作为一个作家最重要的品质是什么，我说，就是要有责任感。我以前一直在想，一个作品写出来，只要发出去，它就不仅仅是个人的东西了。它是社会的，要影响到别人，要感染着别人。这个观点现在有些年轻作家不这样认为。他们认为创作不是你要去感染别人，而是要抒发自己的情感。另外，我们这一代人的内心当中都普遍有一个英雄主义的情结，有时甚至成为一个创作的主线，他们批判也好，反思也好，都不会离开这个太远。

二 写作也是一种内心忧虑的表达

周景雷：就你个人创作而言，在整体上我把你的小说创作分成五类：第一类是知识分子小说，比如《学者出行》《老师本是老实人》《老师本是解惑人》《怕羞的木头》《情感逃逸》等；第二是工业题材，包括工厂史和当下工人生活；第三类是你近几年涉及比较多的官场小说；第四类是写农村的；第五类是写新市民。我不知道我这样的一个分类能不能把你的创作全部给囊括进去？

孙春平：基本上都囊括进去了。

周景雷：应该说，这些创作和你的生活有关，和你的写作视野有关，和你的工作经历有关，那么在这些创作中，哪种类型给你的印象最多最深，或者是你最想去表现的、最想去表达的？

孙春平：这个真没太去考虑过。一般的就是不管是哪类题材，只要思考成熟了就动笔。这种成熟其实主要还是来自生活，我们这代作家很看重这个的，我们要通过自己丰厚的生活来丰富自己的创作，我们对深入生活十分尊重。比如贾平凹的创作就是要经常走山路、回老家，如果没有这些，他的那些反映农村生活的作品也是难以很好地完成的。我的创作题材很宽泛，但没有军旅题材，就是因为我没有走进军营，没有穿过军装。再比如，我写了不少老师，但没有当过老师。这主要来源于我对孩子成长的关注。如果说有阶段性，可能这就是阶段性的取向吧。《老师本是老实人》就是在孩子准备高考过程中得到的东西，《怕羞的木头》就是孩子读大学时得到的东西。

周景雷：从文学创作的角度你对知识分子似乎是有些看法，而且在表达上也有一些特别之处。

孙春平：严格地说，我没念过多少书，对校园生活真是不熟悉，所以正如有的评论家所说的，我的创作属于真正校园的边缘地带，我只不过是披了一件校园的外衣，我没有去探讨校园中知识分子的深层问题，我主要是想描写和叙述他们的生活面貌，他们的日常生活百态。比如《老师本是解惑人》写的是老师和学生的情感纠葛问题，《情感逃逸》写的是博士生的恋爱问题，跟学校一点关系都没有。

周景雷：不能说一点关系也没有，应该是校园的一种外化，一个延伸。现在我们处在校园里边，知识分子堆里边，我们可能对知识分子有一些自己切身的感受，但是我们跳不出来，我们只能刻画我们一些局部的东西，那么外界或社会上对这个问题怎么看、怎么认识，有的时候我们是把握不住的。另外，现在知识分子群体也是比较复杂的，在你的创作里表现了一些知识分子自身比较优秀的一面，在很大程度上既是对知识分子的歌颂，同时我也看到了一种哀婉的东西。

孙春平：确实如此。

周景雷：关于工业题材的写作，与新时期相比，我们现在进入了一个相对衰退的时期，有学者认为这是因为我们进入了"泛工业化时代"，我们对此应该有一个重新的认识。

孙春平：工业题材我写得并不多，像我早期写的比较满意的小说《谁能摩挲爱情》《地下爱情》等还是相对纯粹一些，这是描写工人之间情感的小说，后来我参与编剧的电视连续剧《爱情二十年》就是根据这两篇小说改编的。在我的笔下，工人师傅都是比较忠厚的、比较正直的，他们很少尔虞我诈。后来又写过一些工厂史，这个写作更多的时候只是披上了工厂的工作服，算不得很纯粹的工厂写作。而且在这种写作中，我可能更多关注的是工人之间、干部之间以及工人与干部之间的关系，似乎更像是官场类的东西。这种视角和写法可能与我早期的阅读有关。特别是《三国演义》《水浒传》等里面的权谋、计策之类的对我有些影响。

周景雷：其实，这种状况的出现也可能与我们这个时代工业与非工业之间的界限模糊有关。在一定意义上来说，工业生产已经非常深刻地渗入进我们的日常生活当中，构成了我们日常生活的常态，它对我们今天的工业题材写作提出了挑战，那就是我们如何才能为工业题材的写作寻找一条能够获得自足的途径。

孙春平：我是认真地考虑过这个问题的，那就是我们必须首先要面对和熟悉这样的生活。我临退休时曾向主管部门提出过申请，想去真正的工业环境中生活一段时间，但因为种种原因没能实现。现在我们作家或者有一些作家，虽然他在写工厂或者写一些和工业有关的问题，但这种东西能不能是传统意义上或是严格意义上的工业题材，还是令人质疑的。在我看来，很多人的写作只是穿上了工作服，写的却是男欢女爱、情感纠葛，算不得真正意义上的工业写作。我倒觉得王十月有几篇东西确实是很地道的。

周景雷：这实际上还是说明一个问题，没有生活是搞不了创作的。

孙春平：不过，实事求是地说，现在的工厂环境也与过去大不相同。现代化的程度越高，人与人之间的交流就越少，不进休息室就一句话也不能说。人守在机器上，成了机器的一部分，成了生产线的一部分。在过去，对于一个工人来讲，一个成手的师傅会明了整个生产流程的所有环节，现在大多数在工作的工人可能只知道一个环节，甚至是一个螺丝，别的基本上就无所知晓了。

周景雷：这种状况使活的生活气息消失，改变了在工业环境中人与人之间的交流，改变了人与人之间的关系，也就改变了人与社会之间的关系，彼此之间的内心是隔阂的、不易了解的。

孙春平：我觉得工业题材的写作还是一个等待深度开掘的领域，仅仅泛泛地在面上的号召和呼吁，仍是写不出好东西的。另外，我还有一个认识，有这样一批作家，像王十月，他当初不是有志于文学，而是有志于生存，他在生存中求发展，于是才有了切身感受，才能写出那样的作品。他写工业题材，打工题材就比别的题材写得好。所以，只有把这些东西上升为生存的层面去考量，才可能更精彩、更深刻。

周景雷：这些年你写官场的作品还是比较多的，但如果把这些作品完全定义为官场小说，我还是心存疑虑的。也就是说你写的与其他人写的之间差别还是比较大的。在通行的官场小说当中，一般都把注意力、描写的重点放在了大腐败、大权谋、大争斗上，对丑恶的东西展示得比较全面、直接，或者是比较直白的。它让你明了了一种规则、一种游戏。但是你在写这些内容时，不是把丑的东西、肮脏的东西非常直白地拿出来，而是采用了委婉的方式来表达。至少我觉得有一种担当的东西在里面。

孙春平：如果仅仅写反腐或写腐败应该是另一种笔触，这些年我想写官场上的人物，比如《华容道的一种新走法》《非赌》。这不是说我写得怎么好，但比较能够体现出我的一种创作想法和后来的一种创作希望。我想表现这些官场中人的无奈和挣扎，并通过挣扎来达到自己的目的或者实现自身的价值。

周景雷：《华容道的一种新走法》给我的印象非常深，也是我比较早地接触到的一篇，从这个作品里边看到这样两个问题：一是对官场人物的不自主状态有一个非常深入细致的刻画；二是对官场的生活环境有一个非常深刻的观照。这两点加在一起就是一幅官场生存图景。

孙春平：我就是想表达官场人物在无奈中的一种积极状态。这些主人公要在一种特定的环境和状态下证明自己的意志和能力，甚至是证明自己的存在。

周景雷：也就是说，官场中人物的无奈包括两个部分：一是通过积极的方式来实现自己的价值；二是通过对他们的负面的、消极的东西的展现来促使人们反思、警醒和实现自我批判。这是你的观察还是你的自我体认？

孙春平：这既是体认，也是观察。这些年我挂职生活比较多，虽然自己没有亲力亲为地担任重要领导职务，但是你毕竟真实地生活在那个环境当中。我在锦州文联担任过多年的主席，到了省作协担任副主席、党组成员，再就是到北镇和辽阳多年挂职，我接触的官员非常多，而自己大大小小也算忝列其中。所以，我熟悉他们的生活，了解他们的想法和处境。他们很多人都认为自己很不平凡，但难以施展抱负，于是有的人就想到了别的办法。我的创作正是捕捉到了他们的这种心理状态。

周景雷：所以，腐败或者反腐败并不是你的官场小说关注的重点，这是你与别人最大的不同。在一定意义上来说，我甚至认为你的官场小说是一种非常干净的官场小说。

孙春平：严格意义上来讲，我关注的是官场的生存状态，官场当中的腐败、尔虞我诈、勾帮结伙等并不是我的关注点。对这些方面，我可能有所提及，但常常是一笔带过。比如《市长出行》也是非常能体现出我的想法的。但更典型的作品我认为还是长篇《阡陌风》。这部小说出版单行本时被改为《县委书记》。这个县委书记在官场当中，也吃了，也玩了，甚至还有"小三"，但内心当中也总是怀有正义和正气。这是一种分裂的人，也是一种官场当中自然状态者。通过类似的小说，我想挖掘的是不自洽的官僚体制是如何"造就"了这样一批不自洽的官场中人。

周景雷：就是说你写这类题材时，人物的平台是官场，但是你要写的恰恰不是官场，而是这个人物作为平常人的一面。我觉得在这一点上，你在对象选择上都是一律平等的，不是要过分地褒扬谁，或者是过分地揶揄批评谁、讽刺谁,这是与别人一个非常大的不同,读起来非常干净,具有引导的意义。前些年咱们官场小说很盛行,可以说盛行到泛滥的程度,就像有一阵子的底层写作一样,中国作家有这种追风的特点。当然有些作家坚持自己的创作理念,有自己的操守。但是很多作家追求这种潮流性的东西,最近什么题材热,什么题材有看点了,就追这个东西。不管有没有生活,也不管投放在市场、投放在读者当中会引起什么样的效果。从这一点上看,可能仍然要回到50后作家的担当意识和责任意识上了。

孙春平:确实有这样一些作家,为了迎合市场而写作,民众现在需要什么,市场需要什么,就写什么。我的写作没考虑这些,只是想表达我内心的一种忧虑。我有一种忧患意识,在一种广阔的背景中来实现对体制弊端的批评,希望借此对现实有一个深刻的分析。就像《市长出行》中所要表达的那样,不管是张市长,还是李市长、王市长,他们身陷那种体制中都会有相同的表现。不但写官场如此,其实,你可能已经注意到,我写所谓的知识分子小说也是出于这样的考虑。比如《学者出行》中,所谓学者的生活细节和日常言行,看起来可能迂腐可笑,但我是带着忧虑和同情并杂之心来完成的。他之所以是那样一种形象,完全是出于对生存环境的适应的需要。他们一方面生活窘迫,另一方面需要脸面和尊严。

周景雷:说到这里,其实也就把你整个创作思路统一起来了。你写学者也好,普通老百姓也好,官员也好,关注的不是笔下人物在什么岗位,不是笔下人物有多么惊天动地的伟业,而是关注他作为一个人、一个平常人来讲的状态。接下来,我想请你谈一下关于农村题材创作的情况。

孙春平:我对农村也是有些深刻的了解的,这得益于我的两次挂职锻炼经历。但我这方面的创作确实不多,自己相对满意的作品主要有《蟹之谣》《何处栖身》等。中国农村这些年的变化是有目共睹的,有喜有忧。在电视剧创作上,我比较倾向于喜,比如《欢乐农家》《喜庆农家》和《金色农家》等,但在小说创作上,我则更多倾向于去表现农村的苦和忧。这可能与我整个创作的底色是相称的。

周景雷:《蟹之谣》是你比较早的作品,而且当时影响也是比较大的。

孙春平:得了"大红鹰杯文学奖",写得也比较苦。写一个养蟹的老农民一年一年地被人盘剥而无力反抗。《何处栖身》写一个农妇无处栖身,最后通过犯罪进了监狱,为的就是在牢狱获得栖身之地。其实这些状况这些年也正在改变。

周景雷：那么在你的创作过程中，你的内心所认识到的这些苦难，物质层面的多一些还是精神层面的多一些？

孙春平：我倾向于精神上的。中国农民是很容易满足的，你要叫他吃饱喝足，有那么一亩三分地可以自己种，他就很高兴了。我乐意去表现他们的精神生活、精神状态。但有时精神层面的东西必须要通过物质的内容来表达，我要表现他们精神上承受不了的东西。他们的满足不仅来源于物质的丰富，精神上他们更希望能够获得平等的生活和境遇，甚至有时我也看到了，对于尊严，他们可能看得更加重要，遗憾的是，他们的这种渴望经常不能得到满足，《蟹之谣》《何处栖身》都是如此。

周景雷：有的时候我们可能认为农民是愚昧者，但在你的作品里他们有的时候是被愚昧者。

孙春平：对，被愚昧的，他们不甘于愚昧，但是没有办法。

周景雷：我在一些评论文章当中表达过这样的感受：现在农村土地在减少，留守的人也越来越少，这对农村的文化空间和精神空间造成的损失是非常大的。很多人都在写这个题材，我看到的一些作品，我感觉他们对农村不是十分了解，写作上往往流于空泛。这就提出一个问题，即我们的作家应该如何来认识我们当下的农村、我们的乡土。

孙春平：对于农村文化方面的内容，我关注的还是比较少，但我理解你的意思。乡村文化是没有办法通过人均收入等指标来衡量的，也不是通过一些表面的形式就能够传承或者造就某种文化。它需要传承和日积月累。文化的意义在于塑造和改造人，过于实用的东西反而有时是没有用的。这个是需要有人去真正考虑的。

周景雷：另外，像传统文化问题，中国的农村面积比较大，人口比较多，传统文化在乡村承载的更多一些。从现在看，现代化在不断加快，传统文化在不断消失，那么这个传统文化的传承和承载就成了问题。

孙春平：这里的问题是，楼房也好，汽车也罢，能不能代表现代化的全部内涵？我个人认为，我们必须要从精神层面、从文化层面来理解现代化的问题，仅仅停留在物质层面的现代化是一种非常浅显的现代化。

周景雷：近些年的乡村变化是有目共睹的，一方面我看到了其可喜之处，但我们也不无忧虑和担心，比如道德方面的问题、伦理方面的问题、城乡之间的交往问题等都摆在我们面前。但更深刻的问题在于，在这样的变化中，如何去把握人们的精神状态以及如何能把握得住。所以从这个意义上来说，无论是长篇小说还是短篇小说，真正触及灵魂的内容还是不多的。我觉得有一种中间状态的东西，它不是喜，也不是忧，不是快乐幸福，也不是忧愁悲哀，它就是那么一种精神状态，难以描摹，有时又能触及。我很渴望看到这样的一种写作，一种关于乡村的精神的写作。

孙春平：你渴望的这种写作眼下确实很少见。这里就有一个问题，稍微有一点思想的书写者早都不在农村生活了，都跑向了城市。我个人感觉，如果王十月一直还待在农村也许会写出那样的作品。但现在但凡年轻一点的都进城了。这是问题的一个方面。另一个方面，我觉得现在农村文化丧失得很厉害，这种丧失有时在特定的环境下成为一种剥夺，这种剥夺使你在考虑生存境况的同时无暇去思考形而上层面的东西，因此就出现了精神性的缺失。

周景雷：所以从作为人的生存状态而言，乡土题材或是农村题材的创作就像上面咱们谈到的工业题材一样，它的边界越来越模糊了，其区别的意义也许就越来越小了。

孙春平：有些人说我的创作题材比较宽泛，我一点也没觉得，我只觉得我的生活经历可能多一些，考虑不同人物其实就是在考虑着他们的生存状态，所谓题材之说可能在我这里是模糊的。

周景雷：其实，题材可能在创作上本来意义就不是很大，加上你又没有刻意加以提炼和寻找，才造成人们有上述之论。你的出发点或关注点就是生存状态，在这样的前提下无论是农村人还是城市人，不管是当警察的还是当领导的，都是平等的。只不过是环境不一样，思考的、表达的就不一样。但是作为一个人，从生存角度来讲，这些都是一致的。我觉得这是写作上的一种平等观，这一点也许有好多人没有意识到，是挺难能可贵的。

孙春平：谢谢。与很多优秀的作家相比，我的差距是很大的，有时我可能没有他们那么细致，也没有他们那种深刻的体验。

三 写作要有责任、要有承担

周景雷：你的创作大概近1000万字了吧。我虽然没能阅读你的全部作品，但绝大部分还是关注到了。我对你创作特点的第一个感受是你的现实主义精神，而且我也看过有几位评论家给你写评论时也是从这个角度去切入的。一般来说，现实主义要求作家要有责任意识，要有承担意识，要有批判意识，你得介入现实和干预现实，那么对现实主义这个问题你有没有过思考，或是在写作过程中是不是有过自觉的探索？

孙春平：有意识的自觉的探索不是很多。如果说有一些探索，也是体现在我的谋篇布局上。也就是说，我更愿意通过谋篇布局来体现我的思考。说我自觉地探索可能有些拔高，我的创作意识、创作态度和创作精神常常来自生活中某件事情、某个人物。在总的布局上，我一定要使我的作品中有批判意识、忧患意识，对社会或是人的生存现状充满忧虑。

周景雷：可能对一个作家来讲不见得是要先选一个什么主义来进行创作，这是做批评、做研究的人搞出来的。有时用这样一个框子来框作家未必合适，作家也不买账。但是我们做评论，总是需要一些概念、一些理论，也许就是在这个前提下把你们给升华了。所以我还得用现实主义说事。你刚才谈到的批判意识、质疑意识、担当意识都是现实主义自身所应该有的，这就涉及你如何处理一个作家与社会现实之间关系的问题了。

孙春平：我觉得我作为一个作家自然而然地就承担了某种使命，自然而然地就会从一种忧国忧民的角度去看问题。我基本上不去歌功颂德，我希望要给社会看出一点不足，挑出点毛病。在人物形象的设计上，总是期望他们能够冲破某些障碍或羁绊，在挣扎中去实现自己的目标或者人生的目标，并且使他们能够为社会做一些什么。我的创作基本如此。我觉得社会中肯定有一些不尽如人意之处，甚至有些地方是让人痛心疾首的，但是总有一批人努力地用自己的方法挣脱出来。有的人失败了，有的人成功了。我常常把笔触聚焦在他们身上。

周景雷：从创作来讲，面对现实而产生的忧患意识、责任意识已经内化到作家血液里了，当你提笔的时候自觉不自觉地都要这样做。你说"要给社会看出一点不足，挑出点毛病"，我非常赞成。那么对于一个现实主义的作家来讲，仅仅止于此就行了吗？有进一步指出解决问题办法的责任和义务吗？

孙春平：我觉得如果考虑这个就不是作家了，而是政治家或是社会学家了。要求文学家太多的东西是不行的。

周景雷：看来这个观点你一直没有改变。记得多年前我给你写评论的时候涉及的也是这个问题。当时我说，作家只负责发现生活中的问题并把它指出来告诉人们，至于这个问题怎么解决那就不是作家的责任了。

孙春平：可以用文学强化这个问题，但是对于怎么解决绝对不是作家的事。

周景雷："强化"其实也是为文学松绑。但在原来的观念中不是这样的。那时要求作家得发现社会问题，要告诉人们如何解决这个问题，要在作品中指出未来的发展方向，实际上是让文学家分担了政治家的责任。

孙春平：其实偶尔有些作品那样写作也是可以的，但本质上不是作家的事。而且作家也确实无力解决这个问题。

周景雷：第二个感受是，你的全部作品都充满了幽默、机智、讽刺的色彩，而且这些又在一定程度上强化了作品的现实主义性。

孙春平：在叙述上，我觉得小说首先要在语言上吸引读者。我写东西得考虑读者能不能读进去。有些小说在语言上故意晦涩，我常常认为这是成心不让读者去读。难读的语言我也会写，但常常写到一半就不想写了，因为我不想给读者制造太多的阅读障碍。同时我觉得有些幽默、有些讽刺正是读者需要的。关键是看你把握什么度，即使一些批判性很强的作品也要使大家读得轻松有趣，这是我的创作追求。我想我的作品的故事性一定要强，有人认为是一个缺点，但我始终坚持着，我认为这不是缺点。

周景雷：其实你作品中的智慧性也增强了故事性。

孙春平：对，我的很多故事性也是靠智慧性体现出来的，常常通过出其不意的情节设计而走向合理。比如《三国演义》中，华容道的情节设计就是罗贯中智慧性的体现，诸葛亮算计到关羽不会杀曹操。草船借箭的情节也是罗贯中智慧性的体现。军士们把鼓敲得咚咚作响，是不是箭一定能拿回来，你不读完是不知道的。故事性、智慧性、幽默都是吸引读者爱读小说的要素。写小说是给别人看的，阅读者拿起一本小说，最初的动机绝不会是想接受教育。如果作品有感染人、激励人的效果，那也是在阅读过程中逐步实现的。寓教于乐应该就是说的这个意思吧。

周景雷：这和作家自身对智慧性的处理也是有关的，否则也是写不出来的。我们看有一些作家写得非常非常用力、呕心沥血，但是写出的东西却显得很笨拙，轻盈性不够，这个可能跟主体个人的素养也有关。

孙春平：这也许和写作者天生性格有关。我认为有些很沉重的题材需要"举重若轻"。

周景雷：这句话非常有道理。不管是处理重大现实题材还是重大历史题材，作家得从事件当中跳出来，然后才能客观地去看待这些东西，才不至于有负担。另外，你的整个创作中有一个调子，那就是温暖的调子，很有人情味，很有生活味。我非常主张作品里有给人以安慰、温暖的内容。这和有些所谓的底层写作是有较大差别的。

孙春平：在这方面我的意识很强。我坚持文学创作一定要有亮色，要有温暖，要有宽厚。我不能总是把一些灰暗的东西呈现给读者，不要让读者读完后心里发凉。其实在生活中，我注意到即使是灰色的东西，有时也有它自身的亮色在里面，我要用这亮色来照耀主人公，同时温暖读者。

周景雷：我印象最深的是《预报今年有暖冬》，这篇小说多少有点讽刺意味，我当时读完之后很有感想，还写了一个评论，但至今没有发表。这其实涉及文学创作的伦理问题，既是我们创作主体的伦理，也是作品当中人物、故事等的伦理。在你的作品中你所强调的都是正伦理。

孙春平：现在叫正能量。在我的创作中，即使是把主人公写死了，我也会在他的尸体上覆盖阳光、覆盖鲜花。比如《借我一辆吉普车》，写的是一个市里的水利干部为亲友办事受处分了，下派到县里去管水利。他发现有一个地方的储水坝出问题了，一再要求县里领导必须处理。但他的建议始终没有得到重视，没有人理会他。在一次下大暴雨时，他请求县里借他一辆吉普车，要独自赶赴乡下去处理储水坝问题，但也没能实现。他只好自己骑着自行车花了很长时间去那里动员和转移乡亲，最后他和没来得及疏散的老人们一起死在了洪水中。假设当初他真的有一辆吉普车，事情就会是另一个样子。乡亲们感念他，为他举行了隆重的葬礼。这样设计，就是要给他一些亮色。

周景雷：这其实是呈现了人物复杂性当中的阳光的一面，这与你其他作品的写作逻辑是一样的。

孙春平：还有一个小说叫《换个地方去睡觉》。一个退休的老厂长发现小区里的人对他意见十分大。原来这个小区的人基本上都是他所在工厂的工人，而恰恰是他在任期间卖掉了工厂，致使这些人下岗。经常有人往他家门上刷油漆泼大粪，都说他是贪污犯。女儿建议他再另外买一栋房子，换个地方，于是他就离开了。后来他女儿接到通知说他父亲已经死了，吃的安眠药，死在她妈妈的墓地旁边。他把他极有限的积蓄通过厂里的工会转交给他的女儿。他什么也没有，一贫如洗，他只想证明自己的清白。

周景雷：这个小说的标题和内容都是十分有意味的。确实是正伦理、正能量。它传达出作者的两种追求：一是对人物的热爱；二是对社会的责任感。我们写一些不负责任的有失伦理的东西可能会引起负面的影响。我在读你的作品的时候，经常会和范小青的那些短篇小说比照着读，她的作品中这种调子也十分明显，我曾经给她写过一篇评论叫《温暖的现实主义》，表达的也是这个意思。

孙春平：我觉得现在中国确实还有诸多的不让人满意的地方，但总体上社会一定会一步步往好的方向发展，你有的时候需要忍耐一下，包容一下。我虽然有批判、有讽刺，但始终不想呈现太黑暗的东西。一定要给人点东西，给人生活下去的力量。以前我打过比方，认为写小说好比编花篓，小说家收集了生活中的很多荆条——生活中的很多细节就是荆条，编匠必须先割荆条，把荆条又泡又扒后才能进入下一道编制的程序。编成之后，还应该往篓子里装上一点东西。如果装的是地瓜土豆，可能价值不大，但如果装进的是灵芝、燕窝和能治病救人的中草药，那就值钱了。这是我写小说的一种追求。

周景雷：你的这句话让我想到了这次访谈的题目，创作一定要给人一些东西，给人一些力量。非常感谢孙老师接受这次访谈。

参考文献

梁启超：《清代学术概论》，上海古籍出版社1998年版。

南帆：《本土的话语》，山东友谊出版社2006年版。

陈方正：《继承与叛逆》，生活·读书·新知三联书店2009年版。

周作人：《儿童文学小论》，河北教育出版社2002年版。

杨联芬：《晚清至五四：中国文学现代性的发生》，北京大学出版社2003年版。

赵家璧主编：《中国新文学大系》，上海文艺出版社2003年影印版。

胡适：《胡适文集》，北京大学出版社1998年版。

王德威：《被压抑的现代性》，北京大学出版社2005年版。

冯雪峰：《雪峰文集》，人民文学出版社1983年版。

周宪：《审美现代性批判》，商务印书馆2005年版。

朱德发：《20世纪中国文学理性精神》，上海人民出版社2003年版。

周扬：《周扬文集》第一卷，人民文学出版社1984年版。

陶东风、和磊：《中国新时期文学三十年》，中国社会科学出版社2008年版。

李杨：《50—70年代中国文学经典再解读》，山东教育出版社2003年版。

唐小兵编：《再解读：大众文艺与意识形态》，北京大学出版社2007年版。

赵一凡、张中载、李德恩：《西方文论关键词》，外语教学与研究出版社2006年版。

丁宗皓主编：《重估中国当代文学价值》，春风文艺出版社2010年版。

许晖：《"60年代"气质》，中央编译出版社2001年版。

孔范今、施战军：《苏童研究资料》，山东文艺出版社2006年版。

陈新：《西方历史叙述学》，社会科学文献出版社2005年版。

莫言、王尧：《莫言王尧对话录》，苏州大学出版社 2003 年版。
毛泽东：《在延安文艺座谈会上的讲话》，人民出版社 1975 年版。
衣俊卿：《现代化与日常生活批判》，黑龙江教育出版社 1994 年版。
王安忆：《安忆说》，湖南文艺出版社 2003 年版。
陈思和：《当代文学史教程》，复旦大学出版社 1999 年版。
张钧：《小说的立场》，广西师范大学出版社 2002 年版。
曹文轩：《20 世纪末中国文学现象研究》，北京大学出版社 2002 年版。
吴炫：《新时期文学热点作品讲演录》，广西师范大学出版社 2004 年版。
启良：《20 世纪中国思想史》，花城出版社 2009 年版。
贺雪峰：《新乡土中国》，广西师范大学出版社 2003 年版。
费孝通：《乡土中国生育制度》，北京大学出版社 1998 年版。
周景雷：《茅盾与中国现代文学》，中国社会科学出版社 2004 年版。
马大正：《新疆生产建设兵团发展的历程》，新疆人民出版社 2009 年版。
刘再复：《性格组合论》，上海文艺出版社 1986 年版。
洪子诚：《中国当代文学史》（修订版），北京大学出版社 2007 年版。
孟绍勇：《革命讲述、乡土叙事与地域书写——中国当代西部小说研究》，兰州大学出版社 2006 年版。
夏冠洲、阿扎提·苏里坦、艾光辉主编：《新疆当代多民族文学史》，新疆人民出版社 2006 年版。
丁帆主编：《中国西部现代文学史》，人民文学出版社 2004 年版。
李兴阳：《中国西部当代小说史论（1976—2005）》，安徽大学出版社 2006 年版。
朱晓进等：《非文学的世纪：20 世纪中国文学与政治文化关系试论》，南京师范大学出版社 2004 年版。
张柠：《中国当代文学与文化研究》，北京师范大学出版社 2008 年版。
哈迎飞：《"五四"作家与佛教文化》，上海三联书店 2002 年版。
孟悦、戴锦华：《浮出历史地表》，中国人民大学出版社 2004 年版。
李运抟：《裂变中的守成与奔突》，湖南师范大学出版社 2005 年版。
余英时：《士与中国文化》，上海人民出版社 2003 年版。
袁行霈：《中国文学史》，高等教育出版社 2004 年版。
许纪霖：《中国知识分子十论》，复旦大学出版社 2004 年版。
陈思和：《陈思和自选集》，广西师范大学出版社 1997 年版。

易晖：《"我"是谁》，百花洲文艺出版社2004年版。
林贤治：《娜拉：出走或归来》，百花文艺出版社1999年版。
白烨：《中国文情报告》，社会科学文献出版社，2003年至今。
张京媛编：《新历史主义与文学批评》，北京大学出版社1993年版。
［美］马克·里拉：《当知识分子遇到政治》，邓晓菁、王笑红译，新星出版社2005年版。
［美］萨义德：《知识分子论》，单德兴译，生活·读书·新知三联书店2007年版。
［美］萨义德：《世界·文本·批评家》，李自修译，生活·读书·新知三联书店2009年版。
［美］马泰·卡林内斯库：《现代性的五副面孔》，顾爱彬、李瑞华译，商务印书馆2003年版。
［英］弗兰克·富里迪：《知识分子都到哪里去了》，戴从容译，江苏人民出版社2005年版。
［美］刘易斯·科塞：《理念人》，郭方等译，中央编译出版社2001年版。
［美］海登·怀特：《元史学——19世纪欧洲的历史想象》，陈新译，译林出版社2004年版。
［英］沃尔什：《历史哲学导论》，何兆武、张文杰译，社会科学文献出版社1991年版。
［德］恩斯特·卡西尔：《人论》，李琛译，光明日报出版社2009年版。
［德］雅斯贝尔斯：《悲剧的超越》，亦春译，工人出版社1986年版。
［德］顾彬：《20世纪中国文学史》，范进等译，华东师范大学出版社2008年版。
［英］丹尼斯·哈伊：《意大利文艺复兴的历史背景》，李玉成译，生活·读书·新知三联书店1992年版。
［英］特雷·伊格尔顿：《20世纪西方文学理论》，伍晓明译，北京大学出版社2007年版。
［德］马克斯·韦伯：《学术与政治》，冯克利译，广西师范大学出版社2004年版。
［德］斯宾格勒：《西方的没落》，齐世荣、田农译，商务印书馆2001年版。
［美］韦勒克、沃伦：《文学理论》，刘象愚等译，江苏教育出版社2005年版。

［德］赫尔曼·黑塞：《荒原狼》，赵登荣、倪诚恩译，上海译文出版社 2008 年版。

［俄］赫尔岑：《往事与随想》，巴金、臧仲伦译，译林出版社 2009 年版。